CW01632892

£1.95

3619

Hoe duur was de suiker? speelt zich af in het achttiende-eeuwse Suriname. Het is de bloeitijd van de suikercultuur, maar ook een periode van slavenopstanden. Elza en Sarith zijn dochters uit een Joodse plantersfamilie en wonen met hun slaven op een suikerplantage. In de onrechtvaardige slavenmaatschappij die de kolonie Suriname is, ervaren meesters en slaven dat de suiker duur wordt betaald.

Cynthia Mc Leod (Paramaribo, 1936) debuteerde met *Hoe duur was de suiker?*, dat al snel een grote hit werd in Suriname en in Nederland. Inmiddels zijn er meer dan 150.000 exemplaren van verkocht. Het boek is succesvol verfilmd door Jean van de Velde en verscheen ook als mini-serie op tv.

Eveneens van Cynthia Mc Leod bij Uitgeverij Conserve:

Elisabeth Samson. Een vrije zwarte vrouw in het achttiende-eeuwse Suriname

Ma Rochelle passée, welkom El Dorado

Tweemaal Mariënburg

De vrije negerin Elisabeth

Slavernij en de Memorie

... die revolutie niet begrepen!

Paramaribo. Stad van harmonische tegenstellingen (met Hennah Draaibaar)

Tutuba – Het meisje van het slavenschip Leusden

Zenobia – Slavin op het paleis

CYNTHIA MC LEOD

Hoe duur was de suiker?

DWARSLIGGER 389

De dwarsligger® is een initiatief van VBK Uitgevers Groep bv en Royal Jongbloed.
Voor dit product is een octrooi verleend: octrooinummer 1032073.

FSC
www.fsc.org
MIX
Papier van verantwoorde herkomst
FSC® C013585

Dit boek is gedrukt op Indoprint van Bolloré Thin Papers (www.bollorethinpapers.com).
Indoprint draagt het keurmerk Forest Stewardship Council® (FSC®).
Bij dit papier is het zeker dat de productie niet tot bosvernietiging heeft geleid.
Ook is het papier 100% chloor- en zwavelvrij gebleekt.

Deze dwarsligger® is tot stand gekomen in samenwerking met
Uitgeverij Conserve

ISBN 978 90 498 0457 2 | NUR 301
© 1987 Uitgeversmaatschappij Vaco
© 1995 Uitgeverij Conserve
© Uitgave in dwarsligger® augustus 2016 (tweeëndertigste druk)
Omslagontwerp Jeroen Klaver, Shamrock / b'IJ Barbara
Omslagillustratie © 2013 PV Pictures
Zetwerk Perfect Service, Schoonhoven
Drukkerij Jongbloed, Heerenveen

Verspreiding voor België: Veen Bosch & Keuning uitgevers nv, Antwerpen
Alle rechten voorbehouden

www.dwarsligger.nl

Hoe duur was de suiker? is dedicated to Helen Gray.
Without her friendship, willingness and patience
this book would never have been written.

WASHINGTON D.C., JULI 1985

De tekst met een * verwijst naar de oorspronkelijke versie in het Sranan (zie pagina 507). In de periode van slavernij was het in Suriname de slaven VERBODEN om Nederlands te spreken en te kennen. Meesters spraken slaven altijd aan in het Nengre (in het Nederlands Neger-Engels genoemd). Deze taal is eerst als pidgin ontstaan uit het contact van Afrikaanse talen, het Portugees en het Engels. Het werd de moedertaal van de in Suriname geboren slaven. Allengs is de naam van Nengre veranderd in Sranan-tongo en tegenwoordig Sranan. Buitenstaanders hebben *deze taal* ook wel taki-taki genoemd, maar de Surinamer zelf noemt zijn taal nooit zo.

In het huidige Suriname worden dertien talen gesproken. Het Nederlands is de officiële taal en de onderwijstaal; het is ook de moedertaal van de midden- en hogere klasse, ongeacht etnische achtergrond. Het Sranan-tongo of Sranan echter is de nationale taal, de lingua franca en de enige taal die praktisch iedereen in Suriname kent.

Hoofdstuk 1

PLANTAGE HÉBRON

De dag brak aan op plantage Hébron en terwijl de hemel aan de oostelijke zijde zich rood kleurde door de opkomende zon, gingen één voor één deurtjes open van de slavenhutten en kon men kleine vuurtjes zien onder de afdakjes daarnaast. Faya watra werd gemaakt. Heet water waarin een scheutje melasse werd geroerd. Hier en daar steeg een heerlijke damp op uit een kookpot, omdat er in het water een anijsblad of wat kruiden was gedaan.

Bij alle hutjes kon men nu mannen, vrouwen en kinderen zien staan, soms pratend, sommige rondkijkend. Vervolgens liepen de meesten naar de zuidzijde van de plantage, waar er haaks op de rivier een kanaal was gegraven, dat diende voor de toe- en afvoer van water. Naast het botenhuis, waar de rivieroever ondiep was, gingen ze in het water om een bad te nemen; de groten meer ernstig, de kinderen soms vrolijk lachend en elkaar nat spetterend. Met een lendendoek om het natte lichaam geslagen gingen ze daarna terug naar de hutjes, meest in kleine groepjes, voorafgegaan en gevolgd door naakte grote en kleine kinderen. Het was dan tijd om de faya watra te drinken en als ontbijt wat overgebleven restjes van het vorige avondmaal te eten.

In de hut waar de vijftienjarige Amimba met haar moeder, broertjes en zusjes woonde, deed ma Leida in een grote kalebas een handvol gedroogde kruiden en schonk daar kokend water op. Dit drankje was voor Amimba; zoals elke maand het geval was, had ze erge buikpijn. Kermend had ze de hele nacht op haar matje gelegen, draaiend van de ene op de andere zijde, nu eens liggend, dan weer zittend. Nu sliep ze wat. Gelukkig. Maar ook ma Leida zelf had de afgelopen nacht haast geen oog dicht gedaan. Na faya watra en ontbijt ging men in de richting van het magazijn, een enkele vrouw met een kind aan de borst, weer een andere had de baby al op de rug gebonden. Bij het magazijn waren de deuren nog gesloten, maar het duurde niet lang of daar kwam de blanke opzichter, masra[1] Mekers, al met de sleutels. Aan ieder ge-

1 Meester.

zinshoofd werd nu het avondrantsoen uitgedeeld, en men kreeg te horen wat er die dag gedaan moest worden.

Eerst de presentie. Waar was Kofi? O ja, die had een verstuikte enkel en ging dus niet 't veld in, maar moest werken in de timmerloods. Amimba buikpijn? Alweer! Geen onzin! Hier komen of ze werd met de zweep gehaald. Waarom had Afi haar baby niet bij zich? Die was ziek, de hele nacht koorts. Afi liet hem vandaag liever thuis bij de geneesvrouw. Die zou hem een kruidenbad geven tegen de koorts. Tenu? Waar was Tenu? Hier komen! Basya[1], vijf zweepslagen voor de dertienjarige Tenu, die voor de kippen zorgde. Hij had eieren gestolen, er waren wel zes te weinig gisteren, de lege doppen lagen nog naast het hok. *Tenu maakte veel misbaar!* Gelogen, hij had geen eieren gestolen. Wist masra dan niet dat er een grote sapakara[2] op de loer lag en dat die de eieren stal? Als hij, Tenu, eieren zou hebben gestolen zou hij heus niet zo stom zijn geweest om de lege doppen naast het hok achter te laten. Evengoed, vijf zweepslagen voor Tenu! Want het was toch zijn taak om voor de kippen te zorgen? Hoe had een sapakara kans gezien om zes eieren te stelen als Tenu daar was? Wel, omdat Tenu daar niet was geweest. Had hij gisteren niet de halve dag aan de kreek zitten hengelen? Vijf zweepslagen! En vanavond mocht er geen enkel ei ontbreken en moest Tenu de dode sapakara laten zien! Ook vijf zweepslagen voor Kobi, die een jaar ouder was dan Tenu en hulpje was in de stal bij Felix die voor de paarden, de muilezels en de koeien zorgde. Kobi had gisteren veel te weinig gras gesneden voor de beesten. Geen wonder! Had hij niet samen met Tenu aan de waterkant zitten hengelen? Vijf zweepslagen en vanavond moest er een dubbele portie gras zijn gesneden. Dat was alles.

Als de basya de jongens hun zweepslagen had gegeven, kon de groep vertrekken. En nadat de zweep was neergeknald op de magere blote ruggen van Tenu en Kobi en beide jongens huilend naar hun werkterrein waren gestrompeld, kon de ongeveer zestig man sterke groep zich opsplitsen. De veldgroep, ongeveer veertig man, vertrok het eerst; zwijgend, de meesten op een alanga tiki[3] kauwend, zette de groep zich in beweging. Twee droegen een

1 Negeropzichter (zelf ook slaaf).

2 Grote soort leguaan die leeft van eieren en kleine diertjes.

3 Twijgje van een citrusboom.

bos bananen op het hoofd, en een ander weer een bundel aardvruchten voor de maaltijd die in het veld gekookt werden in twee grote ijzeren potten. De basya met een zweep in de ene en een houwer in de andere hand liep helemaal achteraan. Een ander zestal ging naar de suikermolen, een paar naar het suikerkookhuis. Weer een stel ging naar de timmerloods, twee naar het botenhuis en twee ouderen naar de omgeving van het plantagehuis om met hark, tjap[1] en gieter te zorgen dat daar alles mooi en schoon was. Ook een vijftal vrouwen en meisjes, de huisslavinnen en twee boodschappenjongens, evenals Sydni, de lijfslaaf van de masra, gingen naar het witte huis dat er nog slapend uitzag door de gesloten vensters en deuren. Opzichter Mekers ging eerst *naar zijn eigen woning waar zijn slavin* het ontbijt al had klaargemaakt.

Van de gedekte tafel kwam hem al een heerlijke geur tegemoet van gebakken eieren en vers gezette koffie. Een nieuwe dag was begonnen. Voor de slaven een nieuwe dag van hard werken, een nieuwe dag in de reeks van eindeloze dagen zonder vooruitzicht.

Aan de voorkant van het prachtige grote huis waren echter niet alle vensters meer gesloten. Op de eerste verdieping was een geopend raam en daar stond de zeventienjarige Elza; zij keek uit over het groene gazon dat zich voor het huis uitstrekte tot aan de waterkant waarlangs de brede Surinamerivier langzaam stroomde. Een heerlijke ochtend, het begin van een fijne dag. Vandaag, 11 oktober 1765, ging de familie naar Joden-Savanna voor de vijfenzestigste verjaardag van grootmama. Dat zou de volgende dag zijn, de twaalfde oktober en tegelijk ook de verjaardag van de synagoge op Joden-Savanna zelf die dan de tachtigste verjaardag vierde.

Grootmama was er altijd trots op dat zij geboren was op 12 oktober 1700, de dag dat de synagoge Beracha Ve Shalom (Zegen en Vrede) in haar geboorteplaats in Suriname vijftien jaar oud was. Elza had zich verheugd op de komende twee weken. Niet zozeer om grootmama, maar om de logeerpartij

1 Landbouwgereedschap (hak).

en alle feesten. Vele vrienden en kennissen zouden daar zijn en menige tentboot was de afgelopen dagen al voorbij gevaren. Soms was het gezelschap voor een paar uur uitgestapt op plantage Hébron, of had er overnacht omdat die precies halverwege Paramaribo-Joden-Savanna lag en men op het getij moest wachten. De hele joodse gemeenschap in Suriname maakte er een gewoonte van, om op hoogtijdagen voor enkele dagen naar Joden-Savanna te reizen. Dit jaar viel het Loofhuttenfeest in dezelfde week als grootmama's verjaardag. De logeerpartijen waren altijd leuk en gezellig, hoewel Elza wel besefte dat zij toch een enigszins aparte plaats innam daar ze wel een joodse vader en dus een joodse naam had, maar zelf geen Jodin was. En er waren genoeg lieden die *niet altijd* even vriendelijk tegen haar waren. Ze had vaak een gevoel van bewondering voor haar vader als ze eraan dacht dat hij het had gepresteerd om 25 jaar geleden tegen de wens van zijn moeder in te handelen. Natuurlijk was zij toen nog lang niet geboren, maar ze had verhalen genoeg gehoord, vooral van Ashana, haar moeders lijfslavin.

Levi Fernandez, die nu vijfenveertig jaar oud was, was vanaf zijn twaalfde jaar, toen zijn vader overleed, alleen opgevoed door zijn strenge moeder. Zij beheerde zèlf plantage Hébron en bepaalde en regelde alles. Alles en iedereen had ze keurig in bedwang: de plantage, het huishouden, de slaven, haar zoon... Tenminste dat had ze gedacht, tot hij weigerde om te trouwen met Rachaël Mozes de Meza, het joodse meisje dat vanaf die geboren was, als Levi's aanstaande vrouw werd beschouwd. Als een vurig jong paard had de twintigjarige Levi Fernandez tegenover zijn moeder gestaan. Hij trouwde niet met Rachaël, de dochter van zijn moeders beste vriendin, die vier jaar jonger was dan hij en die hij al vanaf zijn kinderjaren kende. Hij trouwde niet met haar, want hij hield van iemand anders, de zeventienjarige Elizabeth Smeets, dochter van een legerofficier, nog pas twee jaar in de kolonie, zonder geld, zonder plantage en bovendien een christin. Toen was de weduwe Fernandez er voor het eerst niet in geslaagd haar zoon haar wil op te leggen. Nadat Levi met zijn Elizabeth was getrouwd, was zijn moeder direct verhuisd, terug naar Joden-Savanna, haar geboortegrond. Plantage Hébron die haar zoon sedert zijn achttiende jaar rechtens toekwam, verliet ze, 'omdat ze niet van plan was om met dat christenmens onder één dak te wonen'.

Pas negen jaar later kwam ze weer naar de plantage en dat was ter gelegen-

nootje in huis kwam. En nu kon Elza zich bijna niet meer de tijd herinneren dat ze zonder Sarith was geweest.

Elza keek uit het raam en snoof de frisse morgenlucht op. Wat zag alles er nu nog mooi en fris uit van de dauw. Over een paar uur zou het stoffig zijn; het was een droge tijd, al ruim drie weken had het niet geregend. Gelukkig was het gazon nog helemaal groen; dat bleef altijd zo, want kijk, daar had je de oude slaaf Kwasi al die met emmers en gieters het gazon ging begieten. Hij liep naar de steiger, waar hij de emmer in de rivier liet vallen om vervolgens de gieters te vullen. Elza draaide zich om en riep zachtjes: ‘Sarith, Sarith ben je al wakker?’

‘Hmm, nee, ja, ach toe Elza, laat me nog even slapen,’ kwam de stem van Sarith vanuit een bed aan de andere kant van de kamer. Sarith draaide zich om zodat ze nu met de rug naar Elza lag en trok het laken over haar hoofd.

Zachte voetstappen op de gang en een bescheiden klopje op de deur. ‘Ja, kom maar, Maisa, ik ben allang op.’ Binnen kwam Maisa met een blad met twee kopjes cacao in de ene hand en een emmer water in de andere. ‘Ai Maisa, is het vandaag geen prachtige dag?’ ‘Ja, misi,’ antwoordde Maisa glimlachend terwijl ze het blaadje op een tafel neerzette en de lampetkannen op de twee wastafels met water vulde. Vervolgens liep ze naar de kast en haalde er een lichtgroene mousselinen japon uit en vroeg: 'Doet misi dit aan?'* Enkele ogenblikken later had Elza zich opgefrist en ze zat op het bed terwijl Maisa geknield voor haar zat en haar één voor één de kousen aantrok, nadat ze haar meesteres eerst de pantalette had aangedaan. Dun wit katoen tot aan de enkels, met kant aan de onderkant bij de pijpen, daarna een wit batisten hemd en twee onderrokken. Weer een bescheiden klopje op de deur. Op het 'Ja'-geroep van Elza kwam een mooi bruin meisje binnen; dat was Mini-Mini, het vijftienjarig slavinnetje dat Sarith moest aankleden.

Elza keek naar het bed waar nog steeds geen beweging onder het witte laken te zien was en zei: 'Sarith, sta nu op, je weet dat vader wil dat we op tijd klaar zijn.' 'Ach wat, dat gezeur ook,' klonk het; met een ruk werd het laken op de vloer gegooid en Sarith liep met een boos gezicht in de richting van het kamertje waar de nachtpotten stonden. Elza en Maisa wisselden even een veelbetekenende blik en de schuchtere Mini-Mini bleef bij de muur staan terwijl ze het hoofd liet hangen en nederig met de voeten over de vloer schuifelde.

Elza zuchtte, Sarith was weer eens uit haar humeur zoals ze dat de laatste tijd zo vaak was. Wat was er toch met Sarith? Vroeger vertelde die haar alles, maar de laatste tijd niet meer. Nou ja, ze zou zich er maar niet druk over maken. Maisa beduidde Elza dat ze op een stoel moest gaan zitten en ontstak de kaars op de tafel. Vervolgens hield ze daarin een klein krulijzer en begon voorzichtig krullen in het haar van haar jonge meesteres te maken.

Toen Elza een poosje later beneden de eetzaal binnenstapte, vond ze daar alleen haar vader aan de ontbijttafel zitten. ‘Morgen, papa.’ ‘Morgen, meiske lief, zijn jullie klaar? We vertrekken stipt als het getij opkomt hoor, dat is over drie kwartier.’ De oude slavin Ashana kwam binnen met een bord, waarop vers gebakken vlees, eieren en brood. Ze zette alles voor Elza neer en zei met een goedkeurend knikje: ‘Ach misi Elza, wat ben je mooi.’*

Zachte voetstappen klonken en binnen kwam nu vanaf de achtergalerij, Rebecca. De eenentwintigjarige Rebecca was de tweede dochter van tante Rachaël. Ze was doof. Op negenjarige leeftijd had ze tyfeuze koortsen gehad, die had ze overleefd, maar vanaf toen hoorde ze praktisch niets meer. Praten kon ze nog wel, maar zeer monotoon, en ze sprak heel weinig. Rebecca leefde helemaal haar eigen leven; stil, teruggetrokken, meest in haar kamer, waar ze las, schilderde, tekende, en poppen maakte. Prachtige poppen. Iedereen die ze zag, zei dat ze er wel een handeltje in zou kunnen beginnen. Een enkele keer maakte Rebecca wel eens een pop in opdracht en nam daar dan ook wel geld voor, maar vaak gaf ze ze toch cadeau aan kennissen en de meeste poppen waren gewoon uitgestald in haar kamer. Niemand bemoeide zich veel met Rebecca, haar moeder zag ze nauwelijks en ook tegen haar zusje Sarith en stiefzusje Elza zei ze nooit meer dan het hoognodige. De enige personen met wie ze wel sprak, waren haar stiefvader oom Levi en haar slavin Caro. Toen de weduwe Rachaël Aäharon tien jaar geleden verhuisde naar plantage Hébron had ze een aantal slaven meegebracht: Kwasiba en haar twee dochters Caro en Mini-Mini, die waren toen acht en vijf jaar oud, en verder haar eigen lijfslavin Leida en haar man Isidoor, en hun kleinzoon van een jaar, omdat diens moeder, Leida en Isidoors dochter, enkele maanden tevoren overleden was.

Caro was de slavin van Rebecca; ze volgde haar meesteres overal en hielp met penselen uitwassen, verfmengen, kleertjes van poppen naaien en dergelijke. De vijftienjarige Mini-Mini was Kwasiba's trots. Duidelijk een kleurlinge. Kwasiba had nooit gezegd wie Mini-Mini's vader was, maar men vermoedde dat die of Rachaëls overleden echtgenoot Jacob Aäharon of diens zoon Ishaak geweest moest zijn. In ieder geval was Mini-Mini bruin van kleur, met zacht krullend haar, een smal gezicht en grote donkere ogen. Mini-Mini was Sariths slavin en wie die twee bij elkaar zag kon niet aan de indruk ontkomen dat er een treffende gelijkenis was in gezichtsvorm en figuur.

Vader Levi glimlachte tegen Rebecca toen ze aan tafel ging zitten. 'Klaar voor de reis?' vroeg hij terwijl hij zeer nadrukkelijk zijn lippen bewoog. Rebecca schudde het hoofd. 'Ik ga niet mee.' 'Ach waarom niet dan?' vroeg vader Levi weer. 'Geen zin,' klonk het en nogmaals schudde Rebecca het hoofd. Elza keek naar Rebecca. Ze begreep best dat die geen zin had om mee te gaan.

Wat had een dove persoon er nu aan om mee te gaan naar een party waar er voornamelijk gebabbeld en geroddeld werd en muziek werd gespeeld? Ze zou het niet kunnen volgen en zou zich er toch alleen maar eenzaam voelen. Ze had vaak medelijden met Rebecca; wat voor toekomst was er voor haar? Ze was nu reeds een oude vrijster met haar eenentwintig jaar en ze was gedoemd dat voor altijd te blijven, want wie zou er nu een dove vrouw trouwen? Bovendien ontmoette ze praktisch nooit een jongeman.

Vanaf de achterveranda was nu tante Rachaëls stem te horen die aan Maisa en Kwasiba vroeg of die alles van de misi's goed verzorgd hadden.

Toen tante Rachaël de eetzaal binnenkwam, vroeg ze direct: 'Waar is Sarith?' 'O, die zal zo wel komen,' antwoordde Elza. Wat Sarith ook deed, tante Rachaël zou op haar nooit boos zijn, want Sarith was haar moeders lieveling. Elza had vaak gedacht dat dat zo was, omdat tante Rachaël verbaasd was over het feit dat ze zo'n mooie dochter had gekregen. Daar kwam Sarith de trap afgehold. Ze had blosjes op de wangen en ze zag er prachtig uit in haar lichtgele jurk. De natuurlijke zwarte krullen dansten om haar oren, maar met een boos gezicht zei ze tegen haar moeder: 'Die stomme Mini-Mini, ik had haar gezegd om mijn roze japon te wassen, maar ze heeft het niet gedaan en nu kan ik die niet aan.' 'Je hebt toch genoeg andere,' antwoordde haar moeder. 'Ja, maar ik wilde die aan,' en ongeduldig zei ze tegen Kwasiba: 'Ik lust dat ei niet, haal weg, ik wil pannenkoeken.' 'Ja misi,' antwoordde die en haastte zich naar de keuken om tegen Ashana te zeggen dat misi Sarith geen ei maar pannenkoeken lustte. Vader Levi was intussen opgestaan en was naar buiten gelopen om aan de waterkant te gaan zien of de boot al klaar was en of de bagage goed ingeladen werd.

Elza stond op en liep naar de achterveranda; ze wilde Ashana goedendag zeggen voor ze weggingen. Terwijl ze op de veranda stond, keek ze naar de buitenkeuken achter op het erf waar de kokkin nu vast haastig pannenkoeken voor Sarith bakte. Ze vroeg zich af wat er toch was, dat maakte dat Sarith de laatste tijd zo boos en humeurig was. Toen Kwasiba even later met een bord pannenkoeken in de richting van het huis liep, kwam Ashana uit de keuken. 'Ashana, ik wil je groeten,' riep Elza. Ashana haastte zich naar de veranda. 'Pas goed op jezelf, hoor misi, ik zal je missen.'* 'Ach een paar dagen maar Ashana.' 'Let goed op je vader hoor, ik hoop dat hij geen ruzie maakt met die oude vrouw.'* Elza lachte; evenals Ashana wist ze dat niemand grootmama kon weerhouden haar scherpe tong te gebruiken. Maar zoals altijd zou papa het wel overleven. 'Ik zal Koki een heerlijke bananensoep laten koken als mijn misi terugkomt,'* ging Ashana voort. 'Goed hoor, Ashana blijft wel' en Elza knikte glimlachend naar Ashana. Bij de deur draaide Elza zich nog even om en zei: ‘Zorg goed voor misi Rebecca, hoor!’* ‘Ja misi,’ antwoordde Ashana. Voor Rebecca zou ze zorgen, die mocht ze wel, heel anders was het met die misi Rachaël en misi Sarith. Wat Ashana betrof, mochten die voor eeuwig wegblijven.

SARITH

Terwijl de tentboot langzaam over de Surinamerivier gleed, geroeid door een achttal roeiers, zaten onder het dak: Oom Levi, moeder Rachaël, Elza en Sarith. Achter moeder Rachaël zaten Kwasiba en Mini-Mini, en voor Elza en Sarith zat Maisa. Sydni, de persoonlijke slaaf van oom Levi, zat dichtbij de achterpunt van de boot en sprak af en toe zachtjes met Kofi, die achterin gezeten, de boot bestuurde.

Sarith zat met de handen onder het gezicht voor zich uit te kijken. Vanaf dat ze vertrokken waren, had ze eigenlijk nog niets gezegd. Af en toe sprak Elza met Maisa of met haar vader en ze keek ook eens van opzij naar Sarith, maar die keek zo boos dat Elza het maar beter vond om niets tegen haar te zeggen.

Toen Elza vanmorgen had geroepen: ‘Sarith, ben je al wakker?’, had Sarith geantwoord: ‘Laat me nog even slapen.’ Ze had niet willen slapen, ze was allang wakker geweest, maar ze wilde nadenken over wat ze die dag zou doen. Ze moest Nathan alleen zien te spreken, het zou niet gemakkelijk zijn, want hij zou natuurlijk steeds gevolgd worden door zijn verloofde Leah, die bleke miezerige Leah. Wat was die nu vergeleken bij haar, Sarith. Ze was honderdmaal mooier dan Leah. O ja, ze wist wel, ze was mooi, veel mooier dan alle jonge meisjes die ze kende. Iedereen zei dat en ze kon het zien aan de manier waarop alle mannen, jong en oud, naar haar keken.

Die Nathan, zo’n lafaard, toch verloofd met Leah; en Sarith overdacht weer wat er was gebeurd ruim een maand geleden. Er was groot feest geweest op *plantage* Eden, vlakbij Paramaribo. Dat was de plantage van Nathans ouders. Het feest was ter gelegenheid van de barmitswa van de jongste zoon, de dertienjarige Joshua, Nathans jongste broer. Vele gasten hadden er een week of langer gelogeerd. De oudere echtparen in het plantagehuis, de jongedames met hun slavinnen in de ongebruikte opzichterswoning en de jongeheren in een magazijn dat speciaal daarvoor was ingericht. De negentienjarige

Nathan, de oudste zoon des huizes, had zich echt als een gastheer gedragen en had duidelijk laten merken dat hij weg was van Sarith. Hij en Sarith hadden meermalen de middag als iedereen rustte, in zijn kamer doorgebracht; ze hadden elkaar vele malen met hevige hartstocht gekust en omhelsd en hadden beiden iedere keer uitgekeken naar de volgende keer om weer samen te zijn. Nathan had haar bewonderd. Verliefd had hij iedere keer gezegd hoeveel hij van haar hield en hoe hij niemand anders wilde dan haar. Maar ze moesten hun verhouding voorlopig geheim houden, want er was door zijn ouders al bepaald, dat hij moest trouwen met Leah Nassy. Sarith moest hem de tijd geven, dan zou hij zijn ouders wel duidelijk maken, dat hij niet kon trouwen met Leah omdat hij van Sarith hield.

Sarith had inderdaad niets laten merken; ze had met een schamper lachje geluisterd naar het gebabbel van de andere meisjes, vooral van Leah, en gezien hoe die iedere keer bloosde als de naam van Nathan te horen was. Kinderen waren het toch allemaal, och, ook Elza, haar stiefzusje, was eigenlijk nog zo'n kind. Nu, zij Sarith wist al veel meer van het leven. Nathan was niet de eerste geweest met wie ze het spel van de liefde had bedreven. Toen ze vanaf haar dertiende jaar samen met Elza gedurende ruim twee jaar in de stad[1] had gewoond bij haar zus Esther, was ze bevriend geraakt met Charles van Henegouwen, de broer van één van haar vroegere klasgenootjes van de Franse school. Vele keren had ze de middag doorgebracht in Charles' gezelschap. Als zijn ouders ergens op visite gingen, wisten zij en Charles het altijd wel klaar te spelen om alleen in huis te zijn; totdat zijn ouders het hadden ontdekt, waarschijnlijk verklapt door één van de slavinnen. Er was een heel gedoe geweest; Esther was boos, had mama laten komen. Sarith en Elza moesten direct terug naar de plantage en Charles was door zijn ouders naar Holland gestuurd. O, ze begreep wel waarom, zij was een Jodin en Charles niet; veel welgestelde christenplanters wilden zich eigenlijk zo min mogelijk met Joden bemoeien alsof ze een minder soort mensen waren. Belachelijk, ze waren toch evengoed blanken!

Op de plantage had mama een hele preek tegen haar gehouden en geprobeerd uit te vinden wat er tussen haar en Charles was voorgevallen, maar ze was niet zo dom geweest om het allemaal te vertellen. Ze kon moeilijk aan mama vertellen, dat ze zeker zes keer met elkaar naar bed waren geweest en ze had alleen gezegd, dat ze elkaar gekust hadden. Mama had opgelucht gezucht en gezegd dat een meisje nooit voorzichtig genoeg kon zijn en beslist geen domme dingen mocht doen. O ja, zo was het, mannen en jongens mochten alles, maar meisjes mochten niets, die moesten als onschuldige en onwetende engelen in het bruidsbed belanden.

Na Charles was er een jonge kapitein geweest, die een inspectietocht had moeten maken bij een militaire post achter Joden-Savanna. Hij was daar ziek geworden, en men had hem naar Joden-Savanna gebracht. Wel een maand had hij bij haar grootouders in huis ziek gelegen. In die tijd hadden zij en Elza toevallig twee weken op Joden-Savanna gelogeerd. Eerst waren ze beiden bij grootmama Fernandez in huis, omdat Sariths eigen oma Jezebel vond dat er geen jonge meisjes bij haar konden slapen terwijl de kapitein daar ziek lag. Maar toen de kapitein aan de beterende hand was, was Sarith hem vaak gaan opzoeken en wat eigenlijk als een plagerijtje en een stoeipartij was begonnen, was in een liefdesscène geëindigd. Eén keer maar, want de kapitein had daar-

1 De stad = Paramaribo, i.p.v. Paramaribo wordt vaak 'De stad' gezegd.

na gezegd dat het hem speet wat was voorgevallen, hij was getrouwd, had vrouw en kinderen en hij had Sarith gevraagd hem te vergeven en te vergeten.

En ruim een maand geleden was het Nathan geweest. Nathan die haar gezegd had, dat hij zijn ouders zou uitleggen dat hij niet met Leah kon trouwen. Twee weken geleden was opeens oom Levi na een paar dagen in Paramaribo, uit de stad gekomen en had verteld, dat Nathan officieel verloofd was met Leah Nassy. Leahs ouders hadden een intiem diner gegeven voor de familie en enkele vrienden, en omdat oom Levi net in de stad was, was hij ook een van de genodigden geweest, evenals haar zuster Esther en zwager Jacob. Het zou geen lange verlovingsperiode zijn, want Nathan en Leah zouden reeds over twee maanden trouwen. Wat *was* Sarith boos geweest toen ze dit hoorde. Ze *was* naar haar kamer gestormd, had gehuild, had met voorwerpen gesmeten, beddengoed op de grond gegooid, gestampvoet, kortom ze was woedend geweest en Mini-Mini had het meerdere malen moeten ontgelden. Alles wat die in die dagen deed, was fout en menigmaal had ze om niets een klinkende oorvijg van haar jonge meesteres gekregen. Elza had verbaasd keer op keer gevraagd wat er toch was, maar Sarith had iedere keer stuurs geantwoord ‘niets’ of ‘bemoei je er niet mee.’

Nu zou ze over een paar uur Nathan zien en dan zou alles wel in orde komen, want ze zou van hem eisen dat hij daar op Joden-Savanna aan zijn familie en iedereen moest vertellen, dat hij van haar, Sarith, hield. En hij zou doen wat ze zei, hij hield van haar. Hij móést het doen en die stomme lelijke Leah zou op haar neus kijken en misschien wel huilen en flauw vallen. Jammer dat er in dit Suriname geen mogelijkheid was om met iemand weg te lopen. In een ander land, in Europa bij voorbeeld, kon je weglopen, een rijtuig nemen of te paard weg gaan, ver weg naar een andere stad en daar trouwen, maar waar kon je hier naar toe? Behalve de stad en de plantages was er alleen maar oerwoud. Angstaanjagend oerwoud met gevaarlijke wilde dieren en marrons, weggelopen slaven, die blanke mensen vermoordden. Sarith zuchtte. Maar goed, als Nathan haar zag zou hij natuurlijk zo verliefd zijn, dat hij zou doen wat ze zei en dan zou alles wel in orde komen. Daarom had ze eigenlijk haar roze jurk willen aantrekken vanmorgen. Mini-Mini moest die jurk maar direct wassen als ze op Joden-Savanna waren, dan kon ze die morgen, op de feestdag zelf, aanhebben.

Toen de boot uren later bij de steiger van Joden-Savanna aanlegde en het gezelschap opgewacht werd door de vele feestgangers die er al waren, keek Sarith meteen rond om te zien of ze Nathan ook zag. Maar ze zag hem noch Leah. Wel Leahs ouders, die enthousiast vertelden, dat Leah samen met Nathan de volgende dag pas zou aankomen, omdat ze een stop hadden gemaakt op plantage Rama en daar zouden overnachten.

Rama was op nauwelijks één uur afstand van Joden-Savanna, en een neef van Nathan was er de eigenaar. Leah en Nathan zouden de volgende dag reeds voor het begin van de eredienst in de synagoge op Joden-Savanna zijn.

Tot zolang moest Sarith dus geduld houden. Nu, dat gaf haar in ieder geval de tijd goed te overdenken wat ze allemaal tegen Nathan zou zeggen.

JODEN-SAVANNA

Toen de boot waarin Nathan en Leah zaten de volgende ochtend omstreeks negen uur al bij de steiger aanlegde, bleek dat er nog meer gasten in de boot waren: Nathans neef, die eigenaar was van plantage Rama en Rutger le Chasseur, een jongeman nog pas enkele weken in de kolonie, aangesteld als assistent-administrateur van een bekende Amsterdamse bank. Sarith was gekleed in haar mooie roze zijden japon, glanzende satijnen roze muiltjes had ze aan haar voeten. Toen Elza 's morgens vroeg had gezien hoe Mini-Mini voorzichtig de prachtige japon over Sariths hoofd liet glijden, had ze verwonderd aan haar stiefzusje gevraagd of het niet beter was om die japon te laten hangen voor het bal van 's avonds. Maar Sarith had kortweg 'nee' geantwoord en toen gevraagd: 'Ga je mee naar de Waterkant?' Toen de boot aanlegde, had Sarith uitdagend helemaal op de punt van de steiger gestaan. Nathan was vuurrood geworden, toen hij haar daar zag staan, maar Sarith had geen kans gezien om met hem te praten. Leahs ouders hadden het hele gezelschap meegetroond, eerst naar het huis waar ze zouden logeren en vervolgens naar de synagoge. In de synagoge was er uiteraard geen kans voor Sarith om ook maar een woord met Nathan te wisselen, want de vrouwen zaten in het vrouwenvertrek, terwijl de mannen in het mannenvertrek de dienst volgden.

Aangezien alleen joden de synagoge binnen gingen, liep Elza buiten maar wat rond. Ze had net besloten op de voorveranda van het huis van haar grootmama te gaan zitten, toen daar opeens die vreemde heer tegenover haar stond. ‘Moet u niet binnen zijn, juffrouw eh...’ ‘Fernandez,’ zei Elza, ‘ik ben Elza Fernandez, nee, ik hoor daar niet, ik ben geen Jodin, u bent kennelijk ook niet joods.’ ‘Nee, inderdaad, ik ook niet, maar u hebt wel een joodse naam, is het niet?’ ‘Ja, dat komt omdat mijn vader wel joods is, maar mijn moeder was geen Jodin en zoals u misschien wel weet worden door de joodse wet alleen kinderen van een joodse *moeder* als joods beschouwd. ‘Kijk eens aan,’ *vervolgde* de jongeman, ‘ik had niet gedacht in dit verre Suriname zoiets liberaals als gemengde huwelijken te vinden.’ ‘Misschien komt u in uw tijd hier nog veel meer liberaals tegen, mijnheer...’ ‘Le Chasseur, Rutger le Chasseur is mijn naam, neemt u mij niet kwalijk dat ik mij nog niet voorstelde.’

‘Hoe lang bent u al in de kolonie?’ vroeg Elza nu. ‘O, nog niet lang, een maand of drie.’ ‘En hoe vindt u het tot nu toe?’ ‘Warm, zeer warm,’ antwoordde Rutger. Elza lachte: ‘O ja, en deze afgelopen maanden zijn doorgaans de warmste van het jaar, hoewel, op Joden-Savanna valt het meestal wel mee. Het ligt hoger dan Paramaribo, ziet u.’ ‘O ja, ik merk dat wel hoor; en hoe ik het verder vind? Mooi! Paramaribo is zo’n mooie heldere stad, niet groot, maar prachtig, fris en schoon, ik begin al wat te wennen. Zullen we wat naar de rivier wandelen?’ Samen wandelden ze en hij vertelde aan Elza, hoe hij als assistent-administrateur naar Suriname was gekomen; hij moest het administrateursvak leren in opdracht van zijn oudoom, die de eigenaar van een bank in Amsterdam was, en ook van enkele plantages in Suriname en Berbice. Toen Elza had opgemerkt dat die oom dan wel heel erg rijk moest zijn had Rutger lachend gezegd, dat zijn oudoom inderdaad heel erg rijk was. Hij, Rutger, was er een van de verarmde tak en ook geen erfgenaam van de oom, want die had zelf vier dochters. Zijn grootmoeder, die een zus van zijn oudoom was geweest, was indertijd gehuwd met een uitgeweken Franse hugenoot, vandaar ook zijn Franse achternaam.

Elza op haar beurt vertelde dat ze woonde op plantage Hébron, samen met haar vader, stiefmoeder Rachaël en stiefzusjes Rebecca en Sarith. Haar eigen broer David was al getrouwd en had een plantage aan de Para. 'Was dat mooie meisje dat bij u stond op de steiger een van de stiefzusjes?' 'Ja, dat was Sarith,' zei Elza. 'Wat een mooi meisje was dat,' merkte Rutger nu op. Elza knikte, ja Sarith was mooi. Iedereen zei dat altijd. Overal waar ze kwamen was het altijd Sarith die het eerst opgemerkt werd en steeds weer werd er gezegd hoe mooi ze was. Gisteren toen ze waren aangekomen had iedereen Sariths schoonheid bejubeld. Oma Jezebel, Sariths grootmoeder, had het vele keren gezegd aan grootmama; tante Sarah, de zus van tante Rachaël had het gezegd en tante Rachaël had geglunderd, iedere keer weer, als ze hoorde hoe mooi iedereen haar jongste dochter vond. Alle mannenogen hadden met bewondering naar Sarith gekeken, *en een van de oudere dames had nog opgemerkt, dat* Sarith al zo echt een jonge vrouw was, terwijl Elza, die toch van dezelfde leeftijd was, nog gewoon een meisje was.

'Komt u vaak op Joden-Savanna?' vroeg Rutger nu. 'O, minstens eenmaal per jaar. Mijn grootmama is vandaag jarig en ze stelt er prijs op, dat iedereen weet dat zij en de synagoge op dezelfde dag jarig zijn, en heel vaak valt het min of meer samen met het Loofhuttenfeest, ziet u, dus zo.' 'En moet u dan altijd buiten blijven als de diensten in de synagoge aan de gang zijn?' vroeg Rutger weer. 'Ja, altijd, maar ach, dat geeft niet hoor, 'antwoordde Elza. 'Zelf zijn wij luthers gedoopt, omdat mijn moeder luthers was, en toen we kind waren liet vader ons altijd met Kerstmis in de stad bij onze grootvader, de vader van onze moeder, logeren, maar grootvader is vijf jaar geleden gestorven en vanaf toen zijn we met Kerstmis niet meer naar de kerk in Paramaribo geweest.' 'En is het niet moeilijk om zowel Jood als christen te zijn?' vroeg Rutger verwonderd. 'Ach, al dat gedoe om niets, ik denk dat het God om het even is of iemand nu Jood of protestant of katholiek is, zolang hij maar goed leeft en anderen geen kwaad doet. 'Wat een wijze en doordachte opmerking voor een jong meisje,' zei Rutger terwijl hij haar geamuseerd aankeek. 'Zijn wijze opmerkingen dan alleen aan mannen of oude vrouwen voorbehouden?' vroeg Elza. 'Zeker niet, maar je hoort ze niet zo gauw bij jongedames,' antwoordde Rutger. 'Tenminste, dat denken de mannen,' zei Elza gevat. Rutger lachte nu hardop: 'Juffrouw Elza, ik vind u bijzonder geestig.'

Toen ze terugliepen, liet Elza hem zien hoe het dorp gebouwd was; als een vierhoek met vier dwarsstraten. De huizen op de hoeken van deze vierhoek waren groot en gemakkelijk, de andere soms eenvoudig, maar alles heel fraai. De meeste huizen hadden tuintjes op de hellingen. En in het midden van dit alles de prachtige synagoge, gebouwd van tichelsteen, ongeveer dertig meter lang, veertien meter breed en elf meter hoog. Als het mogelijk was, zou hij later binnen moeten kijken; daar was een heel mooi bewerkt plafond, een grote kast van cederhout met mooi beeldhouwwerk, waarin de rollen der wet bewaard werden. Zilveren kronen, grote kaarskronen van geel koper en verschillende soorten kandelaars.

Jood en niet-Jood waren het er over eens, dat deze synagoge een sieraad voor de kolonie Suriname was. Het was echter jammer dat vele rijke joden naar de stad waren getrokken of elders op plantages woonden, waardoor Joden-Savanna sterk achteruitging en nu voornamelijk bewoond werd door ouderen zoals haar grootmama en de ouders van tante Rachaël.

Vlakbij de synagoge was de grote loofhut. Iets verderop in de vallei waren er ook nog enkele kleinere hutten gebouwd door mannen die er prijs op stelden een eigen loofhut te hebben.

Toen de dienst was afgelopen, kwamen de mensen uit de synagoge en gingen zitten op banken aan lange tafels die in de hut waren opgesteld. Dit was het grote moment van het Loofhuttenfeest. Drie heel grote ronde broden, speciaal voor dit doel gebakken, lagen op tafel. De rabbi sprak een gebed uit, brak het brood en verdeelde het onder de aanwezigen, waarna de wijn werd ingeschonken en verdeeld.

Na dit traditionele gebaar werden er door slavinnen en slaven uit de huizen schotels aangedragen en het feestmaal kon beginnen. Rutger was als vanzelfsprekend naast Elza komen zitten en toen later vader Levi zich aan dezelfde tafel zette en met Rutger kennis had gemaakt, ontspon zich een aangenaam gesprek tussen alle tafelgenoten. Elza keek eens om waar Sarith was gebleven, maar ze zag Sarith aan geen enkele tafel zitten. Misschien dat die zich dan toch was gaan omkleden? Ze wist niet wat er met Sarith aan de hand was, nou ja, misschien had ze nog geen zin om te eten en zou ze later wel komen.

Het gesprek aan tafel bleef niet altijd aangenaam, want al gauw werd er gesproken over de moeilijkheden van de kolonie. De aanvallen van de weglopers. Nog pas hadden ze weer enkele plantages overvallen. Tot aan de Tempatie waren ze gekomen, daar hadden ze de joodse eigenaar en diens vrouw gedood, evenals de opzichter. Ze hadden de slaven vrijgelaten, die hadden zich onmiddellijk bij hen aangesloten en ze hadden het plantagehuis en het riet dat op het veld stond in brand gestoken.

Enkele weken geleden hadden ze plantage Jukernambo aan de Boven-Commewijne overvallen. De eigenaar, masra Biertempel, was er toen net niet. De vrouw was vermoord en de drie kinderen waren gewond. Alles hadden de overvallers meegenomen, zelfs de kleren van de kinderen. Toen de vader zich de volgende dag naar zijn huis had gehaast, had hij daar zijn kinderen gevonden, half naakt, huilend op het lijk van hun moeder. De schrik zat er in bij de kolonisten. Hier moest een einde aan komen!

Rutger merkte op dat het volgens hem het beste zou zijn als het gouvernement vrede zou sluiten met de marrons en ze niet meer zou achtervolgen. Suriname was zo groot; niemand gebruikte het achterland. Dat zou toch het gebied van de vrije negers kunnen worden. Vele mensen in het gezelschap keerden zich tegen Rutger. Hij was nog nieuw in de kolonie, hij wist niet wat hij zei. Het gouvernement had al vrede gesloten met de Bosnegers. Enkele jaren geleden was er heel wat te doen geweest, omdat het gouvernement vrede sloot met de weglopers aan de Boven-Suriname. Dacht Rutger misschien dat er iedere keer met een stel van die wilden in het binnenland vrede gesloten moest worden? Dan kon men wel aan de gang blijven en heel Suriname onder dat duivelsgebroed verdelen.

Een dikke mevrouw in een zwartzijden japon verklaarde dat zij geloofde dat een opstand niet ver meer was. Iedereen herinnerde zich toch nog die vreselijke opstand in Berbice, enkele jaren geleden. Wel, dat stond hun hier ook te wachten. Een opstand waarbij alle blanken vermoord zouden worden of tot slaaf gemaakt van de negers.

'Zou het dan niet beter zijn, als alle slavenbezitters voortaan hun slaven goed zouden behandelen?' had Rutger gevraagd, 'zonder die vreselijke straffen die nu worden toegepast. Is het niet de vrees voor die gewelddaden, als ophangen aan een vleeshaak, hand of voet afhakken, Spaanse bok[1] en levend verbranden, die maakt dat de slaven nu weglopen? ' Vader Levi knikte instemmend toen Rutger dit opmerkte, maar de meeste gasten aan de tafel moesten

1 Groot pak slaag.

luid lachen. Rutger was echt een onwetende nieuweling. Met stràffen moest men slaven behandelen, ze waren dom en lui. Als je hen niet flink en wreed strafte en danig bang maakte, zouden ze nog denken dat ze konden doen wat ze wilden. En ze waren toch immers door de Heer geschapen om voor de blanken te werken en te zwoegen? Rutger wilde opmerken dat hij graag wilde weten hoe men zo precies wist dat negers daarvoor geschapen waren, maar Elza fluisterde zacht tegen hem: 'O Rutger, zeg maar niets, deze lui zijn heel fanatiek, je raakt bij hen zó in ongenade als je van mening bent dat slaven goed behandeld moeten worden.' Rutger had toen niets meer gezegd, hij was per slot van rekening een gast hier.

Elza had weer rond gekeken, nog steeds zag ze Sarith niet. Misschien had *die hoofdpijn* en was ze wat gaan rusten in het huis van haar grootouders.

SARITH

Maar Sarith rustte niet in het huis van haar grootouders, ze had haar kans schoon gezien en toen iedereen uit de synagoge naar buiten liep, was ze vlak bij Nathan gaan lopen en had gezegd: ‘Kom, ik moet je spreken.’ ‘Moet dat nu?’ had Nathan gevraagd met een angstige blik in zijn ogen. ‘Ja nu,’ had Sarith gezegd, ‘als je nu niet mee komt, ga ik hier heel hard gillen.’ Nathan had tegen Leah gezegd, dat ze vast naar de loofhut moest gaan, hij moest even wat gaan halen, en toen was hij met Sarith meegelopen, de andere kant op, naar de achterkant van het huis van haar grootouders, waar de tuin uitzag op de vallei.

‘Nathan, je had gezegd dat je van mij hield! Ik was toch de persoon met wie je wilde trouwen en dan hoor ik opeens dat je met Leah verloofd bent, hoe kon je, Nathan?’ Sarith struikelde bijna over haar woorden, zo vlug sprak ze. ‘O Sarith, Sarith.’ Nathan greep haar beide handen. ‘Ik hou werkelijk van je, maar ik kàn niet anders, zie je, dit is allang door onze ouders beslist.’ ‘Dat wist je toen ook al, maar je zou het ze uitleggen, dat had je gezegd.’ ‘Het kan niet, Sarith, het kan niet, zie je, mijn vader heeft een grote schuld. Hij zou de plantage kunnen verliezen. Na mij zijn er nog drie kinderen en Leah is alleen en erfgename en hun plantage is erg groot en eh...’ ‘Om het geld dus, dacht ik het niet?' Met een ruk trok Sarith haar handen terug. 'Maar je hield toch van mij? Ben je vergeten wat er tussen ons is voorgevallen?' 'Nee Sarith, nee, ik zal het nooit vergeten, ik zal het in mijn hart bewaren als mijn dierbaarste herinnering.' 'Daar heb ik veel aan, hè,' zei Sarith heel cynisch. 'O Sarith, begrijp het dan toch, men trouwt niet altijd met de persoon van wie men in werkelijkheid houdt.' Nathan keek haar aan; hij wilde haar over de wang strelen, maar ze sloeg zijn hand weg en zei: 'Wat als ik nu een kind moest krijgen? Wat als ik hier aan iedereen vertelde wat er tussen ons is geweest?' 'Nee toch Sarith, nee, niet doen, men zou, men zou zo slecht over je denken!' 'Over mij, hè, over mij, hè?' Sarith gilde nu. 'Over mij, over jou niet, hè? Jij lafaard, o, gemeen, gemeen, ik haat je!' 'Sarith toch, kalm.' Nathan wilde haar hand grijpen, hij aarzelde, dit was een andere Sarith dan het lieve kirrende meisje dat hij in zijn bed had gehad. Deze kleine furie beangstigde hem. Ze sloeg zijn hand weg en voor hij erop bedacht was, had ze hem een klap in het gezicht gegeven terwijl ze riep: 'Raak me niet aan, jij lafaard, ik haat je, laat me, ga weg, ga naar je Leah,' en ze draaide zich om, rende weg en ging door de achterdeur van haar grootouders' huis. Nathan bleef een poosje peinzend staan kijken en veegde over zijn wang, toen liep hij langzaam naar de plaats waar de gasten aan de tafels zaten.

De tranen liepen over Sariths wangen terwijl ze de trap opstormde en zich op een bed in een van de slaapkamers gooide. Wild snikte ze en beukte in het kussen, dat op het bed lag. Maar wacht, ze zou Nathan wel krijgen, ze zou hem bewijzen hoe alle mannen haar wilden, ze zou hem eens wat laten zien. Ze riep naar één van de slavinnen van haar grootmoeder, omdat ze niet wist waar Mini-Mini was, en beval haar een kom koud water te halen, zodat ze zich kon opfrissen.

Toen Sarith een kwartiertje later aan de lange tafel ging zitten, was aan haar beslist niet te zien wat er zo juist was voorgevallen. Ze was uitbundig vrolijk, schertste en lachte met iedereen en koketteerde en flirtte met alle mannen jong en oud. Iedere keer als haar lach opklonk, zag ze Nathan verlegen of bezorgd haar kant uitkijken, maar zij deed alsof ze hem niet zag. Zag hij wel hoe alle mannen gecharmeerd van haar waren?

’s Middags werd er door alle dames gerust, sommige heren rustten ook, maar velen bleven zitten in de schaduw van de grote bomen of hadden hun loopjongens hangmatten laten hangen en babbelden, rookten en dronken rumpunch. Sarith ging niet rusten met de andere dames, maar ze bleef in het gezelschap van de heren en babbelde en praatte honderduit, terwijl ze dan eens bij die, en dan weer bij een ander even in de hangmat ging zitten en zelfs af en toe een slokje uit het een of andere glas dronk.

'sAvonds was er een bal. Het terrein was met verlichte lampionnen versierd en het was een zeer feestelijke aanblik om al die dames in hun prachtige japonnen en de heren in avondkleding te zien. Elza danste en praatte voornamelijk met Rutger. Toen ze zich aankleedde voor het bal, had Elza met een kleur op de wangen aan Sarith verteld, dat die nieuwe assistent-administrateur toch zo aardig was en zo *gezellig kon praten. Sarith* had er nog even over *gedacht* of ze haar flirtpartij zou uitbreiden met deze nieuwe jongeman, maar ze had er maar vanaf gezien. Het was Nathan die ze wilde kwetsen en niet Elza, en het gebeurde heus zo vaak niet dat mannen belangstelling voor Elza hadden, bovendien was zij, Sarith helemaal niet geïnteresseerd in een arme kantoorklerk die er bovendien nog heel gewoon uitzag.

Sarith ging al lachend en kirrend van het ene paar mannenhanden in het andere, ze was zeer vrolijk, uitdagend zelfs en menigmaal werd er door een echtgenote of verloofde een boze blik in haar richting geworpen. Elza had het veel te druk met het vasthouden van Rutgers aandacht om te veel op Sarith te letten. Meer dan eens had ze Rutger geamuseerd naar Sarith zien kijken, en hij had opgemerkt: ‘Wat is je stiefzusje toch een mooi meisje en zo vrolijk.’ Toen had Elza gezien dat Sarith zich bijzonder vermaakte met de weduwnaar Robles de Medina. De 33-jarige Julius Robles de Medina had zijn vrouw en zoontje het vorig jaar bij een pokkenepidemie verloren en hij was alleen achtergebleven met twee dochters van tien en acht jaar. Dit was de eerste maal na het verlies van zijn vrouw en kind, dat hij met zijn beide dochters van hun plantage aan de Boven-Commewijne naar Joden-Savanna was gereisd om het feest bij te wonen.

Met verbazing keek Elza hoe haar stiefzusje met ‘Noso’ flirtte en hoe uitdagend ze zich tegenover hem gedroeg. Zij en Sarith hadden Julius Robles de Medina noch zijn vrouw erg gemogen en ze hadden hem vanaf dat ze kleine meisjes waren de bijnaam ‘Noso’ gegeven, omdat hij zo’n verschrikkelijk grote neus had. De laatste jaren waren ze op feesten altijd uit zijn buurt gebleven, omdat Sarith hem zo'n 'zeurpiet' vond, die altijd wilde vertellen over zijn mooie plantage Klein Paradijs. En nu zat diezelfde Sarith zo dicht naast hem en praatte en lachte terwijl ze hem zelfs plagerig over het hoofd aaide en hem vertelde dat hij er zo goed uitzag. Elza begreep helemaal niet wat er met Sarith aan de hand was.

Bijna een week bleef het grootste deel van het gezelschap op Joden-Savanna, en Sariths gedrag veranderde niet. Als zij en Elza 's avonds gingen slapen, kreeg Elza geen kans om met haar stiefzusje te praten, want Leah sliep ook bij hen op de kamer, evenals een zusje van Nathan. En terwijl Sarith door Mini-Mini werd uitgekleed bleef ze lachend neuriën of maakte opmerkingen in de trant van 'sommige mensen kunnen zelf geen man krijgen en moeten *daarom uitgehuwelijkt* worden' of iets dergelijks.

Na een dag of vijf vertrok eerst Nathan met zijn ouders en broers en zusje. Ook Nathans neef van plantage Rama en Rutger gingen mee met die boot. Twee dagen later gingen vader Levi, moeder Rachaël en de meisjes. Vooral Rachaël was blij dat de logeerpartij achter de rug was. Het was haar niet ontgaan, dat zowel jongere als oude mevrouwen misprijzend naar Sarith en bezorgd naar hun echtgenoten hadden gekeken. Eén van de dames had zelfs opgemerkt, dat Sarith zich gedroeg als de eerste de beste gekleurde bijzit. Maar toen haar schoonmoeder, de weduwe Fernandez, tegen haar gezegd had, dat Sarith zich toch wel al te uitdagend en te vrij gedroeg zo te midden van al die mannen, had Rachaël geantwoord dat het arme kind er heus niets kwaads mee bedoelde; het was gewoon vrolijkheid en aardigheid van een jong meisje. Hoewel ze in haar hart haar schoonmoeder gelijk gaf, kon ze het toch niet hebben, dat iemand iets kwaads van haar lieveling zei.

In de boot gezeten keek ze eens naar haar dochter, die nu niet meer het vrolijk dartele meisje was, maar met een verveeld gezicht voor zich uit zat te kijken en moeder Rachaël vroeg zich bezorgd af wat er in dat mooie hoofdje van haar dochter omging.

Hoofdstuk II

RUTGER LE CHASSEUR

Het was een urenlange reis van Joden-Savanna naar Paramaribo in de tentboot, voortgeroeid door een tiental slaven. Toen het vloed werd, hield men stil bij een plantage en bracht daar de nacht door. De volgende dag, bij eb, ging de reis verder. Toen de boot bij de stad aankwam ging de zon al onder en Rutger keek vanuit de boot naar het mooie witte stadje, dat steeds meer naderbij kwam. Nu hij van landinwaarts naderde, zag hij het natuurlijk van een andere kant dan toen hij ruim drie maanden geleden van de zee naar Paramaribo voer. Wat zag het er toch helder en verzorgd uit. Heel wat anders dan Amsterdam waar hij vandaan kwam en waar de nauwe straten met keien geplaveid waren. De straten van Paramaribo, beplant met oranjebloesem, gaven het geheel een fleurige aanblik en Rutger bedacht dat die gouverneur Mauricius om wie een vijftien jaar eerder zoveel te doen was geweest, toch maar goede resultaten had gehad met zijn verbetering van de stad. Niet alleen Paramaribo, maar de hele kolonie was met rasse schreden vooruitgegaan tijdens het bewind van deze voortvarende gouverneur, die echter zo gedwarsboomd werd door een groep van conservatieve rijke planters, die maar niet konden begrijpen dat een betere behandeling van de slaven en vrede met de marrons alleen maar in hun eigen voordeel zou zijn. Geplaagd en getergd door deze planters en tenslotte valselijk beschuldigd had gouverneur Mauricius de kolonie moeten verlaten. Hoewel hij in Nederland in het gelijk was gesteld, was hij toch niet naar Suriname teruggekeerd om dat wat hij als levenswerk was begonnen te beëindigen. Gelukkig was nu de goed verzorgde en frisse stad een blijvende herinnering aan zijn goede bedoelingen.

Rutger le Chasseur logeerde bij zijn patroon, de administrateur Van Omhoog. Deze bewoonde met zijn vrouw een ruim huis in de Gravenstraat, waar in één van de benedenzalen ook kantoor gehouden werd.

Rutger herinnerde zich nog goed hoe verbaasd hij was geweest toen hij dat prachtige herenhuis voor het eerst had gezien. Hij had zulke huizen niet in een verre kolonie verwacht. Nu wist hij wel dat er veel van deze huizen in Paramaribo waren, alle waren op ongeveer dezelfde wijze gebouwd en ingericht.

Voor het gebouw was een grote, hoge stoep, die de volle breedte van het huis innam. Men kwam binnen door een deur in renaissancestijl met een glanzend gepoetste koperen klopper en bevond zich dan direct in de grote voorzaal, die heel typisch gemeubileerd was. Meestal stond aan de ene kant een piano waarboven een grote spiegel met zwaar vergulde lijst, in het midden een mahoniehouten tafel waarboven een grote, brede glazen kroon voor kaarsen. Met om de tafel een viertal hobbelstoelen en langs de muur vaak nog een stel mahoniehouten stoelen. Twee canapés stonden tegenover elkaar en in één van de vier hoeken nog een groot mahoniehouten wandmeubel – 'stomme knecht' genoemd – waarop allerlei voorwerpen in glas en aar*dewerk en ook nog* kristallen glazen, glaasjes, karaffen met wijn, likeur en madeira. In de kastjes van dit meubelstuk pronkte het dure porselein en tafelzilver. Aan de wanden hingen schilderijen, een pendule en kandelaars met fijn geslepen glazen reflectoren. De ramen hadden jaloezieën en waren met groen gaas bespannen. Prachtige zijden of kanten gordijnen aan strikken en lussen waren opgebonden naast de ramen.

Bij de Van Omhoogs was naast de voorzaal, een zitkamer die als kantoor diende en daarachter een tweede zitkamer; de eetzaal was achter de voorzaal. Aan de achterzijde van het huis liep een brede galerij waar thee of koffie werd gedronken. Aan het eind van deze galerij vond men de botralie: de voorraadkamer en binnenkeuken. Een grote verscheidenheid van borden stond in lange rijen tegen de muur en onder het open aanrecht waren de vele koperen pannen en bakvormen. Op de achtergalerij kwam de trap uit die naar boven leidde, waar vier grote kamers waren. In de slaapkamers stonden grote, hoge mahoniehouten ledikanten met koperen banden en ballen versierd. Op het erf bevonden zich de kookkeuken, het grote washuis en het magazijn en dan stonden iets verder, in twee rijen tegenover elkaar de slavenwoningen. Daartussenin was de gemetselde put terwijl bij het huis ook nog een grote, stenen regenbak stond. Achter de negerwoningen was nog een tuin met allerlei vruchtbomen.

Toen de boot bij de Platte Brug had aangelegd, nam Rutger hartelijk afscheid van alle reisgenoten en liep door de Molenstraat en de Kerkstraat naar zijn logeerhuis, gevolgd door zijn slaaf Alex. Toen Rutger in Suriname was aangekomen en aan de kade werd opgewacht door administrateur Van Omhoog, had deze de zestienjarige Alex al bij zich en reeds op de steiger had de administrateur tegen zijn jonge assistent gezegd, dat Alex van hem was en dat hij er op moest toezien dat Alex hem op zijn wenken bediende en hem overal volgde. Vanaf dat moment liep de jongen werkelijk steeds achter hem aan, hielp hem met aan- en uitkleden, trok zijn schoenen aan en uit, stond klaar met drankjes, pijp en tabak al naar gelang hij nodig had en stond bij het uitgaan gereed met hoed en wandelstok. Nu liep Alex ook weer achter hem, terwijl hij de koffer met kleren van zijn meester op een gehuurde kruiwagen voort kruide.

Mevrouw Van Omhoog was blij toen haar logé na bijna een maand weer *thuis was. Hij was vertrokken* om twee plantages aan de Surinamerivier, die onder het beheer van het kantoor stonden, te bezoeken, en ze hadden wel begrepen dat hij, zo dicht bij Joden-Savanna wel een gast zou zijn op het jaarlijkse Loofhuttenfeest. De Van Omhoogs hadden zelf geen kinderen en mevrouw vond het heel prettig om deze jongeman nu in huis te hebben, dan had ze tenminste wat aanspraak, want haar man was een nogal stille figuur.

beeld hadden gegeven met plantages en dergelijke? Waarom dan die antigevoelens? Administrateur Van Omhoog wist het ook niet, maar ze waren er, zo zelfs, dat er sprake van was, dat men de joden in een apart gedeelte wilde onderbrengen in de stad. Een soort getto dus. Rutger haalde de schouders op: 'Kleingeestig koloniaal gedoe, ik ben mans genoeg om mijn eigen vrienden te kiezen en ik zal me niet laten leiden door vooroordelen van anderen.'

'Natuurlijk is de positie van het meisje Fernandez wel anders,' ging de administrateur voort, 'zij is zelf geen Jodin, want haar moeder was een lutherse, maar ja, ze heeft toch wel een joodse naam.' Rutger merkte op, dat voor zover hij had kunnen constateren, dat meisje Fernandez een zeer gezond oordeel had over al deze zaken over jood en niet-jood, christen en niet-christen; een waarlijk verfrissende gedachte tussen al deze kleine zielen. De heer Van Omhoog moest lachen om wat Rutger nogal kortaf zei, maar vond toch, dat het beter zou zijn om ook met de familie Fernandez niet al te intiem om te gaan. Wat vrouwelijk gezelschap betrof, als hij een vrouw nodig had, kon de administrateur wel voor een mooie kleurlinge zorgen. Bijna alle blanken hadden een mulattin als bijzit of concubine; dat voorzag in de behoefte van een man en schiep geen enkele verplichting. Want natuurlijk moest geen enkele blanke heer zo stom zijn om met zo'n vrouw te willen trouwen. Kreeg zo'n vrouw kinderen van hem, dan waren een paar gulden al voldoende om die te verzorgen. Hij, Van Omhoog, had zelf ook zo'n bijzit. Hij had haar in een huisje geïnstalleerd aan de weg naar het Oranje Kerkhof aan de rand van de stad. Ze had twee kinderen van hem. Er waren zelfs een paar blanken die de kinderen dan hun eigen naam gaven, maar dat was hij, Van Omhoog, zeker niet van plan. Vele van die kleurlingen en mulatten kregen dan zo'n verbeelding, gingen zich zelfs als blanken gedragen, nee, hij zou daaraan niet meewerken.

Met verbazing luisterde Rutger naar de woorden van zijn patroon. Het was niet de eerste keer dat hij zulk een gesprek hoorde. Wat een ideeën, wat een dubbele moraal, een vrouw gebruiken, kinderen bij haar verwekken, en dan op je eigen kinderen neerzien, omdat ze kleurlingen waren. Rutger dacht: 'God helpe mij dat ik zelf nooit zo word.' Als hij de blanken in Suriname zo hoorde afgeven op de negers vroeg hij zich af, of hij wel in dit land zou kunnen blijven en vaak had hij zich afgevraagd of hij de enige was die zo dacht. Van alle mensen die hij had ontmoet tot nu toe, was misschien wel de zestienjarige Alex, zijn slaaf, de meest intelligente. Hij had al gemerkt, dat de voornaamste bezigheden van de kolonisten, bij de mannen, bestonden uit drinken, eten, kaart- en hazardspelen, bij verschillende vrouwen slapen en zogenaamd zwaarwichtige gesprekken voeren, die altijd gingen over geld, de gouverneur, aanvallen van de bosnegers en hun eigen kleine kringetje. Bij de vrouwen was het niet anders, babbelen, roddelen, klagen over luiheid van slavinnen, over gedrag van echtgenoten, snoepen en nog eens roddelen. En verder werd er gepronkt, gefeest, geprobeerd elkaar te overtroeven in het tentoonstellen van weelde en pracht.

Toen Rutger de eerste zondag met mijnheer en mevrouw Van Omhoog in hun rijtuig naar de kerk was gereden (hoewel die vlak om de hoek, nog geen vijf minuten lopen was in een groot vertrek boven het stadhuis op het kerkplein), had hij niet begrepen waarom naast het rijtuig nog twee slaven, twee slavinnen en zijn eigen Alex meeliepen. Pas toen ze bij het stadhuis op het pleintje uitstapten, had hij gezien waarvoor dat gevolg diende. Het echtpaar Van Omhoog was in de weelderigste kleren gestoken en ook de slaven en slavinnen hadden prachtige kleren aan, de laatsten geen schoenen uiteraard, want het was ten zeerste verboden dat slaven schoenen droegen. Toen het gezelschap uit het rijtuig stapte, hield mijnheer Van Omhoogs lijfslaaf een grote parasol boven zijn hoofd, terwijl een andere slaaf met het kerkboek op de hand achter hem liep. Bij mevrouw Van Omhoog was het net zo: een slavin met parasol, de andere met kerkboek op de hand. Aangezien Rutger geen parasol had, was het Alex die achter hem liep met een kerkboek. Zo waren alle kolonisten naar de kerk gekomen al of niet in een rijtuig, maar allemaal vergezeld van wel vijf of zes slaven en slavinnen. Rutger had echt willen lachen om dit komediantengedoe, wat een klucht, wat een dom ijdel gedoe. En als je daarbij keek naar de ernstige uitgestreken gezichten van de kerkgangers zou je helemaal hardop willen schateren. Wat een feesten en partijen werden aldoor gegeven; men moest elkaar zoveel mogelijk overtreffen in rijke kleding en overvloed van gerechten.

Nu ook was er een uitnodiging bezorgd. Het was een uitnodiging van de gouverneur en mevrouw Crommelin, voor een eclatant bal dat over vier weken zou plaatsvinden. Mijnheer Van Omhoog had hem verteld dat de hele 'high and white society' van Suriname op het bal zou zijn. Rutger hoopte van harte dat Elza omstreeks die tijd in Paramaribo zou zijn. Hij zou haar dan kunnen ontmoeten op het gouvernementsbal. Haar familie zou ook uitgenodigd worden.

Wat een leeg en ijdel bestaan was het toch in zo'n kolonie. Mensen die lazen en die zich met andere dan deze kleingeestige zaken bezig hielden, waren zo klein in aantal, dat het een verrassing was geweest om zo'n meisje als Elza Fernandez te ontmoeten. Ze woonde op een plantage maar ze wist veel van boeken en had zo'n eigen mening over bepaalde zaken. Ze was werkelijk een uitzondering op de vrouwen en dames die hij tot nu toe had ontmoet. Ze had niet één keer afgegeven op een slavin, maar ze had integendeel gezegd dat naast haar vader, broer en stiefzusje, de twee slavinnen die haar hadden grootgebracht, de belangrijkste mensen in haar leven waren. Hij had gemerkt dat ze nooit op bevelende toon tegen haar slavin sprak, maar altijd lief en vriendelijk. Hij had werkelijk genoten van haar gezelschap. Wat hadden ze veel gepraat over allerlei zaken; boeken, slavernij, de marrons. En dat stiefzusje, wat was die een onverbeterlijke kokette geweest, echt zo'n verwend meisje uit de kolonie dat precies doet waar ze zin in heeft. Rutger moest even glimlachen als hij terugdacht aan de bezorgde wijze waarop Elza haar stiefzusje had gadegeslagen als die zo bezig was; en die Sarith had gedaan alsof ze de boze blikken van al die vrouwen helemaal niet opmerkte, had plagerig eens met die man en dan weer met een andere gekoketteerd. Toch vroeg Rutger zich af of het werkelijk allemaal zo onschuldig was geweest als het er uit had gezien.

ELZA

Een paar weken later, voer de familie Fernandez werkelijk met de tentboot van plantage Hébron naar Paramaribo. Vader Levi, tante Rachaël, Elza en Sarith, zouden logeren in het grote huis van Jacob de Ledesma, die getrouwd was met tante Rachaëls oudste dochter Esther. Het echtpaar had drie zoontjes, een tweeling van drie jaar, Samuel en Joshua, die door iedereen Sammy en Jossy werden genoemd, omdat de slaven hun namen op die manier uitspraken en een baby van enkele maanden, Ezau. Jacob de Ledesma was een zeer welgesteld zakenman, die behalve de zaken in Paramaribo, nog drie plantages had. Aan alles was te zien dat het de familie zeer goed ging: een prachtig groot herenhuis in de Saramaccastraat, een heel groot erf met vele vruchtbomen, moestuin en meer dan tien slavenhutjes helemaal achteraan. In het huis zelf werkten wel dertig slaven en slavinnen. In de grote voorzaal en eetzaal prachtig meubilair, speciaal uit Europa gehaald, zijden gordijnen, duur porselein en zilverwerk, grote kristallen kandelaars, waarin honderd kaarsen gestoken konden worden, om bij bals en diners voor een schitterende verlichting te zorgen. Dit gedeelte van het huis was meestal verboden terrein voor de twee jongetjes, die met hun ondeugende streken het hele huis tiranniseerden. Elk hadden ze een slavin, een meisje van een *jaar of veertien*, dat de hele dag niets anders deed, dan achter de kleine masra aanrennen en zorgen dat hij geen ongeluk kreeg of hem een voorwerp uit de handen te nemen. Verder was er nog een kleine loopjongen, die aldoor weggegooid speelgoed moest oprapen.

Tante Rachaël hield wel van haar twee kleinzoontjes, maar ze mochten nooit te lang in haar buurt blijven, want ze werd doodnerveus van hun geren en geroep, en als ze de kans kregen, klauterden ze op haar en lieten hun grijpgrage vingertjes door haar keurig opgemaakte pruik gaan. Als Elza en Sarith in de stad logeerden en ze hoorden 's morgens de kleine voetjes de trappen oprennen, haastten ze zich om de deur op slot te draaien, 'want als de Filistijnen zouden binnenkomen...'

Toen de logés zich hadden geïnstalleerd en er tijdens de uitgebreide maaltijd uitvoerig verteld was over het feest op Joden-Savanna, ging het gesprek over het bal met souper, dat over enkele dagen bij de gouverneur zou zijn en waarvoor ze natuurlijk ook uitgenodigd waren.

Rutger was één van de eersten die Elza zag, toen ze de grote benedenzaal *van het gouvernementspaleis* binnenging. Met uitgestoken handen kwam hij op haar af en het was hem aan te zien dat hij het prettig vond haar terug te zien. Ook Elza was blij. Ze had gehoopt hem weer te ontmoeten en bloosde toen ze merkte dat hij haar gezelschap zo duidelijk waardeerde. De hele avond waren ze bij elkaar, pratend, lachend, dansend. Sarith was de ster van de avond, ze zag er heel mooi uit in een zachtgroene japon; de zwarte krullen hoog opgestoken, de grijsgroene ogen schitterend van genoegen om alle mannelijke aandacht. Alle heren, jong en oud, wilden met Sarith dansen en als een vlinder was ze nu eens hier, schertsend en lachend en dan eens daar. Op een gegeven moment was ze ook bij Elza en Rutger en zei lachend tegen Rutger dat hij toch zeker niet de hele avond alleen aan haar zusje aandacht moest schenken, zij was er toch ook nog en glimlachend had Rutger haar naar de dansvloer geleid. Elza had toegekeken hoe die twee dansten, één dans en daarna nog één en ze had ook gezien dat er in Rutgers ogen net zo veel bewondering was voor Sariths schoonheid als bij alle andere mannen. Kort daarna was het tijd voor het souper. Zoals de gewoonte was, waren de tafels voor het joodse gezelschap in een bovenzaal. Dat gebeurde ten gouvernementshuize altijd; aan hun speciale tafels kregen de Joden de spijzen die op eigen koosjere wijze voor hen bereid waren. Sarith ging dus naar boven, samen met vader, tante Rachaël, Jacob, Esther en alle andere Joden. Elza was blij dat het souper net begon, want ze had zich afgevraagd of Sarith en Rutger misschien nog lang met elkaar zouden blijven dansen.

Enkele dagen na het bal werd in de Saramaccastraat een uitnodiging bezorgd voor Elza. Zij werd gevraagd voor een etentje bij de Van Omhoogs. Ook was er een briefje bij voor de heer en mevrouw Fernandez, waarin stond, dat de Van Omhoogs toestemming vroegen, Elza uit te nodigen.

Hierover werd door de familie uitgebreid gesproken. Tante Rachaël had bezwaren. Kon dit nu wel? Rutger behoorde toch tot geheel andere kringen dan de familie Fernandez. Zou het niet beter zijn als Elza een man kreeg uit haar eigen milieu? Vader Levi echter vond alles heel goed zo. Elza was wel zijn dochter, maar ze was geen Jodin. Binnen de joodse gemeenschap werd ze toch niet echt geaccepteerd. Zou een joodse man ooit met haar willen trouwen? Nee, het was juist goed dat deze nieuweling in de kolonie, zoveel belangstelling voor zijn dochter had. Elza bloosde toen er zo openlijk over *gepraat werd*, *vooral* toen Sarith opmerkte dat het wel heel serieus scheen te worden.

De uitnodiging werd aangenomen en Rutger was tevreden. Eigenlijk had Rutger graag gezien dat niet alleen Elza, maar de hele familie Fernandez was gevraagd, maar hij begreep wel dat de Van Omhoogs dat niet gauw zouden doen. Hij wist niet dat het mijnheer Van Omhoog al heel veel overredingskracht had gekost om zijn vrouw zover te krijgen, dat ze tenminste Elza uitnodigde. Elza ging dus eten bij de Van Omhoogs. Voorop liep een slaaf met een brandende lamp in de hand en twee stappen achter Elza liep Maisa.

Mevrouw Van Omhoog vond haar gast, ondanks alles, een lief meisje; zo verstandig en bescheiden. Het dinertje was heel geslaagd. Na afloop werd Elza naar huis begeleid door Rutger. Voorop liep Alex met de lamp en achter het paar liep Maisa, die de hele avond op de achterstoep van het huis had zitten wachten.

De komende dagen wandelden Elza en Rutger veel, soms gingen ze ook eens langs bij mevrouw Van Omhoog voor een koele dronk. Steeds liep Alex voor en Maisa achter het paar. Rutger vroeg zich af of hij ooit zou wennen aan het feit, dat er altijd slaven bij hem waren, *letterlijk bij elke stap*.

’s Avonds in bed hadden Elza en Sarith vaak breedvoerige gesprekken over Rutger. Ja, Sarith wist het wel, Elza was verliefd. Eerst had Elza ontkend, maar Sarith wist het heel zeker hoor, zie maar, Elza kon over niemand anders praten dan Rutger, aan niets anders denken; dat was echt verliefdheid. Toen ze lachend aan haar stiefzusje had gevraagd of Rutger haar al had gekust, had die verontwaardigd gezegd: ‘Sarith toch’, zulke dingen gebeurden toch niet voordat je met iemand getrouwd was en Sarith had hartelijk gelachen om zoveel naïviteit. Ze gunde Elza van harte deze geliefde, hoor, hij was zeker aardig, en voor haar zou zo iemand niets zijn. Ze wilde een rijke man met geld en plantages.

De De Ledesma's hadden op oudejaarsavond een groot diner met bal na. Vele gasten waren er, ook Elza's broer, David, die met zijn vrouw Suzanna en hun beide zoontjes van hun plantage aan de Para voor een week naar Paramaribo waren gekomen en logeerden bij Suzanna's zuster in de Malebatrumstraat. Natuurlijk was ook Rutger één van de genodigden. Hij en Elza dansten veel maar zaten ook veel te praten buiten op de grote brede stoep, omdat het *binnen erg warm was.*

Toen de familie Fernandez enkele weken later naar Hébron terugvoer, was het vanzelfsprekend dat Rutger gauw een bezoek aan de plantage zou afleggen. Dat deed hij ook en bij dat bezoek vroeg hij aan vader Levi om de hand van Elza. Vader Levi was erg ingenomen met deze keurige jongeman. Rijk was hij niet, maar hij zou ongetwijfeld een goede echtgenoot worden voor Elza.

Ashana en Maisa waren blij met Elza's keuze. Ja, masra Rutger was een goed mens. En als Rutger op de plantage was, werd hij door deze twee schandelijk verwend. Ashana moest precies weten wat zijn lievelingskostjes waren en Maisa lette op, dat zijn kleren keurig gewassen en gestreken werden en dat Alex hem steeds drankjes kon brengen. Er brak nu een drukke tijd aan voor tante Rachaël. Elza's uitzet moest klaargemaakt worden. 24 lakens, 24 slopen, handdoeken, badhanddoeken enzovoort. Zodra ze gemist konden worden, zaten in de naaikamer, Caro, Mini-Mini en enkele andere slavinnen om te zomen, te naaien en te borduren.

Als Rutger er was, bemoeide hij zich met iedereen. Hij sprak met Rebecca, keek naar haar teken- en schilderwerk, sprak met haar over boeken en het was duidelijk dat Rebecca zich bij hem op haar gemak voelde. Sarith praatte en schertste ook veel, ze was weer in haar element; op de plantage Vooruitzicht die maar anderhalf uur varen van Hébron was, logeerden drie jongeheren die erg veel werk van haar maakten en over en weer gingen de jongedames en jongeheren naar de verschillende plantages. Maar Sarith kon het toch niet laten, om ook met Rutger te koketteren. Toen Elza merkte hoe Rutger geamuseerd naar Sarith keek, vroeg ze zich af of Rutger haar misschien niet saai en vervelend vond.

Op een middag zaten ze op het bankje aan de oever van de rivier, vlak bij het botenhuis. Het was een rustige middag, ze keken over de rivier naar het groen van het bos aan de overkant. Elza was een beetje stil; met zijn drieën hadden ze pas zitten kaarten en Sarith had zo met Rutger zitten praten en lachen. Nu was Sarith naar binnen gegaan. Rutger had haar bewonderend nagekeken en had gezegd: ‘Wat is ze mooi, hè?’ Zachtjes vroeg Elza: ‘Zou je misschien liever met zo’n mooie vrouw willen trouwen?’ Rutger keek haar glimlachend aan en zei: ‘Je bent toch niet jaloers, Elza?’ Elza zei niets en trok haar schouders op en Rutger zei: ‘Luister eens, Elza, ik zou nooit met je stiefzusje willen trouwen, ik bewonder haar schoonheid zoals ik een mooie bloem of vogel of een mooi schilderij zou bewonderen; maar met haar trouwen? Nee, beslist niet.’ Een mooie vrouw is een te moeilijk bezit en een mooie vrouw met het karakter van Sarith zou een moeilijk en gevaarlijk bezit zijn. Ik zou mezelf al vlug in een positie bevinden, dat ik zou moeten duelleren en dat is niets voor mij. Verder, Elza, moet je me één ding beloven, wees niet jaloers. Ik vind mannen die een jaloerse echtgenote hebben altijd zo beklagenswaardig en zelf zou ik niet zo'n man willen zijn. Vertrouw op me, ik houd van je, ik zal altijd van je blijven houden, altijd.' Elza glimlachte naar hem: 'Dat klinkt goed.'

Bedachtzaam zei Rutger: 'Dit land is soms zo vreemd, soms heersen er zulke vreemde gewoonten, beloof me, Elza, dat je nooit boos op me zult worden om een andere vrouw, zelfs al zou ik eens iets hebben met een andere vrouw, je weet het maar nooit, zelfs dan moet je me vertrouwen en weten dat ik van jou hou en je nooit zal verlaten.' 'Iets met een andere vrouw?' zei Elza, terwijl ze nadacht, ja zulke dingen waren heel gewoon in deze kolonie. Zo veel mannen hadden naast hun wettige vrouw nog een concubine of een bijzit; de laatste twee waren meestal kleurlingen en soms zelfs slavinnen. Was Rutger zoiets van plan? 'Ben je van plan om een bijzit te nemen, Rutger?' vroeg ze. 'Van plan? Nee zeker niet!' riep Rutger nu. 'O nee, maar je weet nooit hoe het in het leven gaat, en ik wil dat je zeker weet dat ik je trouw zal blijven, zelfs al zou ik bij voorbeeld een incidentje of een korte relatie met een andere vrouw hebben. Begrijp je dat? Beloof me, dat je dan niet boos zal zijn of denken dat jij dan wraak moet nemen met een andere man.' 'Ja, dat beloof ik,' zei Elza, ‘maar, als, als...’ Ze aarzelde. ‘Als wat?’ vroeg Rutger nu. ‘Zo’n incident of die korte relatie, dat zal dan toch niet in mijn huis gebeuren?’ ‘O, Elza toch!’ Rutger lachte. ‘Nee hoor, mijn lieveling, was je daarvoor bang?’

‘O, regen, regen, kom liefje, naar binnen, snel, haast je.’ Het was plotseling gaan regenen en binnen enkele seconden regende het heel hard. Haastig trok hij Elza overeind en ze holden over het gazon naar binnen met Alex achter zich aan, die de lege glazen en bordjes achterom naar de keuken bracht.

Toen Rutger enkele weken daarna weer op de plantage was, zag Elza meteen dat er iets met hem was. Hij zag er strak en gespannen uit; het leek wel alsof iets hem hinderde. ‘Wat is er toch, Rutger?’ vroeg ze zacht toen ze met zijn tweeën op de veranda zaten. ‘Van Omhoog wil dat ik zoetjesaan zijn plaats zal innemen bij het Hof van Civiele Justitie,’ antwoordde Rutger.

‘Maar dat is toch prachtig, Rutger, een hele eer, en zo goed voor je verdere carrière,’ meende Elza. ‘Misschien wel, maar toch zal ik het waarschijnlijk niet doen, het is tegen de stroom opzwemmen. Ik ben mee geweest naar een zitting en daarna kreeg ik inzage in bepaalde stukken. Het is vreselijk, Elza, vreselijk was het wat ik daar las. Het ging voornamelijk over wrede straffen, die de slaven krijgen. Ik kon mijn ogen niet geloven. En denk je, dat die eigenaars gestraft worden? Ze krijgen een reprimande! Je vraagt je af hoe het mogelijk is, dat mensen zulke wreedheden kunnen bedenken. Weet je, ik las over een zekere Basdow; die heeft een aantal jaren geleden van een slaaf één voor één de vingers laten afhakken en toen dwong hij die slaaf om die eerste afgehakte vingers op te eten!' Rutger rilde terwijl hij dit zei. 'O, afschuwelijk,' riep Elza. 'Wacht, dat is nog niet alles,' ging Rutger door, 'hij had dezelfde slaaf eerst levend willen verbranden en toen het hout niet vlug genoeg vlam vatte, heeft hij hem ten slotte levend laten begraven. Zou zo'n kerel zelf niet goed gestraft moeten worden?'

'Wie moet er goed gestraft worden?' vroeg Sarith, die op de veranda was gekomen en de laatste woorden had gehoord. 'Een zekere Basdow die een slaaf op wrede wijze liet straffen,' zei Elza. 'Nou, dat zal die slaaf wel verdiend hebben,' zei Sarith.

'Niemand kan als straf verdienen dat hij gedwongen wordt zijn eerst afgehakte vingers op te eten en dat hij daarna levend begraven wordt.' Rutger keek heel boos terwijl hij dit zei. 'Ach, Rutger,' riep Sarith nu uit. 'jij schijnt maar niet te begrijpen, dat slaven goed gestraft moeten worden, als we dat niet zouden doen, zouden ze ons best kunnen vermoorden, hoor!'

'Dit noem ik geen straffen,' zei Rutger kort, 'een straf moet de mogelijkheid hebben voor verbetering en dat hebben deze gruweldaden zeker niet.' 'Kom nou, jij doet alsof je die slaven kan vergelijken met gewone mensen; slaven zijn negers, je straft de één om de andere af te schrikken, snap je dat niet?' Sarith ging in de schommelstoel zitten terwijl ze dit zei.

'Weet je wat ik vind? ' ging Rutger voort, 'ik vind dat mensen die zulke afschuwelijke dingen bedenken als aan vleeshaken ophangen, tong en lippen verschroeien en levend verbranden, die wezens verdienen de naam mens niet. Zelfs in de dierenwereld kun je zien dat dieren een andere soort alleen maar doden als hun prooi, zo maar mishandelen doet zelfs een dier niet.' Rutger wond zich op; Elza keek naar hem, zijn gezicht was rood en in zijn hals klopte een adertje.

Sarith schommelde langzaam heen en weer in de schommelstoel. 'Rutger,' zei ze, 'wat weet jij nou van slaven? Je bent nog te kort hier om te kunnen oordelen. Wanneer je langer hier bent, zal je wel anders praten.' Toen riep ze: 'Mini-Mini, ik wil drinken.'*

'Wat Rutger zegt, heeft niets te maken met korter of langer hier zijn,' zei Elza. 'Hij heeft gelijk; de slaven worden gewoon mishandeld. Op sommige plantages krijgen ze voor het minste en geringste al een Spaanse bok of honderd zweepslagen. Heb je gehoord wat Susanna Duplessis nu weer heeft gedaan? Die heeft een kind laten verdrinken voor de ogen van de moeder. Bij haar krijgen zelfs kinderen Spaanse bokken!'

'Dan leren die tenminste van jongs af werken,' zei Sarith. 'Als oom Levi hier een beetje strenger liet optreden tegen de slaven zou deze plantage veel meer opbrengen, dat zegt iedereen.' Toen riep ze hard: 'Mini-Mini, *kom dán!* En wat zeuren jullie toch altijd over slaven,' snauwde ze. 'Weet je niet iets leukers om over te praten?'

Op dat moment klonk de bel van de rivieroever. 'Een boot, een boot! Wie is dat?' Sarith was opgesprongen. 'O, kijk eens, bezoek!' Van de waterkant kwamen twee heren aanlopen. Eén was Joshua de Miranda, de oudste zoon van plantage Ephrata en de andere heer was een onbekende.

Op de veranda gekomen zei Joshua: ‘Dit is Moshe Bueno de Mesquita, hij is pas aangekomen uit Amsterdam. Sedert eergisteren logeert hij bij ons. We komen vragen of de dames en heer meegaan naar ons huis voor een gezellig middagje.’

Sarith was opgetogen, natuurlijk wilde ze mee. Hier was toch niets te beleven. Ze verveelde zich allang. Rutger had niet zoveel zin en vanzelf bleef Elza dan ook liever thuis.

Toen Sarith tegen de avond terugkwam, was ze vrolijk en uitgelaten zelfs. Ze hadden zoveel plezier gehad. ’s Avonds in hun kamer vertelde ze opgewonden aan Elza, dat die nieuweling Moshe Bueno de Mesquita, zo duidelijk gecharmeerd was van haar. Eigenlijk was hij voorbestemd voor Joshua’s nichtje, Naomi, maar hij had zijn ogen niet kunnen afhouden van Sarith, en die Naomi, die had steeds droeviger en zelfs boos gekeken. Nu, Sarith had zich kostelijk geamuseerd, hoor! ‘En Elza? Wat heb jij de hele middag gedaan?’ vroeg Sarith nog voor ze in slaap viel. Dat die Rutger zich zo druk maakte over zulke onbelangrijke zaken als straffen van slaven en die onzin. Wist Elza wel zeker dat ze met zo’n zeurpiet wilde trouwen? En al gapende verklaarde Sarith nog:

‘Als jullie getrouwd zijn, kom ik niet vaak bij jullie, hoor; er zal vast niet veel te beleven zijn. Hm, ik weet het al, een saai echtpaar, dat worden jullie, vast erg saai.’

Hoofdstuk III

ELZA

De bruiloft van Elza en Rutger was op zondag 14 augustus 1766. De laatste weken voor de grote dag waren doorgebracht met veel bezigheden, voor zowel bruid als bruidegom. Rutger had een huis kunnen huren in de Wagenwegstraat, een aardige woning met een ruim erf en voldoende slavenvertrekken op het erf. Vader Levi was erg gul geweest en had ervoor gezorgd dat de inrichting perfect was. De meubels van de voorzaal en de inrichting voor de keukens kwamen voor zijn rekening, evenals de mooie zijden gordijnen, terwijl Rutger zelf had gezorgd voor de eetzaal en bij de meubelmaker het mahoniehouten hemelbed had laten maken en de grote mahoniehouten spiegelkasten.

Elza was de laatste twee weken dagelijks in haar toekomstige woning om erop toe te zien dat alles op de juiste plaats kwam, het prachtige porseleinen servies, het zilver- en kristalwerk en terwijl Maisa keurige stapels linnengoed in de kast legde, liepen Elza en Sarith door het huis, stonden dan weer voor een geopende kast en keken uit het raam over het grote erf.

In de slaapkamer deed Sarith voor hoe Elza nu een deftige mevrouw zou worden en met andere mevrouwen zou zitten chocoladrinken; hoe ze haar huishouden zou besturen en de slavinnen zou commanderen. Schaterend van het lachen om Sariths toneelspel waren beide meisjes op het grote bed neergevallen en toen ze uitgelachen waren had Sarith opeens zachtjes gezegd: ‘O Elza, ik zal je zo missen.’ Elza had geantwoord: ‘Ik zal je ook missen, Sarith, ik kan me gewoon niet voorstellen, dat ik zonder je zal zijn.’ ‘Jij zal me niet missen, hoor, je hebt Rutger toch,’ had Sarith glimlachend gezegd, maar Elza schudde het hoofd. ‘Dat is iets anders. Sarith, beloof me dat je vaak bij me zult komen logeren.’ ‘Ik kom zeker logeren, niet te vaak, want ik denk dat je man me toch niet altijd over de vloer zal willen hebben, bovendien zou ik me als een derde wiel aan de wagen voelen.’ ‘O nee, Sarith, zo is Rutger niet; beloof me dat je vaak zal komen,’ had Elza gezegd en ze had haar stiefzusje hartelijk omhelsd.

De huwelijksplechtigheid had plaats op zaterdagmiddag in de Lutherse Kerk, er was geen feest daarna, want op zondagmorgen reeds om 8 uur vertrok het hele gezelschap naar Hébron, om daar het grote feest te vieren. De joodse genodigden waren niet in de Lutherse Kerk, maar vele reisden al op vrijdag naar Hébron of kwamen in de loop van de zondagochtend.

Elza logeerde de laatste vrijdag en ook zaterdag nog bij Esther en Jacob de Ledesma, samen met vader Levi en Sarith. Het was een vrolijke drukte aan de Waterkant, die zondagochtend, waar bij de Platte Brug vele gasten klaarstonden, allemaal in hun mooiste kleren, slaven en slavinnen, met de parasol boven het hoofd van hun misi's. Er ging een luid hoerageroep op toen het *jonge* bruidspaar uit het rijtuig stapte en vervolgens plaats nam in de mooi versierde tentboot van Hébron. Een reeks van tentboten, alle met wapperende vlaggen kon men daarna zien varen over de Surinamerivier, op weg naar het bruiloftsfeest.

Op plantage Hébron heerste er grote drukte, alles was in gereedheid gebracht, overal was versierd, op het grote groene gazon waren houten banken en tafeltjes onder open hutten met bladerendak. Er hingen meer dan honderd lampions in bomen en aan lijnen voor de verlichting, want er zou 's avonds een groot bal buiten zijn. De slaven hadden allen mooie lendendoeken om en ze hadden de opdracht, om zodra ze de grote bel hoorden luiden, direct te komen.

Toen de boten aanlegden en de grote bel geluid had, stelden de slaven zich op in twee rijen van de steiger naar het plantagehuis, en vormden zo een erehaag. Met palmtakken werd er gezwaaid en slavenkindertjes strooiden bloemen en rijst. Met een kleur op de wangen liep Elza aan de arm van Rutger door de erehaag, en hoorde alle goede wensen die men haar toeriep. Op de stoep van het huis hield vader Levi een grote zak met munten klaar. *Elza en Rutger* gooiden nu met gulle hand munten, alle slaven juichten en grabbelden. Toen dat was afgelopen, gingen de slaven terug naar hun eigen gebied, ten afscheid nog allerlei goede wensen roepend. Elza had erop gestaan dat de slaven twee dagen vrij moesten zijn voor het feest.

Dagenlang was er hard gewerkt om alles klaar te maken, pom, pasteien, verschillende taarten, zoals fiadu, keksi, inglish boru, diverse soorten wijn en gemberbier. De slaven hadden extra zoute vis en eieren. Alle mannen hadden dram[1] gekregen en voor de slavenkinderen waren er koekjes.

Het grote diner had plaats aan de tafels, die aaneen waren gezet op de brede achtergalerij, het duurde wel twee uur en iedere keer klonk er een vrolijk geschater om alle gelegenheidsgedichten die gemaakt waren ter ere van het jonge bruidspaar.

'sAvonds het bal, het orkest speelde, het groene gazon prachtig verlicht met alle mooie kleurige lampions, en de dames, in hun mooie avondtoiletten het ene kapsel nog mooier dan het andere; op de achtergrond slaven en slavinnen die steeds bezig waren de gasten te bedienen, en na iedere dans met *waaiers koelte toe te waaien.*

Op een gegeven moment waren zowel Elza als Rutger van het toneel verdwenen; Elza wilde namelijk dat Rutger wat zou zien van de feestelijkheden van de slaven. Hij moest een echte winti dansi, een rituele negerdans zien. Na deze keer zou hij zeker niet in de gelegenheid zijn voor zoiets, want over het algemeen hielden de negers er niet van dat blanken naar hun dansen kwamen kijken en op alle plantages was zoiets eigenlijk verboden. Elza had aan haar vader gezegd, dat ze met Rutger naar het slavenfeest zou gaan en Levi had het goed gevonden, onder voorwaarde dat haar broer David erbij zou zijn evenals Maisa. Hij wist dat de slaven geen bezwaar zouden hebben als zijn kinderen erbij waren. Vroeger waren ze meerdere malen bij zoiets geweest. Toen tante Rachaël op de plantage was komen wonen was dit direct gestopt, omdat zoiets in haar ogen zeer ongepast was, en nu was het maar beter dat zij hier niets van zou weten.

Toen Elza, Rutger en David zich van de rest van het gezelschap afzonderden kwam Sarith ze tegemoet, ze wilde ook graag mee, ze had zoiets nog nooit gezien en of vooral haar begeleider, de jonge leraar van de Jedishva (joodse school), die nog pas drie weken in de kolonie was, ook mee mocht.

Stilletjes ging het vijftal nu met Maisa en de oude slaaf Felix op weg naar de open plek in het bos, waar de slaven hun feest vierden. Het geraffel op de trommen was al van verre te horen; toen ze dichterbij kwamen, zagen ze daar al die halfnaakte donkere lichamen, verlicht door de vlammen van het grote

1 Brouwsel met een zeer hoog alcoholpercentage.

vuur dat in het midden brandde. Men lette niet op hen, omdat een slaaf net bezig was te dansen met een klein bankje tussen de benen. Sneller en sneller bewogen zijn voeten zich op de maat van het geraffel, maar hoe snel het ook ging, geen moment viel het bankje. Een vrouw werd nu begeesterd. Haar lichaam begon te sidderen. Ze begon te dansen terwijl de omstanders luidkeels zongen. Rutger keek zijn ogen uit. Ook de nieuwe joodse leraar keek met wijd opengesperde ogen naar het schouwspel. Vervolgens was het een man weer, die aan het dansen was, en plotseling voor dat iemand er op bedacht was, sprong hij in het vuur en danste wel twee minuten op de gloeiende kolen rond, totdat een vrouw hem uit het vuur haalde.

Alsmaar roffelden de trommen een ritme en alle negers om het vuur bewogen op de een of andere manier het lichaam op de maat van de muziek. David keek van opzij naar Sarith, ze had een vreemde gloed in de ogen en ze begon ook het lichaam te bewegen, langzaam maar zeker in de richting van de slaven. David greep Sarith bij de arm, ze zag er zo vreemd uit, ze hoorde helemaal niet dat David haar riep, haar lichaam begon heftiger en heftiger te bewegen. De leraar en Rutger keken nu ook naar Sarith. Zonder verder een woord te zeggen, pakte David haar bij de schouder en zei: ‘Rutger, help me, we moeten haar wegbrengen.’ Toen David en Rutger wegliepen met Sarith tussen hen in zei Maisa tegen Elza: ‘Het is beter dat misi zelf ook teruggaat!’* en zo gingen ze allen maar weer terug naar het bal, waar de één of andere gast die wel erg diep in het glaasje had gekeken, net een heildronk uitbracht op het echtpaar. Hij was echter zo dronken, dat zijn tong helemaal dubbelsloeg. Van de wens die hij uitsprak, kon niemand iets verstaan, vooral ook omdat hij zelfs de namen van het echtpaar vergeten had.

OKTOBER 1766

Twee maanden woonden Elza en Rutger nu al in hun huis in de Wagenwegstraat. Van plantage Hébron waren meegekomen Maisa, Amimba en Ta Dani. Toen Elza nog thuis was en er gesproken werd over welke slaven of slavinnen met haar zouden meegaan, had ze bij het begin van het gesprek meteen gezegd: ‘Maisa gaat mee’ en iedereen had hardop gelachen. Papa had plagerig gezegd: 'Stel je voor dat Maisa niet meeging, dat zou zowel jouw als haar einde betekenen', doelende op het feit dat vanaf de dag dat Elza was geboren Maisa nooit van haar zijde was geweken. Aarzelend had Elza gezegd: 'En Ashana?' Maar papa had direct geantwoord: 'Nee, lieverd, ik gun je alles in de wereld, dat weet je, maar Ashana gaat niet weg.' Elza had niets meer gevraagd. Ze had even geprobeerd, maar ze had van tevoren geweten dat papa Ashana nooit zou laten gaan. Ashana immers was de enige band die hij nog had met zijn gestorven geliefde Elizabeth. Hij en Ashana hadden beiden Elizabeth zien sterven; en het was Ashana die voor papa zorgde, alles voor hem deed, op zijn eten lette en op zijn kleren; zijn rug masseerde als hij vermoeid *thuis kwam van een lange* dag in de tentboot of van een tocht te paard. Zij wist precies hoe hij zijn badwater wilde hebben, hoe zijn kussens op zijn bed moesten zijn. Kortom, de oude Ashana zorgde voor haar masra zoals nooit iemand anders zou kunnen.

Nee, Elza kon Amimba nog meekrijgen, ze was weliswaar een veldslavin, maar daarvoor te zwak en ze was nog jong. Onder Maïsa's degelijke leiding zou ze zeker een goede huisslavin worden. Ta Dani was een oude slaaf die in de timmerloods werkte. Hij was als zoutwaterneger uit Afrika gekomen en was al op Hébron nog voordat Levi trouwde met Elizabeth. Nu was hij oud en mank en was hij voor de plantage niet zo bruikbaar, maar bij Elza zou hij timmerkarweitjes kunnen opknappen en toezicht houden op het erf.

Alex van Rutger was er natuurlijk ook, verder had Rutger een stevige jonge slaaf gekocht genaamd Kwasi, een Karboegerneger[1], en toen Rutger hem had gezegd dat hij nog naar een kokkin zocht, had Kwasi zijn nieuwe baas gevraagd om toch vooral zijn vrouw Lena te kopen, ook een Karboegernegerin, die heel goed kon koken.

Nu woonde Elza dus in haar nieuwe huis met haar man en zes slaven en slavinnen. Maisa sliep in het huis, in een kamertje achter de *voorraadkamer* en de overige vijf sliepen in de kamertjes op het erf.

Als Rutger weg was overdag naar het kantoor had Elza natuurlijk niet veel te doen. Maisa zorgde ervoor dat het huishouden op rolletjes liep. Elza ging dan op visite bij haar vroegere klasgenootjes van de Franse school, de meesten nu

1 Karboegerneger = 3/4 neger en 1/4 blank of kind van neger en Indiaan.

ook al getrouwd en sommigen hadden al een kind. Of ze ging op bezoek bij mevrouw Van Omhoog, of kreeg zelf bezoek, maar het meest ging ze toch naar Esther de Ledesma. In het huis waar ze zelf twee jaar had gewoond als opgroeiend meisje, voelde ze zich altijd zeer op haar gemak. Al was het nu wel een heel ander huishouden dan toen zij en Sarith er een paar jaar geleden woonden. De nu vierjarige tweeling terroriseerde iedereen met hun ondeugende streken, en het broertje Ezau, dat net één jaar oud was, werd door alle drukte die er altijd om masra Sammy en masra Jossy was, bijna helemaal vergeten.

Ezau was een lief jongetje, dat urenlang lief in zijn bedje speelde, op of zijn matje op de vloer in de kinderkamer zat, waar hij zoet speelde met een lappenpop of met een paar blokjes. Elza vond hem allerliefst, en als ze bij Esther was, ging ze altijd naar kleine Ezau om zich met het vergeten jongetje bezig te houden.

Op 21 oktober maakten de inwoners van Suriname een ernstige aardbeving mee. De bewoners van Paramaribo hoorden omstreeks vijf uur 's ochtends een zwaar onderaards gerommel, gevolgd door een aantal zware bevingen, die samen wel vijf minuten duurden. Elza en Rutger lagen in bed, ze waren beiden wakker geworden van het doffe gerommel, maar voor ze zich konden uitspreken over de verbazing van wat dat gerommel was, begon het hele huis te schudden en te zwaaien. Elza had stamelend gezegd: ''t Is een aardbeving.' Rutger was in één sprong van het bed, had Elza onder de arm van het bed getrokken, had zich op de grond gegooid, Elza meetrekkend en het volgende moment lagen ze onder het grote mahoniehouten bed. 'O Rutger, wat gebeurt er toch?'

Klappertandend had Elza zich aan hem vastgeklampt. 'Waarom moeten we onder 't bed?' 'Dat is het veiligst,' antwoordde Rutger. Toen was Maisa de trap opgekomen, luidkeels roepend: 'O mijn God, misi Elza, wat is er aan de hand?'* Elza riep: 'Hier Maisa, onder het bed.' En toen bukte Maisa zich en Rutger had haar ook onder het bed getrokken. Met zijn drieën hadden ze daar gelegen, terwijl het huis schudde en kraakte en af en toe zelfs heen en weer zwaaide; deuren en ramen sloegen zomaar klepperend open en dicht en buiten in de put en in de regenbak klotste het water hoog op. Ze hadden de slaven horen roepen en gillen; Maisa had alleen maar gezucht en gekermd;

met de ogen stijf dicht, elk ogenblik verwachtend dat het huis op haar hoofd zou instorten. Toen het na ongeveer tien minuten voorbij leek, het laatste gerommel zacht in de verte was weggestorven, was het drietal voorzichtig naar beneden gegaan. Daar vonden ze de andere slaven in grote staat van opwinding. Amimba huilde luidkeels en riep dat ze naar haar moeder wilde; Maisa moest haar flink door elkaar schudden om haar tot kalmte te brengen. Alex praatte opgewonden honderduit, hij wist er alles van, dit was een aardbeving, hij zou wel even precies uitleggen hoe zoiets kon ontstaan. Maar Maisa zei kortaf dat hij zijn mond moest houden, men zou nog bijna gaan geloven dat die hele aardschudding door Alex veroorzaakt was.

Het was ondertussen licht geworden en de straten waren vol mensen. Iedereen wilde vertellen over zijn of haar ervaringen, zijn of haar angsten. Vele mensen waren ervan overtuigd dat de wereld aan het vergaan was en de slaven wisten zeker dat de geesten van hun voorouders eindelijk waren opgestaan om zich te wreken, en om nu recht te laten geschieden. Wacht maar, de blanken zouden eindelijk boeten voor alle gruweldaden die de negers aangedaan waren.

Dagen en weken werd er over niets anders gesproken, vooral omdat men in de nacht van de 25ste op de 26ste oktober weer hevige bevingen voelde.

Persoonlijke ongelukken waren er gelukkig niet geweest, alleen was de heer Daniel Forques, een gouvernementsambtenaar, van schrik vanuit een raam van de eerste verdieping van zijn huis naar beneden gesprongen. Hij was daarbij op zijn hoofd terechtgekomen en had het bewustzijn verloren. Toen hij na enkele uren weer bijkwam, was hij ervan overtuigd dat hij in de hemel was, en hij vond dat de hemel verdraaid veel op zijn eigen huis leek.

Het voorval dat echter het meest de aandacht trok, was wel het feit, dat zijne excellentie de Gouverneur en mevrouw Crommelin, blootsvoets en in hun nachthemd uit het paleis de straat waren opgerend. Gouverneur Crommelin zelf vond het helemaal niet erg om te bekennen dat dat inderdaad het geval was. Hij en zijn vrouw waren doodsbang geweest. Toen ze het geschud voelden en het gekraak hoorden en vlak voor zich een grote scheur in de muur zagen komen, hadden ze niet geweten hoe vlug ze zich met hun oude dikke lichamen van de trap af moesten haasten, zo zeker waren ze, dat elk ogenblik het gouvernementspaleis over hun hoofden zou instorten. Ze waren niet te bewegen de eerste dagen weer in het paleis terug te gaan, en slavinnen hadden hun kleding en andere benodigdheden moeten ophalen, terwijl ze zelf twee huizen verder in het grote herenhuis van de heer Jan Nepveu verbleven.

De gouverneur was zo dankbaar dat hij en alle Surinamers het er levend hadden afgebracht, dat de 29ste oktober werd uitgeroepen tot algemene dank- en bededag.

ELZA

In de eerste week van december was er opeens een grote verrassing. Daar stonden op een namiddag papa, tante Rachaël en Sarith voor de deur. Elza viel ze hartelijk om de hals en in haar nieuwe rol van gastvrouw spoorde ze Maisa aan, om voor allen drinken en eten te halen. Hoe maakte iedereen het, hoe was het op de plantage, hoe was het met Ashana? Papa en tante Rachaël glimlachten. Alles was goed. Hoe was het met Elza en hoe was het met Rutger? De familie was enkele uren geleden aangekomen en na wat gerust en zich opgefrist te hebben in de Saramaccastraat, waren ze direct naar Elza gekomen. Zouden ze dan niet bij haar logeren? vroeg Elza. Nee, papa en tante Rachaël logeerden immers altijd bij Esther en Jacob, hadden daar hun eigen kamer, maar als Sarith wilde blijven... Elza was dolblij, natuurlijk moest Sarith bij haar logeren. Ze konden Sariths bagage later sturen. Maar iedereen bleef toch totdat Rutger er was, hij had een zakelijke vergadering en zou over een uurtje zeker thuis zijn. Ook Rutger was verrast toen hij zijn schoonfamilie zag. En natuurlijk moest Sarith bij hen blijven; het zou zo gezellig zijn voor Elza als hij overdag weg was.

De volgende dagen hadden Elza en Sarith elkaar werkelijk veel te vertellen, over de aardbeving, over Sariths nieuwste aanbidders. Herinnerde Elza zich de joodse leraar wel die op haar bruiloft was geweest, Abraham Cohen, hij was ook op Joden-Savanna geweest voor het laatste Loofhuttenfeest; hij was wat verlegen maar Sarith had duidelijk kunnen merken, dat ze veel indruk op hem had gemaakt. Wist Elza dat de slaven van Hébron een hele week niet hadden gewerkt, toen de aardbeving was geweest; ze waren bang dat als ze in het veld waren de aarde zou openscheuren en ze verzwolgen zouden worden in de scheur. Oom Levi had ze ook niet gedwongen te werken, al had opzichter Mekers wel anders gewild; maar op vele andere plantages waar de slaven ook bang waren geweest, had men hen met zweepslagen gedwongen toch te werken. Wat deed Elza zoal de hele dag, gingen zij en Rutger veel uit? Als vanouds hadden de twee weer gebabbeld en veel gelachen, zoals vroeger, en Rutger had vaak geamuseerd toegekeken en geluisterd naar het vrolijk gepraat. Hij was een volmaakt gastheer, vol attenties, voor zowel Elza als Sarith.

Zoals altijd waren er in december en januari veel feestjes en partijen, en een paar keer per week wandelde het drietal ergens naar toe voor een feest of gezellig avondje, altijd voorafgegaan door Alex met een lamp in de hand.

Een paar weken later, het was begin februari, zat Elza 's morgens in de eetkamer, bij het raam. Amimba was bezig de vloer en de muur in te wrijven met door midden gesneden zuur oranjes[1]. Dat gebeurde in alle huizen eenmaal in de week, de vloeren bleven dan mooi glanzend, het was een probaat middel tegen ongedierte, en er was altijd een frisse lucht in huis.

Elza keek in de richting van Amimba zonder dat ze haar eigenlijk zag, want ze was helemaal in gepeins verzonken. Ze had er ook alle reden toe. Er was langzamerhand wat veranderd. Eerst had ze gedacht dat het een idee van haar was, maar nu was het zo overduidelijk, dat ze met de beste wil van de wereld niet kon denken dat het een waanidee was. Rutger en Sarith die hadden wat met elkaar. O, Elza had het zien aankomen, die attenties die eerst voor haar en Sarith waren, maar daarna toch meer voor Sarith; de manier waarop hij soms Sariths hand of haar arm pakte als ze een stoep moest op- of aflopen, en zij liep daar dan achter en scheen vergeten. En Sarith, die op feestjes niet meer als een vlinder van de ene naar de andere man vloog, maar steeds in hun gezelschap bleef. Eerst had Rutger steeds met hen beiden gedanst, maar de laatste tijd danste hij veel vaker met Sarith dan met haar, en zat zij daar vergeten, of werd ten slotte door een andere heer gevraagd.

En wat was Sarith opeens geïnteresseerd in ernstige gesprekken. Zij, die zich vroeger nooit had bekommerd om iets dat buiten haar gezichtsveld lag, had opeens belangstelling voor allerlei zaken, wilde zelfs lezen om er met

1 Oranje = Erg zure citrusvrucht die voor vele doeleinden wordt gebruikt

Rutger over te spreken. Op de avonden, dat ze niet uitgingen, zaten ze met zijn drieën urenlang in de voorkamer te praten, het werd vaak zo laat en soms had Rutger gezegd: 'Elza, als je naar bed wilt, ga dan maar vast, ik kom wel,' en ze had begrepen, dat hij dat zei, omdat hij met Sarith alleen wilde zijn. Zonder een woord verder te zeggen was ze dan opgestaan, en was ze naar boven gegaan. Als Maisa haar had omgekleed en in bed had geholpen, had het soms nog langer dan een uur geduurd, voordat Rutger was gekomen.

Gisteravond was het ook weer zo geweest, Rutger had gezegd dat ze maar vast naar boven moest gaan, maar nadat Maisa naar haar eigen kamertje was gegaan, was Elza heel zacht opgestaan en was de trap afgelopen. Heel voorzichtig, zodat geen enkele tree zou kraken was ze naar beneden gegaan. In de achtergalerij waar een lamp tot aan de trap verlichtte, had ze Mini-Mini op de grond zien slapen. Dat arme kind, had Elza gedacht, want natuurlijk moest Mini-Mini ook al die tijd opblijven, om haar meesteres later te helpen uitkleden, voordat zij zelf naar het kamertje op het erf kon gaan.

Op haar tenen was Elza geslopen naar de achterkamer, die Rutger tot zijn kantoor had ingericht en waar een schrijfbureau en zijn boekenkast stonden.

Zonder een geluid te maken, had ze gebukt en door het sleutelgat gekeken van de deur die de voorzaal met het achterkamertje verbond. En ze had gezien wat ze reeds vermoed had. Bij het heldere schijnsel van de grote kristallen kandelaar had ze gezien hoe Sarith op de leuning van Rutgers stoel zat en over zijn haar streelde; hij had opgekeken en toen was er een lange hartstochtelijke kus gevolgd. O, vreselijk, Elza was snel weggelopen, de trap opgehold, zich niet bekommerend of treden al of niet kraakten. Terwijl de tranen over haar wangen stroomden, was ze op bed gaan liggen en ze had zich slapende gehouden en met een afgewend gezicht gelegen toen Rutger een half uurtje later naast haar kwam liggen.

Hoe kon Sarith dit doen? Van alle mensen, juist Sarith! *Hoe kon Rutger dit doen?* Wat gebeurde er toch? Ze moest en ze zou met Rutger hierover praten. Maar hoe? Er was bijna geen moment dat ze met hem alleen was. Ook met Sarith alleen zou ze niet kunnen praten, want het was Elza al een tijdje opgevallen, dat Sarith er wel voor zorgde, dat ze eigenlijk nooit met Elza alleen was. 's Morgens sliep Sarith lang uit, Mini-Mini moest haar meestal het ontbijt op de kamer brengen, en als ze om een uur of tien was aangekleed, ging ze uit, vaak wist Elza niet eens waar naartoe, en ze kwam altijd pas weer terug, als het tijd was voor het middageten en Rutger net zelf thuis was of thuis kwam. Na het eten, ging iedereen rusten en Rutger viel altijd in slaap zodra zijn hoofd het kussen had geraakt om om half vier weer op te staan en haastig zijn bad in de badkamer te gaan nemen, zodat hij om vier uur weer fris op zijn kantoor bij mijnheer Van Omhoog kon zijn.

Ze moest met Rutger hierover praten; ze wist nog niet hoe, maar er moest toch een manier zijn voor een vrouw om met haar eigen man te spreken.

Die Sarith! Kon er maar iets gebeuren, dat die ophoepelde en verdween naar plantage Hébron of ergens anders. Elza dacht wel dat er in huis nog iemand was die precies wist wat er gaande was: Maisa. Ze had het gezien aan de manier waarop Maisa soms haar hoofd schudde als Sarith de kamer binnenkwam, of de manier waarop Maisa naar Sarith keek als die opgewonden wat vertelde. Kon ze maar met Maisa erover praten; ze had zo'n intens verlangen om haar armen om Maisa te slaan, eens flink uit te huilen op Maisa's schouder en die lieve troostende hand over haar hoofd te voelen, zoals het zo vaak was geweest, toen ze kind was en met al haar verdriet altijd naar Ashana of

Maisa was gegaan. Maar nu was ze een mevrouw, en ze moest zich waardig gedragen; bovendien, hoe zou ze over dit moeilijke onderwerp kunnen praten. Ze wist ook, dat Maisa uit zichzelf hierover nooit zou beginnen. Sommige zaken waren nu eenmaal een ongeschreven code, en een slavin begon nimmer over een delicaat onderwerp te spreken, zelfs al had ze haar meesteres gezoogd en vanaf de geboorte als een moeder verzorgd.

Elza zuchtte; ze hoorde gestommel en stemmen bij de voordeur, en de opgewonden stem van Amimba, die de deur had opengedaan en daar stond papa in de eetzaal. ‘O, papa,’ Elza vloog hem om de hals, ‘papa, toch,’ en toen ze tranen in haar ogen voelde komen, zei ze tegen zichzelf: ‘niet huilen, hij mag niets merken.’ Om te zorgen dat hij haar gezicht niet zou zien liep ze vlug naar de achtergalerij, waar ze haar tranen afveegde en riep: ‘Maisa, Maisa, kom toch, papa is hier.’

Ook Maisa was blij om masra te zien. Hoe ging het met iedereen, hoe was het met Ashana? En papa vertelde dat Ashana hen beiden vreselijk miste en elke dag mopperde, dat het huis zo saai was nu al haar kinderen weg waren. Ook Amimba en Mini-Mini moesten horen dat hun moeders het goed maakten en de groeten stuurden. 'Waar is Sarith?' vroeg papa vervolgens en toen Elza vertelde dat die nog sliep, merkte papa lachend op, dat hij gedacht had, dat de stad met zoveel activiteiten Sarith wel vroeg zou laten opstaan. Hij had voor Sarith een boodschap. Haar moeder wilde graag, dat ze thuiskwam, ze verwachtten heel vlug een logé op de plantage. Zelf was vader Levi maar voor twee dagen in de stad. Hij was gistermiddag gekomen en zou morgenochtend al weer vertrekken.

Mini-Mini werd door Elza naar boven gestuurd om misi Sarith te melden dat ze beneden verwacht werd. Toen Sarith een half uurtje later naar beneden kwam en oom Levi lief begroet had, vertelde hij haar dat haar moeder haar op Hébron wilde hebben. Over enkele dagen zou de nieuwe joodse leraar Abraham Cohen, bij hen komen logeren. Enkele weken geleden, op weg naar Joden-Savanna, was hij al ruim een week op Hébron gebleven, en hij had ook naar Sarith geïnformeerd. Op de terugweg van Joden-Savanna naar Paramaribo zou hij weer een dag of vijf hun gast zijn. Sarith verklaarde hierop dat ze zeker mee wilde naar Hébron als Abraham Cohen daar kwam logeren. Had hij het niet saai gevonden toen hij er laatst een hele week was, zo met niemand om hem gezelschap te houden? ‘Rebecca was er toch,’ had vader Levi geantwoord en Sarith had schamper gezegd: ‘Rebècca,’ alsof ze had willen duidelijk maken dat Rebecca toch niet meetelde.

Elza sloot even de ogen. Wat een opluchting; Sarith ging weg, o gelukkig! Papa bleef natuurlijk eten en Maisa ging naar de keuken op het erf om aan Lena te zeggen dat er iets extra’s gemaakt moest worden, omdat de misi’s vader er was.

Rutger kwam om half één uit kantoor thuis, en vond daar tot zijn verrassing zijn schoonvader. Toen hij hoorde dat Sarith weg zou gaan, zei hij, dat dat wel jammer was, ze zouden haar zo missen. En Elza dacht erachter: als kiespijn. Vader dacht dat het het beste was als Sarith maar meteen na het eten met hem meeging naar Esthers huis, omdat hij de volgende ochtend al om zeven uur zou vertrekken; maar Sarith protesteerde: nee, dat ging niet, er was zoveel te pakken, en ze moest toezien dat Mini-Mini niets vergat. Ook Rutger protesteerde, nee, Sarith moest nog vanavond hier slapen, hij zelf zou ervoor zorgen dat ze de volgende ochtend om zeven uur met al haar bagage en Mini-Mini bij de Platte Brug zou zijn. Die avond ging iedereen vroeg naar bed, immers de rust was er door vaders bezoek bij ingeschoten en de volgende ochtend moesten ze vroeg opstaan.

Toen Elza naast haar man in het grote bed lag, dacht ze dat het maar beter was om niets te zeggen. Het had zich allemaal vanzelf opgelost. Sarith ging weg. Rutger zou weer van haar zijn. Gelukkig!

SARITH

Tijdens de urenlange tocht naar plantage Hébron was Sarith erg stil. Oom Levi had gelukkig ander gezelschap; een nieuwe blank-officier, bestemd voor een naburige plantage, reisde met hen mee; hij was nog helemaal nieuw in de kolonie en oom Levi vertelde hem van alles.

Sarith had wel gemerkt hoe deze blonde jongeman, vers uit Holland, nog blosjes op de wangen, verschillende malen in haar richting had gekeken. Ze had hem met een kort knikje gegroet toen ze vanmorgen vroeg door Rutger bij de Platte Brug was afgezet. Ze had geen zin om te praten, ze had te veel om over te denken. In wat voor toestand was ze nu geraakt? Was ze verliefd op Elza's man? Ze zou Elza zeker niet willen kwetsen; van alle mensen Elza het allerminst; ze waren altijd zulke goede vriendinnen geweest. Maar hoe was het dan toch gekomen dat Rutger zo duidelijk gecharmeerd van haar was? Had ze hem aangemoedigd? Nee, ze dacht van niet, of toch wel? In ieder geval moest ze zich zelf bekennen, dat ze hem niet ontmoedigd had. Ach, het was zoals altijd begonnen meer als een spelletje, maar doordat ze steeds bij hem was, werd het vanzelf ernstiger. Nu ja, er was gelukkig niets dramatisch gebeurd; een paar hartstochtelijke kussen, meer niet. Ze had wel gemerkt dat Elza ook zag wat er aan de hand was, en daarom had ze zich de laatste weken minder op haar gemak gevoeld; ze was 's morgens lang op haar kamer gebleven om daarna meteen uit te gaan en weg te blijven totdat Rutger ongeveer thuis kwam. Zo voorkwam ze om alleen met Elza te zijn. Gek, eigenlijk, dat hij met Elza was getrouwd. Als zij had gewild, was hij met haar getrouwd als zij een beetje meer werk van hem had gemaakt toen ze hem beiden pas kenden. Maar ja, eerlijk gezegd had ze voor zichzelf geen kantoorassistent op het oog; dat was goed genoeg voor meisjes die niet zo mooi waren als zij, zoals Elza. Zij wilde een plantage-eigenaar, hoewel, Rutger had natuurlijk wel kans om administrateur te worden; maar wie weet hoe lang dat nog duurde. Ze zou niet willen wonen in een eenvoudig huis met voorzaal, eetzaal, twee slaapkamers en maar zes slaven, en niet eens een rijtuig. Maar goed, nu zou de joodse leraar op Hébron komen logeren; dat was iets anders; een joodse leraar, die ook assistent-rabbi was en later wel rabbi zou worden. Dat was iemand met prestige en aanzien. Het leraarshuis op de hoek van de Heerenstraat en Klipstenenstraat was een prachtige woning en zijn jaarlijkse verdienste zou wel goed zijn. Want natuurlijk zou die Abraham helemaal onder de indruk van haar raken en ze zou het wel klaarspelen dat hij haar vroeg; ze was per slot van rekening al negentien jaar. Vorige maand net geworden; nee, het was nu echt wel tijd om te trouwen. Stel je voor, zij de mooiste van al haar leeftijdgenoten zou overblijven?

Op het heetst van de dag dommelde ze af en toe in. Mini-Mini zat voor haar met een grote veren waaier en schonk haar af en toe iets te drinken in uit de grote mand met eten en drinken, die altijd goed gevuld werd bij het reizen.

Toen ze op Hébron waren en Sarith na de middagrust met haar moeder in de voorkamer zat, moest ze van alles vertellen over wat ze zo al gedaan had die twee maanden in de stad, en op haar beurt vroeg Sarith wanneer Abraham Cohen nu precies zou komen, en of hij zich niet erg verveeld had de vorige keer. Mama antwoordde: ‘Kennelijk niet, anders zou hij niet op de terugweg weer langs willen komen en blijven logeren,’ maar ze zei er verder niets over. Ze vertelde alleen, dat hij zo aardig was en zo attent. Zo vol belangstelling voor alles en hoe ze aldoor had gedacht, dat het toch zo jammer was dat Sarith er niet was om hem gezelschap te houden.

Enkele dagen later kwam de tentboot van de joodse regenten aangevaren. Sarith stond al op de steiger. Ook Rebecca stond aan de waterkant. Sarith had dit wel opgemerkt en zich er ook over verbaasd, want Rebecca bemoeide zich praktisch nooit met logés of vreemden, maar ze had er verder geen aandacht aan geschonken. Met een glimlach kwam Abraham Cohen op haar af. ‘O, juffrouw Sarith, u bent thuis; wat een aangename verrassing.’ ‘Vindt u?’ had Sarith geantwoord, terwijl ze koket lachte. Abraham had even lachend naar haar gekeken, daarna had hij zich omgedraaid en was met twee uitgestrekte handen op Rebecca toegelopen. ‘Rebecca, hoe heerlijk je weer te zien.’ Hij had haar arm genomen en samen waren ze naar het huis gewandeld, af en toe stoppend, zodat hij even met haar kon praten, terwijl hij haar in het gezicht keek.

Sarith was stomverbaasd; was dit de verlegen, teruggetrokken Rebecca, die zelden iets zei? Ze zag een blozende jonge vrouw die geen schijn van verlegenheid had, maar praatte en lachte en zich niet scheen te bekommeren om haar monotone stemgeluid. Dus het was Rebecca, om wie Abraham was teruggekomen, stel je voor. Nu Sarith goed keek, zag ze ook dat Rebecca een mooie nieuwe japon aan had, en dat haar haar heel elegant was opgemaakt. En die Abraham, die keek met zoveel genoegen naar Rebecca die naast hem liep en besteedde helemaal geen aandacht aan Sarith.

Ach ja, dacht Sarith, dat was natuurlijk gekomen doordat er niemand anders op de plantage was, toen hij de vorige keer hier was; maar nu Sarith er was, zou het dan wel een teleurstelling worden voor Rebecca, want natuurlijk zou hij veel liever met Sarith willen zijn. Wie wilde er nu een dove vrouw?

Maar de daaropvolgende dagen veranderde er niets aan de situatie; Abrahams belangstelling was geheel en al voor Rebecca. Ze spraken over boeken en over de Thora, ze liet hem al haar poppen en schilderijen zien; ze wandelden samen, zaten nu eens op de bank aan de waterkant, soms op de voorveranda; gingen soms een eindje varen, en als Sarith erbij was, scheen Abraham haar nauwelijks op te merken. Na een vluchtig woord met haar gewisseld te hebben, was hij weer een en al aandacht voor Rebecca. En Sarith werd bozer en bozer. Was ze dáárvoor naar Hébron gekomen? Zag Abraham dan niet hoe mooi ze was? Wist hij niet dat ze door alle mannen begeerd werd, maar dat ze zou instemmen als hij haar vroeg? Ze moest toch zorgen dat hij naar haar zou kijken en luisteren.

Op een middag toen ze buiten zaten en Rebecca even naar binnen was, merkte Sarith op: 'Je hebt wel veel belangstelling voor haar, hè? Meen je dat nu?' 'Of ik het meen?' vroeg Abraham, 'maar natuurlijk; ik vind haar de boeiendste vrouw die ik ooit heb ontmoet.' 'Maar ze is doof,' riep Sarith. 'Wat zou dat dan? Dat maakt haar alleen nog boeiender, ik geloof dat de tijd die ik met haar heb doorgebracht, de gelukkigste tijd van mijn leven is.' Duidelijker kon het antwoord al niet en met wrevel bedacht Sarith dat ze nu hiervoor teruggekomen was.

Toen Abraham na een dag of tien naar Paramaribo terugreisde met de belofte, dat hij terug zou komen direct na het joodse Paasfeest, wilde Sarith met hem terugreizen naar de stad, om weer bij Elza en Rutger te logeren. Dat was in ieder geval beter dan hier te blijven, maar ze wist niet goed hoe ze dit moest aanpakken, vooral met het joodse Paasfeest in zicht, en het feit dat Esther, Jacob en de drie jongetjes voor een week naar Hébron kwamen. Ze bleef dus maar op de plantage, verveelde zich soms, soms ook niet, omdat er wel vertier was. Vele tentboten deden zoals altijd de plantage aan om 'de tijd te stoppen', zoals het heette. Bij alle tochten op de rivieren, hield men sterk rekening met het getij; ging men vanuit Paramaribo de rivier op, dan moest men zoveel mogelijk vertrekken bij vloed; keerde het getij dan stopte men bij een plantage en wachtte zes uur. Was het intussen donker geworden, dan overnachtte men er. Iedereen vond dat zo vanzelfsprekend, en op alle plantages werd aan inzittenden van tentboten een gastvrij onthaal gegeven. Plantageheren nodigden de blanken uit aan hun tafels, slaap- en badkamers mochten gebruikt worden; waren er niet veel bedden, dan mocht de gast altijd zijn hangmat binden, binnen of als hij dat verkoos, overdag buiten in de schaduw van een paar grote bomen. Slaven vonden een onderkomen bij de plantageslaven.

Rebecca liep in die weken steeds met een gelukzalige glimlach op de lippen door het huis, had nu ook belangstelling voor andere zaken dan schilderen en poppen maken, en ging soms zelfs bij Ashana en Kokkie in de keuken kijken.

Abraham kwam inderdaad na het Paasfeest terug, en wat iedereen allang had zien aankomen, gebeurde nu; hij vroeg oom Levi om de hand van Rebecca. Deze straalde. Oom Levi was blij voor haar; hij had dit stille kind zien opgroeien tot een eenzame jonge vrouw en het verheugde hem, dat ze toch haar bestemming had gevonden ondanks haar handicap. Abraham zelf zag er met zijn blozende gezicht zo gelukkig uit, moeder Rachaël was tevreden en Sarith zat met een strak gezicht voor zich uit te kijken.

Toen Abraham na een paar weken terugreisde, zaten ook moeder Rachaël, Rebecca en Sarith in de boot. De eerste twee gingen naar Paramaribo om van alles aan te schaffen, katoen voor lakens, slopen, badhanddoeken enzovoort. Dat moest nu allemaal snel gemaakt worden, want Abraham wilde reeds over drie maanden trouwen. Sarith ging mee, vastbesloten haar logeerpartij bij Rutger en Elza voort te zetten.

ELZA

Het was een gelukkige tijd voor Elza geweest; ze zong en neuriede, was vrolijk. Nooit had ze met Rutger gesproken over wat ze door het sleutelgat had gezien die avond. Wel hadden ze het dikwijls over Sarith gehad. In het begin had Rutger op een avond gezegd: ‘Ik mis Sarith, ze was steeds zo levendig.’ Elza had toen zachtjes gevraagd: ‘Hou je van haar, Rutger?’ ‘Ach ja, ik denk het wel; een beetje, zoals ik van iedereen hou; en ze is mooi, hè?’ Maar verder waren ze met zijn tweeën erg gelukkig geweest; ze spraken over allerlei zaken, gingen vaak uit en ontvingen zelf bezoek, en toen opeens, het was al mei, kwamen op een ochtend tante Rachaël, Rebecca en Sarith. De laatste vergezeld van Mini-Mini en achter die een loopjongen van de De Ledesma’s met een kruiwagen en daarop Sariths bagage. Met een zucht realiseerde Elza zich, dat het helemaal niet voorbij was, zoals ze had gehoopt, maar dat alles gewoon doorging. Tante Rachaël vertelde opgewonden het grote nieuws: 'Rebecca was verloofd met de joodse leraar Abraham Cohen.' Rebecca zelf zat met een gelukzalige glimlach te kijken, en liep daarna door het huis om van alles te zien. Sarith vroeg of het goed was dat de loopjongen haar bagage naar boven bracht. Ze beval Mini-Mini om direct haar koffers uit te pakken. Als vanzelfsprekend had ze aangenomen, dat ze in Elza's huis kon logeren wanneer ze dat zelf verkoos.

Toen Rutger thuis kwam, tante Rachaël en Rebecca waren al weg, was hij duidelijk verrast toen hij Sarith zag, en hij maakte er geen geheim van. Hij omhelsde haar hartelijk en vertelde keer op keer hoe blij hij was en dat hij haar zo gemist had. Na het middageten ging iedereen rusten; meestal ging Rutger direct slapen en lag hij al in bed als Elza boven kwam, want hij moest om vier uur weer op kantoor zijn om daarna samen met de heer Van Omhoog naar de Beurs te gaan. Vandaag was Elza echter allang boven en Rutger kwam maar niet; waar bleef hij dan zo lang, dacht Elza, hij zou toch zijn middagslaapje niet willen missen, vooral omdat ze vanavond nog uit moesten. Ze stond van het bed op, met de bedoeling beneden te gaan kijken waar Rutger bleef, en liep over de gang. Toen ze bij de deur was van de logeerkamer waar Sarith sliep, aan de andere kant van de gang vlak bij de trap, hoorde ze stemmen in die kamer. Duidelijk hoorde ze de stem van Rutger en daarna het kirrende lachje van Sarith en vervolgens weer Rutgers stem. 'O God, nee, dat niet.' Elza had van alles verwacht, maar niet dit. Ze bedwong de drang om door het sleutelgat te kijken, ze hoefde dat niet te doen, want zonder te zien, wist ze ook wel wat zich in die kamer afspeelde. Haastig ging ze terug naar haar eigen kamer. Hete tranen in haar ogen, terwijl ze op bed lag en dacht: Hoe gemeen, hoe erg, hoe kon Rutger dat doen! Hoe kon Sarith dat doen! Het was alsof ze opeens de stem hoorde van Rutger, die zondagmiddag op Hébron: 'Beloof me, dat je nooit een jaloerse vrouw zult worden?' Ze had het beloofd, maar dit had ze niet verwacht. Wie zou zoiets kunnen verwachten? Ook wist ze nog dat ze die middag had gezegd: 'Als het maar niet in mijn eigen huis gebeurt'. Had hij dat beloofd? Wat had hij geantwoord toen ze dat had gevraagd? Ze wist het niet meer. Maar nee, dit kon niet; ze zou het hem zeggen ook. Dit ging te ver; wacht, zodra hij uit die kamer kwam zou ze het hem zeggen. Maar Rutger kwam helemaal niet in haar kamer; ze hoorde hem een poosje later fluitend naar buiten lopen, naar het badhuis en zoals altijd had Alex zijn kleren klaargelegd in het kantoortje beneden; vlak bij de buitendeur, vandaar ging hij weg; ze hoorde de voordeur dichtslaan.

Toen Elza omstreeks zes uur beneden in de voorkamer op Rutger zat te wachten, kwam Sarith direct nadat hij thuis was ook in de voorkamer. Tijdens de visite die ze die avond brachten aan kennissen was Elza stil. Rutger praatte met de gastheer en Sarith liet vele kirrende lachjes horen en sprak heel liefjes met de gastvrouw, af en toe Elza in het gesprek betrekkend.

Was Rutger erg moe, vanwege zijn gemiste middagslaap? Of waren het schuldgevoelens ten opzichte van Elza, die maakte dat hij bij thuiskomst zei: 'We gaan maar meteen naar bed, hoor, welterusten Sarith.' In hun eigen kamer, dacht Elza 'nu of nooit' en ze zei: 'Rutger, je was vanmiddag bij Sarith in de kamer.' Rutger ontkende niets, hij zei: 'Ja, daar was ik.' 'En je bent met haar naar bed gegaan,' zei Elza. 'Tja, eh ja,' zei Rutger. 'O Rutger, hoe kon je, hoe kon je dat doen?' 'Luister Elza, je had beloofd, dat je geen jaloerse vrouw zou zijn, weet je nog?' 'Ja, dat had ik, maar..., maar... dit.' Rutger vervolgde:

‘Ach meisje lief, vat het toch niet zo zwaar op, kijk ik wilde dit niet hoor, zij wilde het zo graag, ze heeft me er eigenlijk toe gedwongen.’ ‘Rutger, wat gemeen, wat gemeen van je om zoiets te zeggen; je weet dat dat niet waar is.’ Elza was woedend. ‘Hoezo? Hoe bedoel je dat het niet waar is; dat is de waarheid; ik wilde het niet,’ zei Rutger. ‘Een onschuldig meisje, kan een man nooit tot zoiets dwingen.’ Elza was nu zeer verontwaardigd. ‘Een onschuldig meisje?’ Nu werd Rutger boos. ‘Een onschuldig meisje? Dacht je heus dat Sarith een onschuldig meisje was? Lieve kind, ze is een ervaren vrouw. Jij bent een onschuldig meisje, maar zij? Dacht je dat ik de eerste bij haar was geweest? Als dat het geval was, had ik het zeker niet gedaan; maar kind, wat ken jij je stiefzusje slecht; ze heeft zeker drie of vier mannen gehad.’ ‘O nee, dat kan niet.’ Elza wist niet wat ze hoorde. ‘Ik dacht, ik dacht altijd...’ ’Luister Elza, geloof me, ze wilde dit zo graag en toen ik zei dat het beter was van niet, heeft ze me zelf verteld, dat ze eerst een Charles van Henegouwen had gehad en toen een kapitein en toen nog iemand van wie ze de naam niet wilde noemen, omdat ik hem ken en ze het eigenlijk een beetje pijnlijk vond.’

Elza ging op het bed zitten. Het gesprek was helemaal anders gelopen dan ze had verwacht. Sarith was een ervaren vrouw dacht ze. Rutger had gelijk; wat kende ze haar stiefzusje slecht. Ze had gedacht dat ze alles van elkaar wisten, maar ze wist niets van haar. ‘Kom maar, mijn vrouwtje,’ zei Rutger nu, ‘dit soort dingen gaan voorbij, wees niet boos, kijk, voor een man betekent zoiets niet veel, ik hou niet van Sarith, ik hou van jou. Geloof me, dit is niets bijzonders; kom maar, wees weer het lieve vrouwtje voor me.’ Lachend nam hij haar in zijn armen en begon haar zeer lief en teder te omhelzen. Elza liet zich gerust stellen; hopelijk was het dan na deze ene keer meteen afgelopen. Misschien zou Sarith zich hierover zo schamen, dat ze wegging. En Elza vertelde aan Rutger wat ze hem al eerder had willen vertellen, namelijk dat ze vermoedde dat ze in verwachting was. Rutger was opgetogen. Hij kuste haar en zei dat hij hoopte dat het kind net zo lief en verstandig zou worden als de moeder.

De volgende dag was er bij Sarith helemaal niet te merken dat ze zich ergens over schaamde; ze liep lachend en neuriënd door het huis; wel was ze niet met Elza alleen, maar als Rutger erbij was, sprak ze lief en vriendelijk, ook met Elza. Een hele week lang gebeurde er verder niets; en Elza begon reeds te hopen dat, wat er die middag was gebeurd, ook het einde was.

Op een avond had Rutger een belangrijke vergadering. Op voordracht van de heer Van Omhoog was hij benoemd tot regent van de weeskamer en nu was de jaarlijkse vergadering. Toen hij kort na het avondeten vertrok, zei hij aan tafel: ‘Wachten jullie maar niet op me, het zal wel laat worden.’ Nadat Rutger was vertrokken, zei Sarith, dat ze maar meteen naar bed ging, ze had een lichte hoofdpijn. Ook Elza ging vroeg naar boven. Een paar uur later hoorde ze Rutger thuiskomen, ze hoorde hoe hij beneden iets tegen Alex zei. Boven aan de trap hoorde ze hem stilhouden en ze hoorde hem zeggen: ‘O Sarith, slaap je niet?’ Daarna hoorde ze niets meer en ze begreep dat Sarith Rutger had opgewacht. Er ging meer dan een uur voorbij voordat Rutger naar hun kamer kwam. Elza was boos; dus het was niet afgelopen, het bleef niet bij de ene keer; wat een akelige situatie. O Sarith toch, dacht ze, waarom? Waarom dit alles, en Rutger? Waarom ging hij toch ermee door. Ja, ze had beloofd dat ze geen jaloerse vrouw zou zijn, maar had ze dit beloofd?

Toen Rutger had gezegd dat ze geen jaloerse vrouw moest zijn, had ze gedacht dat hij doelde op een avontuurtje met een of andere mulattin, af en toe een keertje slapen met een slavin, of een kleurling-bijzit desnoods; dat was gewoon, dat deden alle blanke mannen, en alle mevrouwen wisten hiermee te leven; maar dit? Van alle mensen, Sarith, haar stiefzusje, haar hartsvriendin, het kind waarmee ze was opgegroeid, van wie ze vanaf haar zevende jaar onafscheidelijk was geweest. Hoe kon het? O, ze haatte Sarith, ja ze haatte haar, maar terwijl ze dat dacht, zag ze zichzelf en Sarith voor zich, zoals ze waren als kinderen. Altijd bij elkaar; als jonge meisjes, giechelend en lachend, 's avonds in dezelfde kamer, fluisterend in bed en dan wist ze dat ze Sarith eigenlijk niet kón haten. Wel, dan was ze boos op Rutger; hij had deze akelige situatie veroorzaakt; het was allemaal zijn schuld. Maar dan hoorde ze hoe hij haar verzekerde, dat zoiets voor hem niet van veel betekenis was. Elza wist geen raad met haar gevoelens; ze was boos. En toen Rutger na ruim *een uur* in de kamer kwam, hield ze zich slapende.

De volgende morgen, Elza was van plan om helemaal niets te zeggen, begon Rutger er zelf over. Hij strekte zijn arm naar haar uit, trok haar naar zich toe en zei: 'Je bent zo lief, zal je altijd zo blijven? Weet je dat Sarith me gisteravond laat opwachtte?' Elza zei niets. Wat viel er te zeggen?

Een paar dagen later op zondagmorgen besloten Rutger en Elza niet naar de kerk te gaan. Elza voelde zich niet zo lekker, ze had overgegeven. Toen Sarith naar beneden kwam en ze hen tot haar verbazing in de voorzaal vond zitten, zei Rutger: ‘We zijn maar thuis gebleven, Elza voelt zich niet zo best en ze moet het nu een poosje kalm aan doen, nietwaar Elzekindje?’

Sarith had vragend naar Elza gekeken. Toen zag ze de lichte blos op Elza’s wangen en ze begreep wat Rutger bedoelde. Elza keek op en zag Sariths ogen op haar gericht. Geen verlegen blik, ook geen blik vol van begrip en medeleven, maar twee keiharde ijsgroene ogen keken haar aan. Elza zag dit en met schrik realiseerde ze zich: Dit is geen zusje, maar een rivale, een vijandin, die ik tegenover me heb, en het was alsof van binnen een ijskoude hand zich om haar hart sloot.

Het was eind mei, het werd juni. Regen en nog eens regen. Harde regen, zachte druilerige regen, alles nat. Meestal bleef Sarith nu de hele ochtend op haar kamer. Als de regen ophield, ging ze dan toch even uit, was dat niet het geval, dan kwam ze pas weer naar beneden als Rutger van zijn kantoor thuiskwam.

En het gebeurde steeds vaker, dat Rutger een middag niet kwam rusten, of dat Elza 's nachts alleen in de kamer was, omdat hij nog enkele zaken af te handelen had; en ze wist dan, dat hij bij Sarith was. Elza had soms het gevoel dat ze haar stiefzusje de ogen kon uitkrabben. Die Sarith, ze zou haar wel iets kunnen doen, ging ze maar weg, maar naar het scheen was Sarith helemaal niet van plan om weg te gaan.Elza wist ten slotte één ding zeker, en dat was, dat ze niet van plan was om op deze manier door te gaan, maar ze wist ook niet hoe ze er een einde aan kon maken.

Iedere keer als ze met Rutger erover sprak, verzekerde hij haar dat het niets was, en dat zulke dingen vanzelf voorbij gingen. Ze moest geduld hebben en ze moest vooral niet vergeten, dat ze beloofd had geen jaloerse vrouw te zijn. Iedere keer nam Elza zich voor om er dan met Sarith over te spreken, maar ze kreeg geen kans, want die zorgde er wel voor dat ze nooit met Elza alleen was.

Elza zag ook, dat er langzaamaan iets veranderde in de houding van Sarith. Had ze er vroeger voor opgepast nooit een intiem gebaar te maken naar Rutger in bijzijn van Elza, nu scheen ze het niet erg te vinden om zijn hand aan te raken, of haar hand op zijn schouder te leggen, of zelfs tegen hem aan te leunen waar Elza bij was en alles kon zien, alsof ze wilde demonstreren, 'hij is van mij'. Iedere keer was dat kirrende lachje te horen en als ze met zijn drieën in de voorkamer zaten, ging vaak genoeg haar hand in de richting van Rutger.

Als Elza alleen was en de hele situatie overdacht, zag ze dat bezittende gebaartje van Sarith steeds voor zich en de triomfantelijke blik, die dan in de richting van haar werd geworpen. Elza probeerde hierover met Rutger te spreken, maar die zei dat Elza zich dit verbeeldde; hoe kon Sarith nu een bezittend gebaar maken? Hij was toch zeker niet van haar?

Niets ontging Maisa's alziend oog. Elza hoorde hoe ze vaak iets mompelde in het bijzijn van Sarith. Tegen Sarith sprak ze nauwelijks, en tegen Rutger meestal zeer kortaf. Tegen Mini-Mini maakte Maisa wel allerlei opmerkingen, die duidelijk niet voor Mini-Mini bedoeld waren, maar voor haar meesteres.

Op een ochtend werd Felix, de negenjarige loopjongen, zoontje van Lena, door Mini-Mini geroepen en om een boodschap gestuurd. Hij moest bij een winkel in de Saramaccastraat een paar artikelen gaan kopen voor misi Sarith. Toen Felix de trap afkwam, stond Maisa hem onderaan de trap op te wachten. Maisa vroeg: 'En waar ga jij heen?'* 'Ik ga naar de winkel,'* antwoordde Felix. 'Heeft misi Elza je gestuurd?'* vroeg Maisa. 'Nee, de andere misi,'* zei

Felix. ‘Je gaat nergens heen, dit is misi Elza’s huis en jij bent misi Elza’s slaaf, alleen zij kan je sturen om een boodschap te doen, breng het geld terug.’* Maisa’s dikke arm gebaarde naar boven. Felix aarzelde; wat moest hij nu doen? Hij wist het, alle slaven in huis deden wat Maisa zei, maar nu had die blanke misi van boven hem om een boodschap gestuurd, wie moest hij nu gehoorzamen? Maar Maisa, die zijn aarzeling ook merkte, greep hem bij de schouder en riep luid: ‘Vooruit, breng het geld terug, anders mep ik je tegen de wand, zodat je daar nog een tweede mep krijgt,’ en ze gaf hem een duw, zodat hij de trap op vloog. Maisa had helemaal niet zacht gesproken. Boven aan de trap stond Mini-Mini. Ze nam het geld van Felix terug. Ook Sarith had in de kamer alles gehoord, evenals Elza beneden in de voorkamer. Toen Felix de trap weer afkwam, nam Maisa zijn oor tussen haar duim en wijsvinger en zei nog steeds heel hard: ‘Luister goed jongen, als ik nog eens zie dat iemand anders je stuurt om een boodschap te doen, dan geef ik je zo’n pak slaag dat je drie dagen niet kan zitten.’ Elza in de voorkamer glimlachte even, want ze wist dat Maisa helemaal niet boos was op Felix, het was haar manier om Sarith duidelijk te maken, dat zij hier in huis niets te zeggen had, dat alleen Elza hier de huisvrouw was. Waarschijnlijk kreeg Felix in de keuken nu een extra grote koek van Maisa, om hem te laten zien, dat ze niet boos op hem was.

Boven liep Mini-Mini langzaam de kamer van haar meesteres binnen. Nu zou zij naar de winkel in de Saramaccastraat moeten gaan, en ze ging daar niet graag heen, ze was bang van al die mannen, blanken en gekleurden, die altijd allerlei opmerkingen tegen haar maakten, en haar met allerlei voorstellen benaderden. Nog voor ze goed en wel binnen was, klonken de woorden van misi Sarith haar al tegemoet: 'Wat doe je nog hier, schiet op en kom meteen terug of je zal er van lusten.' En aangezien er niemand anders was op wie de misi haar boosheid zou kunnen afreageren wist Mini-Mini wel, dat ze veel kans had om een paar flinke oorvijgen te krijgen en ze haastte zich weg.

Hoofdstuk IV

RUTGER

Toen Rutger op een ochtend in de laatste week van juni op zijn kantoor kwam, wachtte de heer Van Omhoog al met ongeduld op hem. De vorige avond had de administrateur bezoek gehad van Daniël Jeremiah, de eigenaar van plantage Jericho aan de Cottica.

Op deze plantage was er twee weken eerder een opstand uitgebroken onder de slaven. Ze hadden het riet op de velden in brand gestoken en ook het magazijn en de suikermolen. De schade was beperkt gebleven tot een gedeelte van de velden, het magazijn was verbrand, de suikermolen had men kunnen redden, allemaal doordat er militairen te hulp waren gekomen, die op een post in de buurt waren en doordat de opzichter Vredelings, meteen met zijn geweer de aanvoerders had doodgeschoten. Als afschrikmiddel was het hoofd van de voornaamste aanvoerder op een stok gestoken en midden in het slavendorp geplaatst. Nu was de eigenaar Daniël Jeremiah naar Paramaribo gereisd om bij administrateur Van Omhoog een lening van de bank te vragen.

De heer Van Omhoog wilde Rutgers advies. Daniël Jeremiah had reeds een grote schuld bij de bank. De totale schuld was veel meer dan plantage Jericho waard was. De eigenaar stond bekend als iemand, die meer dronken dan nuchter was, en zijn tijd voornamelijk doorbracht met dobbelen.

Wat moest er nu gedaan worden? 'Geen lening meer geven,' adviseerde Rutger, 'de plantage nemen en verbeteren of verkopen.' Dat zou misschien het beste zijn, dacht ook mijnheer Van Omhoog, maar dan kreeg de onderneming misschien nooit al zijn geld terug, en kon men dat eigenlijk wel doen? Het zou betekenen, dat de heer Jeremiah op zijn oude dag bankroet ging, geen plantage had en geen inkomen. 'Dat is dan aan hemzelf te wijten,' zei Rutger.

Mijnheer Van Omhoog aarzelde. 'Hij zal zeggen, dat ik hem de lening geweigerd heb, omdat hij een Jood is, je weet hoe het hier gaat, men is altijd geneigd om kwaad te spreken.' Verder had mijnheer Van Omhoog het gevoel, dat er iets niet klopte in het verhaal van de heer Jeremiah. Hij had beweerd, dat de opstand was gekomen, doordat een week of drie tevoren de Boninegers de plantage Voorspoed en Uitzicht aan de Cottica hadden overvallen. Ze hadden de eigenaar en de opzichter gedood, de vrouw en kinderen van de eigenaar hadden ze ongemoeid gelaten, maar de meeste slaven hadden zich bij hen aangesloten, en ze hadden alles wat ze konden gebruiken van de plantage meegenomen. De opstand op Jericho zou door deze overval geïnspireerd zijn, volgens de eigenaar, maar mijnheer Van Omhoog had sterk de indruk dat er meer achter stak.

Hij had Daniël Jeremiah gezegd dat hij de zaak met zijn compagnon moest opnemen. Hij wilde eigenlijk heel graag dat Rutger naar Jericho reisde om zelf eens poolshoogte te nemen voor hij een beslissing nam. Hoe zag de plantage eruit, hoe waren de velden, hoe behandelde men de slaven, hoe was de blank-officier. Er moest eerst een bevredigend antwoord zijn op al deze vragen voor de onderneming nog een lening zou toezeggen.

Een poosje later kwam Daniël Jeremiah op het kantoor. Wat een verlopen type, dacht Rutger, terwijl hij naar de slordig geklede man keek, en wat doet hij zijn naam eer aan, want Van Omhoog was het gesprek begonnen met te zeggen dat de onderneming de lening eigenlijk niet kon toestaan, gezien de grote schulden die er al waren. Mijnheer Jeremiah begon te jammeren toen hij dit hoorde. Had hij dan voor niets zijn hele leven zo hard gewerkt? Zou hij zijn leven als een bedelaar moeten eindigen?

Had maar minder gezopen en gedobbeld, dacht Rutger terwijl hij naar de dikke slordige man keek en naar Van Omhoog, die helemaal niet onder de indruk kwam van ’s mans krokodillentranen, maar rustig verder sprak en hem uitlegde dat mijnheer Le Chasseur met hem naar Jericho zou reizen, om te zien of het handelshuis misschien toch nog iets zou kunnen doen. ‘Wees op je hoede daar Rutger, het is een sluwe vos,’ zei de heer Van Omhoog nog nadat Daniël Jeremiah opgelucht het kantoor had verlaten.

’s Middags aan tafel, vertelde Rutger aan Elza en Sarith dat hij over twee dagen naar Jericho zou afreizen. ‘Kunnen we niet met je mee?’ had Sarith gevraagd.

Maar Rutger had geantwoord: ‘Beslist niet. Het zal zeker geen aangename reis zijn; drie dagen varen voor we er zijn, en het regent zoveel. Wie weet wat me daar te wachten staat. Bovendien zou het voor Elza te vermoeiend zijn. Blijven jullie rustig hier en amuseer je maar, ik zal maar een week of twee wegblijven.'

Sarith had er kennelijk geen behoefte aan om wel twee weken met Elza alleen te blijven en dacht, dat het dan het beste was als ze maar weer eens naar Hébron ging. Gelukkig, dacht Elza, en ze hoopte dat Sarith nog veel langer dan twee weken op Hébron zou blijven.

Sarith vertrok al de volgende dag met een tentboot van een plantage, die een eind verder dan Hébron aan de Surinamerivier lag.

Daniël Jeremiah had alles gedaan om de reis zo aangenaam mogelijk te maken voor de man die zou moeten beslissen of de bank al dan niet zijn lening zou vergroten. De tentboot was goed voorzien van verschillende wijnen, rum, fruit en gebraad. Het was dan ook een teleurstelling voor hem, toen Rutger bedankte voor drankjes en zei dat hij wel hield van iets pittigs, maar dat hij nooit dronk voor de avond.

Voor ze van huis gingen, had Rutger aan Alex gezegd om zijn ogen en oren goed te gebruiken. Hij moest proberen van de slaven op de plantage te horen hoe het daar allemaal toeging, ook zou hij voortdurend op de opzichter moeten letten. Rutger wist, dat hij op Alex kon vertrouwen. Vanaf het moment waarop hij deze jonge slaaf had gekregen, toen hij pas in Suriname kwam, had hij gemerkt dat hij met een zeer intelligente knaap te doen had; in de eerste plaats verstond Alex alles in het Nederlands en hij sprak het ook. Hij was als kind van de keukenslavin van de Van Omhoogs praktisch in het huis opgegroeid; maar hij was wel steeds zo wijs geweest om zijn meesters niet te laten merken, dat hij alles wat ze zeiden, verstond.

Rutger had het echter al gauw in de gaten gehad en hij had er toen gewoonte van gemaakt, om, als hij en Alex alleen waren, steeds Nederlands te praten. Toen bleek dat Alex zoveel belangstelling had voor allerlei zaken, had hij hem leren lezen en schrijven. Binnen enkele maanden las Alex al vlot en toen had Rutger hem vaak een boek in handen gegeven.

Als Alex iets wilde weten en erom vroeg, gaf Rutger hem meestal een boek en zei: ‘Lees er zelf over, dan zullen we er later over praten.’

Toen Rutger in de boot bedankte voor de drankjes van zijn gastheer, keek hij eens even naar Alex en knipoogde tegen hem. De tentboot was bij Paramaribo eerst naar de overkant gevaren en toen langs de verschillende plantages tot Fort Nieuw Amsterdam, waar ze de bocht konden nemen om te gaan in de Commewijnerivier. Het getij was gunstig, men was met eb weggevaren naar de riviermonding, en het zou net weer vloed worden, toen men de Commewijnerivier ging opvaren. De boot voer langs verschillende plantages; een prachtig gezicht overal, een statig plantagehuis en andere gebouwen; aan de waterkant vaak aardige prieeltjes, waar men soms iemand kon zien zitten die altijd wel opkeek en wuifde naar het gezelschap dat langsvoer. 's Middags om een uur of vijf was men bij plantage Mon Trésor, en werd er stilgehouden voor de nacht.

Reeds omstreeks het middaguur had Daniël Jeremiah zoveel gedronken, dat hij heel lodderig uit zijn ogen keek en met overslaande tong sprak. De kleine loopjongen die hem aldoor drankjes moest inschenken kreeg af en toe een draai om de oren, omdat het glas niet snel genoeg was bijgevuld. Iedere keer weer, vertelde Daniël aan Rutger, dat zijn plantage vroeger een lust voor het oog was geweest. O ja, vroeger toen zijn vrouw nog leefde, een andere tijd was het toen, had ze voor alles zo goed gezorgd. Niet dat het nu een verwaarloosde boel was, o nee, dat moest Rutger beslist niet denken, maar ja, toch miste het huishouden een vrouwenhand. Vrouwtjes genoeg voor het overige, daar niet van, hij zou er een ruime keus hebben, elke avond een ander, als hij dat wilde. Maar de meeste moeilijkheden kwamen toch door vrouwen, blank of zwart. Was Rutger het daarmee niet eens?

De volgende dag verliep al net als de eerste. Men vertrok toen de vloed opkwam en voer de rivier verder op. Nog steeds plantages aan beide kanten, maar ook grote stukken oerwoud daartussen, en op sommige plaatsen, slaven druk in de weer waar er nieuwe plantages werden aangelegd.

Surinames goud, dacht Rutger, terwijl hij langs al die plantages voer en soms de bedrijvigheid vanaf de rivier kon zien. Ja, de ontdekkingsreizigers hadden gelijk gehad. Er was goud in Zuid-Amerika, niet het gele goud wat ze eerst hadden gezocht, maar die vruchtbare grond, die al die zo gevraagde producten kon voortbrengen, suiker, en nu koffie, cacao, tabak en katoen.

Een gouden tijd voor de plantage-eigenaars, voor de banken in Nederland, die met gulle hand krediet verschaften en rijker en rijker werden. Waren die geweldige prachtige herenhuizen aan de beroemde grachten van Amsterdam niet een sprekend bewijs hiervan? Hadden die bewoners van die herenhuizen wel enig idee, hoe dat goud werd gevonden? Wisten zij iets van het ellendige leven, dat vele slaven hadden?

De boot kon varen tot plantage La Felicité aan de Cottica, daar moest men stilhouden vanwege het getij. De bewoners van La Felicité waren zeer verheugd, dat ze de assistent van het bekende administrateurskantoor op hun plantage als gast zouden hebben. Toen Alex die avond bij Rutger in de kamer was, zei hij dat ze de volgende dag nog maar tweeëneenhalf uur moesten varen. Hij had gezien dat masra Jeremiah twee van zijn roeiers met een kleine boot van La Felicité had laten doorvaren naar Jericho, om daar aan de blankofficier te zeggen dat alles in gereedheid moest worden gebracht om een belangrijke gast te ontvangen.

Jericho was een suikerplantage, behoorlijk groot met meer dan honderd slaven. Toen de tentboot om een uur of twaalf de volgende dag aankwam, stond inderdaad van alles gereed om een gezelschap van wel tien man te voeden. Gebraden kippen, brood, bananen, geroosterd vlees, vele soorten groenten en fruit. Na het middageten waar ook de blank-officier, de heer Vredelings, aanzat moest Rutger natuurlijk gaan rusten van zijn gastheer. Een aardig slavinnetje moest zijn kamer aanwijzen. 's Avonds zouden de heren een kaartje leggen, de directeur en blank-officier van een naburige plantage waren al uitgenodigd; de volgende dag zou het vroeg genoeg zijn om met de inspectietocht te beginnen.

's Middags na de rust, de gastheer sliep nog, ging Rutger wat wandelen buiten, hij keek eens aan de waterkant bij het botenhuis, liep daarna langs het half verbrande magazijn het slavendorp in. Het viel hem op dat het erg stil was; op andere plantages had hij altijd lachende en spelende kinderen gezien, hier niet.

Hij liep nog door het dorp, toen de slaven van de veldarbeid thuiskwamen. Een uitgemergelde broodmagere groep mensen, niemand lachte, niemand sprak, allen zwijgend. Toen hij aankwam hield de groep stil, met neerhangend hoofd en de voeten over de grond schuifelend, mompelden ze: 'Gegroet masra,' en wachtten tot hij voorbij was.

Bij het kaartspel 's avonds werd er veel gedronken, hard geroepen en gelachen en om behoorlijke bedragen gespeeld. De mooie slavinnetjes die hadden moeten opblijven om de masra en zijn gezelschap te bedienen, werden verscheidene keren in de borsten of in hun achterste geknepen, evenals de twee jongens vaak genoeg een schop onder hun achterwerk kregen. Rutger zei niet veel, hij zorgde ervoor dat hij niet veel dronk, en bij het kaartspel, dat om veel geld ging, bleef hij maar een geduldige toekijker. Hij was blij, toen de avond voorbij was en hij naar bed kon gaan. Zijn gastheer had gezegd, dat hij één van de slavinnetjes kon uitkiezen voor de nacht. Toen Rutger had geantwoord: 'Nee, dank u wel,' had Daniël Jeremiah lachend gevraagd of zijn gast dan misschien een andere wilde, er was keus genoeg op zijn plantage, hoor. Hij had het maar voor het zeggen, en opzichter Vredelings zou ervoor zorgen. Rutger had vriendelijk maar beslist geweigerd.

De volgende ochtend, toen Rutger wakker werd en de kamerdeur voor Alex opende, lag die niet op zijn matje vlak naast de deur, waar hij altijd sliep als ze op reis waren en ergens overnachtten. Alex stond een eind verder op de gang en keek ingespannen door een raam naar buiten. 'Kijk masra,' zei hij en wees in de verte, toen Rutger naast hem was komen staan. Aan een grote boom hingen drie naakte figuren, de handen bijeen gebonden en het touw aan een tak vastgemaakt. De opzichter stond er naast en keek toe, hoe de basya één van de opgehangen personen zweepslagen toediende.

‘Vlug, kom,’ zei Rutger, en nog in zijn slaapbroek, met sloffen aan de voeten, rende hij de trap af naar buiten, gevolgd door Alex. ‘Stop!’ riep Rutger, toen hij op de plek was aangekomen. De basya keek naar de opzichter, die even kort knikte en stopte toen met zwepen. ‘Maak ze los,’ beval Rutger. Weer keek de basya naar de opzichter en begon, toen die had geknikt, de hangende lichamen naar beneden te laten en los te knopen. Het gezicht van de opzichter stond strak, hij hield niet van inmenging in zijn zaken en meestal liet de eigenaar hem zijn gang gaan, maar nu had die gezegd, dat het Rutger zoveel mogelijk naar de zin gemaakt moest worden.

‘Waarom die zweepslagen?’ vroeg Rutger nu aan de opzichter. ‘Die hebben ze verdiend, die daar,’ hij wees op de neger die net de slagen had gekregen, ‘heeft van de dram gestolen en diehij wees op de andere – is liever lui dan moe en dit hier,’ met zijn stok prikte hij in de borst van het meisje, want de derde figuur was een meisje van een jaar of zestien, 'heeft me beledigd.' 'Beledigd?' vroeg Rutger verbaasd. 'Hoe dan?' 'Ze heeft in mijn gezicht gespuugd.' 'O ja, wanneer?' Rutger keek naar het meisje, dat nog steeds met de handen bij elkaar naar haar voeten keek. 'Gisteravond, eh gisternacht,' zei de opzichter kortaf.

'Tja, dan was uw gezicht zeker wel erg dicht bij het hare,' merkte Rutger heel kalm op. 'Waarom heb jij gestolen?'* vroeg hij aan de slaaf die van de dram gestolen zou hebben. 'Ik heb niet gestolen, masra, het is op de grond gevallen,'* was het gefluisterde antwoord. 'En jij, wil jij niet werken?'* De man draaide zich zwijgend om, en toonde Rutger zijn rug. Van boven tot onder was die bedekt met grote zweren en veretterde striemen. Het gevolg van een vorige bestraffing. 'Jij werkt vandaag niet,' zei Rutger tot hem, 'ga naar de geneesman.'*

'Wel, genoeg gezweep voor vandaag,' vervolgde Rutger nu tot de opzichter. 'Hebben zij hun dagrantsoen voedsel al gehad?' 'Nee, nog niet,' antwoordde die. 'Wel, wacht u dan met het uitdelen daarvan, ik wil er graag bij zijn, kom, Alex' en met grote stappen ging Rutger terug naar het huis.

Een half uur later bij de voedseluitdeling, keek hij toe wat de slaven ontvingen. 'Is dat alles?' vroeg hij wijzend op de paar knollen en het minuscule stukje zoute vis. 'Geen wonder dat ze zo mager zijn en niet kunnen werken. Verdrievoudig de porties en geef meer vis.' 'Er is geen vis meer, ze hebben immers zelf het magazijn in brand gestoken.' De opzichter liet duidelijk merken dat hij niet gesteld was op Rutgers inmenging. 'Wel, geef ze dan eieren, die zijn er wel, en geef melk voor alle kleine kinderen en alle zwangeren.' 'Melk en eieren?' de opzichter wist niet wat hij hoorde. 'Ja, en vlug een beetje.' En toen op een jonge slaaf wijzend: 'Ga naar de keuken en haal de kokkin.'* Toen de verbaasde kokkin even later met de jongen kwam aanlopen zei Rutger tot haar: 'Zijn er melk en eieren in de keuken?'* 'Ja masra,' zei de vrouw terwijl ze een buiging maakte: 'Laat ze hier brengen.'* Alles ging verder zwijgend toe.

Er werd een ijzeren ketel melk gebracht en een mand met eieren, en alles werd onder de slaven uitgedeeld, die hun verbazing nauwelijks konden verbergen. Aan de ontbijttafel zei de heer Jeremiah tegen Rutger dat hij hoopte, dat die het niet erg vond om met de opzichter alleen de velden in te gaan, aangezien hij zelf de laatste tijd geen paard meer reed.

Tijdens de rit te paard door de rietvelden probeerde Rutger de opzichter Vredelings aan het praten te krijgen. Hij informeerde hoe die het vond om op deze plantage te werken. ‘Gaat wel,’ mompelde Vredelings. ‘Ver van de stad, maar ja, de baas bemoeit zich niet al te veel met de zaken. Het zou natuurlijk beter zijn als dat zwarte tuig wat meer wilde werken en niet zo onbetrouwbaar was.’ ‘Ik heb gehoord dat er pas een soort opstand was, of iets dergelijks,’ zei Rutger nu, in de hoop dat de heer Vredelings hierop zou ingaan, maar die zei alleen: ‘ze probeerden het wel, maar we hebben gelijk korte metten met ze gemaakt en met de boosdoeners afgerekend. Zo moet je optreden, anders ben je verloren.’

Rutger begreep dat hij niet veel meer van de opzichter zou horen. Hij was benieuwd of Alex ooit de kans zou krijgen om iets van de slaven te horen. Nee, als hij werkelijk wilde weten wat zich had afgespeeld, zou hij iets anders moeten verzinnen. Wat, als hij het eens probeerde bij een van die slavinnetjes die hem gisteravond zo royaal waren aangeboden. Dat was een idee.

De zon brandde, de rit duurde lang.Overal waar ze langs kwamen was er een zwijgende groep hard aan het werk, en de basya stond aan de kant met de zweep in de ene en een houwer in de andere hand. Niemand keek op, niemand stopte met werken.

Terug van de rit door de velden, stegen ze af bij de suikermolen. Daar werd het riet gecrushed, tussen drie cilindervormige rollers, waardoor elke stengel twee maal passeerde. Het sap werd opgevangen en geleid naar het stookhuis, waar het in een groot houten vat werd opgevangen. Vandaar werd het gezeefd in een grote ijzeren ketel, ook wel kapa genoemd. Het werd gekookt en van vuil ontdaan voor het in de volgende kapa werd geleid, dan werd het weer gekookt en van vuil ontdaan, vervolgens nog twee maal steeds dikker gekookt; er werd daarna een soort zuur in gegooid om het te laten kristalliseren. Vervolgens werd de massa nog meer gekookt om steeds dikker te worden. Als het ten slotte in de houten koelers ging, werd het geheel steeds geroerd en omgegooid. Daarna kwam de dikke stroperige vloeistof in een okshoofd; door kleine openingen werd het ontdaan van alle vocht dat er nog in zat. Deze vloeistof noemde men melasse. Na de laatste bewerking was de suiker gereed voor verscheping naar Europa waar ze geraffineerd werd en in grote blokken werd gegoten. In deze tijd werd er wel 10.000 ton per jaar naar Amsterdam vervoerd. Melasse werd meestal naar Noord-Amerika verscheept.

Rutger liep rond, ging van de suikermolen, die door een waterwerk werd voortbewogen, naar het kookhuis. Daar keek hij rond, niemand zei iets, niemand stopte met werken.

Toen hij terug was in de suikermolen en eens door het raam naar buiten keek, hoorde hij opeens een rauwe gil achter zich. Met een ruk draaide hij zich om, gemompel, geschreeuw, geroep onder de negers. Hij hoorde de basya boos iets schreeuwen, en toen hij keek, zag hij opeens een afgehakte zwarte hand tussen de crushers. De man die de crusher had bediend stond *met wijd opengesperde ogen* te kijken naar zijn pols waar bloed uit stroomde, en waar nu geen hand meer was. Enkele seconden daarna viel hij flauw op de grond. Wat was er gebeurd? De slaaf had even niet opgelet, maar het werk bij de crusher was zeer gevaarlijk, als er maar één vinger tussen de cilinders terecht kwam, werd de hand en vervolgens de arm en het hele lichaam van de persoon mee getrokken en gecrushed, voordat men het rad zou kunnen laten stoppen. Om dat niet te laten gebeuren, was de oplossing dus, afkappen van hand of arm. Er stond dan ook altijd een basya met een vlijmscherpe bijl naast de crushers.

Rutger kon van ontzetting geen woord uitbrengen. Hij keek naar die zwarte hand tussen de crushers en naar de man, die daar bloedend op de grond lag. 'Sta op man, sta op!, * riep de basya, terwijl hij met zijn voet tegen het bewegingloze lichaam van de man schopte. 'Mijnheer Vredelings,' riep Rutger nu. Deze kwam aangelopen en toen hij zag wat er aan de hand was, zei hij kalm: 'Weer zo'n sufferd, stop het rad.'

Een slaaf was al naar buiten gerend om het rad te stoppen. Tegen de basya zei mijnheer Vredelings: 'Haal die hand weg, anders bederft de suiker nog,'* en tegen zijn loopjongen zei hij: 'Roep de geneesman.'* Deze kwam en de nog steeds bewusteloze man werd naar buiten gedragen. Daar gooide men hem water in het gezicht en kreeg hij een beetje dram te drinken. Toen werd hij door een andere man onder de arm genomen en naar de slavenhutten gebracht, waar de geneesman hem zou behandelen.

Al die tijd had Rutger niets gezegd; hij had alleen maar kunnen kijken naar die hand daar op de crusher. Naar die man op de grond en al dat bloed. Er speelde maar één gedachte in zijn hoofd: dat allemaal voor de suiker, en een pond suiker kost maar vijf cent! Vijf cent voor een pond suiker, en hoeveel handen, armen, benen, mensenlevens gingen eraan! Hij keek naar de heer Vredelings, voor wie zoiets kennelijk heel gewoon was, want zodra de man uit het gebouw was weggebracht, riep hij een andere slaaf naar de crusher en zei ruw: 'Pas beter op, jij.'* en alles ging verder alsof er niets gebeurd was.

Tijdens de lunch werd er over het voorval gesproken, en het enige commentaar van de heer Jeremiah was: 'Dat die lummels ook niet beter opletten.'

Toen ze van tafel opstonden, zei Rutger tegen zijn gastheer: 'Mijnheer Jeremiah, ik zou vanavond wel graag gebruik willen maken van uw aanbod van dat slavinnetje, weet u wel.' Mijnheer Jeremiah keek blij verrast.

'Ach, dat is goed, heeft u misschien een voorkeur?' 'Wel nee, de keus laat ik geheel aan het kundig oordeel van uw opzichter over,' zei Rutger met een knikje in de richting van de heer Vredelings; hij schoof zijn stoel naar achteren en stond op met de woorden: 'Met uw permissie ga ik nu wat rusten.'

Die avond was er geen gezelschap van een naburige plantage.

De drie heren zaten te praten, het gesprek ging voornamelijk over de economische toestand van de kolonie. Suiker was een gewild artikel op de Europese markt, ook koffie en cacao. Het zag er goed uit voor alle plantage-eigenaren. De banken in Nederland gaven gemakkelijk krediet. Als dat zwarte tuig maar een beetje harder wilde werken. Ze konden het best, waren sterk, per slot van rekening was het zwarte ras nu eenmaal door God geschapen om als slaven voor de blanken te werken. Toen Rutger aan de heren vroeg, hoe ze dat zo precies wisten, zei de heer Jeremiah: 'Kom kom, jongeman, het staat uitgebreid in de Thora hoor.' 'Wel,' antwoordde Rutger, 'ik heb het Oude Testament van voor tot achter gelezen, maar deze passage hen ik nooit tegen gekomen, maar misschien zijn uw Thora en mijn Oude Testament niet hetzelfde.'

Rutger ging vroeg naar zijn kamer; nadat hij was uitgekleed en Alex zijn laarzen had meegenomen ging hij op het grote bed liggen met zijn handen onder zijn hoofd gevouwen. Hij keek naar een kamrawintje, een salamandertje, dat tegen het plafond kroop op zoek naar muskieten. Opeens een zacht klopje op de deur, en op zijn 'ja' werd een meisje naar binnen geschoven. Rutger zat op. Hij was geschrokken, hij had een meisje verwacht, een jonge vrouw, maar wat daar naast de deur stond was een kind, een mager klein meisje van dertien, hoogstens veertien jaar. Ze liet het hoofd naar beneden hangen en was doodsbang. Dat kon hij zien aan haar trillende vingers, die de onderkant van haar lendendoek in kreukels omhoog trokken, en dan weer loslieten. Zo, de opzichter had zeker gedacht hem een genoegen te doen door hem een ongerept maagdje te sturen. Die schoft! En weer was daar opeens die aanblik van die zwarte hand op de crushers. Nu dit bange kind, en dat allemaal voor de suiker.

'Hoe heet je meisje?'* vroeg Rutger nu. Heel zachtjes was het: 'Afanaisa, masra.'

'Afanaisa,' zei Rutger zachtjes en nogmaals: 'Afanaisa,' hij keek naar het kind en schudde langzaam zijn hoofd, toen strekte hij zijn hand uit en zei: 'Je hoeft niet bang te zijn, ik zal je niets doen.'* Het kind schoof een paar stappen dichterbij, maar bleef buiten zijn bereik staan. Hij zei nu: 'Wie heeft je hier gestuurd?'* 'De basya, masra,' was het gefluisterde antwoord. Zo, dus de opzichter had een basya dit werkje laten opknappen. Schoften, die schoften, dacht Rutger weer. 'Weet je wat je hier moet komen doen?'* vroeg Rutger nu.

‘Ik weet het niet, masra,’* was het antwoord, maar Rutger had het vermoeden dat ze heel goed wist waarom het ging.

‘Heb je al eens met een man geslapen?’* vroeg Rutger. Even keek het kind hem aan en zei toen: ‘Nee, masra.’

‘Wat vindt je moeder hiervan?’* vroeg Rutger. ‘Ik heb geen moeder, masra.’*

‘Afanaisa, je mag teruggaan hoor, ik zal je niets doen.’* Rutger was opgestaan en stond vlak bij het meisje, maar het kind ging niet weg, ze bleef staan, en keek naar haar voeten. ‘Je mag gaan, hoor,’ zei Rutger nogmaals. Heel zacht vroeg ze nu: ‘Gaat de masra mij dan niet breken?’* ‘Nee, kind, dat zal ik niet doen.’ Nog steeds ging ze niet weg, maar heel verlegen fluisterde ze: ‘Het is beter dat masra het wel doet.’* Rutger begreep er niets van, wist het kind wel wat ze zei? Met zijn vinger lichtte hij de kin van het meisje op, zodat hij in haar gezicht keek. Tranen stonden in haar ogen en ze knipperde even met de oogleden. ‘Waarom wil je dat ik je breek?’* vroeg Rutger nu zachtjes. Terwijl het kind antwoordde, rolde er een traan over haar wang. ‘Anders gaat de basya mij afranselen.’*

Nu werd het Rutger duidelijk, hij begreep ook onmiddellijk hoe de basya het zou uitvinden. Die schoften, o die schoften. Wat moest hij nu met dit kind, hij was echt niet van plan misbruik van haar te maken, maar ze kon nu ook niet terug. Moest hij haar dan de hele nacht hierin de kamer houden? Niet wetend wat hij moest doen, begon hij op en neer door de kamer te lopen. Toen ging hij weer op het bed zitten en zei tegen het meisje: 'Zit,' terwijl hij gebaarde naar de vloer tegenover zijn bed. Het kind ging op de vloer zitten. Rutger zei nu: 'Ik zal je niets doen, Afanaisa, je hoeft niet bang te zijn, niemand zal weten wat er hier gebeurt, de basya ook niet, daar zorg ik voor. Maar ik ga je een paar vragen stellen en jij moet me daarop precies antwoorden. Goed?'* Het kind knikte. En zo kreeg Rutger te horen, wat eigenlijk de opstand op de plantage had veroorzaakt.

Opzichter Vredelings liet alle jonge vrouwen voor een paar nachten naar zijn huis komen. Op een gegeven moment had hij zijn zinnen gezet op Sylvia, de vrouw van een grote neger, genaamd Kwaku. Deze Kwaku had zijn vrouw gezegd het bevel van blank-officier Vredelings te negeren en niet te gaan. Toen de opzichter dat door had, had hij Kwaku door een aantal basya's aan een boom laten vastbinden en laten toekijken hoe hij Sylvia verkrachtte. Niet éénmaal, maar wel driemaal.

Toen Kwaku werd losgemaakt, had hij niets kunnen doen, want de blankofficier liep rond met zijn geweer en steeds waren er twee basya's bij hem met vlijmscherpe houwers. Toch was het twee vrienden van Kwaku gelukt om met hem te praten en met zijn drieën en Sylvia zouden ze vluchten, maar voordat ze dat deden zouden ze eerst brand stichten. Ze begonnen in het magazijn. Een grote groep sloot zich bij hen aan, maar Vredelings had onraad geroken en Kwaku en Sylvia waren meteen doodgeschoten; er was hulp gekomen van een militair kamp in de buurt en toen de slaven die militairen met geweren zagen, hadden ze uit angst alles gestopt. Omdat men niet precies wist wie wel en wie niet aan de opstand had meegedaan, was er voor straf gedurende twee dagen aan geen enkele slaaf eten gegeven en werden alle mannen gezweept.

Afanaisa vertelde niets uit zichzelf. Rutger moest iedere keer wat vragen, en ze antwoordde precies op wat hij gevraagd had en zweeg dan. Maar zo hoorde Rutger ten slotte toch alles. Omstreeks elf uur, het meisje was bijna twee uur in zijn kamer geweest, liet Rutger Alex binnen komen. Hij zei dat Alex het kind naar haar hut terug moest brengen, en daar zeggen, dat niemand aan haar mocht komen.

Morgen moest ze terugkomen. Toen hij zag dat Alex hem enigszins verwijtend aankeek, zei hij snel in het Nederlands: 'Ik heb haar niet aangeraakt, Alex, maar ze is bang van de basya.' Toen Alex het meisje bij de hut afzette zei hij tegen de vrouw, die het deurtje opende: 'Masra zegt dat geen man haar mag aanraken, anders krijgt die een afranseling.'*

Elke avond daarna kwam Afanaisa naar de kamer van de masra, en elke avond zat ze op de vloer en beantwoordde de vragen. Na een paar avonden durfde ze meer te vertellen, en zo hoorde Rutger veel over Jericho.

Toen de vrouw van de heer Jeremiah *nog leefde* was het inderdaad een keurige plantage en keurig huishouden geweest. Geen prettige of vriendelijke voor de slaven weliswaar, want mevrouw Jeremiah was ook een genadeloze meesteres die de zweep niet liet sparen, maar toen kregen de slaven altijd voldoende eten en zorgde ze ervoor dat de zieken goed behandeld werden. Voor zwangere vrouwen en kinderen werd er uitermate goed gezorgd, want de misi wist maar al te goed dat dat voor haar de beste investering was. De masra was altijd onverschillig geweest, had veel gedronken en gekaart. Alles was pas goed slecht geworden toen twee jaar geleden de vorige blank-officier was weggegaan, en daarvoor in de plaats de heer Vredelings was gekomen.

Toen Rutger na een dag of tien tegen Afanaisa zei, dat hij haar bedankte en haar een geldstuk wilde geven, begon ze te huilen en vroeg smekend: 'Alstublieft, masra, neem me mee, neem me toch mee, de basya zal me zwepen, ik smeek u masra.'*

Rutger nam de volgende ochtend afscheid van masra Jeremiah en zei: 'U zult spoedig van ons horen, mijnheer Jeremiah, het lijkt me het beste dat u over een week of twee op kantoor langs komt en, o ja, ik koop dat slavinnetje van u.' Mijnheer Jeremiah lachte zijn half tandenloze mond wijd open toen hij dat hoorde en zei met een opgeheven vinger: 'Zei ik het je niet, Le Chasseur, dat mijn vrouwtjes je goed zouden bevallen?'

Drie weken later stond Daniël Jeremiah weer in het kantoor van mijnheer Van Omhoog. Die vertelde hem dat hij en zijn compagnon het volgende hadden besloten: De onderneming zou Jeremiahs lening vergroten onder bepaalde voorwaarden. De blank-officier de heer Vredelings moest vervangen worden.

Daar had mijnheer Jeremiah helemaal geen bezwaar tegen. Hij had altijd wel het vermoeden gehad dat die Vredelings niet zo'n goede blank-officier was. Terwijl hij dit zei wreef hij vergenoegd zijn dikke handen in elkaar. Mijnheer Van Omhoog sprak verder: 'De nieuwe opzichter blijft in dienst van het administrateurskantoor. Hij brengt maandelijks verslag uit aan het kantoor, hij ontvangt zijn salaris rechtstreeks van ons en hij voert opdrachten uit door het kantoor gegeven. Voor Vredelings zullen wij een andere plantage vinden. Er zijn altijd wel plantages die een blank-officier nodig hebben.'

Als mijnheer Jeremiah het met alles eens was, kon hij zo meteen de nieuwe opzichter ontmoeten. Die zou dan *met hem terug* varen en hij kon Vredelings terugsturen. Mijnheer Jeremiah was het met alles eens. Dat was een pak van zijn hart. Die Le Chasseur viel dan toch wel mee. Kennelijk had hij genoten van het lekker eten en de lekkere vrouwtjes op zijn plantage.

'Een ogenblikje, u zult zo uw nieuwe opzichter ontmoeten, ik haal hem even,' zei Rutger, terwijl hij de kamer uitliep. Even later kwam hij weer naar binnen gevolgd door een donkere man en zei: 'Mijnheer Jeremiah, dit is mijnheer Rozenblad, uw nieuwe opzichter.' Daniël Jeremiahs mond bleef open van verbazing. Wat? Een kleurling? Wilde men hem een nikker als opzichter op zijn plantage meegeven? 'Dat kan toch niet,' stamelde hij. 'Wat kan niet?' vroeg Rutger met een uitgestreken gezicht. 'Een kleurling, een nikker als opzichter?' 'Een bekwaam en zeer ontwikkeld man, mijnheer Jeremiah,' zei Rutger kalm. Daniël Jeremiah werd boos; wat een rotstreek was dat. En hij kon niet weigeren, anders zou de lening zeker niet doorgaan.

'Dus u wilt me met een mulat opzadelen, hè?' 'U hoeft niet,' zei Rutger, 'geen mijnheer Rozenblad, geen lening.' 'En dan moet ik hem zeker aan mijn tafel uitnodigen, wat is dit?' Mijnheer Jeremiah sprak niet zacht meer.

Rutger bleef uiterst rustig, evenals Rozenblad en Van Omhoog, en zei kalm: 'Wie zegt dat de heer Rozenblad met u aan tafel zou willen zitten? Hij vertoeft meestal in zeer beschaafd gezelschap.'

'Ik zal hierover schrijven naar uw patroon in Nederland,' Jeremiahs gezicht was vuurrood geworden. 'Doet u dat vooral, mijnheer Jeremiah, ik weet zeker dat mijnheer Rozenblad u daarmee kan helpen. Hij heeft een keurig handschrift en maakt geen spelfouten. Ook in boekhouden is hij een expert. Als u nu aan hem wilt zeggen wanneer hij bij de steiger moet zijn om naar uw plantage te vertrekken, dan zijn we klaar.'

Toen tien minuten later een nog steeds boze Daniël Jeremiah het kantoor had verlaten, lachte Rutger hardop. Mijnheer Van Omhoog had eerst niet zo veel heil gezien in het plan van Rutger, maar hij had moeten toegeven, dat een nieuwe opzichter het beste zou zijn en wat was er tegen de heer Rozenblad? De kleur van zijn huid? Rutger legde zijn arm op de schouder van de heer Rozenblad en zei: 'Durf je het nog aan, beste vriend? Laat je niet intimideren, wees niet bang, doe wat je het beste lijkt.' 'Bang ben ik nooit,' antwoordde Stanley Rozenblad kalm, 'ik weet wat mij te wachten staat en ik durf het aan.'

Hoofdstuk v

ELZA

Het was ondertussen al begin augustus geworden en het huwelijk van Rebecca en Abraham Cohen zou voltrokken worden. Hoewel Rebecca zelf helemaal geen grootse bruiloft wilde, vond tante Rachaël dat er toch een echt feest moest zijn. Zeker ook, omdat de bruidegom toch niet zomaar iemand was. Een geleerd man, leraar, assistent-rabbi nog wel, hoofd van de Tedishva, de joodse school *waar alle orthodoxe* ouders hun zonen naar toe zonden en waar ze onder leiding van Abraham Cohen, de talmoed bestudeerden.

Toen Elza het bericht kreeg, dat de bruiloft van Rebecca en Abraham in de week van 15 tot 20 augustus op Hébron gevierd zou worden, maakten zij en Rutger plannen om voor een dag of tien op de plantage te logeren. Ze was blij om weer thuis te zijn, om Ashana te zien en alle vertrouwde zaken; maar hoe zou het zijn met Sarith? Nadat Rutger terug was gekomen van zijn reis naar plantage Jericho, was hij zo lief voor haar geweest. Ze hadden vaak hartelijk gelachen om alles wat hij vertelde over Daniël Jeremiah. Ze had zijn boosheid en verontwaardiging over de mishandeling van slaven gedeeld.

Maisa had Afanaisa direct onder haar hoede genomen. Ze had gezegd dat het kind eerst bijgevoed moest worden, en toen ze had gemerkt wat een lief en ijverig meisje het was, gewillig om van alles te leren, had ze aan Elza gezegd, dat Afanaisa een goed kindermeisje zou kunnen worden, als de baby er eenmaal was. Het was zo aangenaam en vredig in huis. Hoe zou het zijn als ze op Hébron waren; zou Rutger dan weer onder Sariths invloed komen? En stel dat er eens iets gebeurde? Zou iedereen het dan weten? Hoe zou ze zich dan voelen?

Maisa verheugde zich zeer op de logeerpartij, en ook Amimba, want zij ging speciaal mee om een weekje bij haar moeder te zijn.

Het waren voornamelijk joodse gasten die op Hébron waren voor de bruiloft. De huwelijksplechtigheid was op de sabbat daarvoor geweest in de synagoge op Joden-Savanna. Dat had Abraham zo gewild, en de zondag daarop was het bruidspaar gevaren tot Hébron, waar alle gasten wachtten. Rutger en Elza waren niet naar Joden-Savanna geweest, die waren twee dagen eerder op Hébron aangekomen.

Toen Elza Ashana zag, had ze zich letterlijk in haar armen gegooid en gezegd: 'Ashana, o Ashana, ik heb je zo gemist.' Daarna had ze het hele huis rondgelopen om te kijken of alles nog hetzelfde was. Natuurlijk sliep ze niet meer in haar oude kamer die ze vroeger met Sarith gedeeld had, maar zij en Rutger zouden slapen in de kamer naast die van Rebecca, 'in de bruidsvleugel van het huis', had tante Rachaël lachend gezegd.

De eerste dagen vóór de gasten van het feest er waren, waren behalve Rutger en Elza, *ook nog Esther en Jacob de Ledesma* en hun drie zoontjes in huis, evenals David en Suzanna en hun twee kinderen. Hoe kwam het dat Sarith aan tafel steeds aan de andere zijde van Rutger zat? Hoe kwam het dat bij elke wandeling die Elza en Rutger maakten, elk boottochtje, Sarith er steeds bij was? Soms vertelde ze opgewonden iets, trok hem aan zijn arm en als er niemand bij was, sloeg ze zelfs een keer haar arm om zijn schouder en legde haar wang tegen de zijne, het leek wel alsof ze Elza iets wilde demonstreren.

Toen de gasten die zondag kwamen en het grote feest begon, veranderde Sariths houding. Ze deed erg aardig en vriendelijk tegen Elza en heel gewoon tegen Rutger. Alle gasten informeerden belangstellend naar Elza. Wa t zag ze er goed uit! Gefluister, was er een baby op komst? Wat een lief vrouwtje was ze toch. En zo aardig. Wat ging dat drietal toch leuk met elkaar om. Elza en Sarith waren altijd zulke goede vriendinnen geweest. Wat fijn voor haar dat Sarith zo vaak naar Paramaribo reisde en bij haar logeerde om haar gezelschap te houden.

En Elza had het bij al dat gebabbel willen uitschreeuwen, willen roepen: 'Ziet er dan niemand wat er gebeurt? Zijn jullie allemaal blind? Ziet niemand hoe ze hem inpalmt en van me afneemt? ' Maar natuurlijk had ze dat niet kunnen doen en had ze alleen maar geknikt en gezegd, dat het heel aardig was dat Sarith haar zo gezelschap hield in Paramaribo.

Aan niets zou een buitenstaander toen kunnen merken, dat Sarith een bijzondere belangstelling voor Rutger had; tegen Elza was ze gewoon. Net als vroeger toen ze meisjes waren, keek ze vaak naar Elza om een opmerking te maken over de een of andere gast. Proestend van het lachen was het ‘Heb je tante Waai de Wind gezien? Vandaag heeft ze er zeker drie aan.’

‘Tante Waai de Wind’ was een nicht van tante Rachaël, een zeer rijke, joodse weduwe, die altijd gekleed was in wijde, zijden rokken. Bij elke beweging die zij maakte, ruisten de zijden rokken en leek het alsof de wind in het huis woei, vandaar dat de meisjes haar vroeger de bijnaam ‘Waai de Wind’ hadden gegeven. Of Sarith fluisterde al giechelend in Elza’s oor: ‘Heb je Noso gezien? Zijn neus lijkt extra groot vandaag en hij wil steeds mijn hand vasthouden.’ Dan begreep Elza, dat Sarith alleen maar zo deed, om toch geen argwaan te wekken. Tante Rachaël had erop gestaan, dat er een groot bal zou zijn, wat was nu een *feest zonder bal. Op de* avond van de derde dag van het feest werd er dus gedanst.

De muzikanten speelden; net als bij de bruiloft van Elza was het overal verlicht met lampions, en de gasten zaten op houten bankjes aan tafeltjes; de dames in prachtige japonnen met kunstig hoog opgemaakt kapsel, en de heren in avondkostuum.

Elza zag hoe bij het begin van bijna elke dans, Sarith in de buurt van Rutger stond en iets tegen hem zei, waarop ze dan samen gingen dansen.

Elza liep naar het huis en bleef op de voorveranda naar de dansende paren kijken. Toen de muziek stilhield en de meesten weer gingen zitten, zag ze hoe Rutger bleef staan en met een aantal heren een gesprek begon, vijf heren stonden daar in een kringetje in druk gesprek gewikkeld. Terwijl Elza naar haar man keek, dacht ze hoe snel Rutger zich toch had aangepast in het land. Hij is een echte Surinaamse man geworden, dacht ze, en toen ze keek wie de heren waren met wie hij stond te praten, realiseerde ze zich, dat al die heren die daar bij Rutger stonden, mannen waren met meer dan één vrouw. Elk van hen had naast zijn wettige vrouw nog een concubine of bijzit ergens in Paramaribo, en bitter dacht ze: ook wat dat betreft is hij een echte Surinaamse man, hij heeft ook twee vrouwen.

De muziek begon weer te spelen; ze zag hoe Sarith het kringetje van de heren naderde en schertsend iets zei, waarop ze allemaal lachten. Elza zag hoe Sarith Rutgers hand pakte en hem meetrok in de richting van de dansenden, terwijl ze achterom tegen de heren riep: 'Ik pak deze alvast mee.'

Elza sloot even haar ogen en liep het huis binnen; door de grote voorzaal liep ze naar de achterkant van het huis en ging daar op de achtergalerij staan. Ze zag in de verte lichtjes in de slavenhutten en hoorde van heel ver dof trom-geroffel.

In de hoek van de achtergalerij zag ze de oude hangmat, die al jaren daar vastgebonden was aan twee spijlen. Dat was het hoekje waar zij en Sarith als kind samen in de hangmat hadden gelegen of gezeten, pratend, lachend, giechelend, elkaar verhalen en voorvalletjes vertellend. Hoeveel uren hadden ze niet samen daar in die hangmat doorgebracht? Sarith en Elza: Elza en Sarith, het onafscheidelijke tweetal.

Bedroefd legde Elza haar hoofd tegen een van de spijlen en voelde opeens een arm om haar schouder en een stem die zei: 'Wat scheelt mijn kleine misi dan?'*

'Ashana, o Ashana,' Elza legde haar hoofd op Ashana's schouder en sloeg haar armen om haar heen. Tranen vloeiden over haar wangen. Ze kon zich niet meer inhouden en kon al snikkend alleen maar zeggen:'Ashana, Ashana!' Ashana voerde haar naar de oude schommelstoel die aan de andere kant op de galerij stond, ging zitten en trok Elza op haar brede schoot; dezelfde schommelstoel, waar Ashana haar misi als klein kind in slaap had gesust, in dezelfde schommelstoel waar ze altijd had gezeten met haar misi op schoot, als die pijn had of verdriet, of gewoon als die zich geborgen wilde voelen; in die schommelstoel zat ze nu weer en schommelde en suste haar misi. Hier was geen sprake van een meesteres en slavin, hier was slechts een kind dat verdriet had en dat liefde en geborgenheid zocht in de armen van diegene, van wie ze wist, dat die dat altijd had gegeven; de meest vertrouwde, de meest geliefde, haar Ashana. Hier was gewoon een moeder, die haar meest geliefde kind wilde behoeden en beschermen, alle verdriet en gevaren van het leven voor dit kind uit de weg zou willen ruimen.

'Stil dan toch mijn schat, stil toch,'* zei de sussende stem van Ashana. Elza zou nooit weten hoeveel Ashana werkelijk wist en hoeveel ze vermoedde, dat deed er ook niet toe, feit was, dat ze de altijd vertrouwde en liefhebbende armen van haar Ashana om zich voelde.

'Elza, Elza, waar ben je toch?' Dat was de stem van Rutger. Met grote stappen kwam hij door de voorkamer gelopen. 'Hier,'* riep Ashana. Rutger kwam op de verlichte achtergalerij en keek verbaasd naar het tafereeltje. Elza als een klein meisje op de schoot van Ashana! Hij wilde een plagerige opmerking maken, maar toen zag hij, dat ze huilde. 'Je huilt,' zei hij geschrokken. 'Waarom huil je Elza, wat is er, ben je ziek?'

Toen ze even het hoofd ontkennend schudde, zei hij tegen Ashana: 'Wat scheelt misi Elza, Ashana?'* Ashana keek hem recht in de ogen en zei strak: 'Misschien kan u alleen weten wat haar scheelt.'* Met die woorden deed ze Elza van haar schoot opstaan en zei: 'Ga naar je man, mijn schat, hij moet voor je zorgen.'* En zelf liep Ashana naar binnen. Rutger sloeg zijn arm om Elza en zei: 'Huil je om mij Elza, huil je om mij? Antwoord me!' Elza snikte en snikte nogmaals en zei: 'Rutger, ik weet dat ik je beloofd heb dat ik geen jaloerse vrouw *zou zijn, maar als ik jou* en Sarith zo zie, ik weet het niet. Ik kan het niet helpen, maar toch.' 'Elza, huil toch niet daarom, je weet dat Sarith niets voor me betekent. Echt niet. Geloof me. Maar als ze met me komt dansen en zo, kan ik dan weigeren? Kan een heer een dame zo beledigen? Maar geloof me, Elza, ik geef niets om haar. Huil niet meer, kijk, ik zocht je overal, kom laten we gaan dansen,' en met zijn zakdoek droogde hij haar tranen af, kuste haar eerst op de ogen, toen op de mond en nam haar mee naar buiten waar ze zich bij de dansenden voegden.

De hele verdere avond bleef hij naast Elza zitten en danste alleen met haar. Sarith keek af en toe hun richting uit, maar toen ze hen zo innig naast elkaar zag zitten, elkaars hand vasthoudend, kwam ze niet meer in hun buurt en danste één voor één met alle andere heren.

Toen de logeerpartij voorbij was en de gasten in groepjes afreisden, kondigde Sarith aan dat ze met Elza en Rutger mee terug ging naar de stad. O, mijn hemel, dacht Elza, daar begint ze weer, maar wat kon ze zeggen, hoe zou ze kunnen zeggen dat Sarith niet welkom was in haar huis. Niemand zou er iets van begrijpen. Sarith reisde dus mee terug naar Paramaribo en installeerde zich in de kamer, die al niet meer de 'logeerkamer', maar 'misi Sariths kamer' heette.

In september 1767 was er in Suriname een gebeurtenis, die de gemoederen van de kolonisten heftiger in beweging bracht dan de aardbeving van bijna een jaar geleden. Een zekere Zobre, een blanke, zou gaan trouwen met een negerin. Wat vreselijk. Hoe kon een blanke nu zoiets doen. Trouwen met een negerin? Werkelijk trouwen? Bij een negerin kon een blanke slapen en kinderen verwekken, maar hoe kon hij zo iets onfatsoenlijks doen om met haar te trouwen? Schande was het, vreselijk! En er was notabene toestemming gegeven voor dit huwelijk door de directeuren van de Sociëteit in Holland. Toen bedoelde personen namelijk het voornemen hadden om te trouwen, kregen ze in Suriname zelf geen toestemming hiervoor.

De Raden van het Hof van Politie beriepen zich op een plakkaat, dat ten tijde van gouverneur Van Sommelsdijck, ongeveer honderd jaar geleden, was uitgegeven, dat zo'n huwelijk verbood; maar de rijke en vrije Elisabeth Samson had samen met haar huwelijkskandidaat een rekest ingediend in Holland en de Directeuren van *de Sociëteit hadden* gemeend dat er geen termen bestonden om dit huwelijk te verhinderen.

Wat waren de blanken boos en men schreef vanuit Suriname ettelijke boze brieven naar Holland, waarin men ondermeer stelde: 'dat zulk een huwelijk weerzinwekkend en afschuwelijk was en een grote schande voor een blanke' en verder 'dat het toch duidelijk was dat blanken van een betere en edelere natuur waren dan negers. Hoe erg zou het nu zijn, als kinderen van negers zich konden gaan verbeelden dat zij de gelijken waren van kinderen van blanken!'

Ondanks alle kritiek en alle schimpscheuten, trouwde de negerin Elisabeth Samson met Hermanus Zobre en het schandelijke huwelijk was het gesprek van de dag in alle huizen van Suriname.

Elisabeth Samson woonde niet ver van Rutger en Elza in een prachtig, groot huis in de Wagenwegstraat. Hoewel ze elkaar niet goed kenden, lieten Rutger en Elza een fraai bloemstuk bezorgen. Rutger vooral vond dit huwelijk prachtig; hij vond dat de kolonisten een prachtige poets gebakken was, en overal verkondigde hij met luide stem, dat de echtelieden een goede keus hadden gemaakt, dat hij blij was en hoopte, dat er nog meer zulke huwelijken zouden volgen.

In het huis van de Le Chasseurs waren er soms hevige discussies, want Sarith was een felle tegenstander van dit huwelijk en er werd hevig gedebatteerd met Rutger en Elza aan de ene en Sarith aan de andere kant.

Had Rutger goed begrepen dat hij Elza verdriet deed als hij te intiem was met Sarith. In de weken die nu volgden na het huwelijk van Rebecca, ging hij in ieder geval niet op de avances van Sarith in, en deze werd steeds ongeduriger; ze gaf dikwijls een snauw als antwoord aan Elza, of bleef nukkig stil en zat met een ontevreden gezicht te kijken. Elza vond dat ze de sfeer in huis bedierf en wenste dat Sarith weg ging. Arme Mini-Mini had het hard te verduren. Hoeveel keer kreeg ze niet een draai om haar oren of een duw in haar rug?

Op een zondag was het drietal uitgenodigd voor een feestje bij de joodse familie Lobo. Er was pas een baby geboren. Op de achtste dag, de dag van de berith (besnijdenis van het jongetje) werden er gasten uitgenodigd. Na de plechtigheid die door de rabbi werd verricht, werd er gegeten en gedronken, en vaak zelfs gedanst. Alle gasten brachten geschenken mee en hoewel de moeder zelf dan nog in het kraambed lag, werd er beneden lustig feest gevierd. Terwijl Elza boven bij de moeder in de kamer was en uitgebreid alle babykleertjes bewonderde en aanhoorde wat ze allemaal wel en niet moest doen in haar conditie, danste Sarith beneden met Rutger, en vroeg hem waarom hij haar ontliep. ‘Ach, ik ontloop je niet, Sarith, maar vind je niet dat er een einde aan dit alles moet komen, het doet Elza verdriet, en dat wil ik niet.’

Het leek alsof Sarith vanaf toen haar toon wijzigde; toen ze daarna naar huis gingen, was ze niet meer vrolijk en druk pratend, maar ze werd verdrietig en kwijnend; en als ze even alleen met Rutger in de kamer was, zorgde ze ervoor dat er een traan over haar wangen rolde, zodat hij moest vragen waarom ze huilde en het antwoord was dan: 'omdat jij niets om me geeft en me dat zo duidelijk toont, terwijl ik, ik hou van je, Rutger, ik hou zo van je.' Rutger raakte helemaal van streek door deze situatie en toen Sarith hem op een avond bij haar kamerdeur opwachtte en hem naar binnen riep, kon hij niet anders dan toegeven.

Natuurlijk merkte Elza ook wat er gaande was, en had ze door op welke manier Sarith nu bezig was. Wat kon ze doen? O, ze haatte Sarith; maar iedere keer als ze dat dacht, dan zag ze zichzelf en Sarith weer als kinderen, als meisjes, altijd onafscheidelijk. Hoe was het mogelijk dat het nu zo was geworden. Na enkele weken, tegen eind september, kwam er een boodschap van Esther, dat Sarith op het einde van de week met hen zou moeten meereizen naar Hébron, om vervolgens naar het Loofhuttenfeest op Joden-Savanna te gaan. Rutger en Elza gingen niet. Rutger vond dat de lange reis te vermoeiend zou zijn voor Elza en die dankte de hemel, dat haar stiefzusje op deze manier haar logeerpartij kon beëindigen.

Elza's rust duurde echter niet lang, want nauwelijks vier weken later kwam Sarith terug. Als vanzelfsprekend installeerde ze zich in 'haar' kamer. Maisa kon haar ongenoegen nauwelijks verbergen. Het was alsof Sarith zich had voorgenomen, om nu Rutger helemaal in te palmen. Keer op keer zocht ze naar mogelijkheden om met hem alleen te zijn en hem te vertellen, dat ze van hem hield. Niet met Elza had hij moeten trouwen, maar met haar, was zij niet zoveel mooier dan Elza, wist hij niet hoeveel mannen haar graag wilden hebben, *maar ze wees ze allemaal af*, want ze wilde slechts hem, Rutger alleen.

Hoewel Rutger zelf deze situatie uiterst pijnlijk vond, hij was met Elza getrouwd, hij hield van Elza, streelde het toch zijn ijdelheid dat deze mooie Sarith hem openlijk bekende dat ze van hem alleen hield. Ondanks het feit dat hij wist dat hij Elza verdriet deed, vond hij vaak zijn weg naar de kamer van Sarith en gaf zich daar over aan een hartstochtelijk liefdespel. Hij vond dat hij het maar moeilijk had; was hij bij Elza, dan was Sarith verdrietig, want die kon de tranen o zo makkelijk laten vloeien; was hij bij Sarith, dan was Elza verdrietig.

Elza zei niet veel. Stil zat ze vaak in haar kamer, keek in de spiegel en zag hoe het kind in haar lichaam groeide, hoe haar buik groter en groter werd. Hoe anders had ze zich dit allemaal voorgesteld. Ze vroeg zich vaak af, of ze met Rutger getrouwd zou zijn als ze van te voren had geweten dat het zo zou lopen.

Dikwijls hoorde ze in zichzelf een stem, zoals hij op die middag in Hébron had gezegd: ‘Beloof je me dat je geen jaloerse vrouw zult zijn? Zelf al heb ik een incidentje of een korte relatie met een andere vrouw, moet je niet boos op me zijn.’ En zij had gevraagd: ‘Maar zoiets zal toch niet in mijn eigen huis zijn?’ Wat had hij hierop geantwoord? Had hij het beloofd? Het moest toch eigenlijk wel? En waar gebeurde ‘dit incident’, ‘deze relatie’? Was het niet hier in haar eigen huis?

Maar het ergste van alles was, dat het Sarith was. Uitgerekend Sarith, haar beste vriendin, haar zusje, haar speelgenoot, alles van vroeger was verweven met Sarith, Sarith die nu haar vijandin, haar rivale was. Hoe verwarrend toch, hoe moeilijk.

Dikwijls ook vroeg Elza zich af hoe zij gehandeld zou hebben als de rollen omgekeerd waren, maar ze wist ook altijd het antwoord: Nooit zou zij zoiets gedaan hebben. Nooit! Nooit zou ze de man afpakken van de persoon die ze als haar beste vriendin beschouwde.

Maisa had het druk met babykleertjes maken. Ze leerde Afanaisa hoe het moest, en 's middags zat ze met Afanaisa en Amimba op de achterstoep en die twee naaiden en borduurden wat Maisa al geknipt had. Behalve op Sarith was Maisa ook boos op Rutger. Vaak sprak ze maar heel kortaf tegen hem en als ze wist dat Rutger bij Sarith in de kamer was geweest, bleef ze hem wel twee dagen uit de buurt, aldoor mopperend over 'mensen die zich als honden gedragen'.*

Toen kwam eind november Elza's vader naar de stad. Hij bleef maar even, hij wilde zien hoe Elza het maakte, maar hij was Sarith komen ophalen, ze moesten naar Joden-Savanna. Haar grootmoeder, Ouma Mozes de Meza, was erg ziek, ze zou het wel niet lang maken en Sarith moest er met haar moeder heen. Ze was immers de lievelingskleindochter van Ouma. Sarith vertrok, Elza hoopte van harte, dat Ouma Mozes de Meza wel een paar weken op sterven zou liggen voor ze de geest gaf. Zo lang duurde het echter niet, na ongeveer een week stierf Sariths grootmoeder en werd ze begraven, maar tante Rachaël vond dat Sarith in de rouwperiode beslist niet naar Paramaribo kon gaan. Het paste niet om naar bals te gaan als je grootmoeder net was overleden en het traditionele bal van de De Ledesma's ging vanwege het sterfgeval ook niet door; de De Ledesma's brachten de jaarwisseling op Hébron door, alle reden dus voor Sarith om rustig thuis te blijven.

In de nacht van 10 januari 1768 werd Elza's baby geboren. Alles ging heel goed en gemakkelijk. Maisa had zich erg druk gemaakt, en toen de tekenen er waren de avond ervoor, was Alex de vroedvrouw gaan halen. Zenuwachtig had Rutger die nacht in zijn kantoortje gezeten, en om een uur of drie in de ochtend had hij een zacht gehuil gehoord. Een half uurtje later was Maisa hem komen roepen, en hij had een gelukkige Elza kunnen zien, met haren nog nat van het zweet, maar met een lieve lach op haar gezicht, terwijl ze keek naar het jongetje dat naast haar lag.

Rutger had naar het kleine kopje gekeken, had onder protest van de vroedvrouw het dekentje weggeslagen om te zien of zijn zoon wel alles erop en eraan had, en had Elza lief op haar voorhoofd gezoend, terwijl hij zei: ‘Van harte gelukgewenst, lieveling, wat hebben we een prachtige zoon. Hoe zullen we hem noemen?’ ‘Zeg jij het, welke naam had je gedacht,’ zei Elza. ‘Wat vind je van Gideon?’ vroeg Rutger. ‘Zo heette mijn grootvader.’ ‘Dan heet hij Gideon Rutger,’ zei Elza.

Toen kwam Maisa binnen met een blad met koppen cacao en Rutger werd door haar zonder pardon de kamer uitgestuurd, naar de logeerkamer, waar hij die nacht moest slapen, want zoals ze zei, het was hoogtijd dat ‘er nu eindelijk geslapen werd.’*

Hoofdstuk VI

SARITH

Enkele dagen later hield een tentboot die op weg was naar een plantage aan de Boven-Suriname, stil bij plantage Hébron. De bel van de boot luidde, en een loopjongen holde naar de steiger om te zien wat er aan de hand was. Zwaaiend met een brief holde hij terug naar het huis, waar masra Levi al op de voorveranda stond om de brief in ontvangst te nemen. Even later was er een opgewonden *geroep en gepraat* in het huis. In de brief van Rutger stond, dat Elza enkele dagen geleden een zoon had gekregen. Een flinke, gezonde jongen van bijna zeven pond. Moeder en kind maakten het uitstekend. Glunderend vertelde oom Levi het aan zijn vrouw, aan Sarith en aan Ashana die kwam aanhollen. Binnen enkele ogenblikken wist de hele plantage het al. Ashana wilde meer weten. Hoe heette het kind? Op wie leek het, was alles vlot gegaan? Stond er werkelijk niets meer in de brief. Had het kind haar? Welke kleur ogen? Oom Levi moest lachen om Ashana. ‘Ik weet het niet, Ashana, maar we gaan naar de stad om hem te zien. Ga mee, dan kan je ze zelf zien.’* En Ashana, die bijna nooit van de plantage wegging en maar een heel enkele keer in de stad was geweest, besloot dat ze meeging om haar misi en haar kind te zien, als de familie over enkele dagen naar Paramaribo zou reizen.

Terwijl er druk gepraat en besloten werd, ging Sarith buiten in het prieeltje zitten. Met een boek op schoot, waaruit ze niet las, zat ze voor zich uit te kijken. Zo, dus de baby was geboren. Elza had een zoon. Nee, Elza en Rutger hadden een zoon. Rutger! In wat voor situatie waren ze met zijn drieën terechtgekomen. Eigenlijk begreep ze zelf niet goed hoe alles zo gelopen was, maar het feit was daar.

In de afgelopen weken op Hébron had ze veel over alles kunnen nadenken. Ze had zitten dromen over de mogelijkheid, dat alles tot een goede oplossing voor haar zou komen, en dat zou zijn, als Elza in het kraambed stierf. Natuurlijk kon dat, zoveel vrouwen stierven in het kraambed. Was Elza’s eigen moeder niet zo overleden? Dan zou Rutger vrij zijn en zou hij met haar trouwen.

Eerst had ze bedacht dat het misschien beter was als de baby ook maar dood ging, maar later had ze in haar fantasie gedacht, dat het toch maar beter was als die bleef leven, want met een baby zou het vanzelfsprekend zijn, dat Rutger opnieuw moest trouwen. En men zou het dan nog lief van haar vinden, dat zij de moeder werd van het kind van haar stiefzusje. En een baby was geen probleem, slavinnen genoeg om het te verzorgen en te voeden. Natuurlijk zou ze dan die Maisa niet houden, maar die zou misschien niet eens willen blijven als haar geliefde misi Elza er niet meer was, alhoewel misschien toch wel om de baby, enfin ze zou nog wel zien. En nu was de baby geboren, maar in de brief geen spoor van ziekte, integendeel, moeder en kind maakten het uitstekend; nou ja, er kon nog van alles gebeuren.

Vaak had Sarith zich afgevraagd *of ze werkelijk* van Rutger hield. Ze had het *wel* tegen hem gezegd, maar hield ze wel van hem? Eigenlijk moest ze zichzelf bekennen, dat hij nou niet bepaald haar type was, soms vond ze hem zelfs vervelend als hij zo sprak over allerlei zaken, als hij boos werd over straffen van de slaven en het onrechtvaardige van slavernij. Onzin toch, iedereen wist dat negers er nu eenmaal waren om slaven te zijn, en slaven moest je goed straffen om ze in het gareel te houden. Maar als ze dan zag hoe charmant hij kon zijn en zo vol attentie en zorg voor Elza, dan voelde ze een steek van jaloezie in haar hart en wilde hem alleen voor zichzelf hebben. Ze had soms het gevoel, dat ze naar hun slaapkamer wilde gaan om Elza uit het echtelijk bed te sleuren en zelf bij Rutger te gaan liggen.

Soms ook vroeg ze zich af hoe Elza gereageerd zou hebben als de rollen eens omgekeerd waren, maar steeds weer had ze zichzelf moeten bekennen, dat ze zeker wist dat Elza in haar plaats nooit zo gehandeld zou hebben. Als zij met Rutger of wie dan ook was getrouwd, zou Elza nooit haar man komen beïnvloeden en afpakken, gewoon omdat het niet in haar aard lag.

Iedere keer als Sarith bedacht dat Elza getrouwd was, Rebecca getrouwd was en al die andere meisjes van haar leeftijd, dan ergerde ze zich. Hoe was het toch mogelijk? Zij was immers veel mooier dan allemaal. Altijd hadden mannen haar mooi gevonden. Vanaf dat ze heel klein was, was ze door iedereen om haar schoonheid bewonderd en kijk nu eens op haar twintigste jaar ongetrouwd, een oude vrijster.

De volgende week, de tweeëntwintigste januari, zou ze twintig worden. Welke vrouw van twintig jaar in de kolonie was nog ongehuwd? En dat het uitgerekend zij, Sarith Aäharon moest zijn, de mooiste van allemaal. Als ze dit allemaal bedacht, werd ze boos en opstandig. Er moest verandering hierin komen. Maar hoe? Ja, dat wist ze nu zelf ook niet.

Drie dagen later waren ze in Paramaribo. Oom Levi's bagage en die van haar moeder werden naar de De Ledesma's gebracht, maar die van Sarith werd door een loopjongen van de De Ledesma's op een kruiwagen naar de Wagenwegstraat gebracht, want natuurlijk zou ze daar logeren. Wat een verrassing toen daar de hele familie was. De kamer was opeens vol. Iedereen moest de baby bewonderen en Elza kreeg tranen in haar ogen van blijdschap, toen ze Ashana zag. Dat Ashana de reis *naar de* stad speciaal had gemaakt om haar *kind te komen* zien. Maisa vertelde triomfantelijk, dat misi Elza het uitstekend maakte, heel goed; bijna onfatsoenlijk goed. Een kraamvrouw hoorde toch minstens twee weken ziek te zijn, maar bij misi Elza niets hoor, ze wilde zelfs opstaan, maar daar was volgens Maisa en de vroedvrouw geen sprake van. Alle kraamvrouwen bleven toch minstens twee weken in bed, wie had er ooit gehoord van een blanke die reeds een week na de geboorte van een kind uit bed kwam.

Toen moeder Rachaël vroeg of men een goede min had kunnen vinden, lachte Maisa. Geen min hoor, nee misi Elza voedde haar kind zelf, en ze had melk genoeg, ze stond erop om het zelf te doen en masra Rutger was het daar helemaal mee eens. Weer zo iets, die bemoeide zich met alles, had gezegd dat misi Elza zo gezond was, dat er niets beters kon zijn voor zijn zoon, dan de melk van zijn eigen gezonde moeder, een min zou het kind, wie weet wat voor ziekte kunnen geven. En die masra Rutger, die was zo blij met zijn zoon. Wist misi Rachaël, *dat* hij op bed ging liggen bij vrouw en kind en het prachtig vond om te zien hoe de baby gevoed werd. Maisa's donkere gezicht glunderde, terwijl ze dit allemaal vertelde en Sarith had sterk de indruk, dat ze *dit* zo trots vertelde om háár, Sarith, te demonstreren dat alles koek en ei was tussen haar misi en haar masra.

Sarith zelf had Elza hartelijk omhelsd om haar te feliciteren met de geboorte van haar zoon. Ze had bij het ledikantje gestaan en ze had zich omgedraaid naar Elza en gezegd: 'O Elza, hij is prachtig.' Later was Mini-Mini binnengekomen met een groot bloemstuk waarop stond: 'Van harte gelukgewenst met de geboorte van Gideon Rutger'. Toen de rest van de familie er bij was, had ze Rutger alleen maar een hand gegeven en gezegd: 'Gefeliciteerd met je zoon.' Maar 's avonds toen ze Rutger in de gang was tegengekomen, toen die op weg was naar zijn kamer, had ze gezegd: 'Zo, dus je bent vader.' Het was haar bedoeling om een schampere opmerking te maken, maar dat was niet gelukt, want Rutger had met de kruk van de deur in zijn hand gezegd: 'Ja, prachtig, hè?' en hij was de slaapkamer binnengegaan, waar Elza lag met de baby in haar armen, en had de deur achter zich gesloten.

ELZA

Vader Levi kon niet lang in de stad blijven, hij was Elza nog een paar keer komen zien, maar moest na een paar dagen weer terug naar de plantage, omdat het het jaarlijkse verlof van opzichter Mekers zou zijn, en natuurlijk ging Ashana met hem mee terug. Toen Sarith enkele dagen in de stad was – de baby was tien dagen oud – had Rutger gezegd, dat hij die avond naar een feestje moest. De uitnodiging was al twee weken eerder gekomen. Elza kon natuurlijk niet mee, maar hij zou er met Sarith heengaan. Elza had niets geantwoord, natuurlijk zou zij niet gaan en ze wist dat Sarith maar al te blij was dat ze alleen met Rutger kon uitgaan.

Toen ze thuiskwamen luisterde Elza gespannen of Rutger naar Sariths kamer zou gaan. Eigenlijk verwachtte ze het, maar ze had de voordeur horen opengaan, ze had de voetstappen op de trap gehoord en ze hoorde hoe Rutger bij Sariths deur zei: ‘Wel, goedenacht,’ en het volgende moment was hij in hun eigen kamer en ze hoorde nog hoe Sarith naar beneden riep: ‘Mini-Mini, waar ben je?’*

‘O, je bent nog wakker,’ zei Rutger en hij begon te vertellen dat het leuk was geweest, er waren twee zusjes Lobo geweest, meisjes van vijftien en zestien jaar. Elza kende ze wel, nou die hadden toch zo lief en zo mooi gezongen. Allerlei liedjes, Franse, Engelse, Nederlandse, en vooral Portugese volksliedjes, zo lief en zo mooi. Wel, hij Rutger had gedacht dat het goed zou zijn als ze ook een feestje gaven.

Over twee dagen, de tweeëntwintigste, was Sarith jarig, Twintig jaar werd ze, dat was toch een mooie gelegenheid voor een feestje en dan kon iedereen ook de baby zien. ‘Een feestje?’ had Elza verbaasd uitgeroepen, ‘maar Rutger, ik lig nog in bed, hoe kan dat nu?’

‘Ach Elza, je hoeft zelf toch niets te doen, Maisa zal wel voor alles zorgen, ik geef haar extra geld om alles te kopen. Ik heb de muzikanten al besteld, en ik zal zelf met Alex toezien dat de verlichting en stoelen en tafels, en verder alles in orde is.’

‘Maar hoe kan ik nu gasten ontvangen als ik in bed lig, Rutger?’ Elza’s stem klonk echt boos. ‘Dat is hier een gewone zaak, niets vreemds aan, als er een berith voor een joodse baby is, ligt de vrouw ook nog in bed, en het feest vindt rustig plaats in het huis. Ik heb al *een heel stel* mensen van vanavond uitgeno*digd, en het is* toch leuk voor Sarith dat er een feestje is voor haar verjaardag,’ zei Rutger. ‘Voor Sarith, natuurlijk voor Sarith,’ zei Elza met tranen in haar stem. ‘Ach lieveling, wees nu niet boos.’ Rutger bukte zich en gaf een kus op het voorhoofd van zijn vrouw. ‘Laten we dat nu maar voor haar doen.’ Kijk, jij hebt net een prachtige zoon gekregen, maar wat heeft zij eigenlijk? Het is toch niet zo erg om een feestje voor haar te geven. Ze voelt zich dan tevreden, is gestreeld en zal alleen maar aardiger voor je zijn.' Elza zei niets meer. Misschien had Rutger gelijk, misschien was alles tussen hem en Sarith al voorbij. Hij was immers direct naar haar toe gekomen. De volgende dag was het een hele drukte in huis. Sarith zelf ging naar Esther en Rebecca om te zeggen, dat er een feestje zou zijn voor haar twintigste verjaardag. Tante Rachaël, die nog in de stad was, had even bezwaar gemaakt; het was immers nog zo kort dat Ouma Mozes de Meza was overleden. Maar goed, het feestje was bij Elza en zij was geen familie van de overledene.

Elza had steeds aan Maisa gevraagd of ze echt niet mocht opstaan; ze voelde zich prima, maar Maisa was niet te vermurwen. Een blanke vrouw kàn nu eenmaal niet opstaan voor de zestiende dag. Wie weet wat voor gevolgen dat kon hebben, en toen Elza mopperend zei, dat de meeste slavinnen met baby's na drie dagen al weer liepen – wat voor verschil was er nu, een vrouw was toch een vrouw – had Maisa kortaf maar beslist gezegd: 'Negers zijn negers.'*

Op de 22ste zelf was er een drukte in het huis. Rutger had speciaal een dag vrijaf genomen. Elza lag met een bedenkelijk gezicht boven in de kamer en hoorde de voetstappen beneden op en neer gaan. Stoelen werden in de voorzaal klaargezet, voor het souper zou de lange tafel in de eetzaal gedekt worden, en al het porselein, kristal en zilver was keurig opgewreven door Amimba en Afanaisa.

Toen Rutger, tussen de bedrijven door, even bij haar in de kamer was en haar zo zag leunen tegen de kussens, zei hij: 'Wat kijk je boos, Elza.' 'Och,' antwoordde Elza met een schouderophalen, 'is dit alles niet heel typerend en symbolisch voor wat er zich in dit huis afspeelt, er wordt een feestje gegeven ter ere van een andere vrouw, en ik mag hier boven in bed liggen.' 'Liefje, voel je je een beetje verwaarloosd? Niet doen; kijk, het feestje is toch ook ter ere van onze zoon? En wie heeft die prachtige zoon gekregen, jij toch, kom, wees vrolijk.' Rutger keek haar plagerig *in de ogen* terwijl hij haar gezicht met zijn *vinger ophief.*

'Maar weet je wat? Om te maken dat je je niet achtergesteld voelt, komen wij bij je eten vanmiddag hier in de kamer. Goed?' En hij riep bij de trap naar Maisa beneden, om een tafeltje klaar te zetten in misi Elza's kamer, zodat ze daar konden eten.

Maisa deed dit onder gemopper: 'Straks komen er nog mieren bij de baby.'* Maar ze was toch blij, dat masra Rutger kennelijk zo graag bij zijn vrouw wilde zijn, dat hij het middagmaal in de kamer bij haar wilde gebruiken. Sarith kwam echter niet eten. Mini-Mini kwam zeggen, dat misi Sarith geen honger had, en zo aten Rutger en Elza dus alleen, en was Elza weer opgevrolijkt!

Na het eten – Rutger lag al voor de middagrust op bed, met alleen een dunne katoenen slaapbroek aan en bloot bovenlijf, Elza sliep al half – was er een zacht klopje op de deur. Het was Mini-Mini, die kwam zeggen, dat misi Sarith vroeg of masra Rutger even kon komen.

Rutger ging uit de kamer, Elza wachtte en wachtte. Rutger kwam niet terug, een half uur ging voorbij, bijna een uur, waar bleef hij toch. Hij zou toch niet al die tijd bij Sarith zijn. Elza werd woedend, dit ging toch te ver, ze moest weten of Rutger bij Sarith in de kamer was. Ze zou opstaan, ze liet de voeten van het bed afglijden, langzaam ging ze staan. O, wat een akelig gevoel had ze in haar benen en voeten, het leek wel alsof er duizend naalden in haar voeten staken en haar benen waren zo slap. Misschien had Maisa gelijk, was het slecht om op te staan voor de zestiende dag, maar ze moest, ze moest. Stap voor stap begon ze te lopen, tintelende voeten, maar ze ging, zachtjes naar de deur en vervolgens in de gang, zachtjes stap voor stap, o, die voeten, die naalden, daar was ze bij de deur van Sariths kamer, ze hoorde niets. Misschien was Rutger niet daar, misschien was hij beneden. Zou ze bij de trap roepen? Maar toen hoorde ze opeens zachte stemmen uit de kamer komen. Ze bukte zich, keek door het sleutelgat en kon juist een stuk van het bed zien. Ze zag Rutgers blote schouder, ze zag Sariths blote arm om Rutger geslagen en haar zwarte haar, dat over het kussen lag en tegen zijn schouder aanlag.

Elza voelde een scherpe pijn in haar borst. O, gemeen, gemeen, die Rutger, hoe kon hij! En zij die had gedacht dat alles nu goed was, dat het voorbij was tussen hem en Sarith. Die Sarith; ze zou haar kunnen vermoorden. Ze voelde dat ze ging flauwvallen, het was alsof ze niet meer op haar benen zou kunnen *staan en daar* ging ze al, maar op hetzelfde moment was er een sterke arm om haar heen, die haar in haar middel steunde en een stem vlak bij haar zei: ‘Kom maar mijn kleine misi, kom.’* Het was Maisa.

Elza wist niet hoe Maisa had geweten dat ze daar bij die deur was, maar die sterke arm was om haar heen en voerde haar naar de kamer. Nog voor ze haar bed bereikt had, huilde Elza en snikte ze op Maisa’s schouder. Maisa zei eerst niet veel, ze hielp haar misi in bed en bleef hoofdschuddend kijken naar het vrouwtje, dat daar vóór haar met het hoofd in het kussen snikte.

Toen het snikken bedaard was, begon Maisa te praten: ‘We hebben je opgevoed, Ashana en ik, we hebben je geleerd wat we dachten dat goed was voor een blanke misi, we hebben je geleerd om een lieve vrouw te worden, om anderen lief te hebben, goed te doen, maar niet dàt hadden we je moeten leren, kijk hoe fout we geweest zijn, we hadden je moeten leren om een gemene vrouw te worden; kijk wat er nu met je gebeurt, je bent lief, je bent goed, maar anderen, die zijn niet goed, die zijn niet lief, die zijn gemeen, ze laten je huilen. Wees niet goed meer, wees niet meer de lieve misi Elza, word gemeen zoals zij, stuur die vrouw weg, laat haar uit jouw huis verdwijnen.’*

‘Hoe kan ik haar wegsturen Maisa,’ snikkend hief Elza het hoofd op, ‘iedereen denkt dat we als twee zusters zijn, ik kan haar niet wegsturen.’*

‘Je moet haar wegsturen, laat men weten dat ze je zuster niet is, ze is je zuster niet nee, ze houdt niet van je, ze heeft nooit van je gehouden, dat kan ik je vertellen. Nu is er geen tijd meer om in termen van zuster te denken, misi Elza, nu moet je vechten, ja vechten.’*

Streng keek Maisa naar Elza, toen liep ze naar het ledikantje waar de baby sliep, sloeg het gordijn open en haalde het kind er uit, dat in zijn slaap gewekt, huilend begon te protesteren. Met het huilende kind op de arm, liep ze naar het bed en zei tegen Elza: ‘Kijk, als je niet voor jezelf wilt vechten, vecht dan voor hem, laat die vampier zijn vader niet uitzuigen.’*

Elza was stil nu, ze droogde haar tranen af met een punt van het laken, het was goed dat ze er nu eindelijk met Maisa over sprak; maar die had makkelijk praten. Hoe kon ze Sarith bevechten, hoe kon ze haar wegsturen. Wat zou Rutger daarover zeggen?

‘Hoe zal ik vechten dan, Maisa?’* Wanhopig keek Elza naar Maisa die de baby weer in zijn bedje legde. Maisa draaide zich om, ze kwam weer naar het bed *en zei:* ‘Zeg me dat je wilt vechten, dan zal ik, Maisa, je helpen.’* ‘Maar je gaat toch geen wisi (zwarte kunst) doen, Maisa?’* ‘Wees niet bang, ik ben geen heks,’* antwoordde Maisa rustig.

Ze schudde Elza’s kussen op, nam de waaier in haar hand en terwijl ze naast het bed ging zitten zei ze: ‘Ga nu maar slapen.’*

Elza zag Rutger die middag niet meer. Toen ze later wakker werd, hoorde ze hem beneden met Alex praten, en hij kwam pas weer in de kamer toen de eerste gasten al gearriveerd waren en hij ze meenam naar boven om Elza te groeten en de baby te zien.

Een paar uur later was het feest in volle gang; er werd gedanst, gedronken, gegeten. Elza boven in de kamer verveelde zich niet en was ook niet alleen, want steeds weer waren er enkele gasten, vooral dames in haar kamer, die een poosje bij haar zaten en met haar babbelden en vooral van alles wilden weten over hoe het was gegaan met de baby. Op een gegeven moment was het vrij stil beneden en toen hoorden de dames boven het zingen van de zusjes Labo. Heel lieve stemmetjes. Zo zongen ze verschillende liedjes, luid applaus iedere keer, en kort daarop kwamen ze naar boven met Rutger, één van de violisten en nog enkele dames.

Rutger zei dat ze voor Elza kwamen zingen en de meisjes zongen het ene lied na het andere. Rutger zat naast Elza op het bed en keek naar de zusjes en naar zijn vrouw. 'Wel Elza, wat zeg je daarvan, je eigen serenade. Er zijn vast niet veel vrouwen die kunnen vertellen dat ze een serenade aan hun kraambed hebben gehad.' En hij streelde Elza liefkozend over het haar.

Na het zingen wilden de zusjes graag nog wat boven blijven om met Elza te babbelen. Ze zaten in de rieten slaapkamerstoelen, Rutger zat op het bed naast Elza, er werd gelachen en gebabbeld. Er kwamen nog meer mensen naar boven. De kamer was vol en iedereen lachte en praatte. Beneden werd er doorgedanst. Rutger ging eerst met één van de dames naar beneden om te dansen, dan weer met een andere. Toen hij met één van de zusjes Labo aan de arm weer naar boven zou gaan, stond opeens een boze Sarith voor hem. ‘Waar blijf je toch, ik zie je helemaal niet, je verwaarloost me,’ zei ze bits. ‘Ik verwaarloos je?’ riep Rutger verbaasd uit. ‘Lieve kind, dit hele feest is ter ere van jou. Hoe kan je nu zeggen dat ik je verwaarloos?’ En hij liep door naar boven, om even later met het andere *zusje Labo* aan de arm naar beneden te *komen.*

Sarith was woedend, de hele avond had Rutger niet éénmaal met haar gedanst. Hij scheen bijzonder gecharmeerd te zijn van die zangeresjes en verder was hij bijna de hele avond boven bij Elza in de kamer. Dat was niet wat ze zich van de avond had voorgesteld. Toen ze Rutger die middag in haar kamer had gelokt, en hem als het ware verleid had, had ze gedacht hoe ze de hele avond met hem zou dansen en Elza alleen in haar kamer zou liggen. En nu ging steeds iedereen naar boven naar Elza. O, mannen genoeg die met haar wilden dansen, maar geen Rutger. Met een boos gezicht ging ze weer de voorzaal binnen, zij ging in ieder geval niet naar boven naar die slaapkamer.

Het feest ging heel geanimeerd door, het gezelschap boven werd steeds groter. Ver na middernacht nam iedereen afscheid en vertrokken de gasten in groepjes; sommige met het rijtuig, andere wandelend, begeleid door enkele slaven met een brandende lamp in de hand. De slaven die hun meesters hadden begeleid, hadden de hele avond op het erf bij de slavenkamers gezeten en hadden ook te eten en te drinken gehad.

Tot het laatste groepje vertrekkende gasten behoorden de zusjes Labo. Als een galante gastheer begeleidde Rutger hen naar het rijtuig, dat voor de deur stond. Toen hij daarna weer naar binnenging, stond Sarith in de open voordeur.

'En Sarith, was je tevreden over je feestje?' vroeg Rutger vriendelijk. 'Tevreden, tevreden?' Sariths stem klonk schel. 'De hele avond Annètje en Meta, Meta en Annètje – ze zei het op een toon alsof ze iemand nabootste – 'ik weet wat je wilt, je bent zeker verliefd op één van hen, ja, beken het maar.' Verbaasd keek Rutger naar het boze mens tegenover hem. 'Ach Sarith, doe toch niet zo belachelijk,' zei hij en liep door, maar Sarith kwam achter hem aan. 'Ja, nu ben ik belachelijk, hè, dat denk je van me.' 'Ga naar bed, Sarith, je bent zeker moe,' zei Rutger kalm.

Rustig liep hij door naar boven. Sarith kwam achter hem aan, haar stem klonk steeds scheller. 'Ik weet wat je wilt, je wilt één van hen, en je wilt mij zeker aan de kant zetten.' Terwijl ze dit zei, pakte ze Rutgers hand vast. Nu werd hij boos, hij sloeg haar hand af en zei afgemeten: 'Hoe kan ik je aan de kant zetten, je bent toch niet van mij. Stel je toch niet zo aan.'

'Zie je wel, ik ben niet van jou, hè, *niet van jou.*' Sarith schreeuwde nu. 'Nee, *je bent niet* van mij, mijn vrouw is hier binnen.' Met die woorden opende Rutger de kamerdeur, ging naar binnen en sloeg die hard voor Sariths neus dicht.

'Sst, straks maak je de baby nog wakker,' zei Elza, die alles had gehoord. Inwendig juichte Elza. Rutger en Sarith hadden ruzie, prachtig was dat, ze had iets willen zeggen tegen Rutger over wat ze die middag gezien had, maar dit was veel beter. 'Stel je voor,' zei Rutger, 'daar maakt me dat mens een jaloerse scène.' 'Tja,' zei Elza kalm vanuit het bed, 'misschien denkt ze dat ze daar recht toe heeft.'

'Recht? Ze heeft geen enkel recht daartoe.' Kwaad begon Rutger zich uit te kleden. 'Stil toch, denk om de baby,' zei Elza sussend.

Rutger moest beslist niet boos op haar worden. Toen hij naast haar kwam liggen, zei ze: 'Wat zongen die meisjes lief, hè, we moeten ze vaker uitnodigen, we worden vast goede vriendinnen.' En in zichzelf dacht ze, dat dit misschien wel de beste manier zou zijn om Sarith te bestrijden.

MAISA

De ochtend na het feest, heel vroeg, iedereen in huis sliep nog, en ook op het erf waren alle slavenkamertjes nog potdicht, ging Maisa door de negerpoort de straat op. Ze ging naar de markt in de Oude Oranjetuin. Hier werd de slavenmarkt gehouden en waren er ook allerlei levensmiddelen te koop. Op de markt aangekomen, waar het al aardig druk was, liep ze rond, sprak eens met een fruitverkoopster, kocht een paar grote manja's en liet zich een oude vrouw aanwijzen, die droge vis verkocht, en met een stenen pijpje in de mond achter haar koopwaar zat. Maisa kocht een paar stukken vis bij haar en begon een gesprek met de oude vrouw. Die nam het stenen pijpje uit haar mond, spritste het speeksel achter zich op de grond en begon Maisa omstandig iets uit te leggen.

Niet lang daarna verliet Maisa de markt, ze ging de kant van de Saramaccastraat op en liep met vlugge stappen door. Ze had een lange wandeling te maken, want ze ging helemaal naar Kau-Knie. Daar zou ze een bezoek brengen aan Ma Akuba. Nene[1] Duseisi de visverkoopster had haar net uitgelegd *waar ze die* zou kunnen vinden. Bij Ma Akuba zou ze hulp kunnen vinden om haar geliefde misi Elza te helpen en te bevrijden van die vervloekte misi Sarith.

Het was onder slaven algemeen bekend dat deze Ma Akuba goed bekend was met alles over zwarte kunst, en ze woonde samen met Ta Agosu, die een magiër was. Toen ze bij het kleine onooglijke huisje kwam, dat op een open verwilderd erf stond, bleef ze bij het deurtje staan en riep: 'Goedemorgen Ma Akuba.'*

'Wie wenst mij goedemorgen?'* klonk er een stem van binnen. 'Ik ben het, Maisa, ik ben Ma Akuba iets komen vragen.'* Het deurtje werd opengestoten. Op een bankje binnen zat Ma Akuba, een oude negerin, groot van gestalte, met een grof gezicht, scherp loerende ogen, het haar door ouderdom helemaal geelgrijs. Ze had allerlei insnijdingen op haar gezicht, schouder en rug, en was gekleed in een omslagdoek die onder haar borsten was vastgemaakt.

Ze keek streng naar Maisa, die daar op het erf stond, nam het pijpje uit haar mond en zei: 'Wie is Maisa, ik ken je niet.'* 'Ik ben de slavin van *misi* Le Chasseur, ik woonde vroeger op de plantage, ben pas in de stad, maar het is Ma Akuba's vriendin Nene Duseisi, die heeft me gestuurd.'*

'Wel, zit dan,'* gromde Ma Akuba als antwoord, terwijl ze op de drempel van het huisje wees. 'Vertel me wat er aan de hand is.'*

1 Vrouw.

Maisa begon nu te praten en vertelde over haar misi en haar man, tussen wie eigenlijk alles goed was, en over die andere vrouw die de man van haar misi beïnvloedde en van zijn vrouw afpakte. De oude vrouw ging een klein kamertje binnen en kwam weer naar buiten met een kleine kruik met water, een aarden schotel, een kaars, en een spiegeltje. Ze ging zitten, zette de schotel tussen haar benen op de grond, schonk wat water uit de kruik in de schotel, stak vervolgens de kaars aan en hield het spiegeltje ervoor. Terwijl ze strak in het spiegeltje keek, mompelde ze enkele woorden voor zich uit. Daarna blies ze de kaars uit, sloot de ogen en bleef een tijdje zo zitten. Vervolgens schonk ze het water uit de schotel weer terug in de kruik en hield de lege schotel voor Maisa. Deze haalde haastig een *geknoopte zakdoek* uit haar rokzak, en legde *een gulden* op de schotel. Ma Akuba zei: 'Ik zal iets voor je maken, maar dan moet je een kip brengen, drie eieren, een fles zoete rum, en een kledingstuk van jouw masra en die andere vrouw. Breng het morgenavond.'* 'Dank je, Ma Akuba, hartelijk dank!'* Maisa stond op en verliet haastig het erf, want ze vond het eigenlijk doodgriezelig, maar ze had nu eenmaal alles ervoor over om haar misi Elza gelukkig te zien.

Toen ze thuis kwam, was iedereen al op, er was een gefluister en gegiechel bij Afanaisa, Amimba en Mini-Mini. Wat was er gebeurd? De drie meisjes haastten zich om Maisa te vertellen, dat misi Sarith en masra Rutger ruzie hadden gehad. Vanmorgen toen masra Rutger zat te ontbijten was misi Sarith, nog in haar nachtkleding, in de eetkamer gekomen en had allerlei boze woorden tegen hem gezegd. Hij was boos geworden, was van tafel opgestaan en had gezegd, dat hij in zijn huis kon doen wat hij wilde en als het misi Sarith niet beviel kon ze weggaan. Met die woorden was hij vertrokken en zij was bijna huilend naar boven gegaan. Ze had Mini-Mini daarna haar rug laten masseren en Mini-Mini had gezien dat ze huilde.

Goed zo, dacht Maisa, het ging prima zo. Alle slaven in huis wisten natuurlijk wat er gaande was, iedereen, zelfs Mini-Mini, die toch Sariths slavin was, stond aan de kant van misi Elza.

Maisa hoopte dat dit genoeg zou zijn voor misi Sarith om te vertrekken, maar dat deed ze niet. Ze bleef boos de hele dag op haar kamer, en stuurde Mini-Mini om haar eten en drinken te halen. Maisa piekerde hoe ze een kledingstuk van misi Sarith zou krijgen. Ze zei tegen Mini-Mini om het vuile wasgoed van misi Sarith naar beneden te brengen en zei later tegen Mini-Mini, dat Lena bij het strijken een hemd van misi Sarith had verschroeid. Mini-Mini hoefde niet bang te zijn, ze zou het zelf wel aan misi Sarith gaan zeggen. Even later klopte ze aan Sariths kamerdeur. Toen die op haar 'binnen' geroep Maisa daar zag staan, schrok ze. Ze was bang van Maisa, wist dat die dol was op Elza. Misschien kwam Maisa hier om haar weg te sturen. Toen Maisa haar excuses maakte over een verschroeid hemd, was Sarith erg opgelucht. 'Het is niet erg Maisa, laat maar,' zei ze, wat kon haar een geschroeid hemd nu schelen, er waren veel ergere dingen in de wereld.

ELZA

De volgende dag mocht Elza eindelijk opstaan van Maisa. Voordat ze werd aangekleed, wikkelde Maisa een buikband van wel anderhalve meter lang, met allerlei banden heel strak om haar buik; dat was om ervoor te zorgen, dat haar figuur weer mooi zou worden. Daarna ging ze voetje voor voetje naar beneden naar de eetkamer, waar ze in een schommelstoel bij het raam werd geïnstalleerd.

Sarith had zich twee dagen boos op haar kamer gehouden, maar het scheen dat ze begreep, dat ze hoe dan ook, een gast was in dit huis en zich eigenlijk niet zo kon gedragen. Ze kwam naar beneden, sprak eens met Elza, en ook met Rutger, en zat verder met een boek.

Elza vond dat het goed zou zijn als Rutger en Sarith boos op elkaar zouden blijven, en bedacht hoe ze dit nu zou klaarspelen.

’s Avonds in bed vroeg ze aan Rutger, wat hij ervan dacht als ze voor zondag aanstaande een paar gasten te eten vroegen. ‘Zal het niet te vermoeiend voor je zijn?’ had Rutger gevraagd. ‘Welnee, ik vind het juist fijn om de eerste zondag dat ik weer op ben, een paar mensen om me heen te hebben, ik ben per slot van rekening niet ziek. Wat had je gedacht van de Van Schaiks, en de meisjes Labo, en misschien ook Chaim en Hanna Labo met hun baby?’ Rutger vond het goed. Hij zou Alex de volgende ochtend, dat was al vrijdag, met een boodschap naar de verschillende adressen sturen.

 Ondertussen had Maisa de avond na haar eerste bezoek aan Ma Akuba de verlangde spullen gebracht en gehoord, dat ze het nodige zaterdag kon ophalen. Nadat Maisa die zaterdagavond nog een gulden had gegeven, kreeg ze een drankje mee in een klein zwart flesje, met de uitdrukkelijke boodschap, om een half lepeltje hiervan 's morgens in de eerste drank van die slechte vrouw te doen.

Sarith deed nu weer uiterst aardig en lief tegen Rutger. Ze had bedacht, dat ze niet veel verder zou komen als ze boos op hem bleef en ze had een plannetje. Ze was voor zondag uitgenodigd bij de familie De Miranda op hun buiten in de Combé. Ze zou er met Rutger heengaan, maar ze zou het hem pas zondagmorgen zeggen, want ze was bang dat hij er anders met Elza over zou spreken en die zou zeggen dat *hij bij haar, Elza, moest blijven.*

*Zond*agmorgen, Rutger was alleen naar de kerk gegaan, was Sarith al vroeg op. Mini-Mini maakte voor haar meesteres een kopje koffie in de keuken klaar. Terwijl ze ermee bezig was, stuurde Maisa haar om vlug, vlug een emmer water bij de regenbak te halen. Terwijl Mini-Mini weg was, deed Maisa snel het drankje in de koffie van Sarith.

Toen Rutger uit de kerk thuis kwam zat Elza al in de eetzaal. Even later kwam Sarith binnen. Ze was mooi aangekleed, in een witte mousselinen jurk opgemaakt met roze strikjes. Heel lief zei ze: ‘Zeg Rutger, ik ben uitgenodigd voor een etentje op het buiten van de De Miranda’s. Ik had zo gedacht, dat het wel aardig zou zijn als je met me meeging, je zit anders toch maar de hele dag hier thuis.’ ‘Dat zal niet gaan, hoor,’ zei Rutger terwijl hij haar aankeek, ‘we krijgen zelf gasten te eten, wist je dat niet?’

Dit had Sarith helemaal niet verwacht. ‘O ja, wist je het niet, Sarith,’ zei nu Elza, ‘we krijgen gasten, ja, de Van Schaiks en Meta en Annètje Lobo. Rutger gaat die zo meteen afhalen, met het rijtuig van de Van Omhoogs.’ Sarith werd boos, alweer die meisjes Lobo, dat had Elza natuurlijk met opzet bedacht om haar te pesten.

‘Natuurlijk, de meisjes Lobo hè, dus je gaat niet met me mee,’ schreeuwde ze tegen Rutger. ‘Nee, ik blijf bij mijn gasten hier,’ was het kalme antwoord. Sarith werd woedend, ze zocht naar woorden, naar iets om te zeggen waarmee ze zowel Rutger als Elza kon krenken en zei toen tegen Rutger: ‘O, natuurlijk, ik weet wat je wilt, je wilt ze zeker in je bed hebben.’ Rutger werd vuurrood en zei toen afgemeten: ‘Die praktijken laat ik geheel aan jou over,

Sarith.' 'Jullie denken me te pesten, hè? ' Sariths boze voet stampte op de grond. 'Ik weet dat jullie mijn gezelschap wel kunnen missen, ik blijf geen minuut langer hier, ik ga weg.' 'Ga maar gerust,' zei Rutger. 'Je bent inderdaad geen aangenaam gezelschap.'

Sarith stormde de kamer uit, riep Mini-Mini en ging met een vaart de voordeur uit, die ze met een harde klap achter zich dichtsloeg.

In de botralie en bij de achterdeur hadden alle slaven en slavinnen het tafereeltje gevolgd. Maisa maakte een rondedans in de achtergalerij. Het werkte, het drankje werkte! Misi Sarith had boos het huis verlaten. Toen ze even later Afanaisa naar boven stuurde om de kamer van misi Sarith op te ruimen, nu Mini-Mini ook weg was, zag ze dat Afanaisa met een vol kopje koffie naar be*neden kwam*.

Maisa begreep dat misi Sarith niet van de koffie had gedronken. Wel, dan was het drankje zeker zo sterk, dat alleen al de aanwezigheid daarvan op misi Sarith inwerkte.

Hoofdstuk VII

SARITH

Een boze Sarith liep op straat; ze liep zo snel, dat Mini-Mini die de parasol boven haar hoofd hield, bijna moest hollen om haar meesteres te kunnen bijhouden. Toen ze het huis was uitgelopen, wist ze nog niet waar ze naar toe zou gaan. Even had ze getwijfeld of ze misschien niet beter naar Rebecca's huis kon gaan, dat was vlak om de hoek, maar ze had zich meteen bedacht. Rebecca en Abraham *waren zulke tortelduifjes*, die hadden alleen aandacht voor elkaar, en ze zouden zeker verbaasd zijn als Sarith zo opeens kwam binnenvallen. Nee, ze ging naar Esther, haar moeder logeerde daar nog steeds. Al die tijd dat ze op straat liep op weg naar de Saramaccastraat, werd ze bozer en bozer. 'Ga maar gerust,' had Rutger gezegd. O, als ze hem hier had! Ze kon zijn ogen wel uitkrabben! Ze had helemaal geen zin meer om uit eten te gaan. Bij de De Ledesma's aangekomen, bleek dat moeder Rachaël net van plan was om over twee uur, als de vloed opkwam, met een boot van haar schoonzoon naar Hébron te varen. Ze veronderstelde niet anders, dan dat Sarith wist dat ze wegging, en haar daarom even was komen groeten, en Sarith liet het maar zo.

'Logeer je niet meer bij Elza?' vroeg Esther verwonderd, toen ze, nadat haar moeder vertrokken was, Sarith aan Mini-Mini hoorde zeggen, dat die na de rust, met een loopjongen haar spullen bij de Le Chasseurs moest ophalen. 'Nee, ik blijf liever hier,' antwoordde Sarith, 'ik kan daar niet slapen vanwege dat gekrijs van het kind.' Zo bleef ze dus een paar dagen bij Esther, ging eens hier op bezoek, dan daar, ging soms met Esther en Jacob naar een partijtje of een avondje bij kennissen.

Toen ze op een ochtend even bij Rebecca was en hoorde dat Abraham en zijn vrouw de volgende dag naar Joden-Savanna zouden reizen en ook enkele dagen op Hébron zouden logeren, besloot Sarith om met hen mee te gaan. Eenmaal thuis, ging ze maar niet meer verder naar Joden-Savanna. Ze bleef thuis, verveelde zich, ergerde zich en mopperde op alles. Omdat er niemand was om mee te praten, sprak ze maar met Mini-Mini. Die moest haar elke dag een massage geven en keer op keer de vraag beantwoorden, of haar misi Sarith niet werkelijk heel mooi was. Geduldig zei Mini-Mini iedere keer: 'Ja misi Sarith, u bent mooi!'*

Af en toe ging ze met de boot naar een naburige plantage of ze ging met haar moeder voor een paar uur een visite maken. Soms waren er op Hébron zelf bezoekers, tentboten die voorbij voeren en het getij moesten afwachten, passagiers die wel eens bleven overnachten, maar over het algemeen was het toch vrij saai. Voortdurend ergerde Sarith zich. Ze was twintig jaar, erg mooi, ongetrouwd, niet eens verloofd, en ze kon niet eens bedenken met wie ze zo vlug zou willen trouwen. En dan die Rutger en Elza die daar in hun huisje in de Wagenwegstraat het *gelukkige jonge echtpaar speelden* met hun baby. Maar wacht, ze zou het over een andere boeg gooien, ze zou teruggaan naar Paramaribo en heel lief tegen Rutger doen. Natuurlijk zou hij helemaal bezwijken onder haar charme, en als ze hem eenmaal weer goed te pakken had, zou ze hem duidelijk maken, dat de rol van gelukkige vader toch niets voor hem was.

De kleine Gideon groeide als kool, vier maanden was hij nu, een levenslustige baby, die bijna nooit huilde en vaak spelend in zijn bedje lag. Elza voedde hem nog steeds zelf. Als Rutger van zijn werk thuiskwam, lag hij vaak urenlang met zijn zoon op het grote bed te spelen. Elza moest soms vertederd lachen, als ze hoorde hoe overtuigd Rutger ervan was, dat er geen knapper en verstandiger kind bestond dan het zijne.

Toen Rutger op een middag van zijn kantoor thuiskwam, zei hij aan tafel tegen Elza: ‘Weet je wie er vandaag bij mij op kantoor was?’ Toen Elza vroeg wie dan wel, zei hij: ‘Sarith.’ ‘Sarith? Wat kwam die bij jou op kantoor doen?’ ‘Ze kwam haar excuses maken over haar gedrag van laatst en vroeg of ze weer bij ons kon logeren.’ ‘En wat heb je geantwoord?’ vroeg Elza. ‘Dat het goed was, natuurlijk,’ antwoordde Rutger, en terwijl hij naar zijn vrouw keek, zei hij: ‘Ik kon toch niet anders!’ Elza zei niets, bij zichzelf dacht ze hoe dom het van haar geweest was om te denken dat ze nu van Sarith af waren. Ze zou terugkomen en alles zou weer opnieuw beginnen.

In de vooravond, om een uur of zes, Rutger en Elza zaten in de voorzaal, kwam inderdaad Sarith. Ze deed alsof er niets aan de hand was geweest, groette heel lief Elza en Rutger en zei tegen Mini-Mini om haar spullen boven uit te pakken. De komende dagen was ze uiterst vriendelijk, zowel tegen Rutger als tegen Elza, naar de baby keek ze nauwelijks.

Op een keer toen ze Rutger alleen in de eetzaal op een schommelstoel zag zitten met zijn zoon op schoot, zei ze schampertjes: ‘Zo, speel je mooi de rol van toegewijde vader?’ ‘Ik speel geen rol, ik bèn een toegewijde vader,’ zei Rutger en hij ging verder met tegen het kind te praten en besteedde geen aandacht meer aan Sarith. Deze begreep dat ze, wilde ze Rutger terugwinnen, het op een *andere manier* moest proberen. Ze nam zich voor om nu juist veel aandacht aan het kind te schenken en alsmaar te jubelen over hoe knap en lief hij was.

De volgende middag, toen ze net de trap afkwam, zag ze Afanaisa met de baby op de arm op de achterstoep staan. Ze ging naar het kind toe, kietelde eens onder zijn kin en toen hij begon te lachen, wilde ze hem van Afanaisa overnemen, maar Maisa’s strenge stem klonk vanaf de trap: ‘Afanaisa, breng de jonge masra hier, zijn luier moet verwisseld worden.'*

Boven aan de trap nam Maisa de baby van Afanaisa over en ging met hem in de kamer. Daar zei ze tegen Elza: 'Als je niet wilt dat jouw kind fyo-fyo[1] krijgt, laat die vrouw hem dan niet aanraken.'* Elza schrok. Fyo-fyo! Wat dat nu precies was, wist ze ook niet, maar het was in ieder geval iets heel ergs, baby's en kleine kinderen konden ervan dood gaan. Ze dacht aan de woorden van Maisa toen Gideon geboren was. Ze zou voor hem moeten vechten; wel, ze was bereid voor hem te vechten. Met alles, als het moest.

Sarith ging door met lief en aanhalig te zijn tegen Rutger. Ze probeerde van alles, lachte tegen hem, wilde aan tafel zelfs koffie voor hem inschenken. Elza zag dit alles aan, ze merkte ook hoe Sarith steeds onvriendelijker tegen haar werd, en vaak een hele dag helemaal niet tegen haar sprak of alleen maar een onaardige opmerking maakte.

Op een middag, omstreeks de tijd dat Rutger thuiskwam, lag de baby op

1 In de Creoolse volkscultuur heerst het geloof dat ruzie tussen ouders en/of verwanten invloed kan hebben op de gezondheid van het kind.

een matje op de vloer in de eetkamer, terwijl Afanaisa daarnaast op de grond zat. Sarith kwam de eetkamer binnen; ze keek naar het kind, bukte zich, nam het op en ging met hem op de arm voor de deur op de stoep staan. Elza kwam in de eetkamer, zag het kind niet en vroeg aan Afanaisa: 'Waar is masra Gideon?'* 'Misi Sarith heeft hem meegenomen; op de stoep,'* antwoordde Afanaisa. Elza vloog naar buiten op de stoep, griste het kind uit de armen van Sarith en zei heel bits: 'Blijf van hem af, het is mijn kind.' Binnen gaf ze de baby aan Afanaisa en zei: 'Breng hem naar boven.'* Sarith kon niets zeggen; ze had een voor Rutger vertederend tafereeltje willen zijn, als hij thuiskwam, maar ze had niet op de reactie van Elza gerekend.

Na *het eten*, *toen ze zich* voor de rust al op hun kamer hadden teruggetrokken, was er een zacht geklop op de deur. Het was Mini-Mini: 'Misi Sarith laat vragen of masra Rutger even iets kan komen horen.'* Rutger ging uit de kamer. Elza was woedend. Vol spanning wachtte ze af of Rutger terug zou komen of bij Sarith in de kamer zou blijven net als de vorige keer. In Sariths kamer bleef Rutger in de deuropening staan. 'Wat is er, Sarith?' vroeg hij. 'Ach Rutger, zou je even op mijn rug kunnen kijken, ik denk dat één of ander insect me daar gebeten heeft.' Rutger keek naar de mooie jonge vrouw, die daar stond met het haar loshangend over haar schouders, gekleed in slechts een heel dun batisten hemd. Hij wist wat haar bedoeling was en zei kalm: 'Ik denk dat het beter is dat Mini-Mini voor je kijkt, is er anders niets?' en wilde zich omdraaien. Dit had Sarith niet verwacht. Met een sprong was ze bij hem, greep hem bij de arm en stootte de deur dicht. 'O Rutger, wat is er dan, hou je niet meer van me, wil je me niet meer?' Ze omarmde hem en legde haar hoofd tegen zijn borst. Hij maakte haar armen los en zei rustig: 'Nee Sarith, liever dit niet meer,' en ging de kamer uit.

'Wat wilde Sarith?' vroeg Elza toen Rutger tot haar opluchting zo vlug terug kwam. 'Ach, ze wilde dat ik naar één of ander iets op haar rug zou kijken.' 'Het houdt maar niet op, hè,' zei Elza nu boos. 'Een volgende keer lukt het haar wel om je zover te krijgen.'

'Elza, Elza, denk aan je belofte, dat je geen jaloerse vrouw zou zijn,' zei Rutger. Nu of nooit, dacht Elza. Ik moet nu handelen en ze dacht aan wat Maisa had gezegd over dat ze moest vechten. Als zij niet meer precies wist wat Rutger had geantwoord toen ze had gevraagd of deze relatie met een andere vrouw toch niet in haar eigen huis zou gebeuren, dan wist hij het misschien ook niet. ‘Waarom moet ik me wel aan mijn belofte houden en jij niet?’ vroeg ze scherp. ‘Wat bedoel je?’ Rutger was al gaan liggen, maar richtte zich op. ‘Weet je nog, toen je zei dat ik moest beloven geen jaloerse vrouw te zijn? Toen heb ik gevraagd dat zo’n incident of relatie toch niet in mijn eigen huis zou gebeuren? Wat zei jij toen? ‘Ik zal wel nee gezegd hebben,’ antwoordde Rutger. ‘Hoef jij dan niet te doen wat je beloofd hebt? Was je relatie met Sarith niet hier in dit huis, of is dit mijn huis niet?’ ‘Natuurlijk is dit jouw huis, Elza,’ antwoordde Rutger, nu bedenkend dat ze gelijk had; zo was het gesprek verlopen. Ja, en hij had zich niet aan zijn woord gehouden. ‘Wel, als dit mijn huis is, *dan wil ik niet dat Sarith hier* nog langer logeert, bovendien wil ik niet dat mijn kind fyo-fyo krijgt.’ ‘Ach wat, fyo-fyo, geloof toch niet dat bijgelovig geklets van die negers,’ zei Rutger. ‘Bijgeloof of niet, ik wil niet dat Sarith hier nog langer logeert.’ Elza’s stem klonk zeer beslist. ‘Zeg het haar dan,’ zei Rutger kalm. ‘Nee, niet ik, jij moet het haar zeggen, ze komt hier alleen maar voor jou.’ Rutger stond op van het bed en zei: ‘Goed, ik zal haar meteen laten roepen.’ Hij opende de deur en riep naar Mini-Mini die boven aan de trap zat:

‘Mini-Mini, zeg aan misi Sarith om hier te komen.’ * Even later stond Sarith, nog steeds gekleed in het dunne hemd, bij hen in de kamer. ‘Sarith, Elza vindt het niet goed dat je hier nog langer logeert,’ zei Rutger. Sarith keek naar hen beiden en zei toen tegen Rutger: ‘Zo, en wat vind jij ervan?’ ‘Wel, ik vind dat mijn vrouw gelijk heeft,’ zei Rutger.

Sarith werd van binnen ijskoud van woede, ze werd dus weggestuurd, gewoon weggestuurd. ‘Goed, ik zal gaan, ik zal meteen gaan en hier nooit meer komen. Natuurlijk zal iedereen heel verwonderd zijn, en zich afvragen waarom ik zo opeens niet meer logeer in het huis van mijn lieve stiefzusje.’ Het laatste klonk heel hatelijk. ‘Vertel ze de waarheid, Sarith.’ Elza’s stem klonk heel kalm: ‘Vertel ze gewoon de waarheid. Zeg dat je lieve stiefzusje je niet meer in haar huis wil hebben, omdat je steeds met haar man naar bed wilt, zeg ze dat, dan zal iedereen het begrijpen.’ Woedend draaide Sarith zich om en liep de kamer uit.

De stemmen hadden beslist niet zacht geklonken en Maisa en Mini-Mini op de trap hadden alles gehoord. Maisa ging dansend de trap af. ‘Net goed voor haar. Misi Elza heeft die laaghartige mooi beet.’* Vanuit haar kamer riep

Sarith Mini-Mini om in te pakken en zelf maakte ze zoveel lawaai met gooien en smijten van spullen, dat niemand die middag kon rusten.

Toen Rutger 's middags uit zijn kamer kwam om zich te baden, wachtte ze hem in de gang op en vroeg: 'Rutger, als ik dan ergens anders ben, zul je me dan daar komen opzoeken?' 'Beslist niet, Sarith, dat zal ik niet.' 'Dus ik zie je niet meer?' vroeg Sarith met huilende stem. 'Ach, Paramaribo is zo klein, we zien elkaar heus wel.' 'Maar je stuurt me weg, het is gedaan, voorbij, is het niet?' 'Ik denk dat het voor alle partijen het beste is, vaarwel Sarith,' en Rutger haastte zich naar het badhuis.

Een uurtje later verliet Sarith het huis in de Wagenwegstraat. Ze had zich nog nooit zo vernederd gevoeld. O, *ze zou ze wel krijgen, ze zou wel een manier vinden* om ze deze afwijzing en belediging betaald te zetten.

SARITH

Nog steeds woedend was Sarith enkele dagen later op plantage Hébron aangekomen. Moeder Rachaël was wel verbaasd, toen ze haar dochter zo vlug weer op de plantage terug zag, maar gewend aan de grillige natuur van het meisje, vroeg ze maar niets. Sarith liep mopperend door het huis, smeet in haar kamer met voorwerpen, schold voortdurend op Mini-Mini, die niets goed deed; kortom, ze was ongenietbaar.

Ashana triomfeerde, ze had precies gehoord wat er gebeurd was. Mini-Mini had alles aan haar moeder Kwasiba verteld, en die had alles weer aan Ashana doorverteld. Hoewel Kwasiba en Mini-Mini eigenlijk slavinnen van moeder Rachaël waren, hielden ze toch heel veel van Elza, omdat deze hen altijd lief en vriendelijk behandelde, heel anders dan de verwende Sarith, die de slavinnen alleen maar zag als schepselen die haar moesten bedienen en voor haar klaarstaan, en er nooit rekening mee hield, dat ze ook mensen waren met gevoelens. De huisslavinnen wisten wat er gaande was geweest en iedereen had de partij van misi Elza gekozen.

Sarith was nu een paar dagen thuis en zat op een ochtend in de eetkamer aan de ontbijttafel; ze was alleen, haar moeder was boven en oom Levi was weg met de boot, op bezoek bij een plantage verderop. Ze had Mini-Mini net een oorvijg gegeven, omdat die kwam zeggen dat er geen sinaasappels waren voor een glas sap. Ashana kwam binnen; toen ze Sarith zo hoorde tekeer gaan, zei ze: ‘Het varken zegt, wat van jou is, blijft van jou.’* ‘Wat zeg je, Ashana?’ riep Sarith, begrijpend dat het voor haar bedoeld was. Ashana herhaalde wat ze gezegd had. ‘Wat wil dat zeggen?’* Ashana zei heel rustig: ‘Ik ben blij dat misi Elza zich bewust is geworden en de schorpioen uit haar huis heeft weggejaagd, tyakun, tyakun, wat van haar is, is van haar.’* Voordat Ashana helemaal was uitgesproken was Sarith opgesprongen en had Ashana twee klappen in het gezicht gegeven. ‘Jij vuile negerin, hoe durf je me zo te beledigen, hoe durf je.’

Ze pakte Ashana bij het jakje en schudde daaraan. Ashana was echter een *grote vrouw* en stond sterk op haar benen, rustig keek ze Sarith aan en zei: ‘Het is nooit goed om kwaad te doen.’* Sarith werd steeds bozer, ze begon te gillen: ‘Jij ellendige slavin, wacht, ik zal je, wat verbeeld je je wel, je gaat hiervoor gestraft worden. Gestraft zeg ik je.’ Ze rende naar de achterveranda en zei tegen een kleine loopjongen die op de drempel zat: ‘Jongen, roep snel de basya.’*

Toen de basya even later kwam, zei ze op Ashana wijzend: 'Basya, bind deze vrouw aan de boom vast en geef haar zweepslagen.'* Geschrokken deed de basya een stap achteruit. 'Nee, misi,' zei hij, terwijl hij zijn hoofd schudde. Volgens hem was zoiets onmogelijk. Hoe zou hij Ashana kunnen zwepen, Ashana die als het ware het hoofd van de huishouding was, bijna nog meer te zeggen had dan de misi zelf. Ashana die nog nooit gezweept was. Dit zou de masra zeker niet goed vinden. Maar Sarith griste de zweep uit zijn hand en gaf hem twee striemende zweepslagen, terwijl ze uitriep: 'Zweep haar, basya, doe wat ik zeg, anders laat ik een paar sterke negerkerels jou zwepen.'*

Op al het tumult was moeder Rachaël naar beneden gekomen, ze zag haar woedende, tierende dochter daar staan met de zweep in de hand, de basya bevelend om Ashana te zwepen. 'Wat is er toch, Sarith, bedaar toch kind.' Maar Sarith bedaarde niet, ze gilde: 'Die negerin, ze heeft me beledigd, beledigd. Gestraft zal ze worden, ik zal haar.' 'Moet dat nu werkelijk?' vroeg moeder Rachaël, met angst bedenkend dat het hier ging om Ashana, de slavin die hier in huis respect van iedereen genoot, en dat Levi Fernandez hierover zeker erg boos zou worden. 'Mag dat dan moeder? Kan een slavin me beledigen, sta jij dat toe? Wat zal er van ons worden als dat zo maar kan?' Sarith gilde, schreeuwde en stampte met haar voet. 'Ga naar binnen, moeder, en bemoei je er niet mee.' Moeder Rachaël dacht dat het misschien wel het beste was. Ze had deze dochter van haar nooit aangekund en Sarith had toch ook wel gelijk, als blanke kon je het niet toestaan dat een slavin je beledigde! Stel je voor!

De basya nam Ashana mee naar buiten, en bracht haar naar een boom. De kleine loopjongen moest in het magazijn touw gaan halen, om haar op te knopen, zodat ze met haar voeten net boven de grond zou hangen.

Sarith zelf begon de kleren van Ashana's lichaam te rukken totdat die slechts in een kleine lendendoek om het middel geknoopt voor haar stond.

Toen Mini-Mini zag dat Ashana *werkelijk* werd vastgebonden, gooide ze zich huilend voor de voeten van de meesteres, sloeg de armen om haar benen, terwijl ze snikkend vroeg: '*Och arme, misi, ik smeek je, zweep Ashana niet, laat Ashana geen pak slaag krijgen.*'* Maar Sarith was niet te vermurwen. Ze probeerde naar Mini-Mini te schoppen en toen die haar benen niet losliet, nam ze de zweep uit handen van de kleine loopjongen, en gaf Mini-Mini een ferme slag in haar gezicht. Mini-Mini liet los, bedekte de bloedende striem op haar gezicht met de handen en draaide zich om, om niet te hoeven zien, hoe de oude Ashana gezweept zou worden.

Vanuit de keuken op het erf keken Kwasiba en de kokkin zwijgend toe, met samengeknepen lippen en blikken die alle afkeuring inhielden.

De basya begon te zwepen. Reeds bij de tiende slag was Ashana's rug helemaal open gescheurd en het bloed stroomde uit de wonden. Sarith keek toe, ze telde zelf de slagen; toen ze bij 28 waren gekomen, bezweek Ashana en de basya, helemaal wanhopig, gooide de zweep neer, terwijl hij zich op de grond gooide, roepend: 'Ik kan niet meer, wel misi, zweep me dan.'*

Sarith besloot dat het genoeg was geweest. 'Maak haar los,'* zei ze. Ze draaide zich om en ging naar binnen met een nog steeds huilende Mini-Mini achter zich aan.

Toen ze weg was, renden Kwasiba en de kokkin naar de boom om de basya te helpen Ashana los te maken. De loopjongen werd gestuurd om de geneesvrouw te roepen. Nog steeds bewusteloos werd Ashana op de grond gelegd, de geneesvrouw waste haar gezicht en haar rug en een andere vrouw haalde water uit de put.

Toen Ashana bijkwam, wilden de vrouwen haar naar binnen brengen, maar met zachte stem ze: ‘Nee, breng me niet in het huis, breng me naar de kant van de slaven.’*

VADER LEVI

Levi Fernandez kwam ’s middags thuis. Hij was moe. Het had geregend. Hij was kletsnat geworden toen hij met zijn vriend te paard door diens velden was gereden, hij had rugpijn, was helemaal stijf van het lange zitten in de boot in de natte kleren. Hij verlangde naar een warm bad en een stevige massage van Ashana, die met haar lenige vingers de pijn in zijn rug kon doen verdwijnen. Toen hij in huis naar de achterveranda liep, waar hij Ashana altijd wachtend vond, in de oude schommelstoel, zag hij haar niet. ‘Waar is Ashana?’ vroeg hij verbaasd aan zijn vrouw. ‘Ashana is ziek,’ antwoordde die. ‘Ashana ziek?’ Dat was nog nooit gebeurd. Hij wilde naar Ashana’s kamertje lopen, dat naast de keuken was, maar Rachaël zei: ‘Ze is niet daar, ze is in één van de slavenhutten. Kwasiba heeft je water en handdoek al klaargezet en als je wilt kan ze je ook wel masseren.' 'Nee, laat maar,' zei Levi. Het was Ashana's massage die goed voor hem was, als ze vandaag ziek was, zou hij wel tot morgen wachten. Hij vroeg niet verder en ging die avond vroeg naar bed.

De volgende morgen was hij al vroeg op. Het viel hem op dat zijn koffie niet door Ashana gebracht werd, maar door Kwasiba. Hij zou later wel gaan kijken wat er met Ashana aan de hand was.

Hij liep eens naar de waterkant, daar kwam zijn eigen slaaf, Sydni, die altijd bij hem was, naast hem staan. Zacht zei Sydni: 'Masra weet zeker niet wat er gebeurd is met Ashana?'* 'Nee, wat is er dan gebeurd?'* vroeg Levi. Hij had gedacht dat Ashana zich gewoon niet lekker voelde. 'Misi Sarith heeft haar laten zwepen, de basya heeft haar moeten opbinden en zwepen, de basya wilde het niet, maar misi Sarith heeft hem ook gezweept.'* 'Wat,' riep Levi uit. 'Waar is Ashana nu?'* 'Ze is bij de geneesvrouw. Zo snel als hij kon, ging Levi naar de hut van de geneesvrouw, stootte de deur open en stond in het kleine hutje, waar hij in een hoek Ashana kermend op een matje zag liggen.

Met één stap was hij bij haar en knielde neer. Hij zag de geheel bebloede blote rug en fluisterde: ‘Ashana, o Ashana.’ Ashana die eerst met het hoofd naar de muur had gelegen, draaide haar hoofd om en zei zachtjes: ‘Masra, je bent gekomen hè, och masra.’* De geneesvrouw was zachtjes naar buiten gegaan. ‘Ashana, waarom heeft ze je gezweept, wat heb je toch gedaan?’*

‘Laat maar, masra, het is al gebeurd. Water, ik wil water.’* Levi keek rond en zag in een andere hoek een kalebas met water, daaruit nam hij met een kleine kalebas wat water en gaf haar te drinken. Met de hand voor de mond bleef hij vervolgens zwijgend kijken naar de vreselijke wonden waarmee Ashana’s rug van boven tot onder bedekt was. Er ging van alles door hem heen, terwijl hij daar stond. Hij voelde zich verward, maar het meeste nog was hij boos op dat kind, die Sarith die dat gedaan had, en boos op zijn vrouw die hem niets had verteld en alleen maar had gezegd: ‘Ashana is ziek.’ Hij riep de geneesvrouw en zei tegen haar: ‘Doe alles voor haar en maak haar beter.’*

De geneesvrouw maakte een buiging en knikte: ‘Ja masra, ik doe wat ik kan.’*

Levi liep zijn huis binnen. Met grote stappen liep hij de trap op en stootte boven, zonder te kloppen, de deur van Sariths kamer open: ‘Waarom heb je dat gedaan?' riep hij tegen Sarith, die nog in bed lag. Sarith schrok op; ze begreep direct dat hij het over Ashana had. Toen ze niet antwoordde, pakte hij haar bij de schouder en schudde haar terwijl hij riep: 'Waarom Sarith, waarom?' Moeder Rachaël kwam aangehold en Sarith schreeuwde: 'Laat me los! Ze heeft me beledigd, daarom, ze heeft me beledigd!' 'Wat voor belediging kan zo erg zijn, dat je haar zo moest laten afranselen, zeg op, wat voor belediging!' Nog steeds schudde hij Sarith bij de schouder, en het bandje van het nachthemd gleed van haar schouder af.

'Levi, laat dat, laat dat toch!' Rachaël stond in de deur. Toen werd Levi zich bewust, dat hij in de kamer van zijn stiefdochter was, die bijna halfnaakt daar in bed zat. Hoofdschuddend liep hij naar de deur. Sarith riep: 'Ze is een slavin, ik laat me niet door een slavin beledigen, als u dat maar weet. Als ze het weer zou doen, zou ik haar weer laten afranselen, zodat ze goed kan beseffen dat ze een negerin is; een slavin en meer niet!'

Levi liep langs zijn vrouw de kamer uit. Ashana was een slavin, ja, een slavin. Zou hij ooit aan een buitenstaander kunnen uitleggen wat deze slavin in zijn leven had betekend. Hoe ze van zijn kinderen gehouden had, hoe ze zijn vrouw verzorgd had, hoe ze ondanks haar eigen verdriet hem getroost had toen zijn vrouw gestorven was, hoe ze zijn kinderen had verzorgd, met alle liefde die in haar was en van 's morgens vroeg tot vaak diep in de nacht, altijd voor hen had klaargestaan.

Nog zag hij weer voor zich, hoe ze had gezeten met Jonathan, zijn zoon, in haar armen, van alles geprobeerd had dat hij niet dood zou gaan, en hoe hij, Levi, ten slotte zelf het dode kind uit haar armen moest nemen.

Beneden op de achtergalerij keek hij naar de oude schommelstoel. Hoeveel nachten had hij niet het klap-klap van die stoel gehoord, omdat Elza bijvoorbeeld niet kon slapen en ze bij Ashana op schoot op die schommelstoel lag. En Ashana *maar schommelen en liedjes* zingen. Hoe zou hij dit allemaal aan een buitenstaander kunnen uitleggen.

Ashana, de slavin. Elizabeths Ashana. Ashana die voor zijn kinderen alleen maar liefde was, die lag nu met een geheel verwonde rug in een slavenhut. Levi Fernandez had zich in jaren niet zo eenzaam en verlaten gevoeld. Hij liep naar de waterkant en ging op de bank bij het water zitten.

Sydni kwam naar hem toen en vroeg zachtjes: 'Heeft de masra Ashana gezien?'* Levi knikte zachtjes. De hele dag bleef hij daar aan de waterkant zitten. Af en toe schonk Sydni hem iets te drinken in. Ashana zou sterven. Had hij haar ooit laten merken dat hij haar waardeerde? Natuurlijk niet; ze was toch maar een slavin! Alle werk van slaven was vanzelfsprekend. Elke vorm van niet-werken was een misdrijf. Maar liefde geven en warmte en koestering, vroeg Levi zich af, was dat ook werken? Was dat ook zo vanzelfsprekend?

'S Middags kwam een loopjongen hem zeggen, dat de geneesvrouw vroeg of hij bij Ashana kon komen. Toen hij bij haar in de hut zat, vroeg ze of hij een bundeltje kon laten halen, dat ze in haar kamertje in een oude valies had. Sydni haalde het. Ashana zei aan de masra om het open te maken, er waren een bloedkoralen snoer en een snoer van granaatstenen in. Beide snoeren waren van zijn vrouw Elizabeth geweest, één had ze zelf een keer aan Ashana gegeven en het andere had hij haar gegeven toen Elizabeth was gestorven. Ashana gaf hem de snoeren en zei: 'Masra, u moet eentje aan misi Elza geven en eentje aan Maisa. Zeg aan misi Elza om goed voor haar kind te zorgen en ook voor haar man.'*

'Dit geld moet u aan Maisa geven.'* Ze wees flauw op een bundeltje geld geknoopt in een lap. Al het geld dat ze in de loop van de tijd van haar masra had gekregen had ze opgespaard. 'Masra moet misi Elza en masra David en Maisa voor me groeten, hoor.'*

'Ashana, o Ashana.' Levi wist niet wat hij meer kon zeggen, 'nee Ashana, je wordt beter.'* Maar Ashana schudde het hoofd en zei: 'Wees niet bedroefd masra, ik ga naar huis, mijn huis kent geen slavernij, wees niet bedroefd.'*

Levi zag Ashana daarna niet meer, want die nacht stierf ze en hij was er niet bij toen de slaven met hun eigen ceremoniën en rituelen afscheid van haar namen. En er was zeker niemand van het grote plantagehuis bij, toen een kleine stoet Ashana naar haar laatste rustplaats bracht. Een naamloos graf op een open plek in het bos naast vele andere graven van honderden naamloze slaven.

Een paar dagen later was Levi Fernandez bij zijn dochter in de Wagenwegstraat. Hij was speciaal naar Paramaribo gereisd om aan haar en Maisa te vertellen, dat Ashana gestorven was en hij was van plan om daarna door te gaan naar Susanna's Lust aan de Para, en daar een paar dagen bij zijn zoon David door te brengen.

Elza was verheugd haar vader te zien, maar toen ze zijn bedrukte gezicht zag, begreep ze dat er wat aan de hand was. ‘Ashana is gestorven,’ zei vader Levi alleen maar. Elza greep zijn hand en zei: ‘Nee toch, papa, Ashana, hoe kan Ashana dood zijn. Ze was nooit ziek.’ Ze begreep dat het hem verdriet moest doen en dacht meteen ook aan Maisa, Maisa moest ook horen dat haar moeder gestorven was.

Toen ze in de keuken kwam en Maisa daar huilend aan de tafel zag zitten, begreep ze dat die het al wist. ‘O Maisa, ze is dood hè, o Maisa toch,’ en Elza sloeg de armen om Maisa heen en legde haar hoofd op haar schouder. Maisa knikte nu en opeens riep ze: ‘Die duivel, die vervloekte, die vuile, wacht maar, ze krijgt haar straf wel.’*

Geschrokken hief Elza haar hoofd op en keek Maisa aan, waarom zei Maisa dat, waarom noemde ze Ashana zo? Maisa, Elza’s verbaasde gezicht ziende, riep: ‘O misi, je weet het niet hè, het is misi Sarith die Ashana gedood heeft, ze heeft de basya Ashana laten opbinden en ranselen tot ze flauw viel, die vampier!’*

‘Nee, nee toch,’ met de hand voor de mond deinsde Elza achteruit. ‘Dat kan toch niet waar zijn?’ Met een gil stormde ze weer de eetkamer binnen en riep: ‘Papa, het is toch niet waar, zeg dat het niet waar is, heeft Sarith dit gedaan, heeft ze Ashana laten aftuigen?’

‘Ja, mijn kind, ja.’ Vader Levi schudde het hoofd en tot Rutger, die verbaasd van zijn vrouw naar haar vader keek zei hij: ‘Sarith heeft Ashana laten opbinden en zwepen en aan de gevolgen daarvan is Ashana overleden.’ Elza snikte nu hardop, ze legde het hoofd op de armen op tafel en huilde met gierende uithalen. ‘Hoe heeft Sarith zoiets kunnen doen?’ zei Rutger nu zacht, maar zijn vrouw hief het hoofd op en riep: ‘Ze heeft haar laten doodranselen.’ En terwijl ze hem met haar behuilde gezicht aankeek, begreep hij, dat anderen zich misschien wel konden afvragen hoe en waarom, maar dat beiden wel wisten, waarom Sarith dit gedaan had. Elza huilde en huilde, want ze besefte steeds meer, dat Ashana gestorven was; de persoon van wie ze in haar leven de meeste liefde had ontvangen. De persoon die haar verzorgd had, gekoesterd, de persoon die alles voor haar had overgehad. Die Ashana was gestorven, niet omringd door liefde en genegenheid, maar zoals ze haar hele leven was geweest, als een slavin. Ze zou Sarith veel kunnen vergeven, maar dit, nee, dit vergaf ze Sarith nooit.

Hoofdstuk VIII

RUTGER

Steeds vaker werd men in de stad opgeschrikt door een bericht dat er alweer een plantage overvallen was. Het zag er naar uit dat de weglopers steeds driester werden. Kon men nog wel spreken van weglopers, vroeg Rutger zich af. Volgens hem waren dit goed georganiseerde groepen.

Iedere keer hoorde men dat de bende onder leiding stond van een zekere Boni en in de stad sprak men al over de Boni-negers.

Er waren al meer dan 800 militairen in het land, die op herhaald verzoek van het gouvernement gezonden waren door de directeuren van de Sociëteit. Daarnaast waren er nog zeker een 300 man, die behoorden tot de koloniale troepen. En toch lukte het dit grote leger niet om die Boni-negers te verslaan. Af en toe kon een groep militairen er een paar te pakken krijgen. Die werden dan met groot vertoon gevangen genomen en naar de stad gevoerd, maar het leek wel alsof de marrons daarna met meer geweld aanvielen en dichterbij kwamen.

De kolonisten werden steeds angstiger. Straks waren die duivels nog helemaal in de stad. De meeste plantage-eigenaren waren ook boos en verontwaardigd. Jaarlijks moest er een fikse bijdrage gestort worden in de wegloperskas. De laatste jaren werd dit bedrag iedere keer hoger. Zoveel geld voor niets. Want die militairen die zoveel geld kostten, waren niet eens in staat om iets te doen tegen die troep wilde weglopers daar in de bossen.

Op een ochtend kwamen drie heren op het administrateurskantoor. Het waren vaandrig Goedkoop, een onderofficier die diende in het regiment van Kapitein Joo, de planter Van Bemmelen, eigenaar van de plantage Groot-Vertier, en diens blankofficier.

De drie bezoekers keken zeer bedrukt. Nadat ze plaats hadden genomen en Alex voor allen iets te drinken had gebracht, begon vaandrig Goedkoop te vertellen: De marrons hadden plantage Groot-Vertier overvallen en alles buitgemaakt. Van Bemmelen, zijn gezin en de blank-officier waren gevlucht.

Ze werden op een naburige plantage opgevangen en omdat ze zo angstig waren, hadden ze militaire begeleiding naar de stad gekregen.

Van Bernmelen was ten einde raad; zijn vrouw wilde nooit meer naar de plantage. Hij kwam bij de administrateur om een lening vragen. De plantage moest weer opgebouwd worden. Hoe zouden ze immers kunnen leven zonder plantage en zonder slaven?

Mijnheer Van Omhoog sprak er zijn verbazing over uit, hoe het toch mogelijk was dat zo'n handjevol wilde negers erin slaagde de militairen de baas te zijn. Vaandrig Goedkoop legde uit, dat het gouvernement allang niet meer aan de bosnegers kon denken als een groep wilde negers die zich in de bossen schuil hielden, om af en toe te roven wat ze nodig hadden. In de stad dacht het gouvernement dat de weglopers wel gedwongen zouden worden zich over te geven. Als weerbaarheid van de militairen niet hielp dan zou de honger ze wel uit het bos drijven. Het tegendeel was waar.

De bosnegers aan de Cottica waren erin geslaagd een echte samenleving op te bouwen. Ze noemden zich de stam van de Aluku. Ze legden planmatig op verschillende plaatsen kostgronden aan, maakten voedselvoorraden en hun kennis van timmer- en smeedwerk kwam goed van pas. Overvallen op plantages werden volgens een bepaald plan uitgevoerd. De negers doodden ook echt niet zomaar alle blanken, maar hadden het meer voorzien op degenen van wie ze zelf te lijden hadden gehad. Kinderen lieten ze meestal ongemoeid. Boni was één van de grote aanvoerders van de bosnegers uit het Cattica-gebied en de andere grote leider was Baron.

Door het gouvernement werd er van alles gedaan om jacht op de weglopers aantrekkelijk te maken. Militairen werden er op uitgestuurd. Slaven en indianen werden door premies aangespoord om patrouilles te organiseren om weglopers te gaan vangen. De negers waren de soldaten meestal te slim af. Heel vaak vonden de militairen wel een dorp, maar geen mensen. Deze wisten dan namelijk al dat de militairen in aantocht waren en hadden zich verstopt.

Als ze eenmaal van de plantages waren weggelopen en zich hadden aangesloten bij hun soortgenoten, schudden de negers alle nederigheid van zich af die hun door de blanken was opgedrongen; ze konden weer de zelfbewuste trotse mensen zijn die ze van nature waren; hun vrijheid en zelfbewustzijn waren de grootste drijfveren om de strijd vol te houden tegen een groep blanken die helemaal in het voordeel stond. De blanken waren groter in aantal, hadden geweren en kruit en volop eten. Toch waren zij meestal de verliezende partij. Ze vonden soms wel de dorpen, die namen hadden als 'Blijf uit mijn buurt'*, 'Verberg me'*, 'Hou me vast'* en 'God weet het'*; maar de negers zelf waren dan onzichtbaar.

In 1768 hadden de bosnegers een goed geplande overval uitgevoerd op de plantage 's-Hagenbosch. Naar aanleiding daarvan werd er een commando uitgezonden onder leiding van kapitein Joo. Hij vond twee dorpen. Het grootste dorp had 32 huizen, kostgronden, fruitbomen, waaraan te zien was dat die dorpen reeds lange tijd bestonden, een complete smederij met een grote hoeveelheid ijzerwerk en een pluimveestapel van meer dan vijfhonderd kippen. De bewoners vond hij echter niet. Wel een geschreven boodschap waarin stond, dat de blanken niet hoefden te denken dat het hun zou lukken de negers te krijgen. Als de negers het wilden, zouden ze alle blanken kapot kunnen maken.

Zoals de militairen altijd deden in zulke gevallen, werd het hele dorp vernietigd. Alles was in brand gestoken, kostgronden en voedselvoorraden werden verbrand, nadat ze eerst hadden genomen wat ze zelf nodig hadden. In dit geval hadden ze eerst 180 kippen opgegeten, voordat ze de rest in brand staken.

En toch lukte het de marrons te overleven en door te gaan met de strijd; ze kenden het bos veel beter dan de soldaten. Ondanks alles lukte het hun vaak genoeg om zelfs een militaire post te overvallen, geweren buit te maken en de soldaten smadelijk op de vlucht te jagen. Het gouvernement werd steeds nerveuzer; nee, ze konden niet tegen de bosnegers op; dit waren geen gewone weglopers meer, dit waren getrainde guerrillatroepen, die met man en man bevochten moesten worden; er werd een drukke briefwisseling gevoerd met de directeuren van de Sociëteit in Nederland, waar men de ernst van de zaak maar niet scheen in te zien.

Rutger luisterde zeer geboeid naar alles wat vaandrig Goedkoop vertelde. Het meeste wist hij natuurlijk wel, iedereen in de kolonie wist maar al te goed hoe de zaak ervoor stond. Diep in zijn hart had hij grote bewondering voor die marrons. Dat waren toch eigenlijk geweldig dappere mannen en vrouwen, en zelfs bij een militair als vaandrig Goedkoop meende Rutger ergens toch wel bewondering en misschien zelfs afgunst te horen. 'Het is bijna niet te geloven, maar het zijn wel kundige strijders,' zei Rutger. 'Monsters zijn het, duivelsgebroed,' zuchtte Van Bemmelen. 'En er is niets tegen te beginnen, want ze werken met zwarte kunst.'

Nadat mijnheer Van Omhoog enkele zakelijke details over de lening met zijn cliënt had besproken, vertrok het gezelschap. Mijnheer Van Omhoog ging naar boven en Rutger stond een poosje in gedachten bij het raam. Alex kwam binnen om de vuile kopjes te halen en hoorde Rutger in zichzelf praten. 'Boni, altijd weer Boni. Waarom zorgen ze er niet voor die als eerste te pak-*ken?*' 'Ze kunnen Boni nooit pakken, masra,' zei Alex. 'Nooit, hij heeft een geweldige tapu[1]. Geen kogel kan hem *raken en niem*and kan hem pakken.' 'Het ziet er naar uit dat je gelijk hebt,' zei Rutger. 'Wie is die Boni dan toch. Ik zou graag willen weten van welke plantage hij komt.'

'Boni komt niet van een plantage, masra, hij is nooit slaaf geweest. Hij is als vrije in het bos geboren,' zei Alex. 'Ik zou u alles over Boni kunnen vertellen.'

'Hoe weet jij dat allemaal?' vroeg Rutger. Alex glimlachte. 'Ik luister, masra,' zei hij, 'ik luister wanneer anderen praten. Wil masra horen?' 'Natuurlijk wil ik horen,' antwoordde Rutger. 'Vertel op, vertel me alles over Boni.' Alex vertelde: 'Boni is niet als slaaf geboren, hij is er trots op te kunnen zeggen dat hij een echte bosneger is. Boni's moeder was slavin van een rijke joodse plantersfamilie in de tijd van gouverneur Mauricius. Deze familie was in Paramaribo heel bekend; ze hadden behoord tot de hoofdpersonen van de cabale, de groep rijken die het gouverneur Mauricius zo moeilijk had gemaakt. Ze hadden verschillende plantages aan de Boven-Cottica. De vrouw was een wreed en meedogenloos mens. De man was een wellustige figuur, die de slavinnen vaak misbruikte. Zo had hij zijn oog laten vallen op een mooie jonge slavin, die later Boni's moeder zou worden.

Toen bleek dat ze daarna ook nog in verwachting was, bedacht zijn jaloerse en wrede echtgenote, hoe ze zich zou kunnen wreken. Ze wachtte een moment af toen de man voor enkele dagen op reis was, en liet toen de slavin bij zich komen en zei: "Ik zie dat je zwanger bent, wie is de vader van het kind?"

1 Bescherming verkregen door magische kracht.

Toen de slavin antwoordde, dat ze een man had en dat die slaaf de vader van het kind was, liet ze de man die de vrouw bedoelde, halen. Ze vroeg hem: "Is dit je vrouw, heb jij haar zwanger gemaakt?" De man antwoordde dat dat inderdaad het geval was en de meesteres zei toen: "Zij is mijn slavin, wie gaf jou het recht mijn bezit zomaar te gebruiken. Ik zal je dat afleren," en met die woorden sneed ze met een vlijmscherp mes 's mans geslachtsdeel af. Tegen de vrouw zei ze: "Je bent nu zwanger, je borsten zijn zo groot en mooi, dat één vast wel genoeg is om je kind te voeden." Met hetzelfde mes sneed ze één van de borsten van de vrouw af. Tegen het hevig bloedend paar zei ze: "Verdwijn nu, ik wil jullie nooit meer zien," erop rekenend dat ze met hun verwondingen *niet ver* zouden komen. Toen haar echtgenoot twee dagen later thuiskwam en bij het middageten het deksel oplichtte van de schaal die voor hem stond, zag hij daarop een zwarte vrouwenborst liggen en zijn vrouw zei met een gemeen lachje: "Je vindt negerinnenborsten toch zo lekker, eet maar gerust op."

Ondertussen waren de slaaf en slavin weggelopen, ze vluchtten het bos in, waar de man aan zijn verwondingen overleed. Geholpen door enkele andere weglopers kwam de vrouw ten slotte in het kamp van de negers in het Cotticagebied. Daar bracht ze een tweeling ter wereld: twee jongens.

De kinderen beseften al gauw genoeg, dat ze anders waren dan de andere negers; immers, zij waren niet zwart, maar bruin en hadden rood kroezig haar. Ze vroegen aan hun moeder, waarom zij anders waren en hoe het kwam dat zij maar één borst had. Keer op keer vertelde de moeder het verhaal, en keer op keer namen de jongens zich voor om zich te wreken; voor hun moeder, en voor de man, die eigenlijk hun vader had moeten zijn. Toen op twaalfjarige leeftijd één van de jongens stierf ten gevolge van een schot gelost door een militair, was er voor de overgebleven Boni alleen maar nog meer reden om zich te wreken.'

Alex zweeg. Rutger bleef in gedachten verzonken voor zich uit staren.

ELZA

In Paramaribo gonsde het van de geruchten. Gouverneur Crommelin wilde ermee uitscheiden. Hij was al vanaf 1748 als commandeur in de kolonie benoemd. Omdat hij in de strijd van gouverneur Mauricius tegen de cabale, de kant van de gouverneur had gekozen, was hij zeker niet geliefd bij veel van de aanzienlijke inwoners en deze hadden het hem bepaald niet gemakkelijk gemaakt, toen hij zelf gouverneur werd.

Sedert vorig jaar had Crommelin aan de directeuren van de Sociëteit in Nederland gevraagd om met pensioen te gaan. Hij wilde een reis naar Nederland maken en daarna van een welverdiende rust genieten.

Dit was nu toegestaan, maar de gouverneur vertrok nog niet, hij bleef nog een tijdje als ambteloos burger in Suriname en Jan Nepveu werd benoemd tot gouverneur ad interim.

Ook mijnheer Van Omhoog verlangde naar rust en wilde met pensioen gaan. Hij had dat geschreven aan zijn patroon, Rutgers oudoom.

Oom Frederik vond het echter nodig, dat Rutger eerst een reis naar Nederland maakte om zich op de hoogte te stellen van bepaalde zaken, voordat hij als administrateur benoemd werd. Oom Frederik begreep echter wel, dat zijn neef niet graag zo lang zonder vrouw en kind zou willen blijven, en stelde daarom voor dat Elza en de kleine Gideon mee zouden reizen naar Nederland. Dat is te zeggen, als Elza het zou aandurven. Want een ieder wist, dat een reis van Suriname naar Holland en omgekeerd, niet zonder gevaren was. Afgezien van stormen en orkanen, waren er ook nog de kapers, en in oorlogstijd vijandige schepen. Bovendien was het acht weken durende verblijf aan boord niet erg aangenaam te noemen: benauwde verblijfplaats, slecht eten en ziekte onder de bemanning.

Rutger ontving de brief met het voorstel van zijn oom in november 1768. Elza was niet bang om de reis met Rutger mee te maken. Het was niet aan te raden om midden winter in Holland aan te komen, daarom zou het gezin zich eind januari inschepen, en men verwachtte dan eind maart in Amsterdam aan te komen. Ze zouden dan gedurende zes maanden bij oudoom Frederik logeren, die in een prachtig herenhuis aan de Keizersgracht woonde.

Allerlei voorbereidingen voor de reis moesten getroffen worden. Alex, Maisa en Afanaisa zouden meegaan, want hoe zou Elza het kunnen redden in Holland zonder haar slavinnen om zich heen, die altijd alles deden. De anderen zouden rustig op het erf blijven en het huis onderhouden, totdat de familie tegen het einde van het jaar terug was.

Toen men ging vertrekken was kleine Gideon ondertussen al één jaar oud. Hij liep en rende al vallend en opstaand reeds door het huis, speelde op de achtergalerij en maakte dagelijks aan de hand van Afanaisa een wandeling op het erf. Het was een vrolijk kind, dat zelden huilde en iedereen aan het lachen maakte met zijn ondeugende streken. Op 28 januari vertrok de familie uit Paramaribo en op 29 mei ontving vader Levi Fernandez, die toevallig die week in de stad was en bij de De Ledesma's logeerde de volgende brief:

Amsterdam, 2 april 1769

Lieve Papa,

Hier is dan de eerste brief die ik jullie vanuit dit koude land schrijf, want, o wat is het nat en koud. Ik had zoiets gewoon niet voor mogelijk gehouden; maar kom, ik zal vanaf het begin vertellen. De eerste weken verliep de reis heel aangenaam; de zee was kalm, de wind was gunstig en we schoten flink op met de oversteek. Rutger, Gideon en ik hadden een aardige verblijfplaats op het achterschip, waar ook de officieren verbleven. De sla-

ven moesten eigenlijk in het vooronder bij de matrozen slapen, maar Maisa en Afanaisa voelden zich er zo ongelukkig, dat we hen al de eerste nacht bij ons hebben genomen en in een hoek van de hut lieten slapen. Na de oversteek, nadat we ook bij Madeira aan land waren gegaan, werd de zee onstuimiger en werd het ook koud; hoe noordelijker we voeren, hoe erger dit werd. We moesten toen aldoor binnen blijven en de luiken werden dichtgespijkerd. Frisse lucht kregen we dus niet veel. Het was er bedompt en er hing een kwalijke geur. Gideon werd er kregelig en ongedurig van.

Hij is gelukkig niet ziek geworden. De geit die we aan boord hadden meegenomen, gaf voldoende melk om iedere dag zijn pap te koken en de grote voorraad citroenen en lemoenen heeft gemaakt dat we geen scheurbuik of buikloop hebben gekregen. We hebben er zelfs wat van aan de bemanning gegeven; ook de kippen en eieren kwamen goed van pas. Maisa ging iedere dag ons eten koken in de kombuis. Ze vond het er zo vies en smerig, dat ze zelfs geen vork durfde achterlaten en nadat ze klaar was verhuisde ze al onze spullen in een grote mand weer naar ons verblijf. We hebben een paar flinke stormen meegemaakt en ik was eerlijk gezegd doodsbang, maar alles ging toch goed en na ruim zeven weken, op 22 maart, heel vroeg, konden we het IJ opvaren. En papa, het sneeuwde! Echt, het sneeuwde! Ik werd gewekt door Afanaisa's angstig geroep. Ze stond bij de deur en riep: 'Misi, iets als katoen valt uit de lucht en het brandt.'* Toen we de stad naderden, was het een prachtig gezicht, maar o, het was zo koud.

Wat een geluk, dat ik al dat wintergoed kon overnemen van mevrouw Tallans, want nu had ik tenminste warme omslagdoeken voor mezelf en de slavinnen. Gideon hadden we zoveel kleren aangetrokken, allemaal veel te groot, want het jongste kind van ds. Tallans is al vier jaar; Gideon leek wel een rond tonnetje met al die kleren aan, en hij vond het helemaal niet leuk. En daar was nog het probleem van de schoenen; we konden die slaven toch niet op blote voeten laten lopen in die kou. Nu, Rutger legde ze uit dat ze schoenen aan moesten. Aangezien we niet in Suriname zijn, gelden de Surinaamse wetten hier niet. Maisa weigerde; ze was niet van plan die dingen aan te doen. 'Geen enkele blanke moet boos op me worden,'* zei ze, en wat we al niet zeiden, ze wilde niet. Gelukkig heeft Rutger van één van de officieren een paar geiteharen sokken voor haar kunnen krijgen, en die heeft ze wel aangedaan. Afanaisa durfde met schoenen aan geen stap te doen, ze hield zich aan de muur vast en wankelde alsof ze bang was elk ogenblik te vallen.

Alex daarentegen deed de laarzen aan, draaide eens op zijn hakken en stapte weg alsof hij nooit anders dan met laarzen aan had gelopen.

Rijtuig en koetsier wachtten al op ons toen we van boord gingen, en in het huis werden we opgewacht door oudoom Frederik en nicht Marie die bij haar vader woont. De andere drie nichten zagen we diezelfde avond nog, want ik denk dat iedereen wel wilde zien hoe ik eruit zag.

Volgens mij zijn ze wel wat teleurgesteld dat 'het meisje uit de kolonie' zo'n gewoon meisje blijkt te zijn; maar ze raken niet uitgekeken op de slaven en moeten hartelijk lachen als ze me horen praten met Maisa. Deze vindt alles doodeng. Ze zet geen voet buiten de deur. Ze heeft trouwens in huis genoeg te doen. Er is nog een keukenmeid hier en een werkmeid, een binnenmeisje en een huisknecht. Wel papa; Alex, Maisa en Afanaisa vielen gewoon achterover van verbazing toen ze ontdekten dat witte mensen hier werken. Afanaisa moet nog steeds hierom giechelen. Als ze de werkmeid met emmer en dweil ziet, draait ze haar hoofd om, om niet heel hard te lachen.

Maisa is diep verontwaardigd, omdat de meiden het vreselijk vinden dat ze Gideon elke dag in bad doet en zelf niet naar bed gaat, als ze zich niet eerst van top tot teen heeft gewassen. En iedere keer moppert ze: 'Hoe komt het dat deze blanken zo smerig zijn?'*

Eergisteren was er een groot familiediner ter ere van ons; behalve de dochters van oudoom Frederik en hun echtgenoten, waren nog verschillende andere nichten en neven uitgenodigd. Ze hebben allemaal de meest vreemde ideeën over ons land.

Sommigen denken dat je 's morgens onder je bed moet voelen of er geen tijgers of reuzenslangen liggen. Weer anderen geloven, dat er in onze bossen indianen wonen zonder hoofd; ze hebben gehoord dat de grond er zo vruchtbaar is, dat als je vandaag een stekje in de grond stopt, je twee weken later een grote boom hebt met rijpe vruchten. Eentje vroeg me, of het er werkelijk zo heet is, dat papier in brand vliegt als de zon erop schijnt. Natuurlijk moesten ze de slaven zien en we moesten die binnen roepen. Helemaal verbaasd waren ze, toen bleek dat Alex keurig Nederlands praat. Een oudtante vroeg me of ik niet bang was in huis, zo steeds met die zwarten om me heen. Ik antwoordde haar, dat ik bang zou zijn zónder die zwarten om me heen en ik kon zien, dat ze er niets van begreep en me toch wel vreemd vond.

Het is nog steeds koud, het regent veel; niet als bij ons een harde bui, maar een echte miezerige regen. Als de zon schijnt, is iedereen in huis zo blij. Ze zeggen tegen ons: 'Het zonnetje schijnt, heerlijk hè' en wij kijken elkaar aan en vragen ons af wat er daar nu voor heerlijks aan is. Die zon van hen geeft meestal nauwelijks warmte; maar iedereen zegt, dat het nu lente wordt. Er komen al kleine blaadjes aan de bomen, en dan wordt het ook warm, zeggen ze. Laten we het maar hopen.

Papa, zoudt u Sydni af en toe naar de Wagenwegstraat kunnen zenden als u in de stad bent! Ik wil graag dat onze slaven weten, dat alles goed met ons is, en Sydni kan ze op het hart drukken dat ze vooral naar mijnheer Van Omhoog moeten gaan, als ze iets nodig hebben. Ik maak me wat bezorgd om Amimba, nu ze haar kind verwacht. Ze mag zich niet te veel inspannen. Zoudt u haar moeder niet kunnen missen op Hébron voor een paar weken! Ze kan dan bij Amimba in de stad zijn als de tijd van de geboorte daar is. Amimba zou veel geruster zijn als haar moeder bij haar was. Vooral nu Maisa er ook niet is. Dit was het dan voor deze keer. Ondanks alle zorgen en alle inpakkerij heeft Gideon toch nog kou gevat en nu hoest hij. Niet erg hoor, hij heeft ook geen koorts, maar Maisa maakt zich natuurlijk al bezorgd, ook omdat ze hier geen kalebasstroop voor hem kan koken. Rutger stuurt u de hartelijke groeten. Ontvangt u die ook van mij voor iedereen, in het bijzonder tante Rachaël, de zussen, David en gezin en verder allen op Hébron. Pas goed op uzelf hoor, lieve papa en een kus op uw voorhoofd.

Van Elza

Oom Levi was zo blij met Elza's brief. Hij had hem aan tafel voorgelezen, zodat iedereen alles kon horen en hij vertelde daarna uitgebreid van alles aan de kennissen en vrienden, die vroegen of hij al iets van zijn dochter had gehoord. Sarith had niets laten merken toen oom Levi de brief na het eten voorlas, ze had met een messenleggertje zitten spelen, haar ogen strak op de tafel houdend. O, ze kon die twee wel wat doen, die Elza en Rutger!

Toen ze had gehoord, dat ze op reis zouden gaan, had ze in haar verbeelding gezien, hoe hun schip in een storm zou vergaan of door kapers overvallen werd. En daar kwam nu die brief voor oom Levi van zijn lieve Elza, die nu in Holland was en allerlei nieuwe dingen meemaakte. Geen schip vergaan of gekaapt door piraten. Wat was het toch onrechtvaardig. Het leek wel alsof Elza alles in de wereld kreeg wat Sarith graag had willen hebben. Een man, een kind, door iedereen bemind en nu in Holland waar vast en zeker Rutgers familie ook al over haar zou praten als 'die lieve Elza'. En zij Sarith, wat had zij nu? O ja, ze was mooi, erg mooi, maar ze zou graag wat van haar schoonheid willen opgeven om in Elza's plaats te zijn; in Holland nu, in plaats van in deze stomme kolonie waar er nooit iets bijzonders gebeurde. Wat had ze nu hier, af en toe een partijtje of feestje, waar er toch alleen maar gekletst en geroddeld werd. Zoals de afgelopen twee weken; ze was naar een feestje geweest en driemaal naar een avondje bij vrienden. En waarover werd er gesproken? Altijd hetzelfde: Mevrouw Crommelin deed erg onaardig tegen Jan Nepveu. Vroeger waren ze goede vrienden, maar sinds hij gouverneur ad interim was geworden, was ze onvriendelijk tegen hem. De Crommelins hadden verlof gekregen, maar waren nog steeds in Suriname, en woonden nog in het gouvernementspaleis, waar Jan Nepveu elke dag in het kantoor moest werken. Gouverneur Crommelin zelf was een oud en humeurig man geworden, en het personeel en de slaven in het paleis wisten niet hoe ze het hadden. Moesten ze misi Crommelin gehoorzamen of de nieuwe gouverneur?

Had men al gehoord hoe de gekleurde bijzit van Klaas Doesburgh het gepresteerd had haar slaaf te sturen naar het huis van de Doesburghs aan de Waterkant, met een boodschap, dat Klaas direct naar het huis van de bijzit moest komen, omdat één van haar kinderen ziek was, en hij was tot grote ergernis van mevrouw Doesburgh nog gegaan ook. Wat een onbeschaamdheid van die kleurlinge toch! Het werd met de dag erger met deze lui. En Sarith verveelde zich en ergerde zich op deze partijtjes, ze had geen zin meer hierin. Ze wilde een man; ze wilde trouwen! Ze was al 21 jaar. Een oude vrijster, zonder man in het vooruitzicht. Hoe was het mogelijk dat zoiets uitgerekend met haar gebeurde terwijl ze toch veel mooier was dan alle anderen?

Enkele maanden later, eind september, ontving oom Levi de laatste brief van Elza, uit Holland, die als volgt luidde:

Amsterdam, 2 augustus 1769

Lieve Papa,

Als u deze brief ontvangt, staan we al op het punt van vertrek of zijn we al aan boord. We schepen in de eerste week van oktober in. Zodoende zijn we al weg uit deze streken, als de najaarsstormen beginnen. We zullen als alles goed gaat, in de laatste week van november of eerste week van december in Paramaribo aankomen. Ik zal heel blij zijn als we weer terug zijn in ons eigen huis, vooral ook, omdat Gideon omstreeks half januari een broertje of zusje zal krijgen. Rutger hoopt dat het nu een meisje wordt. Ik vind alles goed, als het maar gezond is. O ja, papa, u moet Esther en Jacob van harte feliciteren met de geboorte van hun vierde zoon. Ik had voor Esther gehoopt, dat het ditmaal een dochter zou zijn, maar ja, vier zonen is toch ook heel wat, en wat zal er later een waardige kadish[1] voor Jacob en Esther gezegd kunnen worden. Hoe is het met Rebecca en Abraham en hun kleine Zipporah. Verwacht Rebecca ook al een tweede? Wat fijn dat u Leida toch voor twee maanden naar de stad hebt kunnen sturen om bij Amimba te zijn. Hebt u Amimba's jongetje al gezien! Rutger en ik hebben zo gelachen, toen we in uw brief lazen, dat het kind Rutty heet, naar Rutger.

Het is behoorlijk warm geweest hier, soms zelfs veel warmer dan bij ons. Ik heb met Gideon drie weken gelogeerd op het buiten van Annette en haar man. Annette is de derde dochter van oudoom Frederik. Ze hebben vier kinderen, in de leeftijd van vier tot elf jaar. We zijn er met een rijtuig heengegaan; een groot buitenhuis, vlak bij Bussum. Erg mooi. Soms had ik het gevoel dat ik thuis, op Hébron, was.

Gideon heeft zich er best vermaakt; de nichtjes en neefjes speelden veel met hem, en het was dikwijls zo warm, dat hij net als bij ons, bijna bloot kon rondlopen. Dat vond *hij heerlijk, hij haat al die kleren aan zijn lijf. Hij begint al echt te praten en zegt onder andere iets als 'Masha', Maisa en Afanaisa beweren beiden, dat het hun naam is die hij daar zegt. Rutger is ook twee wek en op het buiten geweest. Nicht Marie vindt het jammer dat we weggaan. Ze zegt dat ze de gezelligheid in huis zal missen. Ik denk dat ook Alex het jammer vindt dat we teruggaan. Hij mocht van Rutger soms alleen uitgaan, ik geloof dat hij Amsterdam op zijn duimpje kent. Hij zal de gesprekken met al die kennissen, die hij hier heeft, wel missen. Hij vindt het zo geweldig, dat hij hier zomaar een blanke kan aanspreken en niemand hem dat kwalijk neemt; dat hij kan gaan en staan waar hij wil.*

Als u hem hoort praten, het lijkt wel een echte Amsterdammer. Zo, papa, dat was het dan, groet de hele familie, en ontvang een kus en tot ziens.

Van uw Elza

Oom Levi logeerde net met Rachaël en Sarith in de Saramaccastraat bij Jacob en Esther de Ledesma, ter gelegenheid van Grote Verzoendag.

Traditioneel werd er op die dag gevast en was er 's avonds een groot diner.

Hiervoor werd de tafel gedekt met het prachtige joodse tafelkleed. Het mooie porselein, kristal en tafelzilver werd voor de dag gehaald en opgewreven. Alles blonk en glom. Op de tafel stonden zoveel schotels en gerechten dat er wel honderd mensen van konden eten. Elza's brief was weer het onderwerp van gesprek, vooral het nieuws dat ze gauw terugkwamen en dat ze weer een baby verwachtte.

Sarith zat met een boos gezicht voor zich uit te kijken. Ze ergerde zich; iedere keer als ze Elza's naam hoorde, had ze het wel willen uitschreeuwen. Nu, één ding wist Sarith heel zeker, ze moest ervoor zorgen dat ze getrouwd was voordat Elza en Rutger terug waren. Ze wist nog niet met wie, het kon haar ook niet schelen met wie, maar ze moest en zou een man hebben *en getrouwd* zijn. Dat moest!

Toen de familie twee weken later naar Joden-Savanna ging voor het Loofhuttenfeest, zag ze na aankomst, tussen de al aanwezige gasten Julius Robles de Medina. Die was nu al vijf jaar weduwnaar. Dat was een geschikte kandidaat. O, ze wist wel dat zij en Elza hem vroeger altijd hadden uitgelachen en de bijnaam 'Noso' hadden gegeven vanwege zijn grote neus, maar dat gaf niet. Wel, ze zou al haar vrouwelijke listigheid gebruiken om te zorgen dat hij verliefd op haar werd en haar ten huwelijk vroeg. Het moest allemaal gebeuren in de dagen, dat ze hier op Joden-Savanna zouden zijn.

Julius wist gewoon niet wat hem overkwam, toen die Sarith Ääharon opeens zoveel belangstelling voor hem had. Ze was steeds in zijn buurt, sprak heel lief en aardig tegen hem en was zo geïnteresseerd in zijn twee dochters, die nu twaalf en veertien waren.

Het was begonnen toen ze de eerste dag al naast hem was komen zitten, en had gezegd, dat hij er zoals altijd zo goed uitzag. Hij had haar gevraagd, hoe het met haar stiefzusje Elza in Holland ging. Sarith zou volgens hem wel blij zijn, dat Elza gauw terugkwam, want ze moest haar zusje vast erg missen. Hij wist nog goed, hoe ze als opgroeiende meisjes onafscheidelijk waren geweest, altijd samen, lachend en giechelend, ja hij wist het nog goed. En wat was dit allerliefste tweetal toch opgegroeid tot mooie dames; vooral zij, Sarith, was werkelijk betoverend. Sarith had heel lief en charmant geantwoord, dat hij toch zelf ook zo'n allerliefst tweetal had, zijn dochtertjes Miriam en Hannah. Was het niet moeilijk voor hem die twee lieve kinderen alleen groot te brengen, zo zonder moeder? Julius had gezucht, dat het inderdaad het geval was; maar ze waren meestal in de stad bij hun tante, de zuster van hun moeder. Ze bezochten de Franse school. Was het dan niet saai voor hem, zo alleen op de plantage, had Sarith gevraagd, en Julius had niet anders dan bevestigend kunnen antwoorden. Ja, het was vaak heel saai, zo alleen op zijn plantage, Klein Paradijs, aan de Boven-Commewijne.

Steeds weer was Sarith in zijn omgeving, vol belangstelling voor zijn plantage, voor hem, voor zijn dochters. Ze sprak ook veel met de twee meisjes zelf, die haar al vlug heel aardig vonden. Binnen een week kon Julius Robles de Medina aan niets anders meer denken dan aan Sarith Aäharon. Wat had hij zich toch in haar vergist. Hij had altijd gedacht, dat ze een wuft al te vrolijk en al te vrij meisje was; maar dat was ze niet. Nu hij haar beter had leren kennen, zag hij wat een edel en nobel mens ze toch was, een goede vrouw. Zou hij haar ten huwelijk vragen? Maar hij durfde niet, want ze scheen toch erg veel van uitgaan te houden en hoe zou hij zo'n mooie jonge vrouw, die van uitgaan hield, kunnen vragen om met hem te trouwen en wonen op Klein Paradijs, twee dagen varen van Paramaribo! Toen Sarith echter tegen hem zei, dat er toch niets ging boven de rust van een verre plantage, dacht hij dat hij het toch maar moest proberen.

Heel verlegen vroeg hij haar of ze met hem de rust zou willen delen op zo'n verre plantage. En hij kon zijn geluk niet op, toen ze toestemde. Ze had 'ja' gezegd; die geweldig mooie vrouw, die alle mannenhoofden op hol kon brengen, die alle mannenharten sneller deed kloppen, wilde met hem, Julius trouwen!

Oom Levi en moeder Rachaël wisten niet wat ze hoorden, toen Julius een gesprek met hen had en hen vertelde, dat Sarith had toegestemd zijn vrouw te worden. Hij was wel niet de man die moeder Rachaël eigenlijk voor haar mooiste dochter had willen hebben, maar ja, Sarith was al 21 en ze was de laatste tijd zo humeurig en bokkig. Liever dus Julius Robles de Medina met zijn grote neus, dan helemaal geen man. Het verlovingsfeest werd direct daar op Joden-Savanna gevierd en Sarith zelf zei tegen Julius, dat het helemaal geen zin had om lang te wachten met trouwen. Waarom zouden ze? Meestal was een lange verloving nodig voor de partners om elkaar te leren kennen, maar dat hoefde nu niet. Ze kenden elkaar immers al jaren. En zo werd beslist, dat de bruiloft al over vier weken zou zijn op Klein Paradijs en alle gasten op Joden-Savanna werden direct daarvoor uitgenodigd.

De komende vier weken gingen snel voorbij, alles werd haastig voorbereid en in de derde week van november vertrok de tentboot van plantage Hébron. Sarith ging weg van de plantage waar ze bijna veertien jaar had gewoond. Moeder en oom Levi gingen mee, evenals Kwasiba en Mini-Mini.

Sarith had van haar moeder gedaan gekregen, dat ook Kwasiba bij haar zou blijven. Ze was nog nooit eerder op Klein Paradijs geweest, en was eigenlijk een beetje bang voor al het vreemde; met de vertrouwde Kwasiba en Mini-Mini zou ze zich eerder op haar gemak voelen. Kwasiba was allang blij dat ze ook in de toekomst met haar dochter Mini-Mini samen zou zijn. Ze bleven enkele dagen in de stad waar de rest van de familie zich bij hen aansloot en vertrokken toen allen naar de plantage, die Sariths huis zou worden. Klein Paradijs was een koffieplantage; het huis was aardig, maar niet erg groot. Veel te klein, dacht Sarith teleurgesteld.

Na de bruiloft bleven de meeste gasten nog een dag of acht en Sarith vermaakte zich opperbest met alle feestjes ter ere van haar. Ze was bang geweest van de eerste nacht alleen met Julius. Ze hield niet van hem, dat wist ze heel goed; ze had hem gewoon gebruikt voor haar doel. Maar ze zou haar best doen om aardig tegen hem te zijn. Na hun eerste samenzijn, toen Julius natuurlijk had ontdekt dat Sarith beslist geen maagdje meer was, meende hij dat hij er recht op had te weten wie zijn voorganger was geweest. Sarith vertelde hem over Charles van Henegouwen. Ze deed voorkomen, dat ze een onwetend meisje van vijftien was geweest, dat meende, dat een verliefdheid echte liefde was; en Charles zelf, ook nog jong en niet beter wetend, had daar gebruik van gemaakt. Ze wist zelfs enkele tranen uit haar ogen te persen toen ze zei, dat als ze had kunnen voorzien hoe alles zou gaan, dit nooit gebeurd zou zijn, maar kon Julius haar alsjeblieft vergeven? Dat deed hij graag. Ze moest het maar vlug vergeten. Hij, Julius, zou haar hierover geen enkel verwijt maken, hij was veel te gelukkig dat ze nu van hèm hield.

Toen Elza en Rutger op 30 november in Paramaribo aankwamen en door de rest van de familie werden opgewacht, was het eerste nieuws dat ze hoorden, dat Sarith getrouwd was met Julius Robles de Medina en nu op Klein Paradijs aan de Boven-Commewijne woonde. Elza was heel verbaasd. Was

Sarith getrouwd met 'Noso'? Diezelfde Noso die ze altijd hadden uitgelachen, en die volgens Sarith zo'n zeurpiet was? Wel, ze moest wel erg wanhopig zijn geweest om tot zulk een besluit te komen.

ELZA

Het was fijn weer thuis te zijn, dacht Elza, en de eerste dag liep ze het hele huis door om alle vertrouwde zaken weer te zien. Ook op het erf in de kamers van de slaven, ging ze, ze keek naar Amimba's zoontje, die een dikke stevige baby was, en gaf Amimba wat afgedankte *hemdjes van Gideon. Wat moesten* Maisa, Afanaisa en Alex de eerste dagen veel vertellen. De anderen wilden van alles horen en Elza kon ze vaak allemaal zien zitten op de drempel van Alex' of Amimba's kamer, waar iedereen in een kring om de vertellenden zat. Het meest geliefde onderwerp waarover verteld kon worden, was wel het feit dat in Holland blanken met hun handen werkten.

Eerst hadden de anderen het niet geloofd; Maisa en Afanaisa probeerden hen zeker te foppen. Ook toen Alex het bevestigde, geloofden ze het niet, en misi Elza moest er aan te pas komen en bevestigen dat het werkelijk zo was: in Holland werkten de blanken. En de slaven rolden over de vloer van het lachen, en schaterden dat ze tranen in de ogen hadden. Werkelijk waar?

Wisten die blanken dan hoe ze met hun handen moesten werken? En keer op keer moesten Afanaisa en Maisa voordoen hoe de keukenmeid de aardappels schilde, hoe de werkmeid bezem en emmer hanteerde en hoe in de stal de koetsier de stal en de beesten schoonhield. En iedereen lachte; nee maar, dat was toch wel een kostelijke grap! Blanken die met hun handen werkten, ze konden maar niet genoeg van dit verhaal krijgen en vanaf die tijd werd er in dit huis bij een erg onwaarschijnlijk klinkend verhaal gezegd: 'Kom me niet vertellen dat blanken met hun handen kunnen werken.'*

Elza's tweede kind, weer een jongen, werd geboren op 17 januari, juist een week na de tweede verjaardag van zijn broer. Hij kreeg de naam Jonathan. Net als de eerste keer ging alles prima. Elza voedde het kind zelf en voelde zich na een paar dagen weer kerngezond, maar mocht niet uit bed van Maisa, die ook nu weer volhield, dat opstaan voor de zestiende dag heel gevaarlijk was. Er brak daarna een drukke tijd aan, want de heer en mevrouw Van Omhoog zouden op 27 februari uit Suriname vertrekken en al in de eerste week van maart zou het gezin Le Chasseur verhuizen van de Wagenwegstraat naar de grote herenwoning in de Gravenstraat.

SARITH

Ondertussen vond Sarith Klein Paradijs maar een saai en vervelend oord. Ze ergerde zich, was bokkig en humeurig. Julius was bijzonder lief en vol attenties, maar al dat lieve gedoe van hem irriteerde haar en ze kon zich vaak maar met moeite inhouden, om niet een bits antwoord te geven. Sarith had bedacht, dat ze rond de jaarwisseling naar Paramaribo zouden gaan om bij de verschillende feestjes, zoals van Esther en Jacob te zijn, maar toen ze dit aan Julius voorstelde zei die, dat hij een heel ander plan had. Zoveel jaren had hij de jaarwisseling al op feestjes moeten doorbrengen. Nee, hij wilde wat anders. Hij wilde knus en intiem met zijn lieve vrouwtje alleen zijn op hun eigen plantage, en dit gebeurde dan ook. Wat was Sarith woedend; daar in haar eentje met die Julius te zitten, terwijl er in Paramaribo feesten aan de gang waren. O, ze hoopte dat er vlug iets zou zijn waarvoor ze dringend voor langere tijd naar de stad moest. Mini-Mini moest haar voor tijdverdrijf heel vaak een massage geven. Er viel Sarith wat op bij Mini-Mini. Was het een idee of was ze erg landerig geworden, en toen omstreeks half januari, begreep Sarith opeens wat er met Mini-Mini was; ze was in verwachting!

Sarith was verbaasd. Ze had het meisje toch nooit met een man gezien. Mini-Mini zelf was heel mooi, maar helemaal geen uitdagend type, eerder verlegen. Vaak genoeg had ze opgemerkt, dat mannen naar Mini-Mini keken, en ze wist dat sommige gasten van oom Levi op Hébron wel eens hadden gevraagd, of ze dat mooie slavinnetje niet in hun kamer konden krijgen. Oom Levi had altijd geantwoord, dat hij niets over Mini-Mini te zeggen had, omdat ze de slavin van zijn stiefdochter was. Sarith had wel eens aan Mini-Mini gevraagd of ze zelf met zo'n persoon zou willen slapen en altijd had Mini-Mini geantwoord: 'Ik? Nee misi, ik wil niet.'*

Nu wilde Sarith dan heel graag weten, wie de vader van Mini-Mini's kind was. En Mini-Mini vertelde, dat ze sedert begin van het vorig jaar, toen haar misi zo vaak in de stad logeerde, een jongeman had leren kennen. Ook een kleurling, maar een vrije. Hendrik de Mees heette hij. Ze had hem eerst vaak in de Saramaccastraat, in de buurt van de De Ledesma's gezien en later had hij haar bekend dat hij expres om haar daar zo vaak was. Hij was het kind van een blanke, die zijn slavin had vrijgekocht, en als zijn concubine in een huisje in de buurt van de Gemene Weide had geïnstalleerd. De vader had moeder en kind goed verzorgd, maar was overleden toen de jongen vier jaar oud was.

Met koekjes verkopen had de moeder haar kind grootgebracht. Ze waren arm, maar ze waren vrij. Hendrik had ook leren lezen en schrijven en toen hij een jaar of veertien was, was hij in de leer gegaan bij een schrijnwerker. Daar werkte hij nu nog en verdiende niet veel, maar genoeg voor hem en zijn moeder en om ook een vrouw te hebben. Hij had haar daarna vele keren opgezocht en had stiekem de nacht bij haar doorgebracht (stiekem, want het was verboden voor gekleurde vrijlieden om zich op te houden bij de slaven). Zij was ook wel eens bij hem geweest. Op zondag, want dan was zijn moeder niet thuis. Hij had beloofd dat hij zou sparen, zodat hij haar kon vrijkopen en dan zou ze bij hem kunnen gaan wonen, maar het zou wel een tijdje duren voor het zover was.

'En nu verwacht je al zijn kind?' zei Sarith, toen ze het hele verhaal had gehoord. 'Ja misi,' zei Mini-Mini verlegen, en met schrik bedacht Sarith, dat ze Mini-Mini kwijt zou zijn als ze door haar geliefde werd vrijgekocht. Maar kom, het was nog lang zover niet, en gul beloofde ze het meisje, dat als ze vrijgekocht werd, ze haar kind zou mogen meenemen zonder ervoor te betalen.

Mini-Mini was blij dat ze het verteld had, och die misi van haar was misschien toch niet zo'n kwade. De nieuwe masra was heel aardig. Hij was dol op zijn vrouw, dat kon Mini-Mini goed zien en ook wist ze, dat haar misi niet van de masra hield. Ze hoopte alleen dat de misi zelf geen domme dingen zou doen, zoals indertijd met masra Rutger. De masra gaf haar en Kwasiba soms een geldstuk. Kwasiba kocht er meestal tabak van, maar Mini-Mini spaarde alles wat ze kreeg, zo zou ze misschien kunnen bijdragen aan haar vrijkopen.

Begin februari 1770 was er het bericht, dat gouverneur Crommelin met pensioen ging, en dat de gouverneur ad interim Jan Nepveu nu tot gouverneur was benoemd. De plechtige beëdiging zou plaatsvinden op 8 maart. Ter gelegenheid hiervan zou een groots diner ten paleize zijn en de dag daarna een eclatant bal.

Toen de uitnodiging hiervoor kwam, was Sarith niet meer te houden van blijdschap. Eindelijk iets! Eindelijk weer een feest waarop Sarith kon schitteren. Ze moest zo vlug mogelijk naar Paramaribo reizen om alles klaar te maken. Verwonderd vroeg Julius zich af, waarom dat nu al moest gebeuren, er waren nog bijna vijf weken voordat het zover was. Maar Sarith kon hem overtuigen dat het beslist noodzakelijk was. Ze moest immers haar kleding gaan verzorgen, haar baljapon laten maken. Hij wilde toch zeker niet dat ze ging in een oude baljapon, die iedereen al kende?

De mensen zouden daarover zeker opmerkingen maken, en denken dat hij haar geen nieuwe japon wilde geven. Daar had Julius niet aan gedacht en dus vertrok Sarith reeds vier weken voor de feestelijkheden naar de stad en installeerde zich zoals vroeger in het huis van de De Ledesma's.

Ook Mini-Mini was blij, dat ze naar de stad gingen. Ze zou haar geliefde Hendrik dan zien, en nauwelijks in de stad aangekomen vroeg ze toestemming van misi Sarith om een loopjongen naar Hendrik te sturen.

's Avonds kwam hij bij haar. Was hij blij haar te zien? Verwachtte ze nu een kind? vroeg hij, nu al! Eigenlijk had hij daarop niet gerekend. Ja, hij was al aan het sparen, maar het ging heus niet zo vlug.

Enkele dagen vóór de achtste maart kwam Julius bij zijn vrouw in de stad. Wat was ze uitgelaten en vrolijk. Ze schertste met hem, lachte heel vaak; hij kreeg er maar niet genoeg van om te kijken naar dit mooie schepseltje, dat nu zijn vrouw was. Dolgelukkig kocht hij alles voor haar wat ze maar wilde.

Een heel groot diner werd gegeven in het paleis. Honderden gasten zaten aan de feestelijk verzorgde tafels, zoals altijd de joodse paren afzonderlijk voor hun koosjer bereide spijzen. Ook mensen van lagere stand waren uitgenodigd, zoals de schippers van koopvaardijschepen en andere ingezetenen. Voor hen waren tafels gedekt in een vijftig meter lange loods, die buiten was opgeslagen. Een overvloed van spijs en drank, alles keurig opgediend, en het feest werd die dag besloten met een schitterend vuurwerk.

De volgende dag was hèt grote bal; eerst een receptie, speciaal voor de dames in het huis van Nepveu in de Gravenstraat. Daarna gingen al deze prachtig geklede dames naar het gouvernementspaleis om zich bij hun echtgenoten te voegen voor het bal. Op dat moment lag het oorlogsschip 'Castor' in de haven en de kapitein, Hoogwerf, die natuurlijk ook tot de genodigden behoorde, evenals zijn officieren, kon zijn ogen niet geloven, toen hij al die pracht zag. Zij hadden nooit verwacht zulk een schittering in West-Indië aan te treffen, en ze konden niet anders dan concluderen, dat de mensen in Suriname wel heel erg welgesteld waren.

Sarith zorgde ervoor, dat ze Rutger en Elza niet ontmoette. De dag van het diner was dit heel gemakkelijk, de joden zaten immers apart boven. De volgende dag was het al moeilijker.

Bij mevrouw Nepveu zag ze Elza wel vanuit de verte, en ze zag ook een kring van dames om Elza heen, maar zij zorgde ervoor, dat ze niet in haar buurt kwam. In het paleis echter, tijdens een pauze bij het dansen, kwam Julius opeens met uitgestoken armen op Rutger en Elza af, hij was zo blij hen te zien. Hoe maakten ze het? Hij draaide zich om en vroeg verbaasd: 'Waar is Sarith zo gauw gebleven? We kwamen naar jullie toe, ach, ze zal wel opgehouden zijn door het één of ander en komt straks wel.' Julius vertelde uitgebreid hoe lief Sarith was. Hij klopte Rutger op de schouder en zei, dat hij en Rutger elkaar vast vaak zouden zien, want die twee vrouwtjes waren immers niet alleen zusjes, maar ook onafscheidelijke vriendinnen. Ze moesten zo vlug mogelijk eens naar Klein Paradijs reizen en hun gasten zijn voor een week of twee.

Rutger glimlachte en zei dat het goed was, maar alvast nodigden hij en Elza, Julius en Sarith uit voor een feest in hun nieuwe huis in de Gravenstraat, ter ere van Rutgers aanstelling tot administrateur. Dit feest zou over tien dagen zijn. Ze zouden dan toch nog wel in de stad zijn?

Sarith was helemaal niet van plan om naar een feest bij Rutger en Elza te gaan. De hele familie was uitgenodigd en nog veel andere vrienden, maar Sarith nam zich voor om niet van te voren aan Julius te zeggen dat ze niet ging, want dan zou hij de reden willen weten.

In de middag van de twintigste maart, de dag van het feest, kreeg Sarith zo'n ondraaglijke hoofdpijn, o wat had ze een hoofdpijn, ze kon gewoon haar ogen niet open houden. Ze moest in een donkere kamer liggen, en Mini-Mini moest natte kompressen op haar voorhoofd leggen. Bezorgd zat Julius naast haar bed. Wilde ze de chirurgijn erbij hebben? Maar dat wilde Sarith niet, nee, ze moest gewoon rustig alleen blijven. Ze kon natuurlijk niet naar het feest, daarvoor was ze te ziek. Toen Julius vroeg of hij bij haar zou blijven, antwoordde ze, dat het beter was als hij maar wel ging, ze kon toch niet praten en wilde ook geen geluid horen. Alleen te blijven met Mini-Mini was het beste. Julius verontschuldigde dus zijn vrouw en vertelde aan gastheer en gastvrouw, dat die arme Sarith toch zo'n vreselijke hoofdpijn had. 's Avonds in bed zei Elza tegen Rutger: 'Heb je wel gemerkt hoe Sarith ons ontloopt?'

'Ach, trek het je niet aan, ze draait wel bij,' zei Rutger.

Elza bedacht, dat wat haar betrof, Sarith nooit hoefde bij te draaien. Toch voelde ze als ze aan Sarith dacht een vaag verdriet, een weemoed. Elke keer als ze besefte dat ze haar speelgenootje, de hartsvriendin van haar kinderjaren, verloren had voelde ze dit verdriet om een relatie die zo mooi had kunnen zijn, maar nu voor altijd kapot was.

In de vooravond van de negende maart, de avond van het grote bal ten gouvernementshuize, zat Mini-Mini op de drempel van het kamertje op het erf van de Saramaccastraat. Ze was moe; ze had wel twee uur lang op en neer moeten rennen om haar misi te helpen aankleden, dan weer knielen om iets van voren of van achter recht te zetten; haren opmaken, eerst zo, dan weer op een andere manier, ten slotte was het een hoog opgetooid versierd kapsel geworden, met boven iets als een zeil of een fok van edelstenen. Als laatste moest ze nog even bukken om de zilveren gespen aan de muiltjes goed op te poetsen. Het viel allemaal niet mee als je ruim vijf maanden in verwachting was.

Nu zat ze te wachten op Hendrik. Hij was laat. Toen hij eindelijk kwam, was het schot van acht uur reeds lang gevallen. Hij vertelde dat hij was gaan kijken in de Gravenstraat. In de Oranjestraat, tegenover het huis van Jan Nepveu, hadden drommen mensen gestaan, meest kleurlingen en slaven. Iedereen wilde die schitterende optocht zien, al die dames, in hun rijk versierde kleding. Al hun opsmuk van edelstenen, goud en zilver. Nu, het was ook te zien geweest hoor, wat waren die blanken toch rijk, en bitter had Hendrik eraan toegevoegd dat al die rijkdom ten koste ging van het harde zwoegen en zweten van slaven. Natuurlijk bleef Hendrik die nacht bij Mini-Mini.

De manier waarop Mini-Mini met haar geliefde samen was, was niet zoals ze gedroomd had. Ze sliep in een kamertje waar ook drie andere slavinnen sliepen, die in huis de kindermeisjes waren.

In het donker kon je gelukkig niets zien, maar aan het geschuifel en gebonk op de vloer wisten ze heus wel wat er plaats vond, en ze maakten dan ook steeds plagerige opmerkingen tegen Mini-Mini, die ze altijd voor een stille verlegen figuur hadden gehouden. Als je slaaf was, bestond er nu eenmaal niet zoiets als privacy. En het moest allemaal zo stiekem gebeuren, omdat hij een vrije was. Niemand van de blanken in het huis, behalve haar misi, wist dat Hendrik daar de nacht doorbracht.

Mini-Mini lag op het matje, ze kon niet slapen, ze voelde in zich het kind bewegen; naast haar sliep Hendrik. Mini-Mini droomde over een toekomst als vrije vrouw met Hendrik. Wat hield ze toch van hem, en hij van haar. En straks zouden ze een kind hebben. Het zou lang duren voor hij het geld bij elkaar gespaard had, maar ze zou geduld hebben en ook sparen. Ze was zo dankbaar dat geen enkele masra haar ooit had genomen vóór Hendrik. Gebeurde dat niet altijd met mooie slavinnetjes? En ze was mooi, dat wist ze. Vanaf dat ze heel klein was, had ze altijd iedereen dat horen zeggen. Ze begreep wel dat 'mooi' meestal al gezegd werd, als iemand blank bloed had, en zij had immers een blanke vader. Haar moeder had haar verteld, dat zowel masra Jacob Aäharon als zijn achttienjarige zoon toen met haar sliepen. Eén van die twee was dus haar vader, maar Mini-Mini had daaraan heus niet veel, ze was gewoon een slavin. Wat gaf het dat je mooi was als je toch een slavin was? En het was heus niet alleen haar lichte kleur, die maakte dat men haar mooi vond, ze had een mooi figuur, kleine ronde borsten, een mooi gesneden gezicht, gave witte tanden en grote donkerbruine ogen. Het haar was zwart met krullen, het hing tot midden op haar rug, meestal had ze het in een vlecht bijeen. Hoe vaak had ze mannen, blank en gekleurd niet begerig naar haar zien kijken, maar door het feit, dat ze misi Sariths bezit was, had gelukkig geen enkele man misbruik van haar kunnen maken. Daarvoor was ze de misi in ieder geval dankbaar. Het kon natuurlijk anders worden, nu de misi een masra had, maar deze was een aardig en goed mens. Hij hield zoveel van zijn vrouw, dat hij heus niet gauw naar een slavinnetje zou grijpen en zij had nu gelukkig haar Hendrik.

Mini-Mini hoorde het rijtuig het erf oprijden, en begreep dat de familie thuis was gekomen. Vlug stond ze op, knoopte een schouderdoek om en haastte zich naar het huis, waar haar misi en masra net de trap op naar boven gingen.

Misi Sarith was zo vrolijk. Ze vertelde aan Mini-Mini, dat ze doodmoe was. Ze had zoveel gedanst, het was geweldig geweest, en alles zo mooi, iedereen had haar ook mooi gevonden en ze had zoveel complimenten gehad over haar kunstig kapsel. Dat had Mini-Mini dan toch mooi gemaakt. Ze zou haar daarvoor morgen wel een beloning geven.

Masra Julius keek met een glimlach naar zijn vrouw, die zo tevreden en blij was, tastte in zijn zak en gaf Mini-Mini een muntstuk, terwijl hij zei: ‘Hier Mini-Mini, je beloning, want misschien vergeet de misi het morgen.’*

Toen Mini-Mini in het kamertje op het erf terugkwam, was Hendrik weg.

Misschien was hij naar de plee op het erf gegaan, maar toen hij na een tijdje nog niet terug was, ging ze zelf even kijken.

'Zoek je je vriend?' vroeg Nestor, de slaaf die koetsier was en bezig was het rijtuig af te halen, 'hij is weg, hoor.'*

Mini-Mini ging weer naar binnen. Waarom was Hendrik weggegaan? Zo middenin de nacht? Och, misschien was hij bang zich de volgende ochtend te verslapen, ze zou het hem morgen wel vragen.

Maar de volgende avond kwam Hendrik niet, en ook de daaropvolgende avond niet. Mini-Mini stuurde een loopjongen naar zijn huis, met de boodschap dat hij vlug bij haar moest komen. De jongen zei dat hij de boodschap had afgegeven aan Hendriks moeder; maar nog steeds kwam Hendrik niet. De zondag daarop besloot Mini-Mini dan zelf naar zijn huis te gaan. Ze wist dat zijn moeder op zondag meestal weg was. Toen ze bij het huisje aankwam, was alles dicht. Er was niemand thuis.

Een buurvrouw, die bij een geopend raampje zat en haar om het huisje heen zag lopen, zei vriendelijk: 'Wie zoek je zo?'* 'Hendrik,' antwoordde Mini-Mini. 'Hij is net weggegaan met zijn vrouw,'* was het antwoord. 'Met zijn vrouw? Misschien bedoelt misi zijn moeder?*

'Nee, zijn moeder is er niet, maar Hendrik heeft nu een vrouw, misi Meta, een mooie mulattin, ze zijn die kant opgegaan.'*

Het was Mini-Mini alsof ze een harde klap in het gezicht kreeg. Had Hendrik nu een vrouw? Sinds wanneer dan? Zij was toch zijn vrouw? Langzaam liep ze weg van het huisje en in trance liep ze terug naar de Saramaccastraat terwijl traan na traan uit haar ogen rolde. De hele dag zat ze met haar hoofd in de handen treurig voor zich uit te staren, dat zelfs misi Sarith tegen haar zei: 'Wat is er, Mini-Mini, ben je ziek? Ga maar even slapen.'*

Mini-Mini bedacht dat ze Hendrik moest zien te spreken en de volgende dag wachtte ze hem op in de Steenbakkersgracht, waar hij werkte bij de schrijnwerker. Toen hij de deur uitkwam om naar huis te gaan, stond ze opeens voor hem: 'Mini-Mini!' zei hij geschrokken. Met haar zachte stem vroeg Mini-Mini wat er waar was van wat de buurvrouw had gezegd, en waarom hij niet meer bij haar kwam.

Hendrik zuchtte eens; ja, het was waar, hij hield wel van haar, maar ze was een slavin. Wanneer zou hij nu zoveel geld bij elkaar hebben om haar vrij te kopen? Het zou jaren duren, en wat moest hij dan doen al die jaren? Zij op de plantage, af en toe een weekje in de stad, en hij hier alleen. Hij vertelde haar maar niet dat zijn moeder zoveel bezwaren had gemaakt en hem zo dom had gevonden om verliefd te worden op een slavin, al was ze mooi en een kleurlinge, een slavin was ze toch maar, en hij met zijn lichte kleur en bijna glad haar kon toch zoveel andere mooie vrouwen krijgen. Het was zijn moeder die ervoor gezorgd had dat hij Meta ontmoette. Het had toen niet lang geduurd of Meta was bij hen komen wonen.

Met neergeslagen ogen hoorde Mini-Mini wat Hendrik allemaal tegen haar zei. Ze wist wel, een andere vrouw had dit niet genomen. Die zou geschreeuwd hebben, gevochten, naar die Meta zijn gegaan en haar geklapt en geslagen hebben. Maar zij, Mini-Mini, kon dat niet, ze was zo verlegen en zo zacht van aard, ze had nooit tegen geweld gekund. Ze draaide zich om en ging weg. Dat was het dan! Voorbij Hendrik! Voorbij vrijheid! Alles was een droom geweest. 's Nachts op haar matje huilde ze, ja een droom was alles geweest. Alleen het kind. Dat was geen droom, dat was werkelijkheid. Ze legde haar hand op haar buik en voelde het kind bewegen. Ze nam zich voor dat ze, hoe dan ook, ervoor zou zorgen dat dit kind geen slaaf zou worden. Het zou als slaaf geboren worden, daar was geen ontkomen aan, maar ze zou elke cent sparen, en als het kind groot was, zou ze het vrij kopen om het al die vernedering en ellende van de slavernij te besparen. Want daarom had Hendrik haar afgewezen. Omdat ze een slavin was. Mini-Mini dacht aan wat Hendrik verteld had en wat de misi verteld had over dat bal bij de gouverneur, waar al die blanken geschitterd hadden met hun goud en juwelen, waar de tafels vol waren geweest met spijzen en dranken. Al die geweldige herenhuizen in de stad, rijtuigen, duur meubilair, alles verkregen door de slavernij.

Slaven, mensen, die een bezit waren van een groepje blanken en voor hen moesten werken en zwoegen om die zo noodzakelijke *producten te produceren*. En Mini-Mini vroeg zich af, of die blanken wel beseften wat ze dronken als ze dat kopje naar hun mond brachten. Of ze ooit wel beseften, hoe duur dit allemaal wel was, welke prijs er werd betaald voor de koffie en voor de suiker!

Julius wilde na het feestje weer terug naar Klein Paradijs, maar Sarith had nog geen zin. Ze konden toch nog niet weggaan? Op 16 maart was de nieuwe gouverneur gehuldigd bij publieke gebeden in de synagoge in de Heerenstraat. Deze gebeurtenis was speciaal ter ere van gouverneur Nepveu, die de joden een goed hart toedroeg, en niet zoals zoveel andere blanken de joden eigenlijk als tweederangsburgers wilde gaan beschouwen. De nieuw aangekomen blanken in Suriname schenen niet goed te beseffen dat het juist de joden waren geweest, die begonnen waren deze kolonie tot bloei te brengen.

Zij waren als eerste grote groep hier naar toe gekomen, hadden zich gevestigd, meest aan de bovenloop van de rivieren, waren plantages begonnen en hadden van het geld dat ze verdienden grote bedragen afgestaan aan het gouvernement, om te kunnen zorgen voor het onderhoud van de kolonie. Nu ging het vele joden minder goed. De grond van hun plantages, vaak al ruim honderd jaar in gebruik, raakte uitgeput, werd onvruchtbaar en als ze grond vroegen aan de benedenloop van de rivieren, waar nu veel plantages ontstonden, werd hun dit geweigerd, enkel en alleen omdat ze joden waren.

De hele joodse gemeenschap hoopte, dat met de benoeming van Jan Nepveu hierin verandering zou komen, en ze wilden hem heel graag tonen hoeveel vertrouwen ze in hem hadden. De dienst in de synagoge was dan ook een onderdeel hiervan. Alles was prachtig versierd, ook de hele ingang tot aan de straat. De hele gekleurde bevolking van Suriname stond zich ook nu weer te vergapen aan de pracht, die hier tentoon werd gespreid.

Rijtuigen reden af en aan, voetgangers, begeleid door slaven, allen in de prachtigste kleren. Drie weken later, op 4 april, was er een receptie ten huize van de joodse leraar en assistent-rabbi Abraham Cohen, in het huis op de hoek van de Klipstenen- en Herenstraat.

Nu, Rebecca was toch Sariths zuster, zij en Julius konden toch niet weggaan vóór de receptie, ze moesten hierbij aanwezig zijn. Julius gaf zijn vrouw haar zin, maar daarna moesten ze toch echt weg, hij moest beslist voor de zware regens inzetten terug zijn op zijn plantage.

Toen ze terug voeren naar Klein Paradijs, regende het al. Ze kwamen na een natte en vermoeiende reis van twee dagen in een zware bui op de plantage aan. Mini-Mini hield de paraplu boven misi Sariths hoofd toen ze uitgestapt waren. Misi Sarith liep zo snel, Mini-Mini kon haar nauwelijks bijhouden. De natte kleigrond was zo glibberig en daar gleed Mini-Mini uit. Met in de ene hand een paraplu en in de andere een grote zak, kon ze zich nergens aan vastgrijpen. Met een harde smak kwam ze op de grond terecht. 'Mini-Mini toch,' riep misi Sarith en liep snel door naar binnen. Mini-Mini voelde een hevige steek in haar zij, ze probeerde op te staan, maar het ging niet. De masra die nog bij de boot stond en alles had gezien, kwam haar helpen om op te staan. Hij riep Benny, zijn slaaf, en samen ondersteunden ze Mini-Mini naar binnen. Daar kwam Kwasiba vlug aanlopen om haar dochter te helpen.

Die nacht werd Mini-Mini's kind geboren, ruim twee maanden te vroeg. Het leefde al niet meer toen het ter wereld kwam. Kwasiba zei heel zachtjes: 'Arme, och arme!'* en wilde het kind wegbrengen, voordat Mini-Mini het ge*zien had, maar die richtte* zich op en zei: 'Laat het me zien, ma.'*

Ze keek naar het stille jongetje, dat heel lichtbruin van kleur was en dunne zwarte donshaartjes op het hoofd geplakt had. Ze drukte een kus op het voorhoofdje dat al koud begon te worden en gaf het aan haar moeder. Stil lag ze neer, er kwamen geen tranen, voor zo'n intens verdriet waren er geen tranen meer.

Sarith was behoorlijk onder de indruk van wat met Mini-Mini gebeurd was. Ze kwam een paar keer bij Mini-Mini in het kamertje, en streelde de hand van het meisje, dat daar zo stil lag. Arme Mini-Mini. Wat erg dat ze haar kind had moeten verliezen.

Sarith had Mini-Mini willen vertellen, dat ze sinds een paar weken dacht dat ze zelf ook in verwachting was. Toen ze het vermoeden kreeg, had ze direct bedacht hoe goed het was, dat Mini-Mini dan zelf ook een kind zou hebben. Ze zou dan een goede min hebben om haar kind te zogen, en verder zou haar kind een speelgenootje hebben, en als ze van hetzelfde geslacht waren kon ze Mini-Mini's kind aan haar kind geven. Dat ging nu niet door. Ze vertelde maar niet, dat ze zelf in verwachting was. Dat zou nu te pijnlijk zijn voor dit arme meisje, dat stil en verdrietig op haar matje lag.

Mini-Mini kende het lichaam van haar meesteres echter misschien nog beter dan die zelf, en toen ze na een week weer op was en haar bij het aankleden hielp, vroeg ze zachtjes: ‘Krijgt misi een kind?’*

Wat was Julius blij toen zijn vrouw hem vertelde dat ze in verwachting was. Hij was meteen bezorgd. Ze moest nu heel voorzichtig zijn en mocht zich beslist niet vermoeien of inspannen. Met schrik bedacht Sarith, dat hij daarmee kon bedoelen dat ze niet meer naar de stad moest gaan. Na ongeveer twee maanden hield Sarith het niet meer uit. Ze werd gek van de stilte en de saaiheid op Klein Paradijs. Niets te beleven op andere plantages in de buurt. Meest oudere echtparen, geen feestjes, geen partijtjes. Verder was ze ook nog bang, want de aanvallen van de marrons werden steeds erger.

De Boni-negers vielen steeds meer plantages aan, vaak vermoordden ze *alle blanken en zetten ze de slaven vrij*. O, het was werkelijk angstaanjagend! Sarith wilde naar de stad! Ze was bang. Toen ze dit tegen Julius zei, antwoordde hij dat ze echt niet bang hoefde te zijn. Die Boni’s vielen alleen plantages aan, waar de meesters slecht waren voor de slaven. Hij stond bekend als een goede meester, hij had trouwe slaven, niemand wilde weglopen van zijn plantage, en zelfs al zou er een overval zijn, dan zouden alle slaven voor hem vechten. Bovendien waren er zoveel militaire posten in deze omgeving. Geen enkele Boni zou zo ver durven komen. Was immers niet vlakbij hun plantage een militaire post?

Toen echter bekend werd, dat die militaire post was overvallen door de Boni's, vijf militairen gedood en de anderen gevlucht, was Sarith niet meer te houden. Ze huilde, wrong haar handen en verweet Julius dat hij niet van haar hield, anders zou hij haar niet aan zulke gevaren blootstellen, en dat juist nu ze in verwachting was. Goed, goed dan, ze kon naar de stad gaan, voor enkele weken dan, want het gouvernement zou zeker versterking sturen en een grotere, sterkere militaire post daar maken. Zelf kon hij niet mee nu, maar hij zou Benny met haar meesturen. Eind juni ging Sarith dus naar de stad met de bedoeling om voorlopig zeker niet meer naar *Klein Paradijs* te gaan.

Na een week of zes kwam Julius zelf ook naar de stad; hij miste zijn vrouw. Wilde ze alsjeblieft mee terug, alles was veilig, de militairen hadden de situatie goed in de hand. Sarith stemde toe. Ze had bedacht, dat ze aardig voor hem moest zijn, want ze had al gehoord dat de joodse gemeenschap een groot feest organiseerde op Joden-Savanna in oktober. Dit zou zijn voor de 85ste verjaardag van de synagoge en voor het Loofhuttenfeest. Gouverneur en mevrouw Nepveu zouden speciale gasten zijn. Wel, Sarith moest dan zeker van de partij zijn en daarom was het beter om Julius zijn zin te geven en voor een paar weken maar weer naar de plantage te gaan.

Daar verveelde ze zich, liep doelloos rond, zat hangerig in een luie stoel, terwijl Mini-Mini, Kwasiba en andere huisslavinnen bezig waren met kleertjes maken voor de baby.

Sarith keek naar haar lichaam, dat groter werd, en bedacht dat een kind hebben wel leuk was, maar dat het toch vervelend was, dat het moest groeien in het lichaam van de moeder, die daardoor maar een akelig figuur kreeg. Met schrik bedacht ze, dat in oktober als de feesten er zouden zijn, haar lichaam *nog veel groter zou zijn en dat ze* dan niets zou hebben om aan te doen.

Ze moest beslist weer naar Paramaribo om japonnen te laten maken die haar conditie wat zouden kunnen verbloemen. Toen ze dit tegen Julius zei, zei hij verbaasd: ‘Maar Sarith, je bent pas drie weken terug, al dat op en neer gereis kan toch nooit goed voor je zijn?’

‘Maar ik moet nieuwe kleren hebben voor het feest, niets past me meer,’ riep Sarith uit. ‘Kwasiba en Mini-Mini kunnen hier toch wat voor je maken?’

merkte Julius op. ‘Wat? Dacht je heus dat ik op een feest van de gouverneur kan verschijnen in japonnen gemaakt door slavinnen? Wil je heus dat ik door iedereen uitgelachen en bespot word?’ En weer huilde ze, omdat Julius haar niet begreep en haar straks bij zo’n belangrijke gebeurtenis voor gek zou willen laten lopen. Julius kon niet op tegen deze vrouwenlogica en stemde maar weer toe.

Begin september voer Sarith dus weer naar de stad, en installeerde zich in het huis van haar zuster, nu om bij de beste naaisters japonnen te laten maken. In de laatste week van september kwam Julius ook naar Paramaribo om dan samen met zijn vrouw en de schoonfamilie naar Joden-Savanna te reizen. Eerst naar Hébron, waar ze enkele dagen zouden blijven, voordat ze verder gingen.

Het was onvermijdelijk, dat Sarith en Elza elkaar ontmoetten, nu ze allen samen op Hébron logeerden, maar Sarith wist het toch zo klaar te spelen, dat ze nooit alleen was met Elza of Rutger. Hoewel Rutger en Julius vaak met elkaar spraken, had Sarith altijd wel iets anders te doen als Elza in de voorzaal kwam of op de voorveranda.

Kwam Elza door één deur de eetzaal binnen, dan verliet Sarith die door een andere. Was Elza met haar kinderen in het prieeltje, dan was Sarith op haar kamer of ergens binnen. Elza merkte dit alles wel, maar zei er niets van. Ze zou trouwens niet weten hoe ze met Sarith had moeten spreken. De families hadden afgesproken om de kleinere kinderen niet mee te nemen naar Joden-Savanna. Alleen de tweeling van Esther en Jacob, die nu al zeven was, ging mee. De twee andere jongetjes van Esther, evenals Gideon en Jonathan van Elza, en Zipporah van Rebecca, bleven allen met hun slavinnen op Hébron, dat was rustiger en vooral veiliger, vond Elza.

Wat een prachtige feesten waren dat op de Savanna. Na de erediensten in de synagoge, uitgebreide maaltijden en bal na bal. Ondanks haar conditie danste Sarith tijdens bijna alle stukken. De naaister had goed werk geleverd en prachtige japonnen gemaakt met wijde rokken of een satijnen jakje tot over de heupen, zodat er bijna niet te zien was, dat ze al ongeveer zeven maanden in verwachting was. Ze genoot, ze was nog steeds de begeerde vrouw met wie alle mannen wilden dansen. In het gevolg van de gouverneur waren verschillende knappe kapiteins en luitenants; deze maakten haar zo duidelijk het hof, dat Julius af en toe ingreep en met haar ging dansen, zodat iedereen goed kon beseffen, dat ze zijn vrouw was.

Elza en Rutger hadden hand in hand gelopen door Joden-Savanna, herinneringen ophalend van vijf jaar geleden, toen ze elkaar daar voor het eerst ontmoetten. ‘Weet je nog hoe boos je werd, toen ik zei, dat je wel erg wijs was voor een jong meisje?’ vroeg Rutger lachend. ‘Ja, maar je zei het ook echt alsof je dacht, dat alleen mannen wijs konden zijn,’ antwoordde Elza.

‘Waar is de tijd gebleven? O ja, had jij gedacht dat we hier weer zouden staan als man en vrouw?’ vroeg Rutger weer, ‘vader en moeder van twee zonen!’ Elza lachte, ze stonden stil en keken over de vallei, Rutger nam haar in zijn armen en kuste haar. Toen ze terugliepen, hoorde Elza Sariths lach opklinken. Ook dat was al zo’n vijf jaar geleden, dacht ze, maar wat er ondertussen tussen ons gebeurd is, weet verder niemand, behalve wij drieën.

Na het vertrek van de gouverneur en zijn gevolg gingen de feesten nog een week door op Joden-Savanna, maar Elza en Rutger bleven niet tot het einde, want Rutgers werkzaamheden lieten het niet toe dat hij zolang wegbleef van zijn kantoor.

Sarith en Julius bleven op aandringen van Sarith tot het eind, en het was al de laatste week van oktober toen ze in Paramaribo arriveerden. Na enkele dagen bij de De Ledesma's in de Saramaccastraat zei Julius: 'Wel Sarith, het wordt tijd dat we teruggaan.' 'We?' vroeg Sarith verbaasd, 'niet we hoor Julius, want ik ga niet mee!'

'Wat bedoel je, je gaat niet mee. Je kan toch niet hier blijven? Straks wordt je kind geboren, dan moet je toch in je eigen huis zijn?'

'Je wilt toch niet dat ik nu naar de Boven-Commewijne reis!' riep Sarith. 'Je zegt zelf dat ik het kalm aan moet doen, en dan wil je dat ik een vermoeiende tocht heb van twee dagen in een boot!'

'Het zal minder vermoeiend zijn dan het vele dansen dat je pas hebt gedaan. Ik zal een luie stoel met kussens in de boot laten zetten,' zei Julius. 'Maar ik ga niet mee, het is daar veel te gevaarlijk met al die Boni-negers, die plantages aanvallen.' 'Onze plantage vallen ze heus niet aan.' 'Ik wil niet weg, o nee, ik wil niet, stel dat er iets niet goed gaat, dan is er niemand om me te helpen!' Sarith begon al te schreeuwen. 'Daar hoef je echt niet bang voor te zijn, je hebt toch Kwasiba en verder hebben we een uitstekende vroedvrouw op de plantage, Nene Trude, ze helpt alle slavinnen bij bevallingen en alles gaat altijd goed.' 'Dus je wilt me door haar laten helpen, hè, wat goed genoeg is voor slavinnen is ook goed voor je vrouw zeker. Ik wil niet hoor, ik wil mijn moeder bij me hebben als het zover is, o, zie je wel, je houdt niet van me, anders zou je nooit zo met me doen.' Sarith begon van woede te huilen.

'Maar liefje toch.' Julius wist niet hoe gauw hij zijn vrouwtje moest troosten. 'Je moeder kan toch op Klein Paradijs bij je komen? Ze kan voor mijn part bij je blijven, als je dat graag wilt.'

'Dacht je dat? Dacht je dat mijn moeder naar zo'n ver oord zou willen komen? Mijn moeder wil altijd in de stad zijn in december. Hier in Paramaribo, elk jaar is ze hier in die tijd.' Sarith huilde nu hardop, want ze dacht aan de feesten die er altijd waren rond de jaarwisseling, en zij zou doodgaan van ellende als ze dan in die tijd weer op de plantage zou moeten zijn, zoals vorig jaar, terwijl iedereen in de stad feest vierde. 'O zie je wel,' riep ze bijna huilend uit, en ze begon te stampvoeten en met voorwerpen te smijten. 'Ik wil niet naar de plantage, hoor je, ik wil niet, je gunt me niets, je wilt niet eens dat ik bij mijn moeder ben in een moeilijke tijd, zie je wel, je houdt niet echt van me' en ze snikte. Huilen en stampvoeten en schreeuwen 'ik wil, ik wil', dat was altijd haar beproefde methode geweest. Als een echt verwend kind had ze steeds haar zin gekregen als ze zo tekeer ging, en ook nu had haar gehuil en geschreeuw succes, want Julius, helemaal ontdaan door deze uitbarsting, knielde bij haar neer en zei sussend: 'Nee lieveling, ik had dat allemaal niet zo bedacht, maar je hebt gelijk. Blijf maar gerust hier; maar bezwaren we de De Ledesma's niet te erg? Het is wel je familie, maar toch, kan dat allemaal wel?' Esther zei evenwel, dat het zeker geen bezwaar was als haar zusje bij haar bleef. Dit huis was immers bijna als Sariths ouderlijke woning. Ze zouden goed voor Sarith zorgen. Hij hoefde niet bezorgd te zijn. Zo vertrok Julius alleen naar zijn plantage, bedroefd bedenkend, dat het allemaal wel anders ging dan hij zich had voorgesteld.

Op 4 december werd Sariths kind geboren. Het was geen gemakkelijke bevalling, vooral omdat Sarith zelf erg bang was voor al dat onbekende en zich gedroeg alsof ze de eerste vrouw was die een kind ter wereld bracht. Het hele huis was die nacht in rep en roer. Kwasiba, die voor alle zekerheid door Julius ook maar naar Paramaribo was gezonden, rende trap op en af met heet water en mopperde op die misi, die zich door haar angst niet kon ontspannen en alles bemoeilijkte.

Mini-Mini zat op haar knieën naast het bed, veegde misi's voorhoofd af, hield haar handen vast en sprak bemoedigende woordjes.

Toen het jongetje geboren was en eens flink gehuild had, was Sarith eindelijk gerust en toen ze het kind naast zich op bed had liggen en Mini-Mini haar gezicht gewassen had, en haar haar kamde, zei ze: 'Hij is mooi hè, Mini-Mini?'* en deze zei zachtjes: 'Hij is mooi ja, misi,'* bedroefd denkend aan een ander jongetje, dat een paar maanden eerder geboren was, en niet had mogen leven.

Jacob de Ledesma zorgde ervoor dat zijn zwager zo vlug mogelijk hoorde dat hij een zoon had en vier dagen later was Julius al in de stad. Gelukkig keek hij naar zijn vrouw. Hij was zo blij, dat hij weer een zoon had. 'We noemen hem Jethro,' zei hij. 'Jethro, waarom Jethro?' vroeg Sarith, ze had een heel andere, veel modernere naam willen hebben. 'Dat is een echte mooie betekenisvolle naam uit de Thora,' zei Julius. 'Je weet toch dat Jethro de schoonvader was van Mozes, één van de Richteren van het volk? En Jethro betekent groots en geweldig; zo zal onze zoon vast ook zijn.'

Sarith was het helemaal niet eens met die naam, ze vond het zo'n belachelijke gewoonte van vele joodse families, die al hun kinderen opzadelden met allerlei namen uit de Thora. Jethro! Wat een naam! Even stom bijna als haar eigen naam, Sarith, wie heette er nu Sarith?

Toen ze een keer aan haar moeder had gevraagd hoe die toch aan de naam van Sarith was gekomen, had moeder Rachaël verteld dat Sarith was genoemd naar haar moeders zus Sarah en haar jong gestorven zusje Judith. Die combinatie van beide namen had 'Sarith' gemaakt. Stom hoor, en nu kreeg *haar kind ook* al zo'n naam, 'Jethro', en dat, terwijl er zulke mooie namen waren als Edward en Arthur en Cedric. Maar goed, ze moest niet tégen alles zijn wat haar man zei, en het kind kreeg dus de naam van Jethro.

Volgens joods gebruik was precies op de achtste dag de berith, de besnijdenis. De rabbi kwam dit ritueel verrichten, dat plaatsvond in de grote voorzaal. Zoals bij vele joodse tradities was ook dit voornamelijk een mannenaangelegenheid. Een oneven aantal mannen stond in de kamer, allen met het hoofd bedekt en het gezicht gericht naar het oosten. Nadat er verschillende gebeden waren gezegd en gezongen, en de rabbi alles gereed had, werd het kind binnen gebracht. De kleine Jethro lag met ontbloot onderlijfje op een wit kanten kussen en werd zo door Kwasiba naar binnen gebracht. Ze legde het kussen op een tafeltje voor de rabbi en ging daarna buiten de kamer staan. Jethro schreeuwde heel hard. Zijn kleine gezichtje was helemaal rood en kleine zweetdruppeltjes stonden op zijn voorhoofd. Men had hem die ochtend namelijk met opzet niet gevoed. Na de besnijdenis zou hij dan goed honger hebben en flink zuigen. Uitgeput en met een volle maag zou hij daarna in slaap vallen, dat zou het beste zijn voor de genezing van de wond.

Er was natuurlijk ook weer een feest aan verbonden. Het huis van de De Ledesma's was vol mensen, iedereen liep af en aan en Sarith vond het erg jammer, dat zij boven in bed moest liggen.

Ook Elza en Rutger waren van de partij. De mannen hoefden natuurlijk niet in de kamer van de kraamvrouw te gaan, en Rutger kon Julius beneden van harte feliciteren met de geboorte van zijn zoon. Voor Elza was het moeilijker. Ze kon niet wegblijven uit de kamer van Sarith, en ze wilde eigenlijk ook het jongetje goed zien. Samen met veel andere dames ging ze naar binnen, keek even in het wiegje en bleef zelf tegen de muur staan, terwijl ze Gideon het cadeautje in handen gaf met de boodschap om het aan die tante in bed te geven en te zeggen: 'Hartelijke gelukwensen', en Gideon die al bijna drie jaar was, deed dit heel keurig.

Julius begreep wel, dat zijn vrouw nu nog niet kon reizen en hij bleef ook nog in de stad. Ondertussen werd het al eind december; Sarith kon al uit bed, en bij het oudejaarsfeest was ze al zo goed, dat ze kon dansen. Blij dat haar figuur niet lelijk was geworden en dat ze er weer goed uitzag.

Ze voedde het kind niet zelf. Ze wilde haar mooie borsten helemaal niet bederven met een kind zogen. Gelukkig was er bij de De Ledesma's een slavin die zelf een baby had, en die kon dat dus doen. Omstreeks half januari vond Julius dat het nu toch wel echt tijd was om naar de plantage te gaan, maar Sarith weigerde.

Julius begreep er niets van, ze was toch al sterk genoeg, alles was goed, kijk maar hoe ze had kunnen dansen de afgelopen weken. Sarith zei, dat met haar wel alles goed was, maar dacht hij dan helemaal niet aan het kind. Wie ondernam er nu zo'n vermoeiende reis met een baby van zes weken? En zie maar eens hoe het regende. Het kind zou zeker kou vatten. Wilde hij misschien dat het kind kou moest vatten en dood gaan. 'Maar we kunnen het toch goed inpakken en het ligt in een wiegje,' bracht Julius naar voren. 'En de voeding dan, de min? Dat is toch Esthers slavin, hoe moet het kind dan gevoed worden,' zei Sarith. Julius dacht dat hij misschien de slavin zou kunnen kopen. 'Dat zal niet gaan,' antwoordde Sarith. 'Esther zal haar nooit verkopen, ze heeft haar zelf veel te hard nodig.' Julius kon niet inzien hoe in een huishouding met wel 30 slaven, één slavin zo hard nodig zou zijn, maar goed, als Esther niet wilde verkopen, zouden ze haar dan voor een tijdje mogen lenen. Ook dat werd tegengesproken door Sarith, en ze begon klagerig te huilen dat Julius toch zo'n dwingeland was en altijd zijn zin wilde doordrijven, nooit eens rekening hield met haar en nu zelfs aan zijn eigen kind niet wilde denken. Dus gaf Julius maar weer toe en reisde alleen naar Klein Paradijs, Sarith en Jethro achterlatend.

Sarith leefde weer net als vroeger, ze ging uit, naar feestjes, naar partijtjes, het kind werd gezoogd door de min en verder verzorgd door Mini-Mini.

Maar ook Esther vond, dat Sariths gedrag niet was zoals het hoorde; ongerust keek die toe, hoe haar zusje van het ene feest naar het andere ging en helemaal scheen te vergeten dat ze nu een getrouwde vrouw was. Toen ze hierover een opmerking tegen Sarith maakte, bedacht die dat in de stad zijn wel fijner was dan op Klein Paradijs, maar gecontroleerd worden door je zus was ook niet alles. Nee, ze zou ervoor moeten zorgen een eigen huis in Paramaribo te hebben. Dat moest ze van Julius gedaan krijgen. Een eigen huis, met meubilair en slaven. Ze hoefde dan geen gebruik te maken van de gastvrijheid van anderen en kon in de stad blijven zolang als ze wilde. Ze moest nu echt lief doen tegen Julius, en toen hij ruim een maand later weer in de stad kwam, stemde ze onmiddellijk toe om met hem mee terug te gaan naar Klein Paradijs.

Hoofdstuk IX

RUTGER

Een uitnodiging voor een feest op plantage Lust en Rust was net bezorgd. Rutger zat op kantoor en hield de kaart in zijn hand. Alweer een feest. Hij had er helemaal geen zin in, want dat betekende weer vijf dagen van kantoor weg. En alle feesten waren toch altijd hetzelfde. Die werden alleen gegeven om te laten zien hoe welgesteld men wel was. Schittering van dure kleding, juwelen; de huizen met het duurste meubilair, kristal, zilver en porselein. Een overvloed van spijs en drank. De planter deed het goed! Wat een bloei, wat een welvaart!

Al deze weelde en pracht, al deze overdaad was echter meer schijn dan werkelijkheid, dacht Rutger bij zichzelf. De stad Amsterdam had in april 1770 het aandeel van de familie Van Sammelsdijck gekocht. De kolonie behoorde nu dus voor tweederde deel aan Amsterdam, en voor eenderde deel aan de West

Indische Compagnie. Reeds ten tijde van gouverneur Mauricius waren vele Amsterdamse banken en handelshuizen van mening, dat de plantages in de West de beste geldbelegging waren. In de zestiger jaren werden hoge prijzen betaald voor suiker, koffie en cacao. De meeste producten werden naar Amsterdam vervoerd.

De jaarlijkse waarde van deze producten liep in de miljoenen. Vooral deze stad maakte grote winsten en het was geen fantasie, dat vele van die prachtige herenhuizen aan de beroemde Amsterdamse grachten verkregen werden door de plantagetijd in Suriname, en het zwoegen, zweten en bloeden van duizenden slaven.

In ieder geval wilden Amsterdamse handelshuizen maar al te graag hun geld stoppen in plantages in Suriname. Ze stuurden daarvoor agenten naar het land, die de volmacht hadden om aan de planters geld op rente aan te bieden. Lukte dit, dan kreeg de agent zelf ook weer een percentage als provisie. De kolonisten werden helemaal verblind door al dit voorgespiegeld geluk. Iedereen wilde opeens planter worden. Mensen die nauwelijks een cacao- van een koffieplant konden onderscheiden, lieden die dachten dat er korreltjes suiker uit het uitgeperste suikerriet vielen, ja iedereen, of hij nu eerst schoenmaker, slager of nietsnut was geweest, moest planter worden en zag zichzelf al als rijke plantage-eigenaar in zijn luie stoel op de veranda zitten.

Anderen, die een kleine plantage hadden, wilden die tot driemaal vergroten. Weer anderen wilden de plantage die ze nu hadden verkopen om een andere, grotere, met betere producten te beginnen. En het betaalde, want men had al geld en men was al rijk nog voordat de eerste spade in de grond was gestoken. Allerlei praktijken werden toegepast om aan veel geld te komen. Omgekochte taxateurs schatten plantages drie- à viermaal boven de waarde. Er waren natuurlijk wel mensen die hun stem hiertegen lieten horen, maar *wie luisterde naar hen?*

Rutger, die zelf agent van een Amsterdams handelshuis en administrateur van enkele plantages was, wist heus wel dat dit een onnatuurlijke gang van zaken was. Hij waarschuwde enkele vrienden om niet in te gaan op de voorstellen van de agenten en zich toch vooral niet in schulden te steken, maar zoals altijd, wanneer men ongevraagd goede raad geeft werd hem dit kwalijk genomen. Enkele van zijn vroegere vrienden keerden hem de rug toe en waren van mening, dat het slechts jaloezie en afgunst was waarom Rutger zo sprak.

Rutger zat nog steeds met de kaart in de hand toen Alex aanklopte en met een kopje koffie binnenkwam. Was er iets met Alex? vroeg Rutger zich af. Hij keek zo bedrukt. ‘Wat is er, Alex?’ vroeg Rutger. ‘Niets masra,’ antwoordde Alex zacht.

‘Heb je zorgen?’ vroeg Rutger weer. ‘Gaat er misschien iets mis met onze afspraak?’ Alex glimlachte even en zei: ‘Bij mij niet, masra, maar ik weet niet van masra.’

Alex was namelijk aan het sparen om zich vrij te kopen. Toen ze een paar jaar geleden uit Holland terugkwamen, had Rutger aan boord een ernstig gesprek gehad met Alex. Deze had aan Rutger gezegd, dat in Holland alle mensen geld verdienden voor hun arbeid. Niemand was slaaf van de ander, niemand was er een anders bezit. Sommige mensen verdienden heel weinig, waren doodarm, maar ze waren vrij, en in Alex’ ogen was vrijheid toch wel het hoogste goed. Hij kon zo goed de marrons begrijpen, die liever in de bossen blootgesteld waren aan allerlei gevaren dan slaaf te zijn.

Rutger had voorgesteld om Alex vanaf dat moment ook voor zijn arbeid te betalen, drie gulden per week, en Alex mocht zelf weten wat hij met het geld deed. Hij kon het gebruiken of teruggeven aan Rutger, die het dan voor hem spaarde totdat hij genoeg had om zich vrij te kopen. Alex spaarde nog steeds. Nog enkele maanden en dan zou hij genoeg hebben.

'Waarom kijk je dan zo bedrukt? Je bent toch niet ziek?' vroeg Rutger. 'Nee, masra, het is om Caesar, masra,' zei Alex. 'Wat is er met Caesar?' vroeg Rutger.

Caesar was Alex' beste vriend. Hij was een slaaf van de familie Bueno de Mesquita. Masra Bueno de Mesquita was enkele maanden geleden gestorven.

'Zijn misi heeft hem verkocht, masra,' ging Alex door, 'aan het gouvernement, voor het korps Zwarte Jagers.'

'Dat is toch prachtig,' meende Rutger, 'dan krijgt hij over een poosje de vrijheid; dat is toch beloofd aan deze lui.'

'Maar begrijpt masra niet,' zei Alex nu, 'Caesar gaat dan moeten vechten tegen zijn eigen mensen. Ze zullen hem een verrader vinden. Caesar wil dat niet, hij wil niet tegen de Boninegers vechten, hij wil geen verrader zijn. Maar wat kan hij doen? Hij is een slaaf; hij bezit zichzelf niet eens, net als ik. Hij moet doen wat men hem beveelt, anders wordt hij gestraft, zwaar gestraft.'

Rutger keek nadenkend naar Alex. Wat kon hij zeggen? Alex had gelijk. Geen blanke zou de zaak ooit van deze kant bekijken. Men dacht dat men de slaven een groot genoegen deed, want men stelde hen immers de zo begeerde vrijheid in het vooruitzicht. Maar als hij Alex zo hoorde, dan hadden deze negers het heel moeilijk.

Het korps Zwarte Jagers was net opgericht door gouverneur Nepveu. Het was duidelijk dat de blanke soldaten *niet bestand waren tegen het vechten in* het oerwoud. Gouverneur Nepveu had bedacht dat je die weglopers in het bos het best kon bestrijden met negers die even flink en sterk waren als die in het bos. Flinke slaven werden aangekocht. Na bewezen diensten zouden ze de vrijheid krijgen en een stukje grond. Vrouw en kinderen zouden ze af en toe op de plantages mogen gaan bezoeken. Hoe konden deze negers weigeren? Ze waren slaven!

In het leger bestond hun kleding uit een kuitbroek en een rode muts. Daarom werden ze nu al door iedereen Redi Musu (Rode Muts) genoemd.

Alex was bedrukt omdat zijn vriend Caesar tegen zijn wil zou moeten vechten tegen zijn eigen mensen. Wat deden mensen elkaar toch nodeloos verdriet aan.

'Masra, ik wil masra wat vragen,' klonk Alex' stem. Rutger schrok op uit zijn gepeins. Hij was helemaal vergeten, dat Alex daar voor hem stond. 'Wat wil je vragen, Alex?' vroeg Rutger. 'Mag ik vanavond bij Caesar gaan?' vroeg Alex. 'Ik zal je een pasje geven,' zei Rutger, 'maar wees voorzichtig jongen, doe geen domme dingen. Ik weet dat je meelij hebt met Caesar, maar je zou niets voor hem kunnen doen om hem te helpen.'

Er werd op de deur geklopt en binnen kwam mijnheer Van Ritter. Evenals Rutger was hij lid van het Hof van Civiele Justitie. Alex ging buiten vlakbij de deur op zijn bankje zitten. Precies zoals hij had verwacht ging het gesprek voornamelijk over de strijd van de soldaten tegen de Boni-negers.

Masra Van Ritter vertelde aan Rutger dat de gouverneur nu in correspondentie was met de Nederlandse staat. De directeuren van de Sociëteit waren in het verleden immers zo boos op de gouverneur geweest. Die heren daar in Holland, die konden zich helemaal geen voorstelling maken van hoe het hier in Suriname was.

Jan Nepveu had toch echt wel zijn best gedaan. Vanaf zijn ambtsaanvaarding in 1770 had hij een korps van vrije negers en mulatten geïnstalleerd. Dat dit korps in de praktijk niet voldeed, was niet de schuld van de gouverneur. Daarvoor hadden de militairen zelf moeten zorgen. Iedere keer had de gouverneur aan de directeuren in Nederland om versterking van troepen laten vragen en die heren in Nederland waren ten slotte zo verbaasd over het feit dat een korps van 1200 man niet in staat was een handjevol bosnegers te bedwingen. Ze hadden de gouverneur een hele boze brief geschreven en hadden hem verweten dat er onder de troepen, die zoveel geld kostten, gebrek aan discipline heerste en dat ze gekenmerkt werden door lafhartigheid, luiheid, onkunde en nalatigheid.

De brief ging verder met van de gouverneur te eisen, nee hem te gebieden, het gedrag van de militairen op de posten grondig te onderzoeken en naar verdienste te handelen. Verder moest naar Holland een lijst gezonden worden met de waarachtige getuigenis van het gedrag van de officieren, want het was een schande dat de goede officieren in het moederland over één kam geschoren zouden worden met die deugnieten en lamzakken in Suriname die hun beurt om op tocht te gaan met geld afkochten. Eén ding was zeker: nieuwe troepen stuurden ze niet!

Maar nu had de gouverneur een wanhopige brief geschreven aan Zijne Majesteit de Prins. Hij hadhem duidelijk gemaakt dat de situatie onhoudbaar was. Iedereen was bang. De kolonisten verwachtten aldoor dat er een algehele opstand onder de slaven zou uitbreken. De Staten-Generaal hadden besloten staatstroepen te zenden. Deze manschappen werden gerekruteerd uit de verschillende Europese landen; huurlingen dus. Ze zouden onder leiding staan van de Zwitserse kolonel Fourgeoud.

‘En wanneer komen die troepen dan?’ vroeg Rutger. ‘Dit zijn plannen, het kan wel jaren duren voor het zover is.’ Masra Van Ritter meende van niet. ‘De Staten-Generaal hebben toch duidelijk getoond dat zij de ernst van de zaak inzien,’ meende hij. ‘Ondertussen zal men moeten vechten met de troepen die men heeft. De gouverneur heeft goede hoop in het Korps Zwarte Jagers.

Hij wil het versterken. Heeft u misschien een paar goede sterke negers te koop?' vroeg masra Van Ritter nog. 'Hoe staat het met die ene, die net hier binnen was? Die lijkt met toch wel een flinke kerel.'

'Geen sprake van,' zei Rutger. 'Dat is Alex. Alex is niet te koop, voor niets en niemand, alleen voor zichzelf. Goede morgen, mijnheer Van Ritter,' en met de hand aan het belletje riep hij: 'Alex, wil je masra Van Ritter even uitlaten?'

ALEX

Diezelfde avond ging Alex Caesar opzoeken in het kamp van de Zwarte Jagers. Hij durfde niet door de hoofdingang naar binnen te gaan, maar liep om en bleef in een donkere hoek staan wachten. Hij zag een aantal negers en een stuk of vier blanken, die vlak bij de ingang op een bankje zaten. Elk van hen had een geweer in de hand.

'Psst, Kwasi,' fluisterde Alex, toen een bekende in zijn buurt kwam. 'Waar is Caesar?'* 'Wacht,' zei Kwasi zacht, 'ga met me mee.'* Hij bracht Alex naar een klein open kamp, iets verderop, waar een twintigtal mannen onder een pinadak[1] zat. Caesar was verrast toen hij Alex zag. Alex wist niet goed wat te zeggen, maar Caesar begon uit zichzelf te vertellen. Hij was nu al een paar weken in het kamp. Er waren reeds meer dan vijftig Zwarte Jagers; een deel had al enkele tochten meegemaakt. Er werd zeer scherp op hen gelet, want bij de eerste tocht was er een deel gewoon overgelopen. Die hadden gedaan alsof ze zouden vechten, maar toen ze de Aluku's echt ontmoet hadden, waren ze gewoon naar de kant van Boni en de zijnen gegaan.

Caesar vroeg zich af of hij dat misschien ook zou kunnen doen, maar hij had vrouw en kinderen. Wat zou er met hen gebeuren als hij overliep? Zouden *zij het dan moeten* ontgelden?

Hij kon niet overlopen. Hij had geen keus; hij zou moeten vechten.

De Aluku's maakten korte metten met de Redi Musu's. Het werd gewoon een man tegen man gevecht. Ze bekommerden zich vaak niet om de blanke soldaten, maar ze konden het gewoon niet verdragen dat de negers tegen hun eigen mensen vochten. Ze beschouwden de Redi Musu's als verraders.

En Caesar besloot zuchtend, dat hij niet wist wat hij doen moest. Hij was geen verrader, net zo min als de meeste andere Redi Musu's. Wat kon hij doen? Als hij voor de diensttijd geëindigd was uit het korps wilde, zou hij een som van achthonderd à duizend gulden moeten betalen. Waar zou een arme slaaf zoveel geld vandaan moeten halen. Je had gewoon geen keus! Redi Musu's waren geen verraders, het waren gewoon mensen van wier omstandigheden handig misbruik werd gemaakt.

Enkele mannen, die vanaf de oprichting in het korps waren, vertelden wat ze hadden meegemaakt in het bos: de Aluku's hadden een echt fort. Een fort dat niet onder deed voor dat van de blanken. Dit fort droeg de naam Buku, omdat de negers zelf zeiden dat ze liever 'tot stof zouden vergaan', dan zich over te geven. Het fort Buku onder leiding van Baron lag midden in een moeras, geheel omringd met palissaden en voorzien van kleine kanonnen. Een vlag met een zwarte leeuw op gele ondergrond woei boven het dorp, dat ze 'Mi sa lasi' (Ik zal verliezen) noemden. Verder waren er nog meer forten: Gado Sabi (God weet), ook dit lag in een moeras met uitgestrekte rijstvelden,

1 Open hut met bladeren dak.

waarin rijen omgehakte bomen, die de guerrillastrijders, want dat waren de negers, goede dekking verschaften. Een ander fort van de Aluku's was Pennenburg. Het omliggende terrein was bezaaid met scherpe puntige houten pennen, de militairen konden dus niet naderbij komen.

De Aluku's wisten wel wat ze deden; ze hadden weliswaar niet de wapens die het koloniale leger had, maar ze hadden allerlei manieren om de vijand voor de gek te houden of schrik aan te jagen. Ze wisten precies welke handelwijze de militairen hadden en wisten daar kundig gebruik van te maken. Heel vaak volgde het leger een pad van de marrons zelf. De Boni-negers maakten allerlei dwaalsporen, bijvoorbeeld dat het pad opeens midden in het oer*woud ophield* en dan eigenlijk op een paar honderd meter links of rechts weer verderging, maar de militairen wisten dat niet. Vaak volgden ze een pad, en als ze dat misschien twee dagen hadden gevolgd, bleek dat ze in een kring hadden gelopen en weer bij het begin waren. Er waren vaak valkuilen, waarin scherpe puntige stokken gestoken waren; aan de punten zat een plukje haar, als de militairen de punten uit hun vlees hadden gepeuterd, bleef het haar in de wond achter, en veroorzaakte infectie.

De militairen konden 's nachts niet verder, maar de bosnegers wisten uitstekend hun weg in het bos te vinden in het donker, heel dikwijls hadden ze 's nachts contact met de lastdragers van de soldaten, die hun allerlei inlichtingen verschaften. De marrons verscholen zich bij de moerassen en zwampen. Als zo'n troep soldaten net door een moeras trok met het geweer in de handen en de handen omhoog, schoten de marrons vanachter verschansingen. De soldaten konden maar één keer terugschieten, want het was dan niet mogelijk om de armen naar beneden te brengen om voor het volgende schot te laden.

Wanneer een militaire post werd overvallen, gebruikten de marrons de volgende tactiek. Ze maakten 's nachts een hels kabaal in de omgeving van de post. Lijken van militairen die eerder waren achtergelaten, *namen ze mee en* prepareerden die met kruiden, zodat die lijken niet tot ontbinding overgingen. Overvielen ze een militaire post, dan gooiden ze die lijken neer. De militairen werden wakker, zagen van overal geweren op hen gericht en ettelijke lijken op de grond liggen.

Een stem riep hen toe, dat als ze hun wapens durfden te pakken, ze doodgeschoten zouden worden. In paniek vluchtten de militairen, alles achterlatend. De geweren waren echter nepgeweren van hout, en als de soldaten gevlucht waren, konden de marrons triomfantelijk alle geweren, munitie en voeding die waren achtergebleven in bezit nemen.

Overvielen de Aluku's een plantage, dan omsingelden ze 's nachts de gebouwen. Op hetzelfde moment werden alle gebouwen van vier zijden tegelijk in brand gestoken. Stond een plantage-eigenaar, directeur of opzichter bekend als iemand die slaven mishandelde, dan maakten de Aluku's korte metten. De blanke kinderen deden ze meestal niets. Als ze plantages overvielen waarvan de directeur of eigenaar niet slecht bekend stond, dan lieten ze de slaven vrij, namen geweren en andere gebruiksvoorwerpen mee, en deden de *blanken geen* kwaad.

Omdat de negers wisten dat de militairen hen probeerden uit te hongeren door hun kostgronden eerst leeg te roven en dan te vernielen, maakten ze hun kostgronden ver van de dorpen. Soms waren de kostgronden wel één, zelfs twee dagen ver; het zorgen voor de voeding was de taak van de vrouwen. Zij bewerkten de kostgronden, en legden grote voedselvoorraden aan. Het was duidelijk, dat de ruim achthonderd militairen met al hun wapens, niet opkonden tegen de ongeveer driehonderd Aluku's.

Drie van de mannen, die nu bij het Korps Zwarte Jagers behoorden, waren eerst lastdrager geweest. Ze waren nu dus al meer dan vijf jaar bij het leger en waren met vele expedities meegeweest. Die drie konden een heleboel vertellen. Die blanke soldaten waren eigenlijk toch verschrikkelijk stom, soms was het gewoon om meelij met ze te hebben. Wat wisten deze blanke jongens nu van het oerwoud? Als men op expeditie ging, dan gebeurde dat op goed geluk met het kompas in één hand en een houwer in de andere. Elke groep bestond voor een expeditie van ongeveer vier weken uit drie officieren, zes onderofficieren, drie doktoren en 65 militairen. Daarvoor had men nodig 183 lastdragers nodig, dat waren slaven die droegen *voor de militairen, 1080 pond* vlees, 540 broden, 675 liter gort, achttien liter dram, zes kisten patronen, drie kisten medicijnen, 150 vuurstenen, 75 houwers. Voor de 183 lastdragers zelf 2500 pond bakkeljauw, 1200 broden, 850 liter gort. Er waren alleen heel smalle bospaden, dus men ging in ganzenpas, achter elkaar, in een lange rij. De voorhoede vormden enkele slaven, die moesten het pad kappen, dan de eigenlijke troep, in één of twee delen. De lastdragers liepen in het midden. Als men op marrons stuitte of door hen werd overvallen, moesten alle militairen meteen in een dichte kring om de lastdragers gaan staan, om te voorkomen, dat die overliepen naar de marrons. Achteraan liepen weer enkele militairen en een officier.

Door de grote afstand hadden voor- en achterhoede nauwelijks contact met elkaar, terwijl de Aluku's hen vaak allang hadden opgemerkt.

Het bos op zichzelf hield al vele gevaren voor hen in. Daar waren in de eerste plaats de muskieten, mieren, grasluizen en dergelijke. Om niet te worden opgemerkt mocht men geen rookpot maken. Slapen in een hangmat was vrijwel onmogelijk. Vele soldaten sliepen gewoon op de grond met het hoofd in een gat en dan bedekt met een hangmat. Kwam men bij een kreek, dan moest men die oversteken via omgehakte bomen, een zwamp of moeras was al veel moeilijker, men wist nooit hoe groot dat zou zijn en trok er dus maar doorheen. Men zakte tot de borst in het water waar veelal boa constrictors of kaaimans loerden. Het gevaarlijkste waren de biri-biri's, moerassen met een dikke korst, waarop gras en struiken groeiden. Men kon dus niet zien dat daar een moeras was, maar was de groep er eenmaal op, dan brak de korst en de mannen zagen zichzelf of hun kameraden in de diepte verdwijnen.

In de afgelopen vijf jaar overvielen de Boni-negers of Aluku's wel meer dan 30 plantages en waren zij zeker 25 keer in een zwaar militair gevecht gewikkeld met het koloniale leger.

Er was geen sprake van dat de militaire troepen echt wisten wat ze deden; ze maakten een expeditie van enkele weken naar het gebied van de Aluku in de hoop een paar te kunnen doden of vangen. Dat moest toch lukken, zulke domme wezens als negers, die pakte je toch zo. De mannen die aan het woord waren, moesten zelf lachen. Eén van hen zei: 'Blanken denken dat negers dom zijn, wel, laten we zien wie er dom is.' Caesar, Alex en alle anderen lachten mee en ze antwoordden: 'Ja, laten we zien *wie er dom is*.'*

Het was al ver na middernacht, toen Alex naar huis terugsloop. In zijn kamertje op het erf in de Gravenstraat lag hij nog lang wakker. Hij dacht aan alles wat hij die avond gehoord had. Wat zou Caesar doen? vroeg hij zich af. Wat zou hij gedaan hebben als hij in Caesars plaats was? Hij wist het niet...

Alex ging de volgende avonden steeds weer naar het kamp van de Zwarte Jagers. Urenlang zaten de mannen te praten, meestal was het gefluister, zodat de dienstdoende blanke soldaten het niet zouden horen. Caesar zelf sprak heel weinig, ook Alex zei niet veel, maar hij luisterde gespannen naar alle verhalen. Vooral de lastdragers, die zich in het bos soms stiekem bij de Boninegers voegden, konden veel vertellen en zo kon Alex zich een goed beeld vormen van wat zich daar in de bossen af speelde.

Sinds april was er onder leiding van kapitein Gorsinga en luitenant Keiler *een groot commando* uitgestuurd. Dat was algemeen bekend. De opdracht was het weglopersfort in te nemen. Begin mei had Oorsinga al gemeld dat ze bij het fort waren aangekomen. Het innemen van het fort had toen een kwestie van enkele dagen geleken. Nu was het al eind juli en nog steeds was het de soldaten niet gelukt. Wel was de zwaar gewonde kapitein Oorsinga vervangen door kapitein Halthaus.

Toen ging opeens door Paramaribo het bericht dat de groep onverrichterzake terug was gekeerd. Voor de helft uitgedund, omdat de anderen door ziekte en of verwondingen gesneuveld waren. Uitgehongerd en uitgeput waren ze naar de stad terug gestrompeld. Het beleg hadden ze moeten opgeven. Onder hoongelach van de Boni's en geroep van 'zullen we misschien in je handen komen liggen?' hadden de soldaten de smadelijke aftocht moeten ondernemen.

De slaven moesten hartelijk lachen toen ze dit verhaal hoorden en die uitgemergelde troep soldaten door de straten van de stad zagen sukkelen. Ha, dit was net goed voor die bakra's (blanken). Wat dachten ze wel.

Het wanhopig geworden gouvernement besloot nu een generaal pardon te schenken aan iedereen die de *wapens neerlegde en zich aan de blanken* overgaf. Wat moesten Baron, Boni, Joli-Coeur en al hun mannen en vrouwen hierom lachen. Zich overgeven, nu het zo duidelijk was wie de winnende partij was? Nooit! Ze wilden geen generaal pardon. Ze wilden een echte vrede; tussen gelijke partijen; met eisen van hun kant. Als dat niet kon, zouden ze vechten totdat heel dit land bevrijd was van die ellendige bakra's.

In het kamp hoorde Alex hoe het gegaan was. De lastdragers die waren meegeweest waren aan het woord. Onderdrukt gelach, want die bakra's moesten niets merken. Eén van de mannen vertelde: De soldaten waren tot voor Buku gekomen, maar met geen mogelijkheid konden ze door het moeras komen dat voor het dorp lag. Schoten ze, dan schoten de Boni's terug. Kapitein Doringa zelf werd al spoedig door een geweerschot in de hals getroffen. Terwijl de troepen voor het kamp lagen, zagen de Aluku's kans om nieuwe aanvallen op plantages uit te voeren. De plantage Rozenbeek werd overvallen, de blanken werden vermoord en de slaven bevrijd; eind juni werd de plantage Poelwijk aangevallen. Van Poelwijk nam men alle kruit en munitie mee en Baron, die daarbij de hoofdman van de aanval was, gaf er de *boodschap* dat alle plantages in het Cottica- en Boven-Commewijnegebied zouden verdwijnen.

Ondertussen probeerden de militairen voor Buku een soort brug over het moeras te maken. Hoongelach van de Boni's achter hun verschansingen; iedere keer als er een stuk van de brug klaar was, werd dit kapot geschoten en werden ook enkele soldaten gewond. En alsmaar regende en regende het! Alles in het militaire kamp was drijfnat; de soldaten hadden geen droge draad aan het lijf, wie niet gewond werd, was ziek. Ook het voedsel beschimmelde en bedierf.

's Avonds konden de militairen de Boni's in hun dorp horen feestvieren, zingen en dansen. Overdag riepen ze uitdagingen en maakten ze de militairen belachelijk. Ze vroegen bijvoorbeeld of die misschien wat kruit en geweren van hen wilden hebben om te schieten.

Twaalf negers van het Vrij Korps konden tot dichtbij het dorp komen voor onderhandeling. Hun werd eerst aangeboden om tot de marrons over te gaan. Toen ze weigerden, werden elf van hen doodgeschoten, van de twaalfde werd een oor en het haar afgesneden, en hij werd teruggestuurd met de boodschap dat bosnegers noch de blanken *noch de negerjagers vreesden.*

Ay, wat waren die bakra's nu bang. Je kon de angst in hun ogen zien. In vele huizen ging de heer des huizes naar bed met een pistool naast zich. Bij andere families werden deur en raam van de slavenhutjes 's avonds van buiten met een hangslot op slot gedaan om te verhinderen dat de slaven 's nachts naar buiten zouden gaan. Ieder moment verwachtten de blanken een opstand. Bij masra Rutger op kantoor kwamen vaak mannen praten. Sommigen wilden dan, dat masra Alex eerst wegstuurde van zijn zitplaats vlak naast de deur, maar deze antwoordde altijd dat hij geen reden hiertoe zag.

Weer werd er een detachement gezonden naar het Marowijne-Cotticagebied. Gouverneur Nepveu had al zijn hoop gevestigd op het Korps Zwarte Jagers.

Toen Alex Caesar de volgende keer in het kamp wilde opzoeken waren alle Redi Musu's al vertrokken. Ook Caesar was weg. Het detachement stond onder leiding van kapitein Mayland en de 180 Zwarte Jagers of Redi Musu's stonden onder leiding van de jonge luitenant Frederici.

Iedereen volgde gespannen deze gebeurtenissen. In alle huizen luisterden *slaven aan deuren* en probeerden te horen wat er volgens de bakra's gebeuren ging. In hun geheime taal wisten de slaven onderling elkaar boodschappen door te geven. Op alle erven werd fluisterend gesproken over die bosnegers die toch maar de baas waren en die nooit door de bakra's verslagen zouden worden. In het geheim werden er plannen gesmeed. Zij zouden moeten handelen als het de bosnegers gelukt was om de bakra's grondig te verslaan.

Het meest werden deze plannen op de plantages gesmeed. Alex wist dat in de stad sommige slaven zich toch te verknocht voelden aan hun meesters om hun kwaad te willen doen. Hij wist zeker dat geen enkele slaaf van de Le Chasseurs zich tegen hen zou keren, hij ook niet. Misi Elza en masra Rutger waren altijd goed voor hem geweest. Als het nodig zou zijn, zou hij hen zeker helpen en beschermen, maar hij zou toch wel de zijde van zijn eigen mensen kiezen als het zover kwam.

Toen, opeens in september, het bericht... Buku was verslagen... Buku was in handen van het leger... dat kon toch niet? Wat een teleurstelling. De slaven konden het niet geloven, wilden het niet geloven. Buku was niet te verslaan. Maar het was waar. Buku was gevallen. En *die ellendige bakra's waren blij, zo* blij. Ze hadden weer reden om te feesten, om te drinken en om luid te lachen en grapjes te maken over hoe het leger die stomme negers te pakken had gehad.

Toen de militairen onder leiding van kapitein Mayland en het Korps Zwarte Jagers onder bevel van luitenant Frederici terugkwamen, werden ze door de stadsbewoners met triomf binnengehaald en al gauw wist iedereen in Paramaribo hoe Buku was veroverd; overal werd het verteld en vaak genoeg werd er iets nieuws bij verzonnen, maar dit was de waarheid: De militairen hadden Buku genaderd. Toen Baron ze zag komen, plaatste hij naast het gele vaandel een wit vaandel, niet als onderwerping, maar als teken van uitdaging. Het lukte één van de Zwarte Jagers om het pad te ontdekken waar het moeras niet diep was, maar nauwelijks een voet onder water lag.

Kapitein Mayland deed een valse aanval. Baron zette al zijn manschappen in aan de kant van de aanval; ondertussen ging Frederici met de Zwarte Jagers aan de andere kant over het gevonden pad, ze klommen over de stormpalen en een vreselijk bloedbad volgde, ongeveer 40 negers werden gedood, 50 gevangen genomen, hiervan waren 26 vrouwen en negentien kinderen. Een groot deel van de Boni's wist te vluchten. Hiertoe behoorden ook de leiders Boni en Baron.

Toen Alex had gehoord dat de mannen terug waren, haastte hij zich nog diezelfde avond naar het kamp. Daar keek hij uit naar Caesar, maar hij zag Caesar nergens. Alex vroeg aan een van de mannen of die misschien wist waar Caesar was. 'Ik weet het niet,'* antwoordde die. Alex vroeg het aan een andere. Ook die antwoordde: ‘Ik weet het niet.’ Waar zou Caesar zijn? vroeg Alex zich af. Was hij dan teruggekomen? vroeg hij weer aan een andere Redi Musu. Die antwoordde heel beslist dat Caesar niet was teruggekomen. Was Caesar dan dood, had Alex verschrikt gevraagd en weer had hij als antwoord gekregen: ‘Ik weet het niet.’ Het was om razend te worden. Ten slotte ging Alex op zoek naar twee mannen van wie hij zeker wist dat die Caesar goed kenden. Eén vond hij niet, hij hoorde dat die aan zijn verwondingen bezweken was, de andere zat stil in een hoekje met zijn arm in een draagdoek.

Toen Alex vroeg wat er met Caesar gebeurd was, antwoordde hij: ‘Niemand weet het, niemand heeft Caesar meer gezien; we weten ook niet of hij dood is, want niemand heeft zijn lijk gezien. We weten ook niet of hij naar de bosnegers is overgelopen, niemand heeft dat gezien. Vanaf dat we bij Buku zijn gekomen heeft niemand ooit meer Caesar gezien.’*

Stil liep Alex die nacht naar zijn kamertje terug. Caesar was weg, voorgoed weg. Hij wist niet wat hij ervan denken moest, maar hij wist dat hij zijn vriend nooit meer terug zou zien.

Later hoorde Alex dat in het eerste jaar meer dan 30 Redi Musu’s waren overgelopen naar de Boni-negers, en er waren nog eens twintig van wie men niet wist of ze dood waren, weggelopen of overgelopen naar de Aluku's.

Buku was gevallen! Ja, Buku was gevallen, maar dat de Boni's nog niet verslagen waren, dat zouden de planters gauw genoeg merken.

RUTGER

De val van Buku was wekenlang het onderwerp van gesprek geweest. De kolonisten waren opgelucht. Goddank. Die ellendelingen in het bos waren overwonnen. Men kon nu weer rustig doorgaan met feesten en pleziertjes. Het ene feest na het andere werd georganiseerd; er was geld genoeg. Niemand was zo rijk en welgesteld als de Surinaamse planter.

Feesten in Paramaribo en feesten op de plantages. Op zondag 27 september 1772 waren er in de kerk dankdiensten om God te danken voor de overwinning op Buku. Nu hadden de kolonisten en de planters niets meer te vrezen, die enkele weggelopen negers die in troepjes in de bossen rondliepen, konden toch geen gevaar meer vormen, nee hoor, alle reden om te feesten.

Inmiddels waren in Europa de staatstroepen reeds gerekruteerd en toen de boodschap van de val van Buku, Nederland bereikte, waren ze al ingescheept en op weg naar Suriname; goed geformeerde mariniers-bataljons en twee oorlogsschepen. Gouverneur Nepveu en met hem vele inwoners meenden nu dat de troepen overbodig waren, en terwijl men hierover nog discussieerde met het moederland, lag één van de oorlogsschepen al in de haven van Paramaribo. Het was ondertussen al februari 1773.

De opperbevelhebber, kolonel Fourgeoud en de officieren werden goed ontvangen, maar al vlug kregen Fourgeoud en Nepveu onenigheid met elkaar en zoals al eerder was gebeurd, vormden er zich in de kolonie verschillende partijen, de ene koos de kant van Fourgeoud, die naar zijn zeggen van de Prins van Oranje het opperbevel had gekregen over de gehele krijgsmacht in Suriname. Deze partij zag Fourgeoud en zijn mannen als redders van de kolonie. De andere partij koos de kant van de gouverneur die vond dat Fourgeoud hooghartig was en dat hij en zijn troepen de kolonie tot last waren, omdat ze zoveel geld kostten.

De officieren bleven werkeloos in Paramaribo en waren al vlug graag geziene gasten op de feesten en partijen van de kolonisten. Zelf vonden ze, dat ze het op deze manier uitstekend getroffen hadden.

Op alle bijeenkomsten werd er gesproken over die dure militairen; de mannen maakten sarcastische opmerkingen over die kerels die het maar goed hadden van het geld dat door hun plantages werd opgebracht; en de vrouwen lachten achter de hand en maakten stiekem opmerkingen, die meestal niet hardop gemaakt zouden kunnen worden.

Rutger ergerde zich voortdurend aan dit gedoe. Bij zijn vrienden en kennissen kon hij het niet nalaten te praten over de financiële toestand van de kolonie. Die rijkdom was meer schijn dan werkelijkheid. Volgens hem was de catastrofe niet ver meer. Men lachte hem uit, vond hem een zwartkijker, een spelbreker. Er was toch geld genoeg, en rijkelijk vloeide dan weer de wijn.

Rutger wist dat de schuld van de Surinaamse planters aan verschillende banken en handelshuizen al meer dan vijftig miljoen bedroeg. Hiervoor moest jaarlijks meer dan drie miljoen rente betaald worden en dat konden de plantages meestal niet opbrengen.

Toen opeens, in 1773 was het zover. Een krach op de Amsterdamse banken. Het bleek dat er veel te veel krediet was verschaft aan Surinaamse plantage-eigenaars. Plantages gingen failliet. De banken zouden hun geld nooit meer terugzien. Wel zagen vele handelshuizen zich opeens als plantage-eigenaar. Er moest dan een beheerder worden aangesteld en dit was in de meeste gevallen de vroegere plantage-eigenaar.

Rutger vond dit niet zo'n goede oplossing, want de directeur of beheerder kreeg zijn geld, ongeacht of de plantage nu winst maakte of niet. Hij volgde een andere methode. Bij zijn administrateurskantoor *kreeg de beheerder* een salaris dat een vast percentage was van de winst. Hij kreeg natuurlijk mensen tegen zich. De beheerder, die vroeger zelf plantage-eigenaar was geweest, kon niet meer pronken met rijkdom, kon geen braspartijen meer geven en Le Chasseur was de schuldige.

Rutger en Elza werden door sommige families niet meer uitgenodigd voor kaartavondjes en feestjes. In het begin vond Rutger dit wel vervelend voor

Elza, maar toen zij hem vertelde dat ze dit helemaal niet erg vond, trok hij zich ook niets aan van het geklets en ging hij rustig zijn gang.

Hoofdstuk x

SARITH

Sarith was met man en kind gevaren naar hun huis Klein Paradijs, met het vaste voornemen, om Julius zo ver te krijgen, dat hij een huis in de stad kocht. Dat was niets bijzonders, zoveel plantage-eigenaars hadden een prachtige herenwoning in de stad. Ze was erg aardig tegen Julius toen ze weer op de plantage waren, maar o, wat verveelde ze zich. Het was regentijd, zware regen, *alles nat en akelig*, en niemand voor de gezelligheid. Zelf had ze helemaal niets om handen, want Mini-Mini zorgde voor het kind. Bovendien werd verder alles in huis geregeld door Kwasiba. Sarith keek nauwelijks naar haar zoontje om. Af en toe zag ze hem wel als hij bij Mini-Mini op schoot lag of als die op de veranda of buiten wandelde met het kind op de arm. Julius besteedde wel veel aandacht aan zijn zoon. Hij merkte natuurlijk ook wel dat Sarith maar weinig belangstelling voor het kind had.

Toen werd iedereen opgeschrikt door het bericht, dat de marrons een militaire post hadden overmeesterd.

Luitenant Leppert, die hoofd was van de militaire post te Patamacca, trok erop uit, omdat er in die buurt een kamp van weglopers was ontdekt. Met ongeveer 30 soldaten trok hij het bos in. De Aluku's wachtten hem op, die lagen in een hinderlaag bij een moeras, dat de militairen door moesten. Toen de soldaten tot aan de schouders in het zwamp waren, werden ze beschoten. Leppert en tien soldaten werden gedood. De twintig anderen vluchtten, de meesten verdwaalden in het bos en slechts twee kwamen terug.

Er werd daarna weer een plantage overvallen en deze was nauwelijks een uur varen van Klein Paradijs. Sarith begon bij Julius *er op aan te dringen* om toch vooral een huis in de stad te kopen. Ze waren heus niet veilig op de plantage. Maar Julius weigerde. Zijn huis was Klein Paradijs. Hij kocht geen huis in de stad. De Boni's zouden hun plantage heus niet aanvallen. Een huis huren voor een tijdje, vroeg Sarith. Ook dat wilde hij niet. En of Sarith nu dwong, huilde, stampvoette en schreeuwde: 'Ik wil, ik wil,' Julius bleef voet bij stuk houden; hij kocht of huurde geen huis in de stad. Zijn zoon zou op

Klein Paradijs opgroeien en niet in Paramaribo.

Sarith probeerde het met te zeggen dat het zo noodzakelijk was voor zijn dochters Miriam en Hannah. Als ze een huis in de stad had, konden de meisjes daar bij haar wonen in plaats van bij hun tante.

Julius antwoordde dat dat zeker niet hoefde. Zijn dochters waren zo volledig opgenomen in het gezin van hun tante, dat ze waarschijnlijk niet eens bij Sarith zouden willen wonen. Bovendien zouden ze al gauw aan trouwen toe zijn. Voor die twee hoefde het echt niet.

Nu begon Sarith hem te verwijten dat hij alleen aan zichzelf dacht. Hij dacht niet aan haar en ook niet aan zijn eigen zoon. Toen Julius antwoordde dat hij *juist een echt* goede planter van zijn zoon wilde maken en daarom wilde dat hij op de plantage opgroeide, zei Sarith dat hij zo aan zichzelf dacht dat het hem niet kon schelen om haar bloot te stellen aan het gevaar vermoord te worden.

'Wel,' zei Julius, 'als jij dan zo bang bent, of je zo verveelt, ga dan gerust voor een paar weken naar de stad, maar geen gesjouw met het kind. Dat blijft hier.'

Sarith maakte zich klaar om te vertrekken. Julius zou Benny meesturen om te zorgen dat ze goed aankwam. Hij hoorde haar aan Mini-Mini zeggen om alles goed te verzorgen en zei toen dat Mini-Mini in geen geval meeging.

Julius had allang gezien dat het Mini-Mini was die zijn kind verzorgde. Zij voedde hem, waste hem, wiegde hem in slaap. Zij zat urenlang met hem op schoot als hij huilde, omdat hij pijn had toen hij bij voorbeeld tandjes kreeg, en zij was ook de persoon naar wie hij blij de handjes uitstak zodra hij haar zag.

'Mini-Mini blijft hier, zij moet voor Jethro zorgen,' zei Julius tegen zijn vrouw. Verbaasd vroeg Sarith hoe ze het dan wel moest doen in de stad zonder Mini-Mini. Julius zei, dat ze een andere slavin kon meenemen, Kwasiba bij voorbeeld, denkend dat ook Kwasiba Sariths *eigen slavin was en dus ver*trouwd voor haar.

Maar Sarith wilde Kwasiba niet. Ze was bang van Kwasiba's scherpe allesziende ogen. Kwasiba had haar al van jongsaf verzorgd en meende daardoor het recht te hebben haar meesteres te beknorren als ze iets zag, dat volgens haar niet goed was. Nee, Sarith had beslist geen pottenkijkster nodig, ze zei dit wel niet tegen Julius, maar merkte op, dat Kwasiba toch al oud werd en toch niet zo goed tegen het trappen klimmen kon; bij Esther was Sariths kamer immers op de tweede verdieping.

Nee, ze zou Nicolette meenemen. Nicolette was de dochter van de kokkin, een meisje van zestien jaar. Beslist geen lief en verlegen type als Mini-Mini, maar een kleine magere kemphaan, die in de slavenvertrekken altijd het hoogste woord had, en als het nodig was, ook haar vuisten klaar hield. Je kon haar steeds boven de anderen uit horen lachen en praten. Mini-Mini moest Nicolette snel van alles leren; hoe haar meesteres te kleden, het haar op te maken, enzovoort.

Sarith vertrok met de tentboot, begeleid door Benny, die haar veilig in de *stad moest afleveren* en een opgewonden Nicolette die blij was, dat ze eindelijk naar die veel besproken stad ging en al die geweldige dingen zou zien.

Tot Sariths verwondering had Mini-Mini gezegd dat ze het helemaal niet erg vond om op Klein Paradijs te blijven. Ze had zelfs beweerd dat ze het beter vond op de plantage dan in de stad. Sarith wist niet dat Mini-Mini na de teleurstelling met Hendrik geen zin had in mannengezelschap, en in de stad waren er zoveel mannen, blank en gekleurd, die interesse voor haar hadden.

Als ze op straat liep om het één of ander voor de misi te doen, moest ze zoveel opmerkingen aanhoren of was er weer deze of gene die meende naast haar te moeten komen lopen.

Ook zag Sarith dat Julius heel tevreden was omdat Mini-Mini zo goed voor het kind zorgde. Nu, wat Sarith betrof was het allemaal goed zolang zij maar niet steeds op Klein Paradijs hoefde te blijven.

Zo was Sarith dus heel vaak in de stad. Soms bleef ze er wel drie maanden achter elkaar, omdat er zoveel feesten en partijtjes waren en ze kon toch moeilijk bedanken. Af en toe kwam Julius ook naar de stad en kon hij haar bewegen om terug naar de plantage te komen. Ze bleef er echter nooit langer dan een paar weken, steeds ongedurig. Toen in september 1772 *de feesten* gevierd werden naar aanleiding van de val van Buku, was Sarith ook in de stad, en toen het eerste oorlogsschip in februari 1773 aankwam was ze er ook. Al gauw ontmoette ze verschillende van die luitenants en officieren op feestjes en partijtjes.

In december 1773 was ze weer in Paramaribo. Na het Loofhuttenfeest in oktober op Joden-Savanna, was ze met Julius mee teruggegaan naar Klein Paradijs, om er de derde verjaardag van Jethro te vieren, begin december. Haar zus Esther was een paar dagen voor de verjaardag gekomen, vergezeld van alle vijf zonen en ook Rebecca met haar dochter en zoontje, en nog een stel andere dames en heren, allen met kinderen, want Sarith wilde van de verjaardag van haar kind een groot feest maken. Dat werd het ook. Allerlei spelletjes werden met de kinderen gedaan, en er werd veel gesnoept, veel gegeten en gedronken. Mini-Mini, Kwasiba en alle andere huisslaven hadden er de handen aan vol. Gelukkig hadden alle gezinnen en mevrouwen hun eigen slaven en slavinnen meegebracht. Een week na het feest was iedereen teruggereisd en ook Sarith was met Esthers tentboot meegegaan, omdat er immers altijd zoveel partijtjes waren rond deze tijd, en Esther en Jacob op Oud en Nieuw traditioneel een heel groot bal gaven.

Het was op dit bal dat ze luitenant Reindert Andersma voor het eerst zag. Hij was nog maar pas in het land; enkele weken tevoren aangekomen. Tot zijn verbazing was hij al gauw opgenomen in een kring van mensen waar er feest op feest werd gegeven. Alles in dit land leek zo vreemd. Al dat gedoe met overal slaven en slavinnen om je heen. Met een glas in de hand stond hij bij een raam in de grote voorzaal van de herenwoning in de Saramaccastraat. Hij was speciaal bij het raam gaan staan, omdat hij het maar warm vond, zo onder die grote kristallen kandelaar. Hij keek naar de donkere straat en hoorde opeens naast zich een vrolijke stem, die vroeg of er op straat aardigere dingen gebeurden dan binnen. Reindert draaide zich om en keek in het lachende gezicht van een bijzonder mooie jonge vrouw.

Sarith keek naar die blonde man met die helblauwe ogen. Wat vond ze hem een geweldig knappe verschijning. Ze had hem al meteen opgemerkt toen hij binnenkwam, een grote blonde man en o zo'n fijn snorretje. Er ontstond een gesprek; hij wist het, ze was een zusje van de gastvrouw. *Toen ze er net waren*, had de collega met wie hij was meegekomen hem voorgesteld en over deze dame had de collega hem in het oor gefluisterd: 'Een heet raspaardje,' en zo zag ze er ook wel uit.

Ze wilde van alles van hem weten, vertelde ook over zichzelf, ze was mevrouw Robles de Medina, maar stelde al direct voor elkaar te tutoyeren. Sarith heette ze. Wel, hij was Rein voor zijn vrienden, was pas in de kolonie, vond het een hele ervaring dit land; heel anders dan hij zich had voorgesteld, en vooral warm.

Iedere keer was Sariths kirrende lach te horen. Ze danste veel en ze vermaakte zich best. Nadien zag Sarith Reindert heel vaak. Iedere keer als ze op een partij of bal was, was er ook luitenant Andersma. Toen miste hij haar op een keer, en toen ze hem daarna weer zag vertelde ze dat ze op haar plantage was geweest.

Ondertussen was het de kolonisten gebleken dat de Boni-negers heus niet verslagen waren. Plantages werden aangevallen, militaire posten overmeesterd en soldaten gedood.

Gouverneur Nepveu en kolonel Fourgeoud kibbelden. Gouverneur Nepveu had nu besloten dat er ter verdediging tegen de marrons een kordon van militaire verdediging moest worden opgezet. Dit zou worden een tien meter breed pad door bos en zwamp, waarop men met karren zou kunnen rijden. Er zouden houten bruggen komen over de kreken, en op ongeveer elke vijf kilometer een militaire post.

Dit kordonpad zou lopen van Joden-Savanna tot Vredenburg aan de Oranje

Kreek, ongeveer honderd kilometer lang.

Op een feestje ten huize van de familie Levens in april 1774 vertelde Rein Andersma aan Sarith dat hij voor enkele weken niet in Paramaribo zou zijn omdat hij de controle had over de op te richten militaire posten. Sarith en Rein waren in de afgelopen maanden goed bevriend geworden; het was zelfs al veel meer dan vriendschap. Rein wist dat hij deze mooie vrouw begeerde en zij maakte er ook geen geheim van dat hij haar zeker niet onverschillig was. De manier waarop ze naar elkaar keken als ze samen waren, sprak boekdelen en meermalen hadden ze elkaar gekust als ze dachten dat niemand het zag.

Nu Rein die avond aan Sarith vertelde dat hij over enkele dagen Paramaribo zou verlaten, zei ze hoe jammer dat was. Hij antwoordde dat hij niets liever wilde dan de resterende drie dagen voortdurend in haar gezelschap te zijn. Zou ze niet mee kunnen naar zijn huis na afloop van het feest? Sarith wist dat ze met vuur speelde, maar ach, waarom niet, niemand hoefde het toch te weten? Ze konden gewoon doen alsof hij haar naar huis bracht. De woning van de luitenant was in de Kleine Combéweg. Vlak naast het Fort Zeelandia waren enkele woningen speciaal voor de kapiteins en luitenants.

Sarith reed mee in het rijtuig en in de woning aangekomen stuurde Rein zijn lijfslaaf, die op de achtergalerij op hem wachtte, weg met de woorden dat hij hem verder niet nodig had. Nauwelijks in de kamer gekomen, kusten ze elkaar hevig en langzaam kleedde Rein die mooie vrouw uit en knoopte het kunstig gemaakte kapsel uit elkaar. Toen ze zo voor hem stond met de zwarte haren tot over haar blote borsten, kon hij niet anders dan haar bewonderen en met hevige hartstocht omhelsden ze elkaar.

Nicolette wachtte op haar meesteres. Ze lag op de vloer voor de kamerdeur in de Saramaccastraat en schrok hevig toen ze het schot van zes uur hoorde. Had ze dan de hele nacht geslapen en de misi niet horen thuiskomen? Ze begreep er niets van, *want als misi laat thuis* kwam, schopte die altijd even met haar voet tegen de slapende Nicolette, en die was dan klaarwakker om de misi te helpen met uitkleden.

Voorzichtig opende ze de kamerdeur en keek naar binnen, maar de misi lag niet in bed. Waar was ze dan? Nicolette ging naar beneden, waste zich en ging op de achterstoep zitten.

Toen Sarith wakker werd in het bed in het vreemde huis, vroeg ze zich met schrik af hoe ze zou beginnen zonder Nicolette. Ze maakte Rein wakker en zei: 'Hoe moet ik nu beginnen zonder Nicolette?'

'Wie is Nicolette?' bromde Rein. 'Mijn slavin,' fluisterde Sarith. Rein begreep niet wat ze bedoelde. 'Heb jij een slavin in huis?' vroeg ze. Nee, dat had Rein niet, hij had alleen mannelijke slaven en zelfs die hield hij op een afstand, want hij kon er niet tegen om die lui steeds om zich heen te hebben, en aldoor op de vingers gekeken te worden.

'Maar hoe moet ik me dan aankleden en mijn haar, hoe moet het met mijn haar?' vroeg Sarith. 'Nou, dat doe je toch zelf,' had Rein verbaasd uitgeroepen. 'Maar dat kan ik niet, ik weet niet hoe het moet!' Sarith begon bijna te huilen. Nu moest Rein toch wel heel hartelijk lachen. Stel je voor, *een volwassen vrouw*, reeds getrouwd en met een kind, die wist niet hoe ze zich moest aankleden en hoe ze haar haar moest doen. Dat was me toch een kostelijke mop, nee, die vrouwtjes in de kolonie waren me wat hoor!

'Schei uit met lachen,' riep Sarith en sloeg hem met een kussen in het gezicht. Er volgde een stoeipartij van jewelste, die weer eindigde in een liefdesscène. 'Maar ik weet toch niet wat ik nu moet doen,' zei Sarith daarna. 'Kan ik je dan niet helpen?' vroeg Rein plagend. 'Kom, ik zal je slavinnetje zijn, stap maar in en lachend greep hij een stuk ondergoed van de stoel. 'Nee, schei uit,' zei Sarith. 'Kan je je slaaf niet sturen om Nicolette te halen?'

'Goed, dat zal wel gaan.' Rein schoot een broek en een ochtendjas aan en ging naar beneden om Kwasi, zijn slaaf, uit te leggen hoe en waar hij een zekere Nicolette moest halen.

Toen Nicolette bijna een uur later, door Kwasi gebracht werd en ze in de kamer haar meesteres zag in die toestand, in het bijzijn van die 'blanke soldaat'*, begreep ze heus wel wat zich daar had afgespeeld.

Ze hielp haar meesteres met wassen, kleedde haar aan en maakte het haar op. *Sarith vertrok naar Esthers huis*, omdat ze dacht dat ze wel niet zo lang kon wegblijven, maar voor ze weggingen, zei ze tegen Nicolette: 'Als je iets durft te zeggen, stuur ik je voor een Spaanse bok en verkoop ik je aan plantage Suynigheid.'

'Nee misi, ik zeg niets.'* Nicolette haastte zich om dit te zeggen, ze zou heus niets verklappen, ze wilde geen Spaanse bok, noch wilde ze verkocht worden aan plantage Suynigheid, die berucht was vanwege de slechte behandeling van de slaven. In de Saramaccastraat zei Sarith tegen Esther dat ze de nacht had doorgebracht bij een vriendin, die toch zo ziek was geworden op het feestje.

De volgende dag zei ze tegen Esther, dat ze de dag bij haar vriendin zou doorbrengen en misschien daar zou blijven overnachten. Aan Nicolette zei ze om aan de overkant van het luitenantshuis onder een boom op haar te wachten, want ze wist dat Rein er niet van hield om slavinnen in zijn huis te hebben.

Bij het schot van acht uur moesten alle slaven echter in hun vertrekken zijn. Toen Nicolette bij het invallen van de duisternis haar meesteres nog niet uit het huis zag komen, werd ze ongeduldig. Ze liep op en neer onder de boom en toen het schot van acht uur was gevallen, liep ze zo snel als ze kon naar de Saramaccastraat, want ze was bang om door een politieagent te worden aangehouden. De volgende morgen vroeg ging ze maar weer onder de boom zitten en wachtte ze tot ze Kwasi buiten zag. Toen ze nu haar meesteres hielp, vroeg die haar waar ze de nacht had doorgebracht.

Nicolette vertelde, dat ze gewacht had tot het schot van acht uur ging en dat ze toen uit angst voor de politie naar de Saramaccastraat was gegaan.

‘Wat heb je daar gezegd?’* vroeg Sarith. ‘Niets, ik heb niets gezegd.’*

Nu zei Sarith: ‘Als je wat zegt, snijd ik je tong af en verkoop ik je.’ ‘Nee, misi, nee.’ Met grote ogen van angst klemde Nicolette met haar duim en wijsvinger de lippen op elkaar, om de misi te overtuigen dat ze werkelijk niets zou zeggen en Sarith knikte. Toen ze weer bij Esthers huis waren gaf ze het meisje twee stuivers.

De volgende dag ging Rein voor enkele weken de stad uit en Sarith besloot dat ze in die tijd dan maar naar Klein Paradijs kon gaan.

Julius was blij toen hij zijn vrouw zag komen, zomaar uit zichzelf. Ze vertelde dat ze blij was weer thuis bij hem te zijn en hij bedacht dat ze toch wel lief was; *ach, ze was nog jong, zeker* had zo’n jonge vrouw een beetje vertier nodig. Nou, zo lang ze maar zijn vrouw bleef en naar hem toekwam, zou hij haar die feestjes en partijtjes heus niet ontzeggen.

Op Klein Paradijs bedacht Sarith dat het toch aardig zou zijn als ze zelf een feest gaf op de plantage en een stel vrienden uitnodigde voor een logeerpartij. Ook militairen hadden recht op verlof en allicht kon Rein een paar weekjes vrij krijgen. Julius stemde toe in een partij op hun plantage, dat was aardig, het gaf Sarith wat te doen. Sarith maakte de voorbereidingen en moest natuurlijk weer naar Paramaribo om te zien of alle gasten die ze wilde uitnodigen zouden kunnen komen logeren in de eerste twee weken van september.

Rein was ondertussen van zijn expeditie terug en weer ging Sarith verschillende keren de nacht bij hem doorbrengen.

Volgens Sarith wist niemand er iets van, maar natuurlijk wist de hele Surinaamse gemeenschap reeds alles. En overal werd er gesproken over die Sarith, die het hield met één van de luitenants. Ook Esther hoorde wat van dit gefluister. Ze had al vermoed dat er iets aan de hand was.

Toen Sarith opeens drie dagen achter elkaar zogenaamd bij haar vriendin Bella Levens logeerde, ging Esther op een ochtend eens langs *bij deze Bella*. Bella vroeg in een kort gesprek hoe het met Sarith ging, en Esther wist genoeg. Toen Sarith die middag omstreeks het middageten terugkwam, probeerde Esther eerst Nicolette uit te horen, maar die hield zich van de domme, nee, ze wist niets. Misi had gelogeerd in een huis bij een andere misi en masra, maar zij, Nicolette, wist heus niet waar; ze kende de stad niet. Esther ging bij Sarith in de kamer en vroeg haar waar ze gelogeerd had. Toen die zei: ‘Wel, bij Bella Levens,' werd Esther echt boos en zei: 'Sarith, ik was vanmorgen bij Bella Levens, ze vroeg hoe het met je ging. Ze had je lang niet gezien. Denk je dat ik niet weet waar je was? Iedereen praat erover, schaam je je niet? Wat zal je man wel zeggen als hij het hoort?'

Als een furie sprong Sarith van het bed waarop ze net was gaan liggen. Esther moest zich maar met haar eigen zaken bemoeien. Was het zo erg als ze eens een keer bij iemand ging? Vroeg iemand zich wel eens af wat voor leven ze had, daar op die saaie plantage, met alleen maar een oude man en een kind? En had haar man nog ergens anders interesse voor? Nee, alleen de plantage telde en of de oogst wel goed werd en zij, zij had niets. Esther had een huis in *de stad, haar man hield van* uitgaan, ze had dure kleren, rijtuigen, alles, maar zij Sarith had niets. Zelfs een huis in de stad gunde haar man haar niet.

Esther keek en luisterde verbaasd naar deze uitbarsting. Dacht Sarith ooit wel eens aan iemand anders dan aan zichzelf? En zelfs dan? Snapte ze dan niet, dat ze ook zichzelf en haar positie, haar naam, in gevaar bracht. 'Maar Sarith, zie je dan niet dat dit niet kan, niet mag, denk je toch eens in wat voor gevolgen dit voor je zelf ook kan hebben. Wat zal Julius toch zeggen? Hoe zal hij reageren als hij dit te weten komt.'

'Hij zal niets te weten komen, tenminste zolang bemoeizieke zusters zich met hun eigen zaken bezighouden.' Toen Sarith dit zei, keek Esther haar even scherp aan; met opeengeklemde lippen draaide ze zich om en liep de kamer uit.

Met dit verwende schepsel viel toch niet te praten.

ELZA

Het was de tweede week van oktober 1774. Elza zat op een schommelstoel en keek uit het raam van de voorzaal. De Gravenstraat was droog en stoffig, het had al bijna vier weken niet geregend. Warm was het ook, erg warm. Voor haar natuurlijk des te erger, nu ze hoogzwanger was. De baby kon nu elk moment komen. Ze hoopte maar dat het vlug gebeurde; het leek alsof het zo lang duurde. Ze had haar benen op een bankje. Dat moest van Maisa, want haar voeten en enkels waren helemaal opgezwollen.

Beneden hoorde ze de stemmen van Gideon en Alex. Af en toe hoorde ze Gideon hardop lachen. Ze moest toch tegen Alex zeggen dat hij en Gideon het wat rustiger aan moesten doen beneden. Per slot van rekening was daar het kantoor, er kwamen zoveel mensen af en aan. Ze wist wat die twee daar deden. Ze maakten verhaaltjes, tekenden en schreven onder de tekeningen wat ze bedacht hadden. Het was helemaal Alex' idee en Rutger had er schik in dat Gideon zo opschoot met schrijven en lezen. Alex was eigenlijk een geboren leermeester.

Elza's gedachten gingen terug naar de Alex van vroeger. Hij had hard gespaard om zich vrij te kopen en was nu al een jaar vrij man. Toen hij de *brief van manumissie*[1] in handen kreeg, had Rutger gezegd: 'Nu ben je een vrij mens, Alex. Wat ga je doen nu je vrij bent?' En Alex had geantwoord dat hij graag bij de masra wilde blijven werken. Hij was nu bode op het kantoor beneden, liet de mensen binnen, hield afspraken bij, enzovoort. Hij zat aan een tafeltje naast de voordeur, altijd keurig gekleed met glimmend gepoetste schoenen aan. Want dat was het eerste wat Alex met zijn geld gekocht had: schoenen. Vanaf dat hij vrij was had niemand hem zonder schoenen gezien.

Gideon, die nu zes was, en al wat kon schrijven, zat urenlang aan de andere kant van het tafeltje en samen schreven en tekenden die twee.

Het was vaak druk daar beneden. Veel plantage-eigenaren kwamen voor leningen. Vaak konden ze niet geholpen worden. Volgens Rutger ging het helemaal niet goed in de kolonie. Afgezien van de krach op de Amsterdamse Beurs het vorig jaar, was het de binnenlandse oorlog die het land zoveel kostte. Rutger kon maar niet ophouden steeds weer te zeggen, dat het gouvernement geen andere keus had dan vrede sluiten met de marrons, ze niet meer achtervolgen, en ze een gebied in de Marowijne geven om te leven als vrije mensen. Maar de gouverneur en vooral kolonel Fourgeoud en ook de directeuren van de Sociëteit in Nederland dachten er *anders over. Dat gespuis en gebroed in de bossen moest uitgeroeid worden.*

Nu weer waren er plannen om binnenkort nog meer manschappen naar Suriname te sturen om de ruim 1500 die er al waren aan te sterken.

Steeds grotere bedragen werden er gevraagd van de planters, steeds hoger

 1 Vrijverklaringsbrief.

werd de belasting die in de wegloperskas gestort moest worden. En die ongeveer duizend militairen met hun wapens konden die 300 marrons toch maar niet aan, want steeds kon men weer horen, hoe militaire posten en plantages werden overvallen, gebouwen in brand gestoken, wapens en ander materieel buitgemaakt.

Kolonel Fourgeoud had nu een andere techniek. Hij wilde de Boni-negers uithongeren. Als ze stelselmatig het bos uitbrandden en alle kostgronden vernietigden, moest dat gespuis zich wel overgeven.

Het kordonpad waaraan hard gewerkt werd, diende om ze van overal te kunnen bereiken. Om de zoveel kilometer een post met geschut en om de vijf *kilometer een piquet*, waar een paard was om zonodig een boodschap heel snel door te geven. En ondanks dit alles kon men de Aluku's toch niet de baas.

Nee, het ging niet goed in de kolonie. Elza zuchtte eens. Zijzelf hadden niets te klagen. Rutger was administrateur over wel acht plantages nu; vier daarvan waren plantages waarvan de planters hun schulden niet hadden kunnen betalen. Die waren nu eigendom van de bank, maar Rutger had de planters zelf maar als directeur-beheerder aangesteld. Op sommige plantages ging het goed, op andere weer niet, want de directeur waande zich nog steeds eigenaar.

Elza hoorde voetstappen op de trap en Jonathan, die op de achtergalerij met Afanaisa speelde, riep: ‘Mama, hier is een tante.’ Binnen kwam Mia van Henegouwen, nu mevrouw Willemsen. Elza was blij haar te zien. Ze waren goede vriendinnen, nog vanaf de tijd dat Elza en Sarith op de Franse school waren. Mia zei: ‘Ik dacht dat je eigenlijk al in het kraambed zou liggen met een dochter naast je.’ Elza lachte: ‘Was het maar waar, maar het zal toch wel vlug gaan gebeuren, en ja, een dochter hoop ik, zoveel jongens in onze familie; Esther heeft er vijf, ik zelf twee, mijn broer David drie, Rebecca heeft twee zonen en Sarith er één!’

Zo kwam het gesprek op Sarith. Wist Elza wel wat er allemaal verteld werd over Sarith? Ze had pas verschillende gasten op Klein Paradijs te logeren gehad, waaronder luitenant Andersma en drie vrienden, en zelfs daar, onder de neus van haar man, had Sarith het klaargespeeld met de luitenant samen te zijn. Elza wist er van, iedereen sprak erover. Maisa en zij hadden het pas nog uitgebreid besproken.

'Zou jij niet met haar kunnen spreken, Elza?' vroeg Mia.

'Ik, waarom ik?' vroeg Elza verbaasd. 'Och, jullie waren altijd zulke goede vriendinnen en ik meende vroeger al, dat je een gunstige invloed op haar had. Weet je nog, vroeger met Charles?' Ja, Elza wist nog van vroeger met Charles, hoe Sarith hem stiekem ontmoette, terwijl iedereen dacht dat de drie meisjes samen waren, en hoe vaak ze Sarith gevraagd had het toch niet te doen; maar dat was lang geleden. 'O nee, ik niet hoor,' zei Elza. 'Ach, we waren vroeger wel goede vriendinnen, maar nu heeft ieder zo zijn eigen leven. Ik heb eigenlijk weinig contact met Sarith, ze heeft heel andere vrienden, zie je.' Ja, Mia begreep dat wel. 'Zou haar man echt niets ervan weten?' vroeg ze weer.

Elza wist het niet, iedereen sprak erover, maar zoals het altijd gaat, is de man zelf de laatste persoon die erover hoort. Ook hier was het inderdaad zo; heel Suriname wist dat Sarith een verhouding had met luitenant Andersma, iedereen wist het, behalve Julius, haar man.

Hoofdstuk XI

FEBRUARI 1775: JAN

Elf kanonschoten werden door Fort Zeelandia afgevuurd om het schip te begroeten, en vanaf het schip werd dit op dezelfde manier beantwoord. Jan stond tussen de vele soldaten op het schip en keek naar de witte stad, die steeds dichterbij kwam. Dit was dus Paramaribo. Het zag er allemaal zo mooi en fris uit, maar hij zou nog blij geweest zijn als het er grauw en vies uitgezien had. 61 dagen opgesloten in het kleine schip tussen die ruwe klanten, was geen pretje. Ze waren omstreeks midden december uit Amsterdam vertrokken. Eerst hadden ze ruw weer gehad. Huizenhoge golven spoelden dikwijls over het schip heen; koud en bedompt was het geweest, want men had alle luiken dichtgelegd en van verwarming was geen sprake. Later werd het gelukkig warmer en kon men tenminste frisse lucht krijgen. Het eten was vreselijk geweest, geen vers vlees, alleen maar ingezouten erwten. Volgens de kapitein was dat juist goed voor de soldaten, want dan konden ze wennen aan het voedsel dat ze in de bossen zouden krijgen. Het ergste waren nog de vechtpartijen tussen de soldaten en de matrozen, keer op keer was dat het geval en de straffen die de vechters kregen, waren nog erger.

Eén van de soldaten die met een mes gestoken had tijdens een vechtpartij met een matroos, werd hiermee aan de grote mast vast gespijkerd. Hij moest er blijven tot hij zichzelf had bevrijd, daarna werden beiden gekielhaald en verloren ze zes maanden soldij en gage.

Twee matrozen die men betrapt had op homoseksuele praktijken had men gewoon overboord gegooid. Jan was deze ruwe klanten maar zoveel mogelijk uit de buurt gebleven, en hij was God dankbaar, *dat hij het er levend vanaf* had gebracht na alle ziekten als scheurbuik en buikloop, en dat hij straks weer aan land zou zijn.

Hij had zich zoveel voorgesteld van zijn reis naar Suriname. Niet om te vechten in de eerste plaats. Hij was eigenlijk helemaal geen soldaat, maar om het goud dat hij van plan was hier te vinden. En terwijl Jan keek naar het vriendelijke, witte stadje, dat steeds dichterbij kwam, dacht hij weer terug aan wat hij allemaal had gehoord over dit wonderlijke land, en wat hem had doen besluiten om soldaat te worden, om tegen de bosnegers te gaan vechten.

In Holland had hij met zijn ouders gewoond in een klein boerendorpje vlak bij Amsterdam. Vader was arbeider bij een boer; arm waren ze, want vader was niet de vaste knecht. Hij had alleen maar werk als er veel te doen was, in de zomer bijvoorbeeld voor het hooien, en als er geoogst werd. In de winter had hij vaak geen werk en sneed dan lepels en nappen uit wilgenhout. Soms had moeder wel eens werk in de winter, dan kon ze de boerin helpen met weven of bij de slacht, een hele dag werken met als loon niet meer dan een pan gekookte erwten of een zijdje spek.

Het was gewoon toeval dat Jan, toen hij een jongen van veertien was, dat baantje had gekregen als hulpje van de stalknecht bij een rijke heer in Amsterdam. De heer was op een warme zomermiddag langs het dorp gekomen en één van de paarden was kreupel geworden doordat het een steentje in de hoef had gekregen. Jan, die aan de slootkant had gezeten, had de koetsier geholpen, en het steentje er heel voorzichtig uit gepeuterd, terwijl hij het paard, dat eerst erg nerveus was, geruststellend toesprak. Als beloning mocht hij toen voor die rijke heer werken. Het was goed werk geweest, steeds volop eten, en een warme slaapplaats boven in de stal. De rijke heer had plantages in een ver land in de West, en de oude stalknecht Joris, had Jan in de winteravonden verteld wat een land dat was, heel warm, geweldige plantages, een land waar alle blanken rijk waren, alleen maar omdat ze blank waren. Al het werk werd gedaan door zwarte negerslaven, domme onwetende lieden, die men uit Afrika haalde en verkocht aan de plantage-eigenaren. Die lui werden dan aan het werk gezet als een soort paarden en muilezels.

Joris wist er alles van, omdat hij vroeger zeeman was geweest. Hij had als matroos gevaren naar de gebieden in de West. Hij had van alles *meegemaakt*, zeerovers, kapers, en had er een oog en drie vingers verloren.

Het prachtigste wat hij vertelde, was echter het verhaal van het goud, het goud dat daar in die grote bossen zomaar voor het oprapen lag. Joris had het natuurlijk niet gevonden; hij was er nooit lang genoeg geweest om zelf te gaan zoeken, maar het was er. Dat wist hij zeker.

Met open mond had Jan altijd naar deze verhalen geluisterd, en Joris had ook verteld dat er de laatste jaren soldaten naar dat land gingen. Enkele van die zwarte lui waren naar de bossen gevlucht, omdat ze niet meer wilden werken op de plantages, en vanuit Amsterdam werden er soldaten gehuurd om ze te vangen en weer naar de plantages te voeren. Joris had gezegd dat hij vast gegaan zou zijn als hij jong genoeg was. Jan die nu achttien jaar was, wilde er best naartoe. Hij kon soldaat worden, en die negers in de bossen gaan vangen. Bovendien wist hij van het goud, hij zou dus ook nog naar het goud gaan zoeken, dat zou vast niet zo moeilijk zijn. Ja, Jan wist het wel, hij zou als een rijke man naar Holland teruggaan.

Toen hij op zijn vrije zondag van de maand de twee uur lange weg naar zijn dorp *had gelopen en* aan zijn ouders had verteld, dat hij als soldaat naar Suriname ging, waren die eerst heel verbaasd geweest. *Ging Jan weg? Waarom* toch, zo'n goed baantje kreeg hij vast niet meer. En waar ging hij naar toe, waar was dat vreemde land waarover hij sprak? In de West? Was dat misschien ergens bij de Oost? Waren daar Chinezen met die spleetogen? 'Nee,' had Jan geduldig geantwoord, geen Chinezen, maar negers moest hij gaan vangen, dat waren van die zwarten.

‘Zwarten?’ had moeder geroepen. ‘O Jan, maar die lui eten de blanken op, dat zijn toch van die wilden, die de blanken in een pot koken en opeten en als versiering een bot door de neus steken?’

‘Nee moeder, dit zijn weggelopen slaven,’ had Jan gezegd, maar moeder en vader dachten, dat het toch maar gevaarlijk was of het nu van die spleetogen of zwarten waren, al dat soort gebroed was toch maar doodeng. En hoe wilde Jan die nu gaan vangen? Jan had uitgelegd dat dat maar een koud kunstje was. Die lui hadden toch niets en de soldaten hadden alles, geweren, kanonnen, paarden, enzovoort. Maar het belangrijkste was het goud dat hij er zou vinden, hij zou als een rijke man terugkomen. Voor iedereen zou hij iets geweldigs kopen; een groot huis bouwen, zelf paarden en koeien houden.

De zusjes hadden met glinsterende ogen gekeken en met gespitste oren geluisterd. Kocht Jan voor hen ook iets moois, iets heel moois. Jan had gul beloofd; natuurlijk, ze hoefden het maar te zeggen. Antje wilde schoenen, heuse schoenen met glinsterende gespen en Miebetje wilde een japon, een nieuwe uit de winkel; en moeder? Wel voor moeder een warme rok en een omslagdoek; voor vader een nieuwe pet en een jas, en voor opoe? Opoe die mummelend in een hoekje van de kamer had gezeten, wist niet waarover ze spraken, maar de zusjes hadden geroepen: ‘Opoe, je krijgt van Jan een stoof, een warme stoof voor je voeten en een omslagdoek,’ en opoe’s tandenloze mond had gevraagd: ‘Waar is het?’ De zusjes hadden hartelijk gelachen en aan opoe’s dove oren geroepen: ‘Als hij terugkomt uit Suurvename en rijk is.’

Nu was hij dus in Suriname, en hij stond te popelen om aan wal te gaan. Warm was het wel, ja zeer warm.

Enkele weken later was Jan op weg naar zijn eerste expeditie. Hoe anders was de werkelijkheid. *Vreselijk* was het hier midden in het oerwoud, benauwd, donker, zelfs midden op de dag. 27 dagen waren ze al in het bos, ze vorderden zeer langzaam, elk stukje weg moest eerst opengekapt worden. Negerlastdragers droegen alles wat ze nodig hadden, en wat was er veel nodig! Kapitein Stoelman riep bevelen, de vaandrigs gaven bevelen en de soldaten sjokten maar voort. Ze hadden tot nu toe nog geen enkele neger gezien of gehoord, wel hadden de mannen ergens een stuk opengekapt terrein ontdekt, men noemde dat kostgrond. Het was beplant met cassave en maïs, jammer genoeg was er nog niets rijp, anders hadden ze dat kunnen gebruiken. Het zou een welkome afwisseling geweest zijn van die beschimmelde erwten en gort en gezouten vlees waar de maden uit kwamen. Op last van de kapitein hadden de mannen die kostgrond in brand moeten steken. Door de nattigheid lukte het niet en toen had men alles moeten uitgraven, in stukjes hakken en ten slotte was die hoop dan verbrand.

Jan voelde zich allerellendigst. Van al die 26 nachten had hij niet één nacht goed kunnen slapen, door die vreselijke muskieten. Nu bond hij 's nachts lappen om zijn hoofd om het gezoem niet te horen en stopte hij zijn hoofd in een gat in de grond, met zijn ransel er bovenop. Zijn armen en benen zaten onder de geïnfecteerde zweren. Iedere keer als hij door insecten gebeten was, had hij gekrabd en door de vuile nagels was alles gaan zweren. Het ergste was de pijn in zijn liesstreek. Daar hadden grasluizen hem gestoken, hij had gekrabd, alles was gaan zweren. Zijn was soldatenkleding vies, stinkend, en nat geworden door de regen, weer gedroogd, weer nat geworden, dat maakte het alleen maar erger. Elke stap die hij moest doen was een martelende pijn. Nee, zo had hij het zich niet voorgesteld. Wat een ellende! De hel kon nog niet zo erg zijn.

’s Nachts was alles pikdonker. Je kon geen hand voor ogen zien en elk geluid kon een giftige slang zijn, die je een dodelijke beet kon toebrengen of een tijger, die op de loer lag om je te verscheuren. Alle mannen waren er min of meer net zo aan toe als hij. Allen, behalve de lastdragers, die geen hinder schenen te hebben van al die insecten, en die op hun blote voeten makkelijker schenen te lopen dan de soldaten met opgezwollen voeten in die zware laarzen.

Er werd gefluisterd dat men vermoedde, dat men nu wel een stel van die Boni-negers zou ontmoeten; men moest zo weinig mogelijk geluid maken en proberen ze te verrassen, om ze zo te kunnen vangen. Ving men een stel negers, dan moesten die direct doodgeschoten worden; hand afkappen om als bewijs mee te brengen naar de stad. Voor elke hand kreeg de soldaat een premie. Mocht men een hoofdman vangen, dan moest men het hoofd afhakken om in de stad te tonen.

Opeens klonken er schoten en nog voordat de soldaten hun geweren gereed hadden kunnen maken voor het schieten, lagen er al vier bloedend op de grond. De lastdragers waren plotseling verdwenen; meer schoten, lawaai, tumult: ‘Vlucht, vlucht, red je leven, ga ervan door!’ Naar alle kanten renden soldaten; niemand bekommerde zich om een ander, iedereen probeerde het lijf te redden. Ook Jan holde, holde, wrong zich tussen doornige struiken, krabde zijn gezicht open, verloor zijn muts, maar ging verder. Daar lag een boomstam... erover moest hij. Hij probeerde te springen, maar haakte met zijn voet ergens aan. Een scherpe pijn, een steek, hij kon niet meer! Met een kreet viel hij op de grond, zijn ene hand diep in een puntige stok die in de grond stak. Toen hij zijn hand had bevrijd en met grote angstogen keek naar het bloed dat er uit stroomde, probeerde hij op te staan. *Hij kon niet*, zijn been, wat was er met zijn been? Met huivering keek hij naar zijn linkerbeen, dat in een vreemde bocht daar onder hem lag. Het drong tot hem door, dat hij niet meer zou kunnen lopen.

Terwijl hij met zijn andere hand de wond in zijn hand probeerde dicht te knijpen, riep hij luid: ‘Help, help.’ Geen antwoord, iedereen was al weg. Weer gilde Jan: ‘Help, help me dan toch, hier.’ Niets! Hij probeerde nogmaals op te staan, zakte direct weer op de grond, verschoof op zijn achterwerk een eindje, zodat hij met de rug tegen een boomstam kon leunen. Nog steeds bloedde zijn hand; duizelig sloot Jan de ogen. Dit was het dus! Hij zou hier blijven, van bloedverlies en honger sterven. Misschien wel verscheurd door wilde beesten. Hoe stom was hij geweest, toen hij daar in Holland had gedacht, dat hij naar dit land kon komen, even de negers vangen en dan nog goud zou vinden.

Hoe stom! Toen Jan de ogen weer opendeed, zag hij een grote neger met alleen nog een schaamschortje aan op ongeveer tien meter van hem af staan. O God! Een marron, zijn geweer, waar was zijn geweer? Maar hij had het laten vallen en hij zag dat het vlak naast de man op de grond lag. Die zou nu het geweer oppakken en hem doodschieten.

'Heer in de hemel,' bad Jan met gesloten ogen, 'maak dat ik direct dood ben, maak dat hij mij recht in het hart of door het hoofd schiet. Laat me niet lijden. Laat me direct dood zijn.'

Het duurde twee, hooguit drie minuten, maar voor Jan was het een eeuwigheid. Ieder moment verwachtte hij het schot, hij zag in een flits zijn geboortedorp, zijn ouders, zijn zusjes, opoe in haar hoekje. Hij hoorde opoe zeggen:

‘Waar is het?’ En de zusjes antwoordden: ‘Als hij uit Suurvename terugkomt.’ Alles zag hij weer in een flits. Het schot, waar bleef het schot? Hij opende heel even zijn ogen en zag dat die man nu dichtbij hem stond. Misschien wilde hij hem van nog dichterbij raken, wel des te zekerder ging hij dan dood. Maar nu zag Jan, dat die man geen geweer in de hand had, het geweer stond tegen een boom. De man bukte zich naar hem. Wilde hij hem misschien liever wurgen, of met zijn houwer in stukjes kappen? Afwerend stak Jan de handen op. Nog steeds stroomde het bloed uit zijn ene hand. ‘Nee,’ riep hij, terwijl hij beide bebloede handen voor zijn gezicht hield. Maar de man zei: ‘Wat is er? Sta op, sta op!’* Jan keek naar zijn been, misschien wilde de man wel met hem vechten. Toen keek de man ook naar zijn been; hij hurkte neer en begon *voorzichtig* de laars los te knopen. Jan kreunde van de pijn. Toen was de laars los en Jan keek naar het been, dat een grote bult had waar de breuk was. Nu schudde de man zachtjes zijn hoofd; hij zei iets terwijl hij heel voorzichtig probeerde het been in een betere stand te leggen, toen ging hij naar een struik, kapte met de houwer enkele takken af, en na die schoongemaakt te hebben, legde hij ze aan weerskanten van Jans been. Hij zei weer iets maar Jan begreep niet wat hij bedoelde.

Een eind verder lag de ransel. De man liep er naar toe en haalde er iets uit, het was zijn halsdoek. Hij scheurde enkele repen daarvan af en begon die voorzichtig om het been en de takken te wikkelen. Jan begreep er niets van. Zou die man hem dan niet vermoorden? Het was toch één van die gevreesde bosnegers? De man zei: 'Wees niet bang, ik kom zo terug.'* Toen ging hij weg. Zelfs al had Jan gewild, dan had hij niet weg gekund, de pijn was te hevig en hij voelde zich uitgeput.

Een poosje later kwam de man terug met een andere man. Ze hadden een soort draagbaar bij zich van takken, samengebonden met lianen. Heel voorzichtig legden ze Jan daarop en brachten hem weg.

Misschien wilden ze hem dan in hun dorp met veel vertoon vermoorden, dacht Jan, maar het kon hem niets schelen. Niets kon hem meer schelen, hij zou toch heel spoedig sterven, hoe dat deed er niet toe. Het leek wel alsof de mannen lang moesten lopen. Met moeite kropen ze soms door dicht struikgewas en ze gingen ook door een klein kreekje, de baar hoog houdend, zodat hij niet nat werd. Het leek uren te duren. Jan had de ogen gesloten en had het bewustzijn verloren. Toen hij weer bijkwam, lag hij onder een pinadak en iemand waste zijn gezicht af met fris water. Allemaal zwarte gezichten zag hij naar zich kijken; meest vrouwen en kinderen, behalve de twee mannen die hem gedragen hadden en een paar oudere mannen.

De vrouwen keken niet bepaald vriendelijk en hij hoorde hoe een paar op kibbelende toon met die twee mannen spraken. Jan kon het niet verstaan, maar hij begreep dat die vrouwen boos waren dat hij hier in hun dorp gebracht was. Eén van de oudere mannen sprak op kalmerende toon en scheen iets uit te leggen.

Later gingen de vrouwen weg en een oude man legde heel voorzichtig een papje van bladeren en kruiden om Jans been en verbond het. Het deed nu niet meer zo'n pijn. Toen trok hij al Jans kleren uit, *waste hem met fris* water, waarin kruiden lagen en behandelde alle wonden en zweren. Terwijl hij dit deed sprak hij steeds. Jan verstond het wel niet, maar het voelde allemaal heel goed en kalmerend aan. Vervolgens bracht één van de vrouwen hem een grote kalebas met een soort heerlijke krachtige soep, gekookt van vis en stukken cassave. Voorzichtig haalden de mannen hem toen van de baar af en legden hem in een hangmat. Heerlijk, weldadig voelde alles aan. Wat een rust. Ook zijn hand was verbonden. Op de zweren in de liesstreek was een vettig papje gesmeerd en ze hadden hem een schouderdoek om gegeven. Geen vochtige, stinkende, zware kleren, geen muskieten, geen pijn, wat een zaligheid. Eindelijk kon hij slapen.

Hij sliep ook. Het was al laat de volgende dag toen hij weer de ogen opendeed. Weer kwam de oude man, die iedereen Ta Jusu noemde hem verzorgen. Weer kreeg hij van het heerlijke voedsel. Jan had het gevoel alsof hij nu in het paradijs was. Waren dit die gevaarlijke negers die ze moesten achtervolgen en doodschieten? Waren dit de mensen van wie de kostgronden vernield en verbrand moesten worden, zodat ze ten slotte door de honger gedreven zich *moesten overgeven*? Waarom eigenlijk? Omdat ze dit leven verkozen boven slaaf zijn? Er waren geen betere en geen *lievere mensen* op aarde; daar was Jan nu van overtuigd. Had één van de soldaten zich maar één ogenblik om hem bekommerd? Nee, iedereen had alleen aan zichzelf gedacht.

Zes weken bleef Jan daar in het dorp; zes weken van rust en gelukzaligheid. Hij zag de vrouwen bezig met werken, hij zag ze cassavebroden bakken, vis drogen en roken, rijst stampen, maïs pellen. Hij had al begrepen dat ze grote voedselvoorraden maakten. Alles was gemeenschappelijk; voor iedereen. Niet de ene had veel en de andere niets. Hij zag hoe kundig ze alles wisten te gebruiken, touw maakten, dakbedekking, kruiden voor medicijnen. En hij schaamde zich, toen hij bedacht dat hij vroeger van mening was geweest, dat ze erg dom waren, omdat volgens hem alleen de blanken verstand hadden. Maar alle blanken tezamen mochten heus wel hun lesje komen leren bij deze zwarten.

Nu begreep hij ook, hoe het deze kleine groep van 200 à 300 man toch maar lukte om zich niet door de soldaten te laten pakken en steeds het leger voor te zijn. Hij zag hoe de vrouwen voor hun kinderen zorgden, hoe ze elkaar hielpen. Vaak stonden ze in zijn nabijheid *als ze bij elkaar* kunstige kapsels op het hoofd vlochten. Soms kwam er een kind bij hem, zei iets, liet iets zien en lachte tegen hem. En aldoor vroeg Jan zich af, waarom. Waarom mochten ze niet vredig hier in de bossen in hun dorpen blijven wonen? Hij nam zich vast voor nóóit meer mee te doen met de achtervolging en het doodschieten van Boni-negers.

Op een keer toen Ta Jusu hem behandelde en voorzichtig een papje op de wonden legde, vroeg Jan waarom die mannen hem eigenlijk niet gedood hadden, hij was immers een vijand. Ta Jusu had uitgelegd, dat naar hun mening de soldaten niet de kwaden waren; die kwamen pas uit Holland; ze hadden de negers toch niets gedaan? Ze werden gewoon misbruikt. De echte vijanden waren de planters en het gouvernement en nu ook die ellendige Zwitserse kolonel, die zo gezworen had dat hij alle negers in de bossen zou uitroeien.

Toen Jans hand helemaal genezen was, mocht hij van de oude man proberen op te staan. Het ging nog erg moeilijk met zijn been, maar hij kreeg een stevige stok die uit een dikke tak was gesneden en kon proberen heel voorzichtig een stap te lopen. Nog steeds werd zijn been behandeld met kruiden en bladeren en nog steeds was het tussen de twee takken met repen katoen er om heen gebonden.

Alle wonden en zweren op zijn lichaam waren genezen; zijn kleren waren fris gewassen en schoon en hij had altijd de schouderdoek om.

Na zes weken, toen hij al goed kon lopen, zei de oude man tegen hem, dat het tijd werd dat hij terugging. Hij kreeg een boodschap mee die hij aan de berooide Zwitser moest geven. Jan begreep dat dat kolonel Fourgeoud was.

De bosnegers zouden zich nooit overgeven, nooit. Het enige wat ze wilden was vrede en met rust gelaten worden. Als ze niet meer achtervolgd werden, beloofden ze geen plantages meer aan te vallen, want dan zouden ze rustig hier in hun dorpen blijven wonen en leven van wat ze plantten en wat het bos opbracht. Weer slaaf worden, dat nooit!

Jan wilde dat hij deze boodschap kon doorgeven, maar hoe?

De volgende dag bracht de oude man hem met een korjaal langs een klein kreekje en zette hem af achter een plantage. Hij kon gewoon het pad volgen en door de plantage lopen tot hij bij het huis aan de voorkant kwam. Daar zouden ze wel voor hem zorgen. De oude man vertrouwde erop, dat hij hen niet zou verraden en niets over het dorp zou vertellen. *Jan zou nog liever* zijn tong willen afsnijden dan ooit iets vertellen over het dorp, daar kon Ta Jusu zeker van zijn.

Verwonderd hadden de in het veld werkende slaven opeens die soldaat daar door de plantage zien lopen en heel verbaasd was ook de planter, die toen hij van zijn middagslaapje opstond, een soldaat op zijn galerij vond zitten. Deze vertelde hem doodrustig dat hij verdwaald was geweest in het bos nadat hij de groep was kwijtgeraakt. Ongeveer zes weken had hij in het bos gezworven, voordat hij bij de achterkant van de plantage terecht kwam. Nou hoor, deze nieuwe soldaten waren goed getrainde lieden, want dit was geen verhongerde, uitgeputte man die voor hem stond, maar iemand, die alle ontberingen goed had doorstaan; fris en monter zag hij er uit. Met zulke soldaten zouden ze dat gespuis in de bossen wel gauw de baas zijn en zou deze dure oorlog tot het verleden behoren. De Nederlandse Staat had dus eindelijk goede manschappen gestuurd. Tevreden ging de planter daarna met zijn gast en de familie aan tafel, om de volgende dag met Jan in zijn tentboot naar Paramaribo af te reizen.

Het commando van kapitein Stoelman was niet minder verbaasd toen daar opeens een van de vele doodgewaande soldaten stond. Wie weet kwamen er dan nog meer terug, hoewel het toch zeker was dat de meesten van de 32 soldaten van die groep gedood of verdronken waren. Vier had men zelf moeten begraven, omdat ze hun verwondingen niet overleefden. Jan werd nu ingedeeld in het commando waar ook luitenant Reindert Andersma was, en dat onder leiding stond van kapitein Hamel. Deze afdeling maakte zich klaar voor een twaalf weken lange expeditie. Ze werden belast met het voltooien van een bepaald gedeelte van het Kordonpad en zouden piquets moeten slaan tussen de militaire post bij de verwoeste plantage l'Esperance en de Tampocokreek in het Boven-Commewijnegebied. Van daaruit moesten ze ook aanvalspogingen ondernemen naar de marrons in dat gebied.

De boodschap van Ta Jusu wilde Jan afgeven. Maar hoe? En aan wie? Als hij zou vertellen, dat hij zes weken bij de marrons was geweest, zou men van hem eisen, dat hij vertelde wáár ze waren en hij zou ze nooit verraden, nooit... Met wie zou hij zonder gevaar voor zichzelf en zonder gevaar voor die goede mensen kunnen spreken?

Die luitenant Andersma? Die leek wel een aardige kerel. Hij was altijd vrolijk en Jan had ook opgemerkt dat hij niet zo ruw en bevelend tegen de soldaten sprak als de andere officieren deden. Hij zou luitenant Andersma spreken. Waar zou hij dat doen? Niet in het soldatenverblijf. Dat was te gevaarlijk. Zou hij hem bij zijn huis durven opzoeken? In Fort Zeelandia?

De volgende dagen was Jan steeds in de omgeving van het Fort en keek naar het huis van de luitenant. In de namiddag van de derde dag had hij alle moed verzameld en wilde hij gaan aankloppen, maar toen zag hij net een deftige dame aankomen en twee stappen achter haar een slavin. Nauwelijks was de dame bij de veranda, of luitenant Andersma opende de deur en kwam naar buiten. Lachend sloeg hij een arm om de schouder van de dame en liep met haar naar binnen. Jan begreep wel dat hij nu niet kon gaan aankloppen om over marrons te praten. Goed, hij zou dan wachten tot die dame weg was. Maar toen het al donker was en hij die dame nog binnen wist, liep hij terug naar het soldatenverblijf.

Twee dagen later probeerde hij het opnieuw. Hij zag nu dat de luitenant op de veranda zat. Jan liep regelrecht naar hem toe en vroeg of hij hem even mocht spreken.

'Waarover zou je me willen spreken, soldaat?' vroeg luitenant Andersma terwijl hij zich lui uitstrekte in zijn stoel en de voeten van een bankje haalde. 'Over de marrons, luitenant,' zei Jan verlegen. 'Daarover wordt al veel te veel gepraat, kerel,' lachte Andersma, 'maar ga je gang, vertel maar, misschien hoor ik wel iets nieuws.'

Jan begon te vertellen wat hem overkomen was. Toen hij eindigde met te zeggen dat die marrons zulke lieve en goede mensen voor hem geweest waren, barstte Andersma in lachen uit: ‘Jongeman, dat is een mooi verhaal hoor, prachtig is het. Bewaar het maar voor als je weer in Holland bij je meiden bent. Ha, ha, maar je denkt toch niet dat ik het geloof?’ ‘Het is echt waar, luit, echt waar, en die oude, die Ta Jusu, die zei... zei...’ Jan stotterde van verlegenheid. ‘Ha, ha, soldaat, schei uit. Je verhaaltje is mooi hoor, goed om bij het kampvuur aan je vrienden te vertellen, als die de moed willen opgeven,’ lachte Andersma, ‘ha, ha, dit is nu eens een originele manier van proberen uit de dienst te komen, ha.’ Op dat moment zag Jan dezelfde dame van laatst aankomen. Toen ze dicht bij de veranda was, *stond* Andersma op en liep haar enkele passen tegemoet.

‘Sarith, lieveling, kom hier; deze soldaat vertelt een amusant verhaal.’ Andersma stak zijn arm door die van de dame en trok haar even naar zich toe. ‘Weet je wat hij beweert? Hij zegt dat hij in het bos gered is door de Boninegers en dat die zijn gebroken been genezen hebben. Hij wil me nu overhalen om toch vooral lief te zijn voor zijn lieve weglopers daar in het bos. Vind je het niet prachtig, schat? Zullen we maar niet liever naar het bos verhuizen en daar bij de marrons in een hangmat gaan liggen? Ha ha.' De dame lachte nu ook en zei: 'Het zal wel in zijn droom gebeurd zijn.' Nog steeds lachend zei Andersma: 'Soldaat, ga je verhaaltje maar aan de kapitein vertellen hoor, dan kan die ook eens lachen, goedendag.'

Jan begreep dat het gesprek afgelopen was en mompelde: 'Goedendag luitenant, mevrouw.' Hij draaide zich om en ging de veranda af.

Wel, nu wist hij het, niemand zou hem geloven. Hij zou maar niets meer zeggen, het zou toch niet helpen. Kon hij maar weg uit dit leger, weg, ergens naar toe, in ieder geval weg, weg!

Jan begreep wel, dat weigeren om op expeditie te gaan in militaire termen desertie betekende en dat *daarop de dood*straf stond. Hij kon dus niet anders doen dan meegaan, maar hij wist zeker dat hij nooit op een marron *zou schie*ten en als hij kon, ze zelfs zou waarschuwen of helpen.

Ondertussen had men in Paramaribo weer hevig de angst te pakken over aanvallen van de Boni-negers. Kolonel Fourgeouds mannen leden nederlaag op nederlaag. Iedere keer werd men opgeschrikt door het bericht dat er weer een plantage was verbrand en blanken waren vermoord.

In korte tijd achter elkaar vielen de plantages Peron, de Suynigheid en La Félicité. Hoewel de leiders Baron en Joli-Coeur reeds een jaar geleden waren omgekomen, werden hun namen nog steeds met angst en beven door de kolonisten uitgesproken. Vooral het verhaal van Joli-Coeur werd steeds weer verteld.

Joli-Coeur had met zijn groep de plantage Rodenback overvallen. De directeur, een zekere Schulz, bekend om zijn gruweldaden tegen de negers, hadden ze te pakken gekregen en hem aan de voeten met het hoofd naar beneden gehangen. Ondertussen stapten de negers door het plantagehuis, zich te goed doende aan wijnen en rum. Schulz herkende Joli-Coeur, die op deze zelfde plantage was geboren en had gewoond, tot hij op twaalfjarige leeftijd gevlucht was. De directeur had al bibberend geroepen: 'Herken je me dan niet, Joli-Coeur, herinner je je niet meer wie ik ben, ik was toch goed voor je, gaf je als kind zelfs wat van mijn eigen tafel! Verlos me toch!' Joli-Coeur had al dansend geantwoord: 'Ik herinner me heel goed, Schulz, vooral herinner ik me die keer toen je mijn moeder verkrachtte en mijn vader, die haar wilde helpen, liet doodgeselen. Dit alles herinner ik me. Ja, ik zal je verlossen,' waarop hij met één slag van zijn vlijmscherpe houwer het hoofd van Schulz van zijn romp afsloeg. Dit verhaal kende iedereen, het werd bij het vertellen steeds aangedikt, dan weer had Joli-Coeur eerst Schulz op de grond gegooid en hadden alle negers om hem gedanst; dan weer had hij 24 uur ondersteboven gehangen, en toen hij om drinken vroeg, hadden de negers een fles wijn vlak langs zijn mond leeg geschonken, zodat hij er geen druppel van naar binnen kreeg. In ieder geval was het zo, dat als er een stout kind was, de slavin die het verzorgde alleen maar hoefde te zeggen 'Joli-Coeur komt'* om het kind weer lief te krijgen.

Nog voordat de groep van Reindert Andersma was vertrokken, kwam er eind augustus bericht, dat een commando van 100 soldaten, 30 negerjagers en de nodige lastdragers, onder leiding van kapitein Boltz in een moeras door de marrons was aangevallen. Vooral op de negerjagers, die ze als broedermoordenaars beschouwden, hadden ze het gemunt, en zonder zich veel om de Europeanen te bekommeren, was er onder de negerjagers een ware slachting geweest. Toch waren het maar een paar Europese soldaten die uitgeput, verhongerd en ziek de terugtocht naar de stad konden ondernemen, de rest was al bezweken door uitputting en ziekten.

Weer laaide de onenigheid tussen kolonel Fourgeoud en gouverneur Nepveu hoog op, omdat de laatste meende, dat Fourgeoud nodeloos mensenlevens opofferde door in de regentijd tochten te ondernemen. Van de 1500 man, die vóór 1775 uit Europa waren gekomen, waren er hooguit 200 man over. Ze waren gestuurd om te vechten tegen een kleine groep negers. Een kleine maar zeer gemotiveerde groep; ze vochten omdat ze één ding wilden bereiken, het hoogste goed; vrijheid, geen slaaf meer zijn; verder wilden ze niets van de blanken, ze wilden alleen maar *vrij leven in de* bossen van Suriname. Honderden onschuldige soldaten vonden de dood in het Surinaamse oerwoud; niet in de eerste plaats gedood door de marrons, maar ze stierven aan ziekten, honger en uitputting, of verdronken in de moerassen. Zij vochten niet gemotiveerd. Ze waren ook weer een speelbal in handen van de groep blanken die hen misbruikte; de planters, het koloniale gouvernement, de directeuren van de Sociëteit in Nederland. Deze lieden konden maar niet begrijpen, dat er niet te vechten viel tegen mensen, die een guerrillastrijd voerden om ‘vrij’ te zijn. Zij hadden de slaven nodig. Alles moest daarvoor geofferd worden, om voor hen te produceren wat hun veel geld zou opleveren; katoen, koffie en suiker.

Vooral suiker...

SARITH

Toen Sarith hoorde dat Reindert Andersma wekenlang aan de Boven-Commewijne tussen l’Esperance en de Tampocokreek zou zijn, kende haar enthousiasme geen grenzen. Daar lag immers ook Klein Paradijs. Aan de overkant van de rivier weliswaar, maar dat was geen enkel bezwaar. Reindert zou vanaf zijn militaire bivak door een verlaten plantage kunnen lopen en dan vlak tegenover hen zijn. Ze hoefde maar even een slaaf met een boot naar de overkant te sturen om hem op te halen. Nog voordat de militairen uit Paramaribo vertrokken, was ze weer terug op de plantage. Ze deed erg aardig en lief tegen Julius, die blij was dat zijn vrouw tegenwoordig in zo'n goede bui was en zo maar uit zichzelf naar de plantage was teruggekomen.

Sariths liefheid had twee redenen als achtergrond. In de eerste plaats had ze ontdekt dat ze in verwachting was, en ze moest zichzelf heel eerlijk bekennen, dat ze niet wist of nu Julius of Reindert de vader was van het kind dat ze verwachtte. Maar Julius mocht beslist niet weten van haar twijfel. Reindert had haar keer op keer verteld, dat ze van hem niets moest verwachten. Hij had vrouw en kinderen in Holland, en hij wilde zijn, noch Sariths positie in gevaar brengen. De andere reden was dat Julius het goed moest vinden dat militairen die daar gebivakkeerd waren van tijd tot tijd een bezoek aan de plantage brachten.

Ze vertelde dan ook uitgebreid aan Julius, dat die arme luitenants en officieren het toch zo moeilijk hadden in hun kamp. Nu ze zo dichtbij waren, vond hij het toch zeker goed dat ze af en toe eens op Klein Paradijs kwamen, voor een stevig maal, een goed bad of een nachtrust. Julius, gastvrij zoals alle Surinamers, vond het vanzelfsprekend goed; die arme kerels hadden het maar moeilijk en vooral degenen die het vorig jaar op de plantage hadden gelogeerd, waren van harte welkom.

Dikwijls ging er dus een boot naar de overkant om een officier op te halen, maar deze officier was altijd luitenant Andersma. Als Julius soms van een veldtocht terugkwam of van een bezoek aan een naburige plantage, hoorde hij van Sarith, dat er een officier bij hen had gegeten, of een poosje rustig in een bed had gelegen, terwijl Kwasiba zijn kleren waste en streek.

Toen moest Julius voor enkele weken naar Paramaribo, het was half september; hij zou dan direct doorreizen naar JodenSavanna voor het jaarlijkse Loofhuttenfeest. Sarith ging vanzelfsprekend mee, was het niet? Maar tot Julius' verbazing weigerde Sarith; Julius begreep er niets van. Sarith die elke gelegenheid om weg te zijn van de plantage aangreep, wilde nu niet mee. 'Ach, om deze tijd van het jaar is het zo warm *en stoffig* in de stad,' zei ze, 'nee, ik blijf liever hier.' 'Maar ben je dan niet bang?' vroeg Julius, 'je zegt zelf dat je je hier onveilig voelt.'

'Ach, welnee,' antwoordde Sarith, 'de marrons durven heus niet in deze buurt te komen, het is toch bekend dat er in deze omgeving zoveel soldaten zijn.' Julius besloot om dan maar alleen te gaan, en om maar niet door te gaan naar Joden-Savanna, maar na het afhandelen van zijn zaken over een dag of tien direct terug te komen.

Een paar dagen nadat Julius was vertrokken, lag Sarith in haar slaapkamer. Naast haar in bed lag Reindert Andersma. Hij had zijn groep de dag ervoor verlaten met de mededeling, dat hij ongeveer drie dagen zou wegblijven, omdat hij iets op het spoor was. Hij wilde liever alleen gaan, zonder soldaten en zonder slaven. Over wat de slaven in huis van dit alles dachten, maakte Sarith zich geen zorgen.

Mini-Mini bemoeide zich alleen met Jethro. Ze sprak niet veel. Nicolette had ze al genoeg bedreigd, die zou ook niets zeggen.

Met Kwasiba echter moest ze wel voorzichtig zijn. Kwasiba vond het niet goed. Dat kon ze merken aan de manier waarop die naar haar keek, en ook behandelde Kwasiba Reindert niet met de gepaste nederigheid, ze stuurde altijd één van de andere slavinnen om hem drankjes in te schenken of te bedienen. Maar Sarith nam zich voor om Kwasiba wat geld te geven om zich op die manier van haar zwijgen te verzekeren.

Het was rusttijd. Ze hadden om een uur of één uitgebreid getafeld, en nu was het half vier; in huis was het nog stil; Reindert naast haar werd ook wakker; hij keek naar haar, glimlachte en begon met één vinger over haar blote buik te strelen.

‘Rein, ik denk dat ik in verwachting ben, wist je dat?’ vroeg Sarith zacht. ‘O ja?’ vroeg Rein, ‘en wie is de vader, denk je?’ ‘Ik weet het niet; erg hè?’ zei Sarith. ‘We zullen het er maar op houden dat je man de vader is, dat is voor alle partijen het beste,’ zei Rein. ‘Ben ik eigenlijk niet een slechte vrouw?’ vroeg Sarith nu. ‘Een fijne, lekkere slechte vrouw,’ lachte Rein, terwijl hij haar in zijn armen nam.

Opeens hoorden ze een tumult van buiten komen, geroep, geschreeuw ‘Mijn hemel, bosnegers, *bosnegers*’*, voetstappen op de gang beneden. Rein was met één sprong uit het bed, het enige kledingstuk dat hij aan had, een dunne slaapbroek omhoogtrekkend. Hij opende de kamerdeur, rende de gang op en keek uit het geopende raam, dat tot zijn middel reikte. Op het zelfde moment klonk een schot en dodelijk getroffen stortte hij neer op de vloer van de gang. Met grote angstogen zat Sarith rechtop in het bed, haar dunne batisten nachtjapon tegen haar blote lichaam drukkend. Ze had het schot gehoord. Wat was er gebeurd, waar was Rein?

Toen hoorde ze Jethro huilen en roepen: ‘Mini-Mini.’ Het volgende moment was Jethro op de arm van Mini-Mini bij haar in de kamer, en daarachter Kwasiba, die hijgend de kamerdeur sloot en hees fluisterde: ‘Ga schuilen, mijn God misi, ga schuilen, bosnegers zijn hier.’* Ze trok Sarith van het bed, deed een kastdeur open, duwde haar, Mini-Mini en Jethro in de kast, sloot de deur en schoof er snel een kamerscherm voor.

Direct daarop was er een groot lawaai op de gang en de trap, voetstappen, geschreeuw, de kamerdeur werd opengegooid en een vijftal Aluku’s sprong binnen. ‘Waar zijn ze, waar zijn de blanken?’* riep één tegen Kwasiba. ‘Blanken? Er zijn geen blanken meer,’ zei Kwasiba, ‘je hebt hem toch al gedood?’* Ze wees daarbij op het lichaam van Rein dat op de gang lag. ‘De anderen, waar schuilen die?’* werd er weer geroepen. ‘Er zijn geen anderen, allemaal zijn ze naar de stad.’* Kwasiba zei dit heel kalm. Ondertussen stond er een groep van de plantageslaven buiten, één van de marrons riep uit het raam, waarnaast het lichaam van Rein lag: ‘Alle slaven, we hebben de blanke al gedood, jullie mogen weggaan, ren weg, jullie zijn vrij.'* Een luid gejuich steeg op, en men kon de voeten horen rennen.

Plotseling zei een harde stem: 'Wel, dan zal ik vannacht hier slapen! Ga jij niet weg, vrouw?'* 'Ach nee,' zei Kwasiba, 'als je hier blijft slapen, kan ik beter ook blijven, dan kan ik voor je koken, én dan kan je een stevig maal eten.'* 'Ja vrouw, je hebt gelijk, kook voor me, kook voor ons allemaal.'* 'Wie ben je dan, broeder?'* vroeg Kwasiba nu. 'Ik ben Agosu.'*

De slaven hadden de naam Agosu de laatste tijd vaak gehoord. Hij was één van de nieuwe leiders. Toen Kwasiba die naam hoorde, was ze bang, maar ze liet niets merken en vervolgde: 'Dus jij bent Agosu, hè, ik heb jouw naam gehoord, je bent een groot man.'* Agosu lachte en zei: 'Je hebt het gehoord, hè, wel, ga nu koken, de grote man heeft honger. Ik wacht hier.'*

Sarith en Mini-Mini hoorden hoe Kwasiba uit de kamer wegging, ze hoorden ook hoe Agosu in de kamer op en neer liep, soms stilhield en af en toe in zichzelf sprak. Doodsbang waren ze allebei. Het was stik- en stikdonker in die kast. Eerst hadden ze bevend gestaan, Sarith nog steeds naakt, met de nachtjapon tegen zich aangedrukt, daarna had ze hem voorzichtig aangetrokken. Mini-Mini was op de grond gaan zitten, met Jethro op haar schoot. Ze had heel voorzichtig in het oor van het jongetje gefluisterd, dat hij doodstil moest zijn, geen enkel geluid mocht geven en niet mocht huilen, anders zouden ze gevonden en vermoord worden. Jethro, die vier jaar oud was, had al zoveel van die vreselijke marrons gehoord die mensen vermoordden, dat hij begreep dat dit een zaak van leven of dood was en hij gaf werkelijk geen kik. Sarith was zo bang, dat ze zich moest beheersen dat haar tandengeklapper niet gehoord werd; ze zouden gevonden worden en vermoord worden. Het was niet waar, probeerde ze zichzelf wijs te maken; dit gebeurde niet echt, het was een nachtmerrie. Straks zou ze wakker worden en dan zou alles weer gewoon en veilig zijn.

Maar die nachtmerrie duurde voort. Af en toe hoorden ze voetstappen, af en toe het geschuif van een stoel en een stem die iets zei. En Rein, waar was Rein, wat was er met hem gebeurd?

Ze durfde het niet aan Mini-Mini te vragen, bang dat haar stem te luid zou klinken. Ze begon op haar vingers te bijten en moest zich bedwingen om niet hardop te snikken. Mini-Mini hield Jethro tegen zich aangedrukt. O, als er maar niets met dit kind gebeurde, als die neger maar wegging, misschien gingen ze nu vlug weg, nu ze geloofden dat er geen blanken meer waren. Die officier, die kerel die het met de misi hield, was zeker dood; ze had hem daar op de grond zien liggen in het bloed. Als ze maar doodstil bleven hier in die kast, dan zouden die kerels misschien weggaan zonder hen te ontdekken. Ze begreep dat haar moeder nu eten aan het koken was, misschien gingen ze weg als ze gegeten hadden.

Elke minuut scheen uren te duren voor Mini-Mini en Sarith. Na een poosje konden ze Kwasiba horen komen. Ze sprak luid dat ze eten had gebracht en dat alle mannen beneden ook eten hadden.

Agosu opende nu het raam van de kamer dat al die tijd dicht was geweest en riep: 'Brengen jullie de *gereedschappen* weg en komen jullie terug om meer te halen.'* Nadat hij gegeten had, ging hij op het bed *liggen en zei*: 'Het is al donker, ik blijf hier.'* Kwasiba ging in de schommelstoel zitten en begon met hem te praten, ze vroeg hem van allerlei, over hoe ze werkten in het bos, hoe ze leefden, en iedere keer zei ze: 'Ja, jullie hebben gelijk, je hebt ze mooi te pakken, die duivelse blanken.'*

Kwasiba had toen ze naar beneden ging, geen van de huisgenoten meer aangetroffen. Ze begreep wel dat ze heus niet allemaal gevlucht waren, maar dat een deel zich misschien ergens verstopt had. Ze had gedacht, dat het beste wat ze kon doen in deze situatie was, die gevaarlijke Agosu te laten denken dat ze helemaal aan zijn kant was; misschien was het wel goed, dat hij daarboven wilde blijven, want dan zou hij tenminste het huis niet in brand steken zoals zo vaak gebeurde.

Misschien zouden de soldaten komen. Misschien zouden ze wel komen vragen waar die ene bleef. Die ene kerel, die het met de misi hield, maar die nu daar dood op de grond lag. Als de drie in die kast zich maar doodstil hielden en geen geluid maakten. Daarom bleef ze maar ook in de kamer en sprak ze met die Agosu. Ze sprak luidop om ze te kennen te geven, dat hij nog altijd in die kamer was en ook, omdat ze hoopte dat een eventueel geluid door hem niet gehoord zou worden. Ze moest dus met hem blijven praten, daarom vroeg ze van alles terwijl ze op en neer hobbelde in die schommelstoel. Was het waar wat de mensen van Joli-Coeur vertelden, had hij die ellendige Schulz werkelijk het hoofd afgehouwen? Was het waar, wat ze deden met die blanken op de plantages?

Agosu vertelde: Ja, het was waar. Soms traden ze wreed op, maar alle wreedheden van de negers samen opgeteld, waren nog niet één duizendste van de wreedheden die de blanken tegen de negers hadden begaan. En eigenlijk wilden de negers helemaal niet vechten en blanken vermoorden. Ze wilden alleen hun vrijheid. Vrij daar in het bos wonen. Ze wilden niets van planters of gouvernement; alleen vrijheid. Omdat die blanken dat maar niet schenen te begrijpen, daarom moesten ze soms wel wreed zijn. Maar Kwasiba wist toch wel dat de negers van zichzelf niet wreed waren. Elke wrede daad hadden ze eerst van de blanken zelf geleerd. Een neger beging nooit zo maar een wrede daad, daarom lieten ze de blanke soldaten vaak met rust; dat waren immers onschuldigen. Nee, een negers geloof liet het niet toe, dat hij een onschuldige zomaar wreed behandelde. Als hij dat deed kon zijn kra (geest) hem laten. Heel anders was het echter met de blanken, die hadden kennelijk niet eens een kra. Wist Kwasiba wat de soldaten deden als ze een Aluku-dorp te pakken kregen? Vrouwen en kinderen werden vermoord, wreedaardig met een lans in de buik gestoken en soms, ja soms, Agosu keek met een harde blik in zijn ogen terwijl hij dit aan Kwasiba vertelde: ‘Soldaten hebben onze kinderen in een vijzel gestampt zoals je bananen stampt, tot ze dood waren.’*

‘Maar ik zeg je,’ Agosu ging staan terwijl hij dit zei, ‘als ik een blank kind tegenkom, laat ik de moeder toekijken en dan pak ik het kind, ik snij een vinger af, dan nog een vinger, nog één, dan een hand, dan een voet, andere voet, tot ik het zo in stukjes gesneden heb voor de ogen van de moeder.’*

In de kast kreeg Sarith het gevoel alsof ze flauwviel toen ze dit hoorde; dat stond haar dus te wachten, voor haar ogen zou haar *kind in stukken gesneden* worden. Jethro was in slaap gevallen op de schoot van Mini-Mini. Toen deze de woorden van Agosu hoorde, omklemde ze het kind nog steviger en drukte haar hand op zijn oor om te beletten dat hij maar iets hiervan zou horen. Sarith drukte zich helemaal tegen Mini-Mini aan alsof ze in het lichaam van Mini-Mini zou willen kruipen.

Agosu en Kwasiba bleven doorpraten. Kennelijk was hij op het bed gaan liggen. Af en toe was het stil, hoorde je alleen het geklep van de hobbelstoel, en ook dat hield af en toe op. Uren gingen voorbij. In de kamer op het bed sliep Agosu met onderbrekingen en in de hobbelstoel sukkelde Kwasiba af en toe in slaap, en ook Mini-Mini in de kast. Maar Sarith sliep niet, klaarwakker was ze. Dit was haar straf, ja ze geloofde het zeker, zó strafte God mensen die slecht waren. Was het niet vanmiddag dat ze aan Rein had gevraagd of ze niet een slechte vrouw was? Vanmiddag, het leek wel honderd jaar geleden. En Rein, wat was er met hem gebeurd? Zou hij gevlucht zijn of was hij dood? Dit allemaal kwam door haar slechtheid en in stilte bad ze: 'Here God, laat dit voorbij gaan, laat ze weggaan, laat ze mij en Jethro niet vermoorden, ik zal *nooit* meer slecht zijn, ik beloof het.' Ze dacht na wat voor slechte dingen ze allemaal gedaan had! O, zovee*l*, *dat met Rein* niet alleen, maar ach vroeger, dat met Rutger, toen ze Elza zoveel verdriet had gegeven; ze had Ashana *laten* doodranselen, en Julius, hoe slecht was ze niet geweest tegen Julius. In de eerste plaats was ze getrouwd met hem zonder dat ze van hem hield, en ze had hem bedrogen. 'O God, vergeef me,' bad ze, 'ik zal niet meer slecht zijn, laat hij weggaan en ons niets doen, ik smeek u.'

Het werd dag, ze hoorden Agosu weer praten. Ze hoorde Kwasiba zeggen dat ze iets te eten voor hem zou halen en koffie. Daarna liep hij op en neer, keek eens uit het raam, riep soms iets naar beneden.

In de kast konden ze door een kier onder de deur zien dat het licht werd. Jethro werd wakker. Mini-Mini fluisterde met haar mond heel dicht bij zijn oor, dat hij nog doodstil moest zijn. Hij moest heel nodig een plas doen, maar hoe dan, waar? Ten einde raad trok Mini-Mini een jas van masra Julius van een haak en rolde die in een hoop. Jethro moest maar daarin plassen, zo kon het niet uit de kast stromen. Sarith had een verschrikkelijke dorst. Wat zou er met hen gebeuren? Zou er redding komen? Zouden Agosu en zijn mannen zelf weggaan, zou hij hen ontdekken?

De uren sleepten zich voort. Kwasiba was midden op de dag weer eten gaan koken. Sarith, Mini-Mini en Jethro konden het voedsel ruiken, terwijl Agosu ervan at; vooral Jethro had heel erge honger, maar het meest van alles was hij bang, zo bang, en onhoorbaar huilde hij zachtjes met zijn gezicht in Mini-Mini's schoot, die hem vasthield en over het haar streelde. Sarith werd vooral gekweld door dorst. Hoeveel uren waren er al verstreken? Hoe lang zaten ze al in die kast; het werd warmer en benauwder. Hoe lang zou deze kwelling nog duren? Deze onzekerheid, het ene moment niet wetend wat er het volgende moment zou gebeuren. Nu moest Jethro een heel erge druk doen. Hij fluisterde in het oor van Mini-Mini, zij fluisterde terug, dat het niet kon, hij moest het inhouden. Ook Sarith siste tegen haar zoon, dat hij het moest inhouden. Maar dat ging echt niet, Jethro kon niet meer.

Toen hoorden ze Agosu iets bij het raam roepen; ze verstonden het niet, maar daarna hoorden ze: 'Wacht, ik kom,'* en ze hoorden de kamerdeur opengaan en Agosu de gang oprennen. Nu was Kwasiba dus alleen in de kamer. Heel voorzichtig opende Mini-Mini de deur, en fluisterde: 'Psst.' Kwasi-*ba kwam* dichterbij: 'Mijn God, wees toch stil, blijf toch daar.'* Vlug fluisterde Mini-Mini was er aan de hand was, nu *snel dan*, Kwasiba nam Jethro mee, hij moest vlug zijn. In het kamertje waar de nachtpotten stonden, rukte ze zijn broekje naar beneden en zei: 'Vlug!, vlug!' en Jethro deed zijn best en drukte zo snel mogelijk, op de nachtpot. Snel hees ze zijn broekje weer omhoog en wilde hem terugbrengen naar de kast; maar ze was net twee stappen in de kamer of daar stond Agosu al in de kamerdeur. Kwasiba verstijfde van schrik en Jethro werd lijkbleek.

'O, dat is het dus, waar komt deze kleine blanke vandaan?'* en hij kwam op Jethro af. Kwasiba ging voor het kind staan en hield hem achter zich vast, terwijl ze zei: 'Laat hem toch, och arme, laat hem.'* Agosu liep naar het kamertje van de nachtpotten: 'Waar is zijn moeder?'* 'Hij heeft geen moeder meer, die is al dood,'* zei Kwasiba, terwijl ze zich omdraaide met het kind steeds achter zich, zodat ze steeds tussen Agosu en de jongen stond.

Sarith in de kast hing half bezwijmd tegen Mini-Mini aan. Ze had zoveel over de hel horen praten, maar ze wist het, dit wat ze nu meemaakte, dit was de hel, dit gebeurde allemaal met haar als straf voor alle slechte dingen die ze gedaan had, ja dat was het, ze was in de hel en dit *was haar straf.* Nu ging het komen, nu zou die vreselijke neger haar kind aan stukken snijden. Mini-Mini wist niet eens dat ze haar nagels in de armen van de misi kneep van angst. Toen hoorden ze Agosu zeggen: 'Ik had je toch gezegd wat ik zou doen met een blank kind.'* Jethro die zich tegen Kwasiba's benen aandrukte, zag opeens een mes en gilde: 'Nee, nee!' Kwasiba hield haar handen afwerend tegen Agosu op en riep: 'Kijk, als je iets doet, dan zal je kra je laten, je wilt dat toch niet, je hebt jouw kra nodig om te vechten, laat het kind, ik smeek je, laat het kind met rust.'*

In de kast, had Sarith het gevoel, dat haar hart stil hield; Mini-Mini was klaar om naar buiten te springen; niets kon haar meer schelen, die vreselijke Agosu mocht haar vingers afsnijden, maar niet Jethro, o nee, niet Jethro. Agosu kwam met zijn opgeheven mes één stap naderbij, en op hetzelfde moment klonken er stemmen en voetstappen op de trap, en iemand riep: 'Agosu, vlug, vlug, kom weg, er komen boten, boten vol soldaten, ze komen al aan de wal, kom weg, alle anderen zijn al weg, Agosu kom.'*

Agosu keek nog even naar Kwasiba, toen draaide hij zich om en liep snel weg. *In de kast* hoorden ze zijn blote voeten met grote stappen de trap afrennen.

Toen tumult en lawaai aan de voorkant. Er werd geschoten, geroepen, gefloten, mannen renden om het huis heen en toen snelle mannenstappen op de trap. 'Sarith, Sarith, Jethro?' en in de kamer stond hijgend Julius. Hij zag Kwasiba midden in de kamer staan met een huilende Jethro in haar armen. 'Waar is de misi?'* riep hij, en het volgende moment werd het kamerscherm omgegooid en viel een half bezwijmde Sarith uit de kast, gevolgd door Mini-Mini. 'Je leeft dus, God zij dank, jullie leven. O God, o God.' Julius zakte op het bed neer en keek naar zijn vrouw, die daar helemaal versuft en wezenloos in een heel dun nachthemd op de vloer zat. Kwasiba kwakte het huilende jongetje op de schoot van zijn vader, en riep, terwijl ze zich op het bed gooide: 'O mijn God, o mijn vader,' en ze begon hard te huilen en te roepen.

Julius keek van de één naar de ander; het leek alsof hij niets zag, slechts één feit drong tot hem door. Ze leefden, zijn vrouw en kind leefden. Al die uren, vanaf dat er in de ochtend om drie uur aan een raam in de Saramaccastraat was geklopt en werd geroepen: 'Masra, sta op, de bosnegers hebben Klein Paradijs genomen,'* vanaf dat moment had hij niet anders verwacht, dan vrouw en kind vermoord te vinden. Hij was direct weggegaan uit de stad, had de roeiers tegen de stroom op laten roeien, zelf de riemen gepakt en aldoor met één gedachte in het hoofd: wat zou hij aantreffen als hij er kwam? 'God,' had hij gebeden, 'laat ze leven', het kon hem niets schelen of zijn plantage verbrand was of weg, als ze maar leefden en God had zijn gebed verhoord. Maar hoe! Wat was er gebeurd?

'Kwasiba,' fluisterde Sarith met moeite, 'Kwasiba heeft ons gered, het is dankzij Kwasiba, dat we leven.' En nu het langzaam maar zeker tot haar doordrong, wat er was gebeurd, begon ze heel zacht te huilen, niet opstandig en schreeuwend, zoals ze deed als ze haar zin wilde krijgen, maar zacht, zonder geluid drupten de tranen uit haar ogen. Ook Mini-Mini huilde. Ze had Jethro tegen zich aangetrokken, en hield hem met beide armen omklemd, terwijl ze het lichaam naar voren en achteren bewoog. 'Als Kwasiba er niet was geweest, waren we er niet meer, het is dankzij Kwasiba,' dat was alles wat Sarith zei, en Julius keek naar Kwasiba, die nog steeds half op het bed hing en riep: 'Die vervloekten, die duivels.'*

Toen begon iedereen door elkaar te praten, Jethro wilde wat zeggen, Sarith wilde wat zeggen, Kwasiba stond op om suikerwater te maken om de mensen te kalmeren. Toen ze de deur opendeed, zag Julius opeens weer een voet van dat lijk dat daar op de gang lag. Die kerel, wat deed die kerel daar?

En opeens kwam al het andere naar boven, wat hij in zijn angst aldoor had verdrongen; al die verhalen, al die praatjes die over zijn vrouw gingen, en die vent, die nu daar dood op de gang lag.

‘Sarith, die kerel, wat deed die hier?’ ‘Welke kerel?’ ‘Die Andersma, die luitenant, die ligt daar dood.’ ‘Dood? Is hij dood?’ Sarith hield de hand voor de mond. Rein was dood, en het was haar schuld. O, wat moest ze nu doen? Wat moest ze zeggen? ‘Ja, hij is dood, en wat deed hij hier?’ Sarith slikte: ‘Hij was hier om ons te beschermen.’ Julius stond op en liep naar de deur terwijl hij vroeg: ‘Beschermen? In een slaapbroek?’ Wat hij op de gang zag vervulde hem vol afschuw: drie stinkvogels zaten op de vensterbank vlak bij het lijk en twee stinkvogels pikten er aan. Eén had een oog in de snavel. Julius wilde net de gang op gaan, toen hij achter zich een harde bons hoorde; Sarith die ook was opgestaan en achter hem stond, had net als hij hetzelfde gezien. Toen was ze flauwgevallen.

Een uur later zat Julius met Jethro op zijn knie in zijn kantoor beneden. Hij had de soldaten geroepen om het lijk weg te halen en te begraven.

Toen Sarith was flauwgevallen, had hij aan Mini-Mini en Kwasiba gezegd om voor de misi te zorgen. Zelf was hij met Jethro naar beneden gegaan; hij had de handen over de ogen van het kind gehouden, zodat het dat vreselijke schouwspel niet hoefde te zien. Kwasiba was op zoek gegaan naar iets eetbaars. Praktisch alles was weg, maar ze had ergens cassave getrokken en gekookt. Jethro had ervan gesmuld. Julius had begrepen, dat Sarith, Mini-Mini en Jethro meer dan 24 uur in de kast hadden gezeten, terwijl Kwasiba die vreselijke Agosu aan de praat gehouden en op zijn gemak gesteld had. Dat had gemaakt dat hij niet verder had gezocht.

Maar dat andere, dat knagende, dat wat hij in de stad gehoord had; hij was bij Abraham en Rebecca geweest, daar was toevallig ook de oud-rabbi op bezoek geweest. Die had gevraagd waar zijn vrouw was.

Toen had hij geantwoord, dat zijn vrouw op Klein Paradijs was gebleven, *en de ra*bbi had gevraagd of dat niet gevaarlijk was. Julius had geantwoord, dat Sarith het zelf niet gevaarlijk vond, *bovendien wa*ren er zoveel militairen in de omgeving. 'Juist daarin schuilt het gevaar,' had de rabbi geantwoord. Julius had hem niet-begrijpend aangekeken en de oude rabbi, dit ziende, had vaderlijk gezegd: 'Mijn beste vriend, ik wil me niet met je zaken bemoeien, maar weet je dan niet wat heel Paramaribo over je vrouw vertelt?' Toen was het verhaal gevolgd, dat Sarith een affaire had met die Andersma, vaak zelfs nachten bij hem doorbracht in zijn huis. Iedereen sprak erover; het was al een hele tijd zo. En hij, hij wist van niets. En nu hij na die angstige tocht thuis was gekomen, was het eerste wat hij had gezien, het lijk van die kerel daar op de gang.

Jethro sprak; hij vertelde hoe bang hij was geweest, zo erg was het schieten geweest, hij had horen schieten, zo, beng, beng, 'en ik schrok papa, ik riep Mini-Mini bij de deur en toen rende oom Rein uit mama's kamer en ging bij het raam, en toen beng, beng en boem, daar lag hij op de grond en bloed papa, bloed, ik huilde en Mini-Mini kwam, en...' 'Stil maar, mijn jongen, stil maar, alles is voorbij, alles is veilig, denk er maar niet meer aan, papa is bij je.' Julius drukte het kind tegen zich aan en vroeg toen zachtjes: '*Die oom* Rein, was hij hier vaak?' Tethro knikte: 'Ja, zoveel keren papa, en hij had zelf ook een geweer, papa, een hele mooie, als hij het had gehad, dan had hij eerst geschoten en dan zouden, beng, beng, die woeste kerels dood zijn. Maar toen hij uit mama's kamer kwam, had hij geen geweer, hij had alleen zijn slaapbroek aan. Jammer hè?' Julius knikte: 'Ja jammer. Was hij vaak in mama's kamer dan?' vroeg hij weer. 'O ja, als hij kwam ging hij altijd in mama's kamer,

soms zag ik hem pas als hij wegging, maar hij was aardig, hoor papa, hij heeft me ook van die dingen van zijn geweer gegeven. Is hij nu dood papa, en wie krijgt dan zijn geweer? Want als je dood bent, kan je niet meer schieten, hè?'
'Nee, als je dood bent kan je niet meer schieten,' zei Julius zacht, over het hoofd van het kind strelend.

Honderden gedachten schoten door zijn hoofd. Dat deed Sarith dus, dat bedrog; daarom had ze niet mee gewild toen hij naar de stad ging, en hij stommeling, had niets geweten, niets vermoed; hij had zelfs nog gedacht, dat Sarith bleef omdat ze tevreden was op de plantage. Iedereen had alles al geweten, iedereen, behalve hij.

Mini-Mini kwam binnen, ze kwam Jethro halen. Ze wilde hem een bad geven en in bed stoppen. Hij had zoveel meegemaakt. Misi was rustig nu. Kwasiba had haar met vlugzout bijgebracht en sterk suikerwater laten drinken. Ze had eerst erg gehuild, maar nu was ze gekalmeerd.

Julius keek naar Mini-Mini, zou hij haar vragen wat ze over die Andersma en Sarith wist? Maar ach, waarom die arme meid in gevaar brengen, hij wist immers genoeg. Hij bleef nog een tijdje in zijn kantoor; alles in huis was stil.

Buiten hoorde hij de soldaten. In huis waren behalve Kwasiba en Mini-Mini alle slavinnen weg, hoeveel er van de plantage over waren, wist hij niet. Hij stond op, ging naar buiten en zei aan de soldaten, dat ze in het opzichtershuis konden overnachten. De vaandrig zei hem, dat die bosnegers wel niet terug zouden komen, ze hadden alles wat ze wilden al meegenomen; gereedschappen, voedsel. Hij had geluk gehad dat ze het huis niet in brand hadden gestoken; ze hadden Andersma bij de bosrand begraven. Julius vroeg zich af hoeveel zij wisten van Andersma en zijn vrouw, maar hij zei niets. Hij ging naar binnen, hij liep op en neer op de achtergalerij, het was middernacht nu.

Hij moest met Sarith spreken, zijn verstand zei hem, dat hij beter tot morgen kon wachten, maar hij hield het niet meer uit. *Hij moest haar spreken.* Boven stootte hij de kamerdeur open. Sarith lag op bed, maar ze sliep niet. ‘Die Andersma, wat deed hij hier?’ vroeg Julius bars.

Sarith schrok, ze ging zitten. ‘Hij was toevallig hier en hij wilde ons verdedigen,’ zei ze. ‘In een slaapbroek, zeker?’ Julius werd woedend; dus ze was van plan te liegen. Met een grote stap kwam hij dichterbij en schreeuwde haar toe: ‘Ik wil de waarheid, lieg niet, ik weet al alles, de hele stad weet het, waarom was hij hier?' Nu durfde Sarith niets te zeggen, ze keek naar die woedende man en sloeg toen de ogen neer.

Julius greep haar bij de schouder van haar nachthemd en rukte haar overeind: 'Zeg op, je hield het met hem, hè? Je sliep met hem, hè? Kom op, beken.' Toen Sarith nog steeds niets zei, gaf hij haar een harde klap in het gezicht en nog één. 'Beken, zeg op, je hield het met hem hè?' Sarith begon te huilen. 'Ja, o ja, maar...' 'Wat maar, jij slet.' Weer gaf hij haar een klap en daarna een duw, zodat ze achterover op de grond viel. Sarith gilde, ze was nu bang van hem: 'Nee, o nee Julius, hou op.' Julius' ogen waren rood van kwaadheid, er was speeksel op zijn lippen. Sidderend van woede vroeg hij: 'En hoe lang is het al, een jaar, twee jaar, hoe lang maak je me al belachelijk, hè? Zeg op.' Hij kwam dichterbij en zette zijn handen rond haar keel. Sarith was nu doodsbang, hij ging haar vermoorden, o God, hij zou haar wurgen. 'Nee,' gilde ze, 'nee, help, nee.'

Het volgende moment sprong er iemand tussen hen in en duwde Julius naar de ene kant en Sarith naar de andere. Het was Kwasiba. Ze had het tumult beneden gehoord. Toen ze Sarith zo hoorde gillen, had ze begrepen dat er iets aan de hand was en ze was naar boven gerend. ‘Masra, schei uit,’ riep ze, ‘die bosnegers hebben haar niet vermoord, wil jij haar nu doden? Ben je gek, wil je naar de gevangenis?’* Kwasiba keek voornamelijk naar die masra, die daar woedend met schuim op de mond stond, hij had ook alle reden om zo woedend te zijn, dacht ze. Maar ze moest hem kalmeren, ze kon toch niet toestaan dat hij in zijn woede iets vreselijks zou doen. ‘Kom masra, ga mee,’ zei, ze terwijl ze zijn hand nam, ‘je bent erg moe, zoals je hier naar toe bent gesneld, moet je wel moe zijn, kom ik zal je masseren.’* En ze voerde hem mee uit de kamer en gewillig als een klein kind ging Julius met haar mee, overweldigd als hij was door woede en vernedering.

In zijn kantoortje begon Kwasiba zijn hemd uit te doen. Ze liet hem liggen op de canapé en begon zijn rug te masseren. Ze deed dit heel vaak. Altijd als hij van een lange tocht te paard door de velden thuis kwam, of als hij urenlang had gezeten in de boot, gaf Kwasiba hem een massage. Het voelde goed aan, was kalmerend, ontspannend. Nu ook masseerde Kwasiba hem, rustig, gelijkmatig kneedden haar oude gespierde vingers over zijn rug, en ze sprak. Zoals altijd als ze dit deed, sprak ze. Nu echter niet over allerlei kleine zaakjes van de plantage en de slaven, maar over hem en over de misi; de misi was fout geweest, ja, fout en dom. Hij was zo'n goede masra voor haar, dat wist Kwasiba. Maar ze had nu vast spijt en ach, ze meende het niet kwaad, ze was eigenlijk als kind erg verwend, had altijd gedaan waar ze zin in had. Nu ze wist dat hij zoiets niet nam, zou ze het vast niet meer doen. Hij moest haar maar vergeven, ja dat moest hij en die kerel had zijn straf gehad, die lag in zijn graf, maar hij, de masra moest misi vergeven. Hij moest vooral kalm zijn: 'Denk toch aan de kinderen, denk aan hen.'*

Julius was stil, luisterde naar wat Kwasiba zei: 'Kinderen?' Toen vroeg hij waar ze het over had, er was toch alleen Jethro. 'Weet masra dan niet, misi is *in verwachting?'** Ook dat nog, Sarith in verwachting, een kind van die soldatenkerel vast, ook dat nog! Julius *voelde* hoe hij weer woedend werd, en riep: 'Een soldatenkind.' 'Nee masra, het is jouw kind, ik weet dat *het jouw* kind is.'*

Kwasiba ging door met masseren en praten, o ze wist zeker, nu zou de misi heel anders worden. Het gebeurde had haar heel erg aangepakt. Ze zou lief zijn voor hem, niet meer naar vertier zoeken, een lieve thuisblijvende vrouw zijn, heus de masra kon het van Kwasiba aannemen, ze kende haar misi zo goed.

Toen de massage na ruim een half uur voorbij was, stond Julius op; hij moest weer met Sarith spreken. ‘Ga niet met haar vechten, masra, ik smeek u.’ ‘Nee, ik ga niet vechten.’ Hij liep naar boven, Kwasiba bleef onder aan de trap staan en toen hij in de kamer ging, liep ze zachtjes ook naar boven. In de kamer zei hij tegen Sarith, die met haar gezicht in het kussen lag: ‘Zit op.’ Ze ging zitten, leunde tegen één van de beddenposten. ‘Kwasiba zegt dat je zwanger bent.’

‘Ja, ik had het je zelf willen vertellen als je terug was,’ zei Sarith. ‘Wat had je willen zeggen, dat je zwanger bent van je luitenant?’

‘Nee Julius,’ Sarith begon weer te huilen, ‘het is jouw kind.’

‘Hoe weet je dat? Hoeveel keer heb je met hem geslapen, is er niet veel meer kans dat het zijn kind is? Als je niet de moeder van Jethro was, had ik je nu het raam uitgesmeten, hoer die je bent. Ik smijt je nu niet, ik stuur je niet weg, begrijp me goed, maar verwacht niets van mij, niets hoor je. Als je weg wilt gaan, des te beter, als je blijft is het om Jethro; dat andere kind, wel dat is jouw zaak, maar als je blijft, gedraag je je, heb je gehoord? Want anders, God beware me, ik wurg je eigenhandig, slet.' Hij draaide zich om en sloeg met een klap de deur achter zich dicht.

JULIUS

Het was ongeveer een week later, toen Julius eindelijk de balans ging opmaken op de plantage. Al die dagen had hij in zijn kantoor gezeten; zitten piekeren over Sarith, over zichzelf, over hoe het nu verder moest met hun leven. Hij had *Kwasiba* beddengoed in het kantoor laten brengen, en sliep op de canapé. Sarith zag hij nauwelijks. Een deel van de *slaven was* teruggekomen, de huisslavinnen, enkele van de oudere veldslaven. Praktisch alle jonge mannen waren weg, ook de meeste jongere veldslavinnen; al met al had hij nu minder dan de helft. Alle gereedschap was weg. Hij zou zeker 30 nieuwe slaven moeten hebben, en verder nog van alles. Ook de slavenkostgronden waren leeg, hij moest voedsel kopen.

Geld had hij niet, de laatste oogst was slecht geweest, hij had zelfs tekort gehad en had zijn kleine reserve moeten aanspreken. Waar zou hij geld lenen? De banken wilden geen leningen geven, en aan joden helemaal niet. Als hij niet leende, hoe moest het dan verder met de plantage? Waar moesten ze van leven, en hoe zou hij het grote bedrag kunnen betalen voor de wegloperskas? De jaarlijkse bijdrage van de planters werd steeds hoger en allemaal voor niets, allemaal om er een duur leger op na te houden, dat kerels had die het achter je rug om met je vrouw hielden. Ellende! Alleen maar ellende! Waar zou hij het geld lenen?

Toen dacht hij aan Rutger. Die zou hem moeten helpen. Het was algemeen bekend, dat Le Chasseur een agent was, die niet *gauw leningen* gaf, zeker niet in deze tijd. Maar per slot van rekening was Rutger zijn zwager, Sarith en Elza waren zusjes, stiefzusjes weliswaar, maar toch zusjes, en Julius dacht er weer aan, hoe die twee als meisjes bijna onafscheidelijk waren geweest, als een tweeling haast. Wel, het beste zou zijn dat Sarith eerst met Elza sprak en haar de noodsituatie uitlegde. Hij zou dus Sarith nodig hebben. Nou ja, als ze zijn vrouw wilde blijven, moest ze er ook wat voor over hebben.

Hij ging naar Sariths kamer, de hele week was ze praktisch aldoor in haar kamer geweest. Sarith schrok toen ze haar man zag binnenkomen. Was hij gekomen om ruzie te maken? Was hij boos? Maar Julius begon afgemeten te vertellen, dat de plantage er heel slecht voor stond. Wilde hij de plantage behouden, dan moest hij dringend slaven kopen en gereedschappen. Hij had geld nodig, moest dus lenen, wilde het bij Rutgers bank proberen, aangezien hij het bij anderen niet zou krijgen. Daarom was het nodig dat ze naar de stad gingen en Sarith eerst aan Elza uitlegde dat ze in nood waren. Elza zou het zeker goed aan haar man kunnen vertellen. ‘Ik bij Elza gaan vragen voor een lening? Nee, dat doe ik niet.’ Sarith was verontwaardigd, stel je voor! Van alle mensen *juist bij* Elza. ‘Waarom niet, ze zal het begrijpen.’ Julius begon al boos te worden. ‘Nee, ik doe het niet, je *kan alles aan* me vragen, maar dit niet, nee, nee,’ schreeuwde Sarith. Julius werd nu echt boos. ‘Waarom niet? *Wat* is de reden waarom je niet wil, zeg op, zeg op.’ Hij pakte Sarith bij de schouder vast. ‘Waarom wil je niet, er is iets, ja, nu je het zegt. Jullie waren vroeger vriendinnen, maar nu ga je eigenlijk nooit bij haar en zij zijn ook nooit hier geweest, wat is het, zeg op.’

‘Och,’ Sarith haalde haar schouders op, ‘praatjes en zo.’ ‘Wat voor praatjes dan, wie vertelt praatjes, welke praatjes?’ Sarith zweeg, maar Julius werd boos. Wat stak hier weer achter, wat was dit nu weer voor stiekem gedoe. ‘Wat voor praatjes, zeg op,’ schreeuwde hij. Sarith werd bang. ‘Och van vroeger, lang geleden, dat ik, dat ik… haar man wilde afpakken.’ Julius keek zijn vrouw aan en zei bedachtzaam: ‘En het waren geen praatjes hè? Het was de waarheid; ja, nu weet ik het weer. Je probeerde zijn hoofd op hol te brengen, ja, dat was het.’ Opeens zag hij een tafereeltje voor zich op Hébron bij de bruiloft van Rebecca. Hij herinnerde zich hoe hij Sarith met Rutger aan de kant had zien staan, zij bevallig tegen hem aan geleund en naar hem lachend. ‘Wie weet hoe ver het je gelukt was ook, en dat met de man van *je zusje, je vriendin, o* wat ben je eigenlijk een monster!’ Woedend liep hij weg.

’s Middags zag hij haar op de veranda en zei: ‘Maak je klaar, we gaan morgen naar de stad, Jethro en Mini-Mini gaan ook mee. Je hoeft niet naar Elza te gaan, die vernedering zal ik je besparen; maar denk er om, je gedraagt je als een keurige vrouw en komt meteen weer terug met ons!’

In Paramaribo wist iedereen natuurlijk allang wat er gebeurd was op Klein

Paradijs. Iedereen leefde met Sarith mee, wat een angsten had ze niet moeten doorstaan, iedereen bewonderde Kwasiba's tegenwoordigheid van geest en haar slimheid. 'Ze is een beloning waard,' zei Esther, 'ze heeft je het leven gered,' en Sarith dacht er achteraan: Tweemaal op één dag, maar ze kon natuurlijk niet vertellen, wat er daarna tussen haar en Julius was voorgevallen. Natuurlijk wist ook iedereen wat er met Andersma gebeurd was. Men zei dat wel niet tegen Julius en Sarith, maar er werd over gesproken, het verhaal werd iedere keer pikanter: Julius zou bij thuiskomst het lijk van een naakte Andersma aangetroffen hebben. En ook Sarith was naakt uit de kast gerold enzovoort. Julius had het gevoel, alsof alle mannen hem uitlachten en als iemand *informeerde hoe* het met zijn vrouw was, en of ze al wat over de schok heen was, dacht hij wrevelig, welke schok er bedoeld werd, de over*val* van *Agosu of* de dood van haar minnaar?

Hoofdstuk XII

JAN

Toen luitenant Andersma de militaire post had verlaten met de mededeling dat hij iets bijzonders op het spoor was en wel drie dagen zou wegblijven, hadden de vaandrigs achter zijn rug om hartelijk gelachen. 'Iets bijzonders,' had vaandrig Bels smalend gezegd, 'een bijzonder vrouwtje zeker?' Die luitenant dacht zeker dat ze gek waren. Misschien dacht hij wel dat niemand wist *dat hij het* hield met dat vrouwtje van de plantage Klein Paradijs, en waren ze hier niet maar even verwijderd van die plantage? Ook de *soldaten dachten* er het hunne van. Nu ja, het kon hun niet zoveel schelen, hoe langer ze op de post konden blijven, hoe beter. Ze konden dan tenminste onder een afdakje slapen in een hangmat en een rookpot maken tegen de muskieten.

Jan vond het jammer dat luitenant Andersma wegging, al was het maar voor drie dagen zoals hij zelf zei, de groep was dan overgeleverd aan die genadeloze vaandrig Bels, een in-gemene kerel vond Jan. Vooral op hem had de vaandrig het gemunt, hij wist het wel, dat was gekomen toen ze een paar weken geleden nog maar enkele dagen uit de stad waren vertrokken.

Na tien dagen waren er al enkele soldaten doodziek. De lastdragers moesten nu ook de zieken dragen en hun bagage. Op een gegeven moment had vaandrig Bels een lastdrager, die al bijna niet voort kon door wat hij allemaal op zijn rug had, nog een ransel toegesmeten. Toen die neger door het gewicht door de knieën zakte, had de vaandrig hem nog een schop toegediend.

Jan die dit alles zag, was tegen de vaandrig uitgevaren en had gezegd: 'Dat kan één man toch niet dragen.' 'Draag jij het dan, soldaat,' had de vaandrig geroepen en Jan had zonder verder iets te zeggen de ene ransel van de neger overgenomen en over zijn schouder geslingerd. Luitenant Andersma, die toevallig alles had gevolgd had tegen de vaandrig gezegd: 'U kunt nog wel wat van een gewoon soldaat leren over goed krijgsmanschap, vaandrig Bels!' De vaandrig had Jan met zijn valse loerende ogen aangekeken en een verwensing gemompeld. Vanaf dat moment had hij het op Jan gemunt, had hem zelfs een keer bijna in een kreek geduwd, zogenaamd per ongeluk en laatst, toen

Jan was gestruikeld, was dat volgens hem niet over een scherpe stok geweest, maar over een uitgestoken voet; die van vaandrig Bels.

Toen de luitenant na drie dagen nog niet terug was, was er onrust onder de lastdragers. Er werd gemompeld over een overval, die er was geweest op Klein Paradijs.

Vaandrig Bels was erheen gegaan met twee soldaten; ze waren teruggekomen met de tijding: luitenant Andersma was dood; gedood door een geweerschot van de Boni's tijdens een overval op de plantage. De plantage-eigenaar was op dat moment niet daar geweest. Toen hij de volgende dag terugkwam had hij het lijk van Andersma in de gang gevonden.

De groep stond nu onder leiding van vaandrig Bels. Ze moesten voortgaan, meer de kant van de Marowijne op. Toen ze enkele dagen op weg waren, kwamen ze bij een post een ander commando tegen. Dat was een groep onder leiding van kapitein Mayland. Zij hadden het dorp van de Boni's 'Gado sabi' ontdekt, het was omgeven door kostgronden; de toegang tot het dorp was door een paar van de negers van het Vrij Korps gevonden, maar men had het dorp niet kunnen overmeesteren, noch hadden de militairen de Boni's gevangen kunnen nemen, want toen de negers de militairen zagen naderen, had één van hen twee huizen aan de voorkant in brand gestoken. De militairen schoten, maar de Boni's schoten terug, en terwijl de militairen gestopt werden door de vuurzee, konden de Boni's vluchten. Toen sloeg ook nog de brand over op een gedeelte van de zwamp en de militairen moesten onverrichterzake terug, terwijl de Boni's het bos in waren gevlucht en de militairen ze niet konden volgen.

In deze omgeving vermoedde men echter nog enkele kleinere dorpen te vinden. Het was nu de taak van het commando van vaandrig Bels hier naar te zoeken. De groep van kapitein Mayland, die al drie maanden lang onderweg was, zou doortrekken naar 'Devils Harwar', waar een soldatenziekenhuis was. Meer dan de helft van de overgebleven soldaten was de uitputting nabij.

De groep onder leiding van vaandrig Bels trok noordwaarts verder. Het viel niet mee voor Jan. Steeds meer had hij te lijden onder de pesterijen van de vaandrig. Hij kreeg vaak allerlei belachelijke opdrachten en durfde niet te weigeren, omdat hij wist dat Bels hem zou rapporteren als een muiter of dienstweigeraar. Nu kwamen ze bij een zwamp. Zouden ze er door moeten of proberen er langs te lopen?

‘Wij moeten een proefpersoon eropuit sturen om te zien of we erdoor kunnen,’ zei de vaandrig, ‘vooruit Jan, ga erdoor!’ ‘Ik, waarom ik?’

Angstig keek Jan naar de zwamp, was daar niet een kaaiman? Lagen er daar niet een paar wurgslangen? ‘Jan jij Jan, kom op, ben je bang?’ De vaandrig gaf hem een duw in de rug zodat hij het volgende moment al tot zijn knieën in de zwamp stond. De dikke modder zoog zijn voeten weg, met moeite kon hij de voeten er uit trekken en voorzichtig verder gaan, hopend dat de makkers aan de kant genoeg lawaai zouden maken om kaaimans en slangen weg te jagen. Steeds dieper zakte hij weg, hij was al meer dan vijftig meter van de kant en er was geen einde in zicht. Nu kwam de modder al tot over de borst; hij draaide het hoofd om. Niemand kwam achter hem aan. Toen zag hij de vaandrig een gebaar maken naar links, en een soldaat riep: ‘Ga niet verder Jan, we gaan er langs.’ Hij begreep dat dit weer een streek was geweest van de vaandrig. Hij was waarschijnlijk nooit van plan geweest om door de zwamp te gaan. De hele dag moest Jan verder sjokken in de stinkende modderkleren. Weer had hij overal zweren, wonden en blaren. Hij voelde zich ook rillerig, alsof hij koorts kreeg.

Opgewondenheid in de voorhoede, men was gestuit op een kostgrondje: rijpe koren, cassave en bananen. De soldaten plunderden het veld, er werd stilgehouden zodat men zoveel mogelijk voor eigen consumptie kon plukken; daarna werd de grond volledig vernield. Jan deed niet mee aan het vernielen; hij probeerde zich zoveel mogelijk afzijdig te houden, hij zag wel dat vaandrig Bels hem in de gaten hield, maar deed alsof hij druk bezig was met het in orde maken van zijn geweer, dat nat was geworden. Hij wilde geen kostgronden van de bosnegers vernielen.

Toen hij in het dorp van de negers verbleef, had hij zich aldoor afgevraagd, waarom ze achtervolgd en vernietigd moesten worden. Het was zo duidelijk dat die marrons wel vrede wilden en alleen maar vroegen om als vrije mensen in het bos te mogen leven. Jan had maar niet begrepen wat daar zo op tegen was. Nu begreep hij het, als het gouvernement de bosnegers hun zin gaf, dan zou dat de ondergang kunnen betekenen van het slavensysteem, want nog meer slaven zouden dan vluchten. Zonder slaven konden er geen plantages zijn, daarom moesten de slaven blijven, moesten ze worden uitgebuit, moesten ze bang zijn om te vluchten. Zonder plantages immers geen koffie, katoen en suiker, geen rijkdom voor de planters.

De gevangen Boni-negers moesten als voorbeeld dienen, ze moesten meteen andere vluchtelingen schrik inboezemen, daarom kregen ze zware straffen.

Wat een systeem! Wat een ellende! En de planters waren er daarbij nog van overtuigd, dat ze goede mensen waren; ze gingen immers op zondag naar de kerk, ze prezen en loofden de Heer die hen toch zo welgevallig was.

De volgende dag moesten ze zoeken naar het dorp, dat vast hier in de buurt lag. Jan voelde zich zo ziek, met moeite sleepte hij zich voort. Op een gegeven moment werd er halt gehouden. De groep moest zich verspreiden, iedereen in een andere richting. Jan liep een afstand van ongeveer honderd meter door dicht struikgewas, zag omgevallen boomstammen, wilde er overheen en toen zag hij opeens, op misschien 150 meter voor zich een dorp. Door de struiken zag hij daken, hij zag vrouwen buiten de hutten bezig. Hij kon zich precies voorstellen wat daar gebeurde, vrouwen die voor voedsel zorgden, spelende kinderen. Weg moest hij, hij moest snel weg en niemand moest hier komen, want niemand moest dit dorp zien, nee niemand.

Zo snel als hij kon ging hij terug, al roepende dat aan die kant niets was, het was vast aan de andere kant, zeker de andere kant op. De vaandrig en ook andere soldaten keken verbaasd naar die stille bange Jan, die opeens zo druk sprak en vertelde dat het dorp vast aan de andere kant was. Maar toen kwamen er enkele andere soldaten, die waren ongeveer dezelfde kant als Jan opgegaan. Eén van hen was in een boom geklommen en had het dorp ook gezien. Daar was het, men moest het stil naderen en het aanvallen. Dat gebeurde ook, een kwartier later werden de vrouwen en kinderen en twee grijsaards in het dorp opgeschrikt door een bende woeste soldaten, die schoten en er op inhakten. Een waar bloedbad volgde, alle veertien *inwoners* van het dorp werden vermoord; soldaten renden enthousiast heen en weer om handen af te hakken om daarmee straks in de stad premies in ontvangst te nemen.

Jan had niet meegedaan aan deze slachting, moedeloos was hij naast een boom neergezakt, het hoofd in de handen. Moest dit nu? Toen de groep soldaten opgewonden uit het dorp terugkwam, degens en handen met bloed besmeurd, was er opeens in de verte een zacht gehuil te horen. Het geschrei van een kind. Er was dus nog een kind, kom op, dat moest er ook nog aan, ja doodslaan, dat was goed. De soldaten gingen er op af, vaandrig Bels die Jan aldoor in de gaten had gehad riep: ‘Vooruit Jan, ga mee, dat mag jij doen.’

‘Nee,’ gilde Jan, ‘nee, nee.’ ‘Waarom niet Jan, ben je bang?’ riep de vaandrig. Jan zei niets, hij hield zijn arm voor zijn gezicht en legde het hoofd op de knieën. De andere soldaten waren wel gegaan, Jan hoorde ze schreeuwen, hij hoorde doffe slagen. ‘Nee,’ zei hij gesmoord in zijn arm, ‘nee, o nee toch.’ Toen was het even stil en hoorde hij de vaandrig zeggen: ‘Kijk Jan, voor jou!’ Toen Jan zijn hoofd ophief zag hij het met bloed besmeurde verbrijzelde hoofdje van een klein kind. Met een gil sprong hij op: ‘Nee,’ om het volgende moment weer op de grond te zakken, het hoofd in de handen, hij kon zich niet meer inhouden, hij kon zich niet meer bedwingen en oncontroleerbaar kwamen er snikken naar boven, en hij huilde, hij snikte, als een kind, met gierende uithalen huilde hij.

De soldaten stonden eerst even te kijken, toen begon vaandrig Bels te lachen, hardop: ‘Ha ha, ha’ en al heel vlug lachte de hele groep ‘Ha, ha, ha,’ en klonk het van alle kanten: ‘Jan, ben je bang? Jan, ben je bang? Ben je bang,

Jan?'

Vanaf dat moment was Jan de speelbal van alle soldaten. Iedereen maakte hem belachelijk!Elk ogenblik kon er een slang of kikker tegen hem aangegooid worden en als hij schrok, klonk het van alle kanten: 'Jan, ben je bang? Jan, ben je bang?'

Ze trokken verder, het succes had hen aangemoedigd. Misschien vonden ze nog wel meer dorpen. Als Jan 's nachts moest gaan slapen, was zijn hangmat weg of kletsnat of vond hij een slang juist op de plaats van zijn hangmat; als hij zat te eten, plofte er soms een afgekapte zwarte hand in zijn bord erwten, en een keer zelfs het handje van het kleine kind. En iedere keer weer hoorde hij geschater en klonk het van alle kanten: 'Jan, ben je bang? Ben je bang, Jan?'

Jan voelde zich steeds zieker worden, soms had hij hoge koorts en lag hij rillend op de grond. De volgende dag had hij dan geen koorts, maar was zo verzwakt, dat hij geen stap kon doen.

En steeds dacht hij er dan aan, wat hij toch een naïef dom mens was geweest, toen hij daar in Holland had gedacht, dat hij naar Suriname kon gaan om de negers te pakken en dan ook nog even het goud te vinden om rijk terug te gaan. Hij zou blij mogen zijn, als hij levend uit deze groene hel zou kunnen komen.

Op het laatst kon hij niet meer. Nu werd hij gedragen. De negerlastdrager die hij eens had geholpen, was de enige die naar hem omkeek, die hem soms wat te drinken gaf.

De dokter die ook in de groep was, had al gezien dat Jan het niet lang meer zou maken. In zijn ijlen sprak Jan allerlei wartaal, hij had het over goud, over vrede, over goede negers, over opoe's stoof en een warme rok. Voordat hij stierf zei hij tegen de negerlastdrager die hem een kan water te drinken gaf: 'Zeg ze, dat er geen goud was, nee geen goud.'

JULIUS

Sarith had zich voorgenomen om Kwasiba een beloning te geven, ze wist nog niet wat, maar een beloning zou ze krijgen. Toen de familie echter terugkwam op Klein Paradijs was Kwasiba ziek. Ze had hoge koorts, pijn in de borst, haar wangen waren ingevallen en haar ogen stonden dof. 'Kwasiba, wat is er?'* vroeg Sarith geschrokken. 'Ach misi, ik ben al oud, ik ben moe,'* was het zwakke antwoord.

'Wat kan ik je geven, wat kan ik voor je doen?'* Er kwam een flauw glimlachje op Kwasiba's gezicht toen ze zei: 'Ik wil niets, waar ik heen ga kan men geen rijkdommen meebrengen, misi ik wil niets, maar jij en masra Julius, zorgen jullie voor mijn kind, zorg voor Mini-Mini, laat haar bij je blijven, zorg goed voor haar, alleen maar dat wil ik.'*

Sarith bedacht, dat dit geen beloning was voor wat Kwasiba voor haar had gedaan, want het zou geen enkele moeite kosten om Mini-Mini te houden. Ze zou Mini-Mini nooit kunnen missen, zo'n lief en goed mens, zo toegewijd aan Jethro, nee ze zouden geen betere persoon dan Mini-Mini kunnen hebben. Als Jethro groot zou zijn, dacht ze, en Mini-Mini niet meer nodig had, dan moesten ze zeker Mini-Mini de vrijheid geven. Later pas, natuurlijk, want een slaaf de vrijheid geven kostte geld, en dat hadden ze nu niet.

Enkele dagen later stierf Kwasiba. Julius was er niet toen het gebeurde. Hij was naar de stad om de nieuwe slaven te halen. Toen hij terugkwam, en Sarith hem vertelde dat Kwasiba was gestorven, zei hij bedroefd: ‘En die beloning heeft ze nooit gehad.’

‘Ze wilde geen beloning,’ zei Sarith, ‘ik heb het haar gevraagd, maar ze wilde niets, alleen maar dat Mini-Mini bij ons zal blijven en dat we goed voor haar moeten zijn.’

De plantage draaide weer, de nieuwe slaven werden aan het werk gezet. In huis was er meer te doen voor Nicolette, die één van de slavinnen was die was teruggekomen, omdat ze in verwachting was. De vader van haar kind was een slaaf die niet ver van de De Ledesma’s woonde in de Saramaccastraat. Verder was er in huis nog de kokkin Freda en Nicolette’s zus.

Het werd Nieuwjaar. Sarith vroeg niet om naar de stad te gaan. Ze wilde wel, maar durfde niets te vragen, nu Julius nauwelijks naar haar omkeek en slechts het hoognodige zei. Vanaf de overval had hij steeds in zijn kantoor geslapen. Sarith bleef meest op haar kamer, waar ze in bed lag of rondhing, nu haar lichaam steeds dikker werd door het kind dat ze verwachtte.

Het regende veel. Julius kwam thuis na een halve dag zitten in de tentboot.

Hij was moe, stijf, en verlangde naar een stevige massage van Kwasiba, maar Kwasiba was er niet meer. Rusteloos liep hij op en neer op de achtergalerij en zei tegen Sarith, die net de trap afkwam: 'Is er een slavin die kan masseren? Ik heb rugpijn!'

'Mini-Mini kan masseren, laat zij het doen,' zei Sarith, en tegen Mini-Mini die op de voorveranda met Jethro speelde zei ze: 'Mini-Mini, ga de masra zijn rug masseren.'*

Heel anders dan bij Kwasiba voelde het aan dacht Julius, toen hij op zijn buik lag op de canapé en Mini-Mini's vingers over zijn blote rug voelde. Veel liever en veel zachter, hij ontspande zich. Hij miste de stem van Kwasiba, ze sprak altijd als ze masseerde en hij zei tegen het meisje: 'Jouw moeder sprak altijd als ze mijn rug masseerde, vertel me iets.'* 'Ik weet niet wat ik moet vertellen, masra,'* zei Mini-Mini. 'Mini-Mini! Dat is toch een naam uit het verhaal van Koprokanu?'* merkte Julius op. 'Ja, Mini-Mini was de naam van één van de kinderen,' beaamde Mini-Mini. 'Wel, vertel me dat dan,'* zei Julius. Mini-Mini lachte even en met haar zachte melodieuze stem begon ze het verhaal te vertellen van die moeder die vier kinderen had, Mini-Mini, Fremantania, Fremanbonia en Koprokanu. Ze hield van de eerste drie en niet van de vierde, omdat zij niet mooi donker was als de drie anderen, maar een gele huidskleur had en koperkleurig rood haar. En toen Mini-Mini het liedje zong dat de moeder zong als ze thuis kwam, klonk haar stem zo lief, dat Julius alleen maar een uiterst gelukzalig gevoel over zich kreeg. Die lieve vingers die over zijn rug gingen, die lieve stem die daar zo zacht en melodieus vertelde en zong, heerlijk was het. Die Mini-Mini toch, wat was ze lief. Nadat de massage voorbij was, moest hij de hele verdere avond denken aan hoe lief die vingers over zijn rug gegaan waren en hoe lief haar stem had geklonken.

De volgende dag ging hij te paard de velden in. Drijfnat van de regen kwam hij thuis, weer moest Mini-Mini zijn rug masseren. Weer vroeg hij haar om iets te vertellen en te zingen; de daaropvolgende dag weer. En zo ging het verder, iedere dag, het werd iets vanzelfsprekends. Julius merkte op dat hij de hele dag verlangde naar dat uur, dat hij met Mini-Mini alleen zou zijn in zijn kantoor, op de canapé zou liggen, die lieve vingers over zijn rug zou voelen en die zachte melodieuze stem zou horen. Dit was geen massage, dit was een streling, een liefkozing, een verrukkelijke, heerlijke liefkozing, waarvan hij steeds hoopte, dat ze niet zou eindigen, maar door zou gaan en dan die stem, die lieve zachte stem.

Mini-Mini kende geen verhalen meer, daarom vroeg hij haar maar te zingen, van die liedjes die ze ook voor Jethro zong, zó lief, zó lief! Soms draaide hij zich op zijn rug en vroeg haar om zijn schouders van voren te doen, dan keek hij haar aan; wat was ze mooi, zo lief, zo zacht. Hij keek naar haar mond, haar grote donkere ogen, soms zakte de hoofddoek van haar hoofd af en zag hij die mooie dikke vlecht, die mee bewoog, hij kon het niet laten en af en toe strekte hij de hand naar haar uit en streelde haar gezicht, haar blote schouders.

Hij realiseerde zich steeds meer, dat hij van Mini-Mini hield! *De hele dag* dacht hij alleen maar aan haar. Elke minuut dat hij niet bij haar was, had hij een gevoel van een soort diepe heimwee, een intens verlangen om op die canapé te liggen, haar lieve strelende vingers te voelen en die zachte stem te horen. Dit was liefde, van haar hield hij echt.

Het zou makkelijk voor hem geweest zijn om haar te nemen in zijn verlangen. Hij was haar meester, maar dat wilde hij niet. De gevoelens die hij voor haar had, waren te echt, te zuiver om haar op die manier te misbruiken.

Hij wilde haar wel, maar niet zo, o nee, ze zou zich in liefde aan hem moeten geven, anders niet. Het ontging Mini-Mini natuurlijk niet wat er in haar meester omging, ook zij wist dat hij haar niet onverschillig liet, hij was zo goed, zo aardig. Maar ze had geen natuur om een man te verleiden, en ze was bang, want wat voor goeds zou zoiets haar doen.

Ondertussen vond Julius dat het tijd werd, dat zijn zoon Jethro, die al vijf jaar was, zou beginnen met leren lezen en schrijven. In de vooravond zat hij dan met Jethro en Mini-Mini in zijn kantoor en leerde het jongetje letters en cijfers. Omdat *Mini-Mini* altijd bij Jethro was, leerde zij ook. Als die twee overdag samen waren oefenden ze. Soms buiten in het zand *met een stokje* en soms op een lei met griffel. Elke avond zaten die drie daar bij de lamp en als Sarith soms langs het kantoor liep en naar binnen keek, dan merkte ze dat er iets was tussen die drie mensen daar, iets intiems, iets van hun drieën waar zij geen deel aan had. Drie donkere hoofden in het licht van de lamp, gebogen over de tafel, soms hoorde ze Jethro roepen: ‘O Mini-Mini, die a’s van je lijken op kikkervisjes.' En Mini-Mini zei dan lachend met haar zachte stem: 'Die tweetjes van jou lijken op eendjes.'* En ze kon dan Julius' stem iets horen zeggen waarop ze alle drie in lachen uitbarstten.

Elke middag masseerde Mini-Mini de masra, elke middag moest hij zich inhouden om haar niet in zijn armen te trekken en te zoenen, te zoenen en haar lieve strelingen te beantwoorden.

Sarith had niet gezeurd om naar de stad te gaan, schaamde ze zich misschien om het kind dat ze verwachtte? Was het omdat ze wist, dat er geen geld was om uit te geven aan allerlei niet noodzakelijke dingen?

Het kind werd geboren in april. Middenin de nacht, in een zware regenbui moest Mini-Mini naar het slavendorp hollen om de vrouwen te gaan halen om te helpen bij de bevalling. Het was een meisje, een mager klein dingetje met een kaal hoofdje, maar toen het even de ogen opende kon men zien, dat die blauw waren. Het was Mini-Mini die de masra ging roepen en erop aandrong dat hij bij zijn vrouw ging. Toen hij het kind zag, zei hij alleen maar: 'Hoe heet ze?' Sarith had geen naam, Julius ook niet, het kon hem niet schelen hoe ze het kind zou noemen en ze besloot om het dan de naam Eva te geven.

Kwam het door de geboorte van de baby dat Julius die middag moest denken aan het feit, dat Mini-Mini eens ook een baby had gehad? Toen ze hem die middag masseerde zei hij: 'Vandaag wil ik het verhaal horen van Mini-Mini.'* Het meisje dacht dat hij het verhaal bedoelde dat ze al eerder had verteld, het verhaal van Koprokanu en ze zei: 'Maar ik heb dat al zo vaak aan masra verteld.'*

'Nee, niet het verhaal van Koprokanu, het verhaal van jou, van jou, Mini-Mini, over het kind dat je had gekregen, over zijn vader, en wie jouw man was.'* Met haar zachte stem vertelde Mini-Mini het verhaal van haar en Hendrik, zijn belofte om te sparen om haar vrij te kopen, hoe hij haar had afgewezen, een andere, *een vrije* had verkozen boven haar, en het kind, dat niet had mogen leven. Zuchtend besloot ze, dat ze dom was geweest om te geloven dat een vrije man een slavin zou nemen; ze was een slavin, niet goed genoeg voor een vrije. Toen ze dàt zei en Julius de tranen zag in die mooie donkere ogen, kon hij zich niet langer beheersen.

Hij sloeg zijn armen om haar heen, trok haar tegen zich aan, terwijl hij fluisterde: 'Zeg dat niet Mini-Mini, jij, je bent de liefste. De beste, de beste, geloof me, de allerbeste man ter wereld is nog niet goed genoeg voor jou. Als ik dat voor je kon doen, zo iemand aan je kon geven, geloof me, ik deed het.' Hij zoende haar op haar ogen waar de tranen uit kwamen en toen op haar mond, streelde haar, liefkoosde haar. En zij? Ze beantwoordde zijn kussen en zijn strelingen, want ook zij hield van hem, en ze wist allang dat er in deze man geen kwaad schuilde, maar dat hij het alleen goed met haar meende. Wat ze zo lang beiden hadden voelen aankomen en wat ze hadden geprobeerd te vermijden, gebeurde nu. Ze hadden elkaar lief en bevestigden dat aan elkaar op die canapé in dat kantoortje. Na deze eerste keer gebeurde het vele malen.

Julius' zijn gedachten waren helemaal vervuld van Mini-Mini. Als ze zijn rug masseerde en hij die vingers voelde, die lieve handen, die hem een voortdurende streling gaven, een liefkozing, had hij het gevoel dat dit het was waar hij zijn hele leven op gewacht had. Elk moment dat hij niet bij haar was, werd hij overweldigd door een intens verlangen naar haar toe te hollen, zijn armen om haar heen te slaan, haar tegen zich aan te drukken, haar te kunnen voelen, strelen, liefkozen. Hij werd bijna jaloers op Jethro, omdat die wel elk moment bij haar kon zijn, op haar schoot kon zitten, haar armen om zich heen kon voelen. Het was zo duidelijk nu voor Julius, hij hield van niemand anders dan van haar. Hij wilde het aan de wereld verkondigen, het uitschreeuwen, ja, hij hield van Mini-Mini alleen.

SARITH

Sarith hield het niet meer uit op Klein Paradijs. Langer dan zes maanden achter elkaar was ze op de plantage gebleven. Voor het eerst vanaf dat ze getrouwd was. In de eerste tijd was ze nog te zeer onder de indruk van het gebeurde en vooral ook de dood van Rein Andersma, om zin te hebben in vertier. Ze bleef op haar kamer, dacht veel na. Ze verweet zichzelf, dat het haar schuld was geweest dat Rein nu dood was, en vaak werd ze 's nachts angstig wakker, omdat ze in haar droom opnieuw die akelige dag beleefde; dat ze opgesloten zaten in die kast, die vreselijke Agosu in haar kamer op en neer liep en Rein daar dood lag op de gang. En dan was er nog Julius. Julius, die nu misschien niet meer boos was, maar volkomen onverschillig. Ze wist niet wat erger was, hij keek nauwelijks naar haar om. Ze hadden wel eens bezoek gehad op de plantage, mensen die naar verder gelegen plantages reisden en wel een poosje bij hen gestopt waren. Haar moeder was ook kort na de bevalling gekomen en had enkele weken gelogeerd.

Ook zij had uitgebreid gehoord hoe Fourgeouds krijgsmacht versterkt door het korps Zwarte Jagers, het Cattica-gebied doorkruist had en hoe het hun gelukt was enkele nog overgebleven dorpen en alle kostgronden die ze tegenkwamen, te vernielen. De Boni's hadden nu de wijk genomen naar de overzijde van de Marowijnerivier en waren in Frans Guyana. De kolonisten haalden verlicht adem. Eindelijk dan! Eindelijk waren ze dat gespuis in de bossen kwijt. Nu hadden ze niets meer te vrezen en nu *moest dat dure staatsleger* maar zo gauw mogelijk verdwijnen, weg met al die soldaten, officieren en luitenants, die hun geld kostten en bovendien het nog hielden met hun vrouwen.

Julius keek helemaal niet naar de baby, het was Bariths kind, niet het zijne. Toen Sarith in juni tegen hem zei, dat ze een poosje naar de stad wilde, zei hij: 'Je doet maar.' 'Ik neem het kind mee en ook Nicolette.' Weer had Julius gezegd: 'Je doet maar' en zo was Sarith dan vertrokken, en had zich wederom geïnstalleerd op de tweede verdieping van het huis van haar zuster. De jongens van Esther vonden de baby prachtig. Sarith begon weer uit te gaan, vermaak te zoeken in avondjes en bezoekjes hier en daar. Het viel haar echter op dat ze door sommige mensen niet meer gevraagd werd, en ook dat sommige rijke plantage-eigenaars nu beslist niet meer rijk waren. Het meest van alles viel het haar op, hoe er over haar gefluisterd werd. Vaak werd er belangstellend geïnformeerd naar haar dochtertje Eva. Eva groeide, het kale hoofdje kreeg haartjes, overduidelijk blond haar, terwijl er noch in Sariths familie, noch in die van Julius iemand was met blond haar en blauwe ogen. Nee, het was nu toch allemaal wel anders dan vroeger, en toen het eind september zo *warm en* stoffig was in de stad, besloot Sarith om toch maar weer naar Klein Paradijs te gaan.

Thuis viel het haar direct op, de intimiteit die er was tussen Julius, Jethro en Mini-Mini. Jethro kon nu al aardig lezen. Hij en Mini-Mini lazen samen gezellig van een blad waarop Julius iets geschreven had, en die keek glimlachend toe. Op een ochtend toen Mini-Mini bezig was in Jethro's kamer en Sarith daarop binnenkwam, zag ze het opeens. Mini-Mini was in verwachting: 'Wat

Mini-Mini, ben je zwanger?'* vroeg Sarith verbaasd.

Verlegen antwoordde het meisje: 'Ja misi.' 'Wie dan, wie is de vader?'* vroeg Sarith weer. Mini-Mini liet het hoofd hangen en antwoordde niet. 'Wie is de vader, is het een van de slaven hier?'* 'Nee misi, misi kent hem niet,' was het verlegen antwoord. Sarith nam aan dat het dan wel één of andere slaaf van een toevallige bezoeker geweest moest zijn. Die Mini-Mini toch en zij had altijd gedacht, dat die zo verlegen en schuw was, ze had zich kennelijk dan toch in het meisje vergist.

Maar Sarith merkte nog meer op in de komende weken. Had ze al gedacht dat er iets was tussen de drie mensen, iets waar zij geen deel aan had, waar ze buiten stond, nu zag ze de manier waarop Julius naar Mini-Mini keek, en ze had ook een keer gezien hoe Mini-Mini die blik beantwoordde. Dat waren geen blikken van een meester en een slavin, maar van twee geliefden. Eerst schrok ze zelf van die gedachte. Nou, dat kon niet. Dat was niets voor Julius, maar ze ging scherper opletten, en vooral viel het haar op, dat Julius iedere middag gemasseerd werd en dat Julius en Mini-Mini lang in het kantoortje waren. Dat gebeurde altijd tijdens rusttijd als Mini-Mini eerst met een waaier naast Jethro's bed had gezeten, totdat die was ingeslapen.

Sarith werd boos, ze moest er het fijne van weten. Ze loerde een moment af, en wachtte tot Julius en Mini-Mini samen in het kantoor waren. Ze ging naar de deur, draaide zachtjes aan de kruk, maar de deur was op slot; ze probeerde door het sleutelgat te kijken, maar de sleutel stak in het slot en ze kon niets zien. Ze moest het weten, ze moest weten wat er daar binnen gebeurde.

Ze liep zachtjes de achterveranda af en liep om het huis heen. Aan de zijkant was het open raam van het kantoor, het was echter te hoog om naarbinnen te kijken. Wat nu? Toen liep ze heel stil weer naar binnen en ging naar boven. Het kantoor lag net onder een klein kamertje dat zelden gebruikt werd en waar verschillende manden en dozen met allerlei kleren en voorwerpen waren opgeborgen. Sarith keek naar de vloer; gelukkig, er was af en toe een klein kiertje tussen de planken. Heel voorzichtig bukte ze zich en ging plat op de vloer liggen met het oog boven zo'n kiertje en daar zag ze die twee samen op de canapé. Nu wist ze genoeg, het was dus waar wat ze gedacht had. Ze bleef kijken, het was geen wilde Julius die een slavin gebruikte, nee, het was een spel van tedere liefkozing, streling, gefluister.

Sarith was woedend, die gemene Mini-Mini, wacht, ze zou haar wel krijgen. Ze zei niets van wat ze gezien had, maar wachtte totdat Julius de volgende ochtend zijn inspectietocht in de velden maakte. Toen liet ze Mini-Mini weten, dat die in haar kamer moest komen. ‘Wie heeft je zwanger gemaakt?’*

Mini-Mini zei niets, verlegen keek ze naar de grond. ‘Zeg me, wie?’* zei Sarith kalm. Nog zei Mini-Mini niets. ‘Ik ken hem niet, hè, ik ken mijn eigen man zeker niet, is het niet masra Julius die je zwanger gemaakt heeft?’* Sarith begon steeds harder te roepen. Naast haar op een tafeltje lag een lange platte stok, die gebruikt werd bij het koffie branden. Ze pakte de stok en met een harde slag kwam die op Mini-Mini’s schouder terecht, toen in haar gezicht. Maar nog voor Sarith de derde slag kon geven, vloog er een kleine figuur op Sarith af en greep haar hand. ‘Sla Mini-Mini niet, sla Mini-Mini niet!’ Het was Jethro. Sarith schrok even, maar herstelde zich vlug, gaf het kind een duw opzij en riep: ‘Verdwijn jij,’ en weer liet ze de stok op Mini-Mini terecht komen. Jethro belandde tegen de muur maar veerde als een bal terug, begon zijn moeder nu met zijn kleine vuisten te bewerken, terwijl hij schreeuwde: ‘Sla haar niet, sla Mini-Mini niet!’ Toen hij zag dat zijn moeder ondanks dat door zou gaan, draaide hij zich om, en wierp zich tegen Mini-Mini aan; zijn beide armen om haar hals en vormde zo met zijn eigen lichaampje een schild voor haar. Huilend riep hij: 'Sla haar niet, sla haar niet.'

Sarith riep: 'Opzij, Jethro, laat los, laat los, ik zal die rotmeid eens wat leren!' 'Ze is geen rotmeid, blijf van haar af, jij, jíj bent een rotvrouw!' gilde hij. Mini-Mini, bang dat Sarith nu zelfs Jethro zou gaan slaan, huilde: 'Nee, masra Jethro, ach nee, pas op, laat me los, laat me los.'* Sarith die nu niet verder kon slaan gilde tegen het kind: 'Lós Jethro, los, of ik sla je ook!' 'Blijf van haar af, ik zeg het tegen mijn vader, ik zeg het aan papa, dat je Mini-Mini slaat!' Sarith die begreep dat ze nu niet door kon gaan, schreeuwde: 'Verdwijnen *jullie. Maar jij, jij duivelin, ik krijg je nog wel.*'* Mini-Mini snikkend, met een huilende Jethro om haar hals, ging naar buiten waar Jethro zacht tegen haar zei: 'Kom Mini-Mini, kom bij mij, ik ga je helpen hoor,' en in zijn kamer nam hij als een kleine gentleman, een bakje met kokosolie en begon voorzichtig de striemen hiermee in te smeren.

'Blijf hier, Mini-Mini, ik zal voor je zorgen, hoor,' zei hij en toen hij tegen het middaguur de paardenhoeven hoorde, rende hij naar de achtergalerij om zijn vader op te wachten, en vertelde opgewonden dat zijn moeder Mini-Mini geslagen had.

Julius kwam snel naar Jethro's kamer. Toen hij die bedroefde Mini-Mini daar op de vloer zag zitten, knielde hij bij haar neer en zei zachtjes: 'Mini-Mini, hoe had ik je dit willen besparen, ze weet het, hè?'* Mini-Mini knikte. Julius liep naar de kamer van zijn vrouw met achter zich Jethro, die wel niet begreep wat er precies ging gebeuren, maar die toch wel door had, dat er nu iets ernstigs was. 'Mini-Mini is zwanger en ik ben de vader, heb je haar daarom geslagen?' vroeg Julius afgemeten. 'Ja, dat heb ik,' zei Sarith. 'Jij, van alle mensen, jij vuile hoer, die je bent,' zei Julius. 'Wat? Moet ik dan goed vinden dat dit hier achter mijn rug gebeurt? Moet ik dat goed vinden?' Sarith gilde en begon te stampvoeten. 'Niet achter je rug, niets gebeurt achter je rug, ik hou van haar, ik wil het openlijk verklaren, ik hou van haar, van haar alleen, hoor je.' Ook Julius schreeuwde nu. 'Wel, hou je bijzit en je concubine dan ergens anders, maar niet in mijn huis, dat hoef ik niet goed te vinden,' zei Sarith. 'Goed, goed, ze zal uit je huis gaan, maar voorlopig blijft ze hier, en als je haar nog met één vinger durft aan te raken, geloof me, ik ransel jou dan tot je er bij neervalt. Je bent gewaarschuwd.' Julius draaide zich om en liep weg, weer met Jethro, die alles had gevolgd, achter zich aan.

Sarith begon nu na te denken. 'Ze zal uit je huis gaan,' had Julius gezegd. Dat betekende dat hij haar ergens zou installeren en dan openlijk zou erkennen als zijn concubine.

Hij zou haar en haar kind onderhouden, misschien wel een huis voor haar kopen, nog meer kinderen krijgen en dan meer bij haar zijn. Maar dan had zij, Sarith, eigenlijk nog meer verloren. Ze hadden al zo weinig geld, nu er zo'n grote schuld was. Hoe zou het dan straks zijn als Mini-Mini zijn concubine was. Maar Mini-Mini was van haar, was haar slavin. Ze moest handelen, zo gauw mogelijk. Het moest hem niet lukken om haar als zijn concubine te hebben. Ze zou Mini-Mini verkopen. Per slot van rekening kon ze met haar eigendom doen wat ze wilde, maar ze moest eerst de papieren hebben; de eigendomspapieren waaruit bleek, dat Mini-Mini haar bezit was. Als ze het hem vroeg was hij in staat om ze niet te geven of om desnoods het geld aan haar te geven. Nee, hij moest niets weten, niets vermoeden.

De volgende dag ging Julius niet naar het veld. Hij was zeker bang dat er in zijn afwezigheid iets zou gebeuren. Sarith deed gewoon, deed zelfs erg aardig. Ze maakte niet eens een opmerking toen ze Mini-Mini betrapte terwijl die een woord aan het spellen was. Hoewel Sarith toen toch wel begrepen had dat Mini-Mini leerde lezen, had ze niets gezegd. Julius begreep het lieve gedoe van Sarith niet, vertrouwde het eigenlijk niet, maar toen zag hij dat ze ook de dag erna vriendelijk deed, en lief tegen Mini-Mini sprak.

Sarith vroeg om eens te helpen met Eva, omdat Mini-Mini zoveel meer geduld had dan Nicolette en Eva zo huilerig was vanwege het tandjes krijgen. Julius dacht dat Sarith zeker eieren voor haar geld koos en was niet zo ongerust meer.

Hij ging de dag daarop weer het veld in. Nauwelijks was hij weg of Sarith ging in het kantoor, deed de deur dicht en ging op zoek naar de papieren.

Toen ze zeven jaar geleden op Klein Paradijs was komen wonen had haar stiefvader het eigendomsbewijs van Kwasiba aan Julius gegeven. Daar had ze het! Er stond op dat de slavin Kwasiba aangekocht was door Jacob Aäharon, eigenaar van plantage Bethel. Onder aan het papier was een aantekening gemaakt van de kinderen geboren uit deze Kwasiba. Caro, geboren 1747;

Kwassi, geboren 1749, overleden 1749; Mini-Mini, geboren 1750.

Ze verborg het papier in haar kamer. Verder deed ze de komende dagen erg lief tegen Jethro, aardig tegen Mini-Mini en zocht naar allerlei manieren om met Julius te praten. Toen zei ze op een middag dat ze over enkele dagen naar de stad zou moeten gaan. Maar deze keer moest Jethro mee, omdat ze Esther en Rebecca beloofd had hem mee te nemen. Die wilden namelijk een feestje voor alle kinderen van de familie geven, en Esther vooral vond dat Jethro zijn neefjes toch vaker moest zien nu hij ouder werd. Julius had geen bezwaar. 'Natuurlijk moet Mini-Mini dan mee,' had Sarith gezegd. 'Jethro kan nu eenmaal niet zonder haar.' Ik ook niet, dacht Julius, maar dat kon hij niet zeggen en hij zei alleen maar: 'Maak het niet te lang, niet langer dan een week; Jethro moet doorgaan met zijn lessen.'

Drie dagen later, nog voor het middaguur, had Sarith zich met kinderen en slavinnen reeds geïnstalleerd in het huis van de De Ledesma's aan de Saramaccastraat, en na de middagrust liet ze zich klaarmaken om uit te gaan. Ze zei tegen niemand waar ze naar toe ging, ook nam ze niet één van haar slavinnen mee, maar achter haar liep één van de loopjongens van haar zus. Bij het Beursgebouw waar praktisch alle heren samenkwamen in de namiddag en waar er gehandeld, gekocht en verkocht werd, zond ze de loopjongen naar binnen met de boodschap, dat ze de heer Beunekom wilde spreken. Vrouwen gingen namelijk nooit het Beursgebouw binnen.

Toen de heer Beunekom naar buiten kwam en die dame daar op hem vond wachten, dacht hij, dat het wel een gewichtige zaak moest zijn als een dame helemaal hier kwam om hem te spreken. Ze vertelde dat ze een slavin te koop had. Het was een kostbare slavin, een kleurlinge. Beunekom moest haar nog dezelfde avond ophalen in de Saramaccastraat. De prijs kon haar niets schelen, Beunekom kon die zelf wel bepalen.

’s Avonds wachtte ze hem op en begeleidde hem naar het achtererf waar de slavenhutjes waren. De deur ging open en Mini-Mini zag de misi daar staan in het licht van een lamp, die door een loopjongen werd opgehouden. Naast haar stond een akelige, dikke kerel met een uitgezakte buik. Ze zag de gluiperige uitdrukking op zijn gezicht en de misi zei: ‘Je moet mee met deze masra!’* Met knikkende knieën was Mini-Mini opgestaan. Verdere woorden waren overbodig, ze wist wat er nu met haar ging gebeuren.

De volgende ochtend bij het wakker worden, vond Jethro niet Mini-Mini naast zijn bed, maar Nicolette. 'Waar is Mini-Mini?' vroeg hij. 'Mini-Mini is er niet,'* antwoordde Nicolette.

'Ga weg,'* schreeuwde Jethro. 'Ik wil Mini-Mini,' en toen harder: 'Mini-Mini,' maar er kwam geen antwoord; weer schreeuwde hij: 'Mini-Mini.' 'Ze is er niet,'* zei Nicolette nogmaals.

Jethro sprong van het bed en op zijn blote voetjes rende hij de trappen af naar de slavenkamers op het erf; hij stootte de deur open van het kamertje waar ze altijd sliep en riep: 'Mini-Mini' nogmaals en nogmaals. Eén van de andere slavinnen zei zachtjes: 'Ze is er niet, kleine masra, ze is er niet, ze is weg.'*

Jethro begreep er niets van; Mini-Mini was er toch altijd? Hij ging terug in huis, de trappen op, de kamer van zijn moeder binnen en riep tegen Sarith, die nog in bed lag: 'Mama, waar is Mini-Mini? Akuba zegt dat ze weg is.' 'Ja, ze is weg, ze komt ook niet terug, laat Nicolette je helpen.' 'Nee,' gilde Jethro, 'ik wil Mini-Mini, waar is ze, ik wil Mini-Mini. Mini-Mini!'

'Gil toch niet zo jongen, ze komt niet meer terug, nooit meer, hoor je, ik heb haar verkocht.' Sariths stem klonk heel bedaard. 'Al gil je van vandaag tot morgen, ze is voorgoed weg.'

'Nee, ik wil niet, ik wil Mini-Mini, Mini-Mini.' Jethro huilde nu uit alle macht. Net als zijn moeder vroeger ook deed begon hij te stampvoeten, met voorwerpen te smijten. 'Ik wil Mini-Mini.' 'Stil toch Jethro, ga weg uit mijn kamer.' Sarith werd ongeduldig. 'Ik wil Mini-Mini, ik wil Mini-Mini, ik zeg het tegen papa, ik zeg het tegen papa,' huilde Jethro weer.

'Doe maar gerust, je papa kan toch niets doen. Mini-Mini is van mij, ik heb haar verkocht en ze komt niet terug, al gil je nog zo hard,' zei Sarith kalm. Nog harder begon Jethro te gillen: 'Mini-Mini, Mini-Mini.'

Esther en twee van de neven waren op het tumult naar boven gekomen en zagen daar Sarith kalm in bed zitten, terwijl Jethro als een kleine wildeman tekeer ging. 'Wat is er toch?' vroeg Esther verbaasd naar het tafereel kijkend. 'Och, hij gilt om Mini-Mini, maar die is weg, ik heb haar verkocht, hij moet er maar aan wennen,' zei Sarith vanuit het bed.

'Je hebt Mini-Mini verkocht, nee toch,' zei Esther geschrokken. 'Waarom heb je haar verkocht Sarith? Kijk eens wat je dit kind aandoet.' 'Ze verwacht een kind van Julius, daarom,' zei Sarith nu boos. 'Ach, maar dat is toch geen reden om haar te verkopen, en zeker Mini-Mini niet,' zei Esther weer, 'zoveel slavinnen krijgen wel eens een kind van de meester. Mini-Mini zelf was er toch ook zo één.' 'Je begrijpt het niet, Esther.' Sarith was van het bed opgestaan. 'Ze is geen gewone slavin; ze is zijn concubine, zijn geliefde,' want nu was het voor haar ook duidelijk, dat het dàt was wat haar was opgevallen. De manier waarop Julius naar het meisje keek. Ze wist het zeker, dit was niet iets dat voorbijging, dit was ware liefde.

'Maar verkopen? ' vroeg Esther weer. 'Wie weet waar ze terechtkomt, arm kind!' 'Arm kind hè?' schreeuwde Sarith nu, 'denkt iemand dan aan mij? Moet ik het *goedvinden dat in mijn huis de geliefde, de concubine* van mijn man woont, moet dat?' 'Nee,' Esther schudde haar hoofd, 'nee, dat kan niet; natuurlijk niet. Dat hoeft geen enkele vrouw te accepteren. Maar was er geen andere oplossing?' 'Nee, ik heb haar verkocht, en dat is goed. Ik wil er niets meer over horen, ik kan met mijn bezit handelen zoals ik wil. Jethro wees stil nu. Nicolette, ga hem wassen.'

Maar Jethro begon nog harder te brullen: 'Ik wil Mini-Mini' en toen Nicolette haar hand naar zijn nachthemdje bracht, beet hij zo vervaarlijk in haar hand, dat de afdruk van zijn tanden bloedend te zien was.

'Laat hem dan maar,' besloot Sarith, 'hij kalmeert wel, en ach, over enkele dagen is hij het al vergeten,' en allen gingen de kamer uit, Jethro achterlatend. Die had niet precies begrepen wat zijn moeder en zijn tante allemaal besproken hadden; hij ging moedeloos op de vloer zitten, met het hoofd tegen zijn opgetrokken knietjes en huilde, huilde, want één ding had hij wel begrepen: Mini-Mini was weg, voorgoed weg.

JULIUS

Nooit zou Julius later kunnen zeggen wat gemaakt had dat hij zich die dagen zo vreemd had gevoeld. Was het een voorgevoel, telepathie, een zesde zintuig? Vanaf het moment dat de tentboot was weggevaren, had hij willen roepen: 'Kom terug Mini-Mini, ga niet weg!' Hij had zichzelf moeten geruststellen, zeggend, dat hij niet zo kinderachtig moest doen, ze ging maar voor één, hoogstens twee weken weg, en ze ging, omdat ze immers voor Jethro moest zorgen. Maar hij voelde zich zo vreemd, zo ongedurig, kon niet rustig op één plaats blijven, liep steeds maar door het huis van de voorveranda naar de achtergalerij, van zijn kantoor naar boven, en vervuld van één gedachte: Als er maar niets met Mini-Mini gebeurt.

Maar wat kon er met haar gebeuren? had hij zich dan weer afgevraagd. Ze was toch al zo vaak naar de stad geweest? Sarith was ongewoon lief en kalm geweest na de scène die ze gemaakt had. Was ze dan niet meer boos? Was ze iets van plan? Ze zou toch niet iets met Mini-Mini doen? En toen had hij opeens gedacht aan een voorval waarover hij gehoord had.

Sarith had, lang voor ze getrouwd waren, de huishoudsterslavin van plantage Hébron laten doodranselen. Niemand had ooit precies geweten waarom, maar het was een hele schok geweest voor de familie, want die slavin was de meest vertrouwde geweest, die vroeger voor de kinderen had gezorgd.

Maar Sarith zou toch met Mini-Mini zoiets nooit uithalen? Ze kenden elkaar al van jongs af aan, en er werd zelfs gezegd, dat Mini-Mini het kind was van de oude of de jonge Aäharon. Hij probeerde zich gerust te stellen, maar moest toch bekennen, dat hij helemaal niet wist waartoe Sarith wel of niet in staat was; hij kende haar werkelijk niet.

Ook de dag nadat Sarith, Mini-Mini en Jethro waren vertrokken, was hij ongedurig, liep rusteloos door het huis. De derde dag, op zijn rit door de velden, bedacht hij, dat hij gauw moest handelen. Hij had plannen gehad om Mini-Mini vrij te kopen, dat zou dan over drie maanden zijn als de koffie geoogst en verkocht was. Maar nu bedacht hij; waarom wachten? Waarom leende hij het geld niet bij iemand om het over drie maanden terug te betalen, en begon hij direct met de procedure. Dat zou hij doen ja; niet wachten, direct morgen naar de stad gaan en 450 gulden ergens zien te lenen en het verzoekschrift aan het Hof sturen. Ze kon dan al vrij zijn als het kind geboren werd. Het zou dan ook een vrij kind zijn. Waar moest ze naartoe als ze vrij was, want op de plantage zou ze niet kunnen blijven. Hij voelde zich gerust nu hij dat plan gemaakt had, en nam zich voor om aan het eind van de week naar de stad te gaan.

Thuisgekomen ging hij naar zijn kantoor en opende de lade waarin de papieren van de slaven waren. Toen hij de la opende, zag hij meteen, dat er iemand in was geweest. De papieren lagen anders. Een angstig vermoeden kwam bij hem op, koortsachtig begon hij te zoeken in de slaveneigendomspapieren. Waar was dat van Kwasiba? Hij wist zeker dat het hier achter had gelegen. Het was er niet. Dus dat was het! God! Wat was Sarith van plan? Zou ze Mini-Mini verkopen? Hij werd ijskoud bij die gedachte en riep: 'Benny, Benny!'

Toen Benny kwam aanlopen beval hij hem om de kleine boot direct klaar te maken. 'Neem twaalf roeiers, zodat ze in twee ploegen kunnen roeien en nu meteen naar de stad!' Benny wilde nog protesteren dat ze het getij moesten afwachten, maar daar had Julius geen tijd voor; ze moesten nu meteen weg, tegen de stroom in.

De boot stopte nergens onderweg. Af en toe greep Julius zelf de riemen om te helpen, maar hij bracht er niet veel van terecht en volstond dus met zenuwachtig zijn vingers te draaien, terwijl de roeiers uit alle macht roeiden. De hele middag en de hele nacht roeide men door, zowel bij vloed als eb en het was omstreeks half tien de volgende ochtend, dat ze bij Paramaribo waren.

In de Saramaccastraat had Jethro de hele dag door gehuild, hij had niet gegeten, maar had aldoor in zijn nachthemdje in het hoekje van de kamer gezeten, roepend om Mini-Mini. 's Avonds was hij in slaap gevallen, Nicolette had hem in bed gelegd, maar toen hij wakker was geworden en nog steeds geen Mini-Mini zag, was hij met een kussen achter zich slepend op de trap beneden gaan zitten, vlak bij een raam aan de achterkant van het huis, en hij had aan elke slaaf of slavin gevraagd: 'Weet je waar Mini-Mini is?'* Iedereen had medelijden met hem en ze antwoordden allemaal zachtjes: 'Nee, mijn kleine masra, och arme, ik weet het niet hoor.'* Jethro was zachtjes weer aan het huilen, toen hij opeens stil hield; dat was de stem van zijn vader! Hij luisterde, ja dat was papa! In een paar sprongen was hij de trap af en stond in de voorkamer bij zijn vader. 'O papa, papa,' hij strekte beide armen naar zijn vader uit, die hem opving. Met de armen om zijn vader schreeuwde Jethro: 'Mini-Mini is weg, papa; mama, mama, heeft haar verkocht!'

Esther had rustig met haar zwager willen praten, maar die luisterde niet naar haar. Hij zette Jethro neer en rende de twee trappen op met het kind achter zich aan. In de kamer stond hij tegenover Sarith, en zijn stem klonk hees van kwaadheid toen hij schreeuwde: ‘Waar is ze? Wat heb je met haar gedaan?’ Als Sarith al verbaasd was dat haar man zo opeens voor haar stond, ze liet het niet merken en antwoordde: ‘Ik heb haar verkocht, ze is mijn slavin, ik kan haar verkopen wanneer ik wil.’

‘Aan wie heb je haar verkocht, zeg op aan wie.’ Julius greep zijn vrouw bij de arm, ze rukte zich los en zei: ‘Ik weet het niet, aan een handelaar, die zou haar verder verkopen, ze is waarschijnlijk al op één of andere verre plantage.’

Julius was niet te houden. ‘Jij, wat ben je toch voor iemand!’ Zijn stem beefde. ‘Je bent een monster, een monster! Haar moeder redde je het leven en je beloofde aan haar sterfbed voor haar dochter te zorgen, en dan verkoop je haar! Ellendeling die je bent!’ Julius schudde zijn vrouw door elkaar: ‘Ellendeling die je bent!’ ‘Moet ik dan goedvinden dat je concubine in mijn huis is?’ gilde Sarith. ‘Monster, ellendeling!’ schreeuwde Julius weer en hij greep Sarith bij de keel. Maar Esther kwam tussen hen in en duwde hem opzij. ‘Julius, bedaar toch, bedaar toch! Wat Sarith deed was niet goed, maar inderdaad, een man kan toch niet zijn concubine in huis met zijn vrouw houden?’

‘Nee, dat kan een man niet, hè?’ antwoordde Julius nu heel cynisch, ‘dat niet, maar wel toestaan, dat zijn vrouw een koekoekskind krijgt. Dat mag wel, hè?’ Esther zweeg verlegen en zei toen: ‘Kom Julius, kom, kalmeer, ga je wat opfrissen en wat rusten, dan kunnen we vanmiddag altijd nog zien,’ en ze trok hem mee uit de kamer. Julius draaide zich nog om en zei tegen Sarith: ‘Als er iets met haar is gebeurd, geloof me, ik wurg je eigenhandig.’ Jethro die met grote angstogen alles had gevolgd, greep zijn vaders hand vast en vroeg weer huilend: ‘Zal je haar vinden papa, waar is ze papa?’

‘Stil maar Jethro, stil maar, ik breng haar terug, dat beloof ik je, ze komt terug!’ Hij ging naar buiten. Esther wilde nog iets opmerken over zijn ongeschoren gezicht, maar kreeg geen kans meer, want hij was al weg.

Natuurlijk wisten alle slaven in het huis wat er aan de hand was, en Benny had, terwijl zijn meester binnen was, uitgebreid gehoord hoe masra Beunekom eergisteravond was gekomen samen met misi Sarith, en hoe hij Mini-Mini had meegenomen. Toen Benny zijn masra naar buiten zag komen zei hij alleen maar: ‘Masra Beunekom heeft haar meegenomen.’ Naar de Beurs dan, daar zou die op deze tijd van de ochtend wel zijn.

Iedereen kende masra Beunekom, een handelaar die meestal zoutwaternegers verkocht; de pas aangevoerde negers werden de eerste tijd in een slavendepot gestopt tot ze verkocht werden. Dat gebeurde in het openbaar, meestal enkele dagen na de aankomst van een schip. De slaven moesten dan op een tafel gaan staan en werden van alle kanten bekeken en betast. Maar in de meeste gevallen waren de grote transacties al op de Beurs gemaakt.

De heer Beunekom was echter niet op de Beurs, wel, misschien was hij in het slavendepot. Julius en Benny haastten zich naar het depot aan de Kleine Combéweg, maar daar was masra Beunekom ook niet. De slaaf die daar bij de loods was, zei dat masra Beunekom daar zeker niet zou komen, er waren immers geen slaven om nu te verkopen, alleen een paar gebrekkige negers zaten in het depot. Julius wilde voor alle zekerheid toch binnen kijken of Mini-Mini niet daar was en de slaaf maakte de deur voor hem open met een grote roestige sleutel. Ze was er niet. Julius werd steeds zenuwachtiger en angstiger. Elke minuut die voorbij ging en ze nog niet gevonden werd, kon er iets ergs met haar gebeuren. Wel, nu dan maar naar het huis van masra Beunekom; hij woonde in de Jodenbreestraat. Met Benny achter zich aan rende Julius erheen.

MINI-MINI

Toen de misi opeens met het plan was gekomen dat ze allemaal naar de stad moesten, had Mini-Mini angstige voorgevoelens gehad, en toen ze die avond die kerel voor de deur van het kamertje had gezien, had ze het meteen begrepen. Voorbij, alles was voorbij. Hoe had ze kunnen denken dat ze ooit vrij zou zijn, en leven met een man die van haar hield *en van wie zij hield*? Een droom was dat, geen werkelijkheid voor een slavin.

Die kerel had haar naar zijn huis gebracht, in een kamer opgesloten. Gelukkig, dacht ze toen, want ze was bang, dat hij haar misschien naar één of ander prostitutiehuis zou brengen. Ze wist toen nog niet, wat haar te wachten stond, want Beunekom was nog aan het bedenken, hoe deze mooie slavin hem het meeste geld zou kunnen opbrengen. Maar voorlopig zou hij het er eerst zelf goed van nemen. Toen hij een poosje later met ontblote borst en een lamp in de hand in die kamer kwam, begreep ze wat hij wilde. Ze had zich verzet, geschopt, getrapt, gekrabd. Maar dat had alleen maar zijn bloed heter gemaakt en ten slotte had hij haar een paar klappen gegeven en tegen de muur gesmeten. Daarna had hij haar verkracht. Toen het voorbij was, was hij weggegaan; de sleutel had in het slot geknarst en ze was weer alleen in het donker.

Mini-Mini huilde, o dat dit haar toch moest overkomen. Kon de masra maar weten wat er met haar gebeurde. De volgende dag had een oude slaaf haar een emmer water gebracht om zich wat te wassen; een kalebas met knollen en zoute vis en *een kalebas met drinkwater*. Hij had haar meewarig aangekeken en gezegd: ‘Och arme.’*

De hele dag had ze treurig in een hoekje van de kamer gezeten, over haar enkel wrijvend, want die had ze verstuikt bij de worsteling van de vorige avond. De volgende avond kwam de heer Beunekom weer, hij was nu duidelijk stomdronken. Mini-Mini walgde van hem, maar deze keer verzette ze zich niet, wetende dat het toch niet zou helpen.

Ze zocht naar een manier om te vluchten, als ze dat zou kunnen, en als ze zich kon verstoppen; maar de deur was op slot en de ramen hadden behalve grendels ook sloten. Ze kon alleen maar de jaloezieën openen en daar kon slechts een hand door, meer niet. Uitgeput en verdrietig ging ze weer op de vloer zitten. Toen hoorde ze opeens wat! Was dat niet masra Julius' stem? Ach misschien verbeeldde ze het zich, ze hinkte naar een raam. Maar de ramen van die kamer keken uit op het erf en de negerpoort en niet op de straat. Ze hoorde hoe de oude slaaf de voordeur weer dicht deed en ze hoorde voetstappen van de stoep weggaan. Uit alle macht riep ze: 'Masra, kom me helpen, ik ben hier. Kom me weghalen, ik smeek je, haal me weg!'*

Buiten op straat had Julius het gehoord, met een sprong was hij weer op de stoep, op de deur roffelend: 'Doe open, doe de deur open!'* De deur ging open, Julius schoof de oude slaaf gewoon opzij en was met grote stappen bij een deur aan de achterkant. 'Mini-Mini!' riep hij.

'Ja masra,' klonk het van binnen. 'Doe open,' beval Julius. Maar de slaaf schudde bang het hoofd. 'Ik heb geen sleutel,' * zei hij.

Julius vroeg niet verder, hij bonsde met al zijn gewicht met één schouder tegen de deur, die uit het slot sprong. Het volgende moment had hij Mini-Mini in zijn armen.

'Ach, Mini-Mini toch, mijn lief, mijn schat, wat is er met je gebeurd? Vergeef me, dat je om mij zo moest lijden!' Mini-Mini kon alleen maar snikken, Julius wilde haar naar buiten brengen, maar toen hij zag dat ze haast niet kon lopen, pakte hij haar op en droeg haar door de deur. Tegen de angstige slaaf zei hij: 'Zeg jouw meester dat ik het geld vanmiddag breng; ook voor de deur zal ik betalen.'* Toen ze een paar huizen verder waren, realiseerde hij zich, dat hij niet eens wist waar hij met Mini-Mini naar toe moest, en hij kon haar ook niet blijven dragen.

Hij zette haar op een stoep neer, nog steeds snikte ze en hij streelde haar over haar haar. Koortsachtig dacht hij na. Waar moest ze heen, bij de De Ledesma's was uitgesloten. Opeens wist hij het. Zijn dochter, Miriam, was getrouwd met een zoon van de handelaar De la Parra en woonde in de Molenstraat. Ja, bij Miriam. Die had vast wel een kamertje op het erf vrij waar Mini-Mini zo lang kon blijven. Maar ze zou niet zo ver kunnen lopen. Benny moest dan maar snel een rijtuig gaan huren. Julius ging ondertussen naast

Mini-Mini op een stoep zitten.

Verschillende mensen die voorbij gingen keken verbaasd naar die blanke man, die daar op een stoep zat met zijn arm om een huilende kleurlingvrouw naast zich. 'Masra Jethro,' vroeg Mini-Mini, 'hoe gaat het met hem?'* Nu pas dacht Julius weer aan Jethro, die moest weten dat hij Mini-Mini had. Benny kwam met het rijtuig. Julius tilde Mini-Mini erin en ging zelf naast haar zitten. 'Saramaccastraat,' zei hij tegen de koetsier. Mini-Mini schrok en hij stelde haar vlug gerust: 'Jij gaat daar niet blijven, we gaan masra Jethro halen.'* Voor de deur van de De Ledesma's hield het rijtuig stil. Julius stuurde Benny naar binnen om Jethro te halen. Hij moest niets zeggen over Mini-Mini, alleen maar dat Jethro's vader een eindje met hem wilde gaan rijden. Benny ging door de negerpoort naar binnen en zag Jethro, die nog steeds op de trap naast het raam zat.

'Psst,' riep Benny en toen Jethro kwam, fluisterde hij iets in diens oor. Jethro rende de twee trappen op, ondertussen zijn nachthemdje uittrekkend. Tegen de slavin die op zijn geklop bij de achterdeur kwam, zei Benny: 'Masra Julius heeft masra Jethro laten halen om een beetje te gaan rijden.' Jethro was ondertussen al beneden in zijn blote lijfje met zijn kleren in de ene en zijn schoenen in de andere hand, en hij zou zo de straat op gerend zijn, als Benny hem niet vlug zijn broekje had aangetrokken. Voor de deur in het rijtuig wierp hij zich in Mini-Mini's armen. 'O Mini-Mini, je bent er, gelukkig, o Mini-Mini, ga nooit meer weg,' en zijn vader die gelukkig toekeek zei: 'Nee Jethro, ze gaat nooit meer weg, ze blijft bij ons. Voor altijd.'

Hoofdstuk XIII

OKTOBER 1778

In het begin van 1778 was het het Staatsleger onder leiding van kolonel Fourgeoud, met het Korps Vrijnegers gelukt om praktisch alle dorpen van de Aluku's en ook nog de meeste kostgronden te vernielen. Zelf waren de Aluku's gevlucht naar de overzijde van de Marowijnerivier, op Frans gebied.

Er kwam in februari 1776 een bericht van de Prins van Oranje, dat de troe*pen onder Fourgeoud moesten* terugkeren. Vele inwoners waren echter te bang dat de Boni's weer zouden aanvallen, en verzochten of de troepen mochten blijven. Een over-en-weer-geschrijf begon. Ondertussen waren de Fransen ook niet zo gelukkig met de gevreesde Boni's op hun gebied. Men vroeg Fourgeoud om zijn advies. Die wilde over de Marowijne trekken en de marrons daar verdelgen, doch dat durfde gouverneur Nepveu toch niet. Hij was bang voor conflicten met de Fransen. De Boni's bleven rustig aan de overzijde van de rivier. Ze hadden geen last van de Fransen.

In april 1778 verliet Fourgeoud met het overschot van zijn troepen het land. Van de ongeveer 1500 man waren er nog slechts 100 over.

Fourgeoud beklaagde zich over de ondankbaarheid van het gouvernement van Suriname, dat zijn goede diensten niet erkende.

Ondertussen hadden de Surinaamse kolonisten en planters al weer andere zorgen aan het hoofd. Door de oorlog die Engeland had met zijn Noord-Amerikaanse bezittingen, waren er veel kapers op de oceaan. Regelmatig werden schepen uit Suriname met producten voor Amsterdam dan wel door de ene of door de andere partij buitgemaakt. Verder waren er allerlei ziekten onder het vee en onder de mensen. Ook gouverneur Nepveu was vanaf juni ernstig ziek.

ELZA

'Ik ga toch ook mee mama, ik ga ook hè?'

Elza kwam net de trap af, toen de kleine Abigaël beneden in de gang dat tegen haar zei. ‘Mee? Waar naartoe, kind?’ vroeg Elza. ‘Naar het feest van Ezau morgen,’ zei Abigaël ongeduldig. ‘Maar natuurlijk ga je ook mee!’ zei Elza lachend en nog voor ze uitgesproken was, riep Abigaël: ‘Zie je wel, Jonathan, zie je wel!’ en ze stak een rood tongetje uit naar haar broer, die grijnzend uit de eetkamer kwam. Elza begreep het al. ‘Plaag toch niet zo, Jonathan,’ zei ze bestraffend tegen haar tweede zoon; die plaagde zijn zusje maar al te vaak, en ze streek eens over het donkerblonde haar van haar vierjarig dochtertje. Een klein bijdehandje was deze Abby, zoals de slaven en de jongens haar altijd noemden.

Elza ging de eetzaal binnen, en bedacht dat haar twee zonen toch wel een heel verschillend *karakter hadden. De tienjarige* Gideon, een echte ferme grote jongen al, die altijd heel aardig en lief tegen beide zusjes was, de vierjarige Abby en de baby van de familie, Charlotte van anderhalf jaar. Jonathan plaagde Abigaël heel vaak en dikwijls moest Elza of Maisa tussenbeide komen, omdat het geruzie hoog opliep. Nu had hij aan Abby verteld dat ze morgen niet mee mocht naar het feest van Ezau, omdat dat alleen voor jongens zou zijn.

Elza had nog steeds een zwak plekje in haar hart voor Ezau. Dertien jaar was hij nu, morgen zou het zijn barmitswa zijn: zoals in alle joodse families, was dit het belangrijkste gebeuren in het leven van een jongen. Je werd dan als man beschouwd. De Surinaamse joodse families maakten er altijd een geweldig feest van en hoewel de financiële toestand bij velen helemaal niet zo gunstig was, zou er toch nooit iemand bezuinigen op een barmitswafeest.

De familie De Ledesma met vijf zonen had dus wel het een en ander te doen. De tweeling, die nu zestien was, had het hunne drie jaar geleden gevierd. Het zou morgen daar een hele drukte zijn met heel wat gasten. Elza bedacht, dat het beter zou zijn om Charlotje thuis te laten, ze hoestte een beetje, was niet zo sterk, en had vaak last van bronchitis. Nee, het zou beter zijn als Charlotje thuis bleef met Maisa. Alleen Afanaisa kon dan mee om te helpen. De vierjarige Abigaël echter verheugde zich op de dag van morgen; er zouden zoveel andere kinderen zijn. Elza dacht aan de familie in de Saramaccastraat en vanzelf ook aan Sarith, want Sarith was meer daar dan op Klein Paradijs.

Een hele toestand was het geweest twee jaar geleden, toen Julius Mini-Mini in een huisje had geïnstalleerd in de Weidestraat. Hij had het geld daarvoor moeten lenen van Rutger, geld om Mini-Mini vrij te kopen en om het huis te huren. Rutger had Elza verteld, dat hij erg te doen had gehad met die grote man, die voor hem had gezeten en verteld had, dat Mini-Mini de persoon was van wie hij hield, naar wie hij verlangde, die hem de liefde en geborgenheid gaf, die hij zijn hele leven gezocht had. En Elza kon het zich goed voorstellen, want ze wist wat een lief mens Mini-Mini was, en dat kon beslist niet van Sarith gezegd worden. Rutger had de lening van de plantage niet kunnen vergroten, maar had Julius persoonlijk het bedrag geleend dat hij nodig had, en zo woonde Mini-Mini in de Weidestraat en had ondertussen al twee kleine jongetjes.

Julius was nu ook heel vaak in de stad bij Mini-Mini en ook Jethro was daar dikwijls. Die was soms wel met zijn moeder in de Saramaccastraat, maar ook als Julius niet bij Mini-Mini was, bracht één van de loopjongens van de Saramaccastraat hem bij Mini-Mini.

Het scheen dat Sarith zich er helemaal bij had neergelegd, alhoewel Maisa van één van de slavinnen van de De Ledesma's had gehoord, dat ze meer dan eens had gezegd, dat Mini-Mini niet alleen haar man, maar ook haar kind had afgepakt. Elza dacht dat er van afpakken hier geen sprake was, het was immers Mini-Mini die vanaf Jethro's geboorte voor hem gezorgd had. Geen wonder dat hij meer van haar hield dan van zijn moeder die hij nauwelijks zag. Het dochtertje Eva was een kwiek klein dingetje. Helemaal blond, met lichtblauwe ogen. Er werd natuurlijk dikwijls over gefluisterd, want noch in Sariths familie noch in die van Julius, was er ooit iemand blond geweest. Sarith zelf zei dat het heel gewoon was, Abigaël van Elza was toch ook bijna blond; maar dat was natuurlijk iets anders, want Rutger had lichtbruin haar en volgens Maisa leek Abigaël sprekend op Elza's moeder, misi Elizabeth.

Elza zat bij het raam, het was warm en stoffig. Dit jaar was geen goed jaar geweest voor de kolonie, er werd veel geklaagd, zoveel ziekten onder de mensen en vooral ook onder het vee. Op vele plantages waren koeien, paarden en muilezels op onverklaarbare wijze gestorven en ook onder het wild in de bossen was er veel sterfte; zo veel dat zelfs de stinkvogels er niet naar omkeken. Maisa kwam binnen en vroeg of de misi al wist welke japon ze vanavond wilde dragen. 'Vanavond?'

‘O ja, dat was waar ook,’ zij en Rutger moesten naar een toneelavond van de joodse schouwburg.

In 1775 was er in Paramaribo een Hollandse schouwburg geopend, maar de joden mochten deze niet bezoeken. Een van de belangrijkste oprichters was Hendrik Schouten, een Hollander die in 1772 was getrouwd met een kleurlinge, Susanne Hansen. Hij leed er erg onder dat zijn vrouw niet werd geaccepteerd in de voorname blanke kringen in Paramaribo, en schreef dan ook vaak allerlei satirische gedichten over het gezelschap, waar zijn vrouw niet welkom was. Rutger vond het onbegrijpelijk dat iemand die zo leed onder discriminatie, zelf toch ook zo’n onderscheid maakte en een schouwburg begon met het opschrift ‘*Pro Excolenda Eloquentia*’ en dan nog ‘Verboden voor joden’.

De joden hadden echter een jaar daarna hun eigen schouwburg geopend, waar twaalf voorstellingen per jaar werden gegeven.

De volgende dag was er in het grote huis van de De Ledesma’s een drukte van belang. Rijtuigen reden af en aan, in de grote voorzaal en eetzaal gasten; kinderen renden trappen op, trappen af en op het erf, onder de bomen slaven en slavinnen die hun meesters familie vergezelden en ook moesten helpen.

Abraham Cohen had een gesprek met Rutger. Hij had namelijk een gast te logeren, een zekere Joachim Morpurgo. Deze kwam uit een stadje in Italië. Daar hadden de joden veel gehoord over de kolonie Suriname, waar de joden bepaalde privileges hadden, en waar de Portugese Joden het prachtige dorp Joden-Savanna hadden gesticht, een nieuw Jeruzalem aan de rivier. De roem van deze plaats was tot in Noord-Italië bekend, waar deze groep Poolse joden na vele omzwervingen in Europa, uiteindelijk terecht was gekomen. Een aantal welgestelde families, ongeveer veertig man, wilde nu de reis naar Suriname ondernemen om zich in dit Joden-Savanna te vestigen, en Joachim Morpurgo was gekomen om alles te zien en voor te bereiden. Hij was al naar Joden-Savanna geweest, hij vond het er prachtig. Natuurlijk had hij ook al gehoord en zelf kunnen merken, dat de plaats achteruit ging, omdat vele van de rijkere families, naar de stad waren getrokken en daar bleven wonen. Maar hij en zijn groep zouden Joden-Savanna nieuw leven inblazen. Ze hadden geld genoeg om plantages te beginnen, zelf zouden ze op de Savanna blijven wonen, daar was immers alles wat ze nodig hadden; de prachtige synagoge, huizen, die ze zouden verbeteren, een bakkerij, slachterij en de beroemde begraafplaats.

Joachim Morpurgo zou eigenlijk ook te gast zijn geweest bij de De Ledesma's, maar hij voelde zich al sedert twee dagen niet zo goed, en was daarom maar in bed gebleven. Als ze later naar huis gingen, kon Rutger dan misschien even binnenkomen in de leraarswoning en dan met Joachim een afspraak maken? Want die wilde namelijk enkele zakelijke gesprekken hebben met Rutger ten aanzien van de kosten van slaven, vee, kortom alles wat met plantages te maken had.

's Middags toen de families naar huis reden na een drukke dag met veel gebabbel, eten en drinken, zat in het rijtuig Abigaël op de schoot van haar vader. Met de duim in de mond dommelde ze even in, maar toen het rijtuig stilhield op de hoek van de Reerenstraat en de Klipstenenstraat, waar de leraarswoning van de Portugees-Israëlitische gemeente was, was Abigaël klaar wakker. Rutger stapte uit en het kind strekte de armpjes uit, 'mee papa, mag ik ook mee naar binnen?' Met zijn dochtertje op de arm, ging Rutger achter de Cohens aan naar binnen. De jongens wilden ook uitstappen, maar Elza zei: 'Nee, blijven jullie nu maar hier, per slot van rekening is er een zieke daarbinnen, zoveel drukte is nergens goed voor.'

Even later kwam Rutger naar buiten. Hij hield de hand van Abigaël vast en drukte een zakdoek voor haar mond, hij zag bleek en hij zei gesmoord tegen Elza: 'Weg, weg, snel, ik loop wel met Abigaël, laat Maisa de jongens een heet bad geven. Jij ook, snel, o vreselijk toch, het is gele koorts.' Elza schrok, nee toch, nee, niet die gevreesde ziekte. Het rijtuig reed al, en enkele ogenblikken nadat ze thuis waren uitgestapt, was Rutger er ook. 'Verbrand de kleren van Abigaël, de mijne ook, snel, laat Maisa haar een bad geven, zo heet mogelijk met kruiden, en iedereen moet een scheutje jenever drinken.'

Abigaël begon te huilen, moest haar mooie nieuwe jurkje verbrand worden? En toen ze de jenever moest drinken, was het na een dag van zoveel snoepen heus geen wonder, dat ze haar hele maagje omkeerde in Maisa's rok.

Rutger maakte zich erg bezorgd, hij was geschrokken toen hij met Abigaël en de kleine Daniël Cohen aan de hand van Abraham, bij het ziekbed van Joachim had gestaan. Hij had meteen de symptomen herkend, die bloedrode lippen en neusgaten, die met bloed doorlopen ogen, en Joachim had niets kunnen zeggen, alleen maar kunnen kreunen. Het leek wel alsof er uit zijn binnenste een soort gerommel kwam. Ja, Rutger kende die symptomen wel. Hij had niet geweten hoe vlug hij uit die kamer moest komen en hij verwenste zichzelf, dat hij Abigaël had meegenomen. Ook Elza was vreselijk ongerust, vooral toen Abigaël zo had overgegeven en klagerig, huilerig in slaap was gevallen.

De volgende dag sprong het kind weer vrolijk rond en dat stelde Elza wat gerust. Gele koorts was een heel erge ziekte en Abigaël was daarbinnen geweest, maar ze hadden goede maatregelen getroffen.

Een *paar dagen later echter* kwam het bericht, dat Joachim Morpurgo was overleden, en dat het jongste zoontje Cohen, Daniël, ziek was. Ook in de Saramaccastraat was Jacob de Ledesma ziek en het bleek dat in vele gezinnen die gevreesde ziekte heerste.

Toen was op een ochtend Abigaël hangerig; 's middags moest ze in bed blijven, ze had koorts. De gevreesde verschijnselen waren al zichtbaar, bloedrode lippen en neusgaten, met bloed doorlopen ogen, over het hele lichaam

pijn. Een geneesmiddel tegen deze gevreesde ziekte kende men niet. Maisa maakte een kom lauw water met daarin kruiden tegen koorts. Ze zat naast het bed van het kind en veegde steeds haar gezicht en lichaampje af met een lap op haar voorhoofdje en ogen.

'De andere kinderen moeten niet in die kamer komen, Elza,' zei Rutger bezorgd, 'laat Charlotje alleen door Afanaisa verzorgen en laat die voorlopig maar beneden in de achterkamer blijven.' De jongens werden gewaarschuwd om niet in de kamer bij Abigaël te gaan.

Zenuwachtig liep Elza in de kamer bij haar dochtertje heen en weer. Het kind had hoge koorts, ijlde, af en toe kwam ze even bij, huilde; ze wilde wat zeggen, maar er kwam geen geluid uit, een diep soort gekreun scheen uit haar uitgeteerde lichaampje te komen en het volgende moment stroomde er een dikke zwartrode vloeistof uit haar mond. Maisa hield haar even rechtop. Elza moest helpen, het kind vasthouden, terwijl Maisa de lakens verschoonde en het kleine meisje voorzichtig afsponsde. Toen weer een gekreun, gekerm, stuiptrekkingen.

Elza kon het niet meer aanzien, mijn God, waarom moest haar kleine meisje zo lijden. Terwijl ze naar het kind keek, bad ze stilletjes voor zich heen: ‘Laat haar beter worden God, Heer in de hemel, ik bid u, ik bid u, ik smeek u, laat mijn kind beter worden alsjeblieft.’

De dag daarop kwam geen beterschap, integendeel, het werd erger en de daaropvolgende dag nog erger. Maisa en Elza wisselden elkaar af aan het bed van het kind, dat praktisch niemand meer herkende. Af en toe kwam Rutger in de kamer. Zwijgend en met bedroefde ogen keek hij naar zijn dochtertje dat daar uitgeteerd in het bed lag en hijgend ademhaalde. Toen kwam het bericht, dat in de Saramaccastraat Jacob de Ledesma was overleden. Nu waren daar ook nog Ezau en Joshua (één van de tweeling) ziek; de volgende dag *stierf* de kleine Daniël Cohen.

Elza kon bijna niet meer, ze bad *keer op keer en* verzocht God om toch haar dochtertje te sparen. Toen ze op een gegeven moment de kamer van Abigaël binnenkwam, zag ze daar Gideon naast het bed staan. ‘Gideon,’ zei ze geschrokken, ‘we hadden toch afgesproken dat jullie hier niet zouden komen.’ Met tranen in zijn ogen keek Gideon naar zijn moeder. ‘Waarom moet ze zo lijden mama, waarom,’ en hij streelde het hoofdje van zijn zusje en nam een waaier om haar koelte toe te waaien.

Uit het bed klonk alleen maar af en toe gekreun. Na een poosje zei Maisa met zachte stem tegen Elza om zelf maar wat te gaan rusten. Elza ging naar haar kamer. Moedeloos zat ze op het bed, weer bad ze tot God, en smeekte hem om haar dochtertje beter te maken. Toen hoorde ze de deur langzaam opengaan. Het was Gideon. Hij kwam naast haar staan en leunde zwaar tegen haar aan alsof hij bijna in haar lichaam wilde kruipen. 'Wat is er, Gideon?' Ze keek naar haar zoon, nog voor hij iets gezegd had, wist ze het antwoord al. 'Nee, nee,' riep Elza en Gideon knikte, terwijl hij de armen om zijn moeder sloeg en zijn hoofd tegen haar aanlegde: 'Ze is dood mama, Abigaël is dood,' riep hij snikkend uit en ook Elza kon zich niet meer beheersen en huilde met de armen om haar zoon geslagen.

Het was voorschrift dat gele koorts-patiënten zo snel mogelijk begraven moesten worden en reeds de volgende morgen werd de kleine Abigaël naar haar laatste rustplaats gebracht.

Elza was ontroostbaar, ook Rutger huilde, en kon niets anders doen dan aan zijn dochtertje denken.

Vader Levi Fernandez was al een paar dagen eerder naar de stad gekomen met tante Rachaël. Die was nu naar de Heerenstraat, want ook Rebecca was ziek geworden. De volgende dagen werden er steeds meer ziektegevallen bekend en hoorde men hoe er in bijna alle bekende gezinnen sterfgevallen waren.

Toen werd ook Gideon ziek. Dit kon Elza niet meer aan. Ze smeekte God, niet haar zoon te nemen, o alsjeblieft niet, haar grote zoon, het kind dat, al wilde ze het niet bekennen, eigenlijk haar lieveling was. Niet Gideon, nee God, alsjeblieft, niet Gideon. Het was Maisa die dag en nacht aan Gideons bed zat, zijn gezicht waste, zijn lichaam afsponsde met een lap gedoopt in water *waarin* kruiden gekookt waren, lakens verschoonde, Gideon overeind hield als de stuiptrekkingen kwamen. *Maisa* sliep helemaal niet, dag en nacht zat ze daar, onvermoeibaar.

Rutger en Elza kwamen en gingen in de kamer, zij zelf konden bijna niets doen, alleen maar kijken, hoe Maisa daar bezig was met hun kind. Moedeloos ging Rutger na een poosje de kamer weer uit.

Dit vervloekte land ook met al die tropische ziekten. Eén kind had hij al verloren. Hij smeekte God om toch niet zijn zoon te nemen. Elza kwam uit de kamer, er was fris water nodig. Ze liet de loopjongen het beneden bij de regenbak halen en bracht het zelf naar de kamer. Toen ze in de kamer kwam, zag ze Maisa op haar knieën bij het bed zitten. De jongen lag heel stil in het bed, geen gehijg en gesteun, geen stuiptrekkingen. 'Mijn God, nee,' Elza had het gevoel alsof ze zou gaan gillen, maar Maisa draaide zich om naar haar en zei zachtjes: 'Kijk misi, kijk hij heeft geen koorts meer, kijk hoe zacht hij ademt, hij wordt beter.'* Elza snelde naar het bed, inderdaad, Gideons hoofd gloeide niet meer, hij hijgde niet, maar ademde rustig. 'O Maisa, hij wordt beter, dank zij jou Maisa, dankzij jou.'* Ze wilde haar armen om Maisa slaan, maar die stak afwerend de hand op en zei: 'Raak me niet aan *misi*, *raak* me niet aan.'

Nu keek Elza goed naar Maisa en nu pas zag ze wat Maisa al twee dagen had geweten en gevoeld; de gezwollen bloedrode lippen, de met bloed doorlopen ogen. 'Nee Maisa, o nee,' riep Elza, Maisa wilde zich vastgrijpen aan één van de vier beddenposten, maar haar handen, die steeds gewassen, verzorgd en getroost hadden, die handen bezaten geen kracht meer en langzaam gleed ze op de grond naast het bed, waarin de jongen lag, die dank zij haar beter werd.

Drie dagen later was Maisa dood. Gideon werd beter, het duurde wel even, maar hij werd beter. Ondertussen was ook Rebecca gestorven en Ezau, die net zijn barmitswa gevierd had.

Joshua werd beter, maar nu was Jethro ziek, heel erg ziek.

SARITH

In de Saramaccastraat, in het in rouw gedompelde huis, zat Sarith in de kamer van het zieke kind. Alles leek zo onwerkelijk, dit altijd vrolijke huis, dat nu rouwde, omdat eerst de vader, en nu één van de zonen gestorven was. Haar zoon die daar zo ziek in bed lag.

Zelf kon Sarith niets doen, ze wist niet hoe en wat. Ze was zo angstig toen opeens Jethro dat roodzwarte bloed had opgegeven, en ze was huilend de kamer uitgelopen. Zou God haar nu op deze manier straffen? Zou ze haar kind verliezen?

Het was Nicolette die samen met Julius voor Jethro zorgde. Sarith had een loopjongen gezonden om Julius te halen in de Weidestraat. Ze had nooit gedacht dat ze zoiets zou doen, maar toen ze Jethro zo ziek zag, had ze niet geweten wat ze anders zou kunnen.

Julius was al sinds gistermorgen bij zijn zoon, zat bij het bed, hield het kind even omhoog als Nicolette de lakens verschoonde. Jethro gloeide van koorts, af en toe kwam hij even bij uit zijn deliriumtoestand. Nu ook weer, hij keek naar zijn vader en zijn lippen prevelden zachtjes: ‘Mini-Mini.’

‘Mini-Mini is niet hier, mijn jongen,’ antwoordde Julius, terwijl hij het kind weer in de kussens legde. Alleen gekreun, dat diep uit het lichaampje scheen te komen. Sarith stond op van de stoel bij het raam waar ze had gezeten en kwam bij het bed staan. Weer zei Jethro: ‘Mini-Mini.’ Julius keek even naar Sarith: ‘Hij vraagt naar Mini-Mini.’ Sarith knikte. Julius keek haar aan: ‘Ik ga haar halen,’ zei hij. Sarith knikte weer. Hij kon gerust Mini-Mini gaan halen, als dat kon maken dat Jethro beter werd. Ze had er alles voor over; als haar kind maar beter werd.

Julius stond op, hij liep langzaam de kamer uit en de trappen af, maar nog voor hij bij de voordeur was, hoorde hij een gesmoorde kreet van boven komen en hoorde hij zijn naam roepen. Met bevende knieën liep hij terug en onderaan de trap naar de tweede verdieping bleef hij staan en keek naar zijn vrouw, die daar boven aan de trap stond met de hand voor de mond. Snikkend riep ze hem toe: 'Het hoeft niet meer Julius, het hoeft niet meer. Hij is dood, mijn God, mijn Jethro is dood.'

JULIUS

Twee weken later was de tentboot van Klein Paradijs op weg naar de plantage. Julius zat in de boot met Sarith en ook de kleine Eva. Zo had hij zich zijn tocht naar huis niet voorgesteld. Wat een droefheid, wat een verdriet. Zijn zoon, zijn mooie knappe Jethro was er niet meer. Wat een ellende lieten ze daar achter in Paramaribo, waar er in bijna elke familie wel iemand te betreuren was.

In de Saramaccastraat waren er van de 22 slaven zeven overleden, en met angst in het hart vroeg Julius zich af wat hij op Klein Paradijs zou aantreffen.

Bij de plantages waar ze een tijd moesten stoppen, waren ook ziekte- en sterfgevallen geweest, en iedereen wist dat hun zoontje was gestorven.

Sarith zei niet veel tijdens de reis, ze was een terneergeslagen, verdrietige vrouw en vroeg zich af, of al deze dingen met haar gebeurden omdat God haar op deze manier wilde straffen voor alles wat ze fout had gedaan. Ze keek naar Julius. Vroeger had hij van haar gehouden, maar nu hield hij niet van haar. Hij hield van Mini-Mini. Kon ze maar iets tegen hem zeggen. Maar er was vanaf het gebeurde met Rein Andersma zo'n grote afstand tussen hen gekomen, ze waren allang geen man en vrouw meer; ze waren gewoon twee vreemden voor elkaar.

Jethro was het enige wat ze nog gemeenschappelijk hadden gehad en nu was die er niet meer. Julius was haar twee dagen geleden komen zeggen, dat hij naar de plantage terugging. Hij had haar niet gevraagd om mee te gaan, en ze had kunnen zien, dat hij eigenlijk verbaasd was geweest toen ze had gezegd: 'We gaan met je mee.'

Julius staarde voor zich uit, terwijl de boot voortgleed. Wat voor zin had het allemaal? Wat had hij een dromen gehad toen hij bijna 27 jaar geleden met de plantage was begonnen. Alles had zo mooi geleken. Een jongen van twintig jaar was hij geweest. Met geld van zijn vader was hij begonnen en vlug was alles goed gegaan. Een koffieplantage. Het terrein was niet zo groot, maar de koffie maakte goede prijzen. Toen kwam de pokkenepidemie in 1764, waaraan zijn eerste vrouw en zoontje waren gestorven en veel slaven. Vanaf toen was eigenlijk alles achteruit gegaan.

Op de plantage aangekomen keek hij eens rond, ja, het zag er toch al zo verwaarloosd uit, er waren niet genoeg slaven voor het werk, de oogst was vorig jaar niet zo goed geweest, hij had niet zoveel geld gemaakt als hij verwacht had. *Van het geld dat hij* drie jaar geleden had moeten lenen na de overval van de marrons, had hij nog praktisch niets terugbetaald. Nog voor *hij goed* en wel binnen was, kwam de opzichter hem al tegemoet. Hij betuigde zijn medeleven met het heengaan van Jethro, maar kwam ook vertellen, dat door ziekte al twaalf slaven waren gestorven. Het werk ging niet. Als alle slaven aan het werk werden gezet op het veld en in de koffiemolen, zelfs dan kon men het werk niet aan, en er bleef dan niemand over voor de andere werkzaamheden, zoals onderhoud, wieden van het terrein, kanalen opschonen, werken in de timmerloods en in de smederij.

Julius zei niets, wat kon hij zeggen? Had hij dit allemaal niet al voorzien? 's Avonds zat hij stil op de achtergalerij. Het kon hem eigenlijk niets schelen, hij wilde voor zichzelf niets meer. Het enige wat hij wilde, was bij Mini-Mini zijn. Wat verlangde hij naar haar nabijheid, haar troostende hand te voelen, haar stem te horen. Dat alleen verlangde hij; bij Mini-Mini te zijn. Hij zag haar weer voor zich toen hij haar had verteld dat Jethro was gestorven en hij in haar ogen het intense verdriet kon zien, om dit kind dat ze zo als haar eigen had beschouwd, dat zo geleden had en nu voorgoed weg was. Kon hij maar voor altijd bij Mini-Mini zijn! Voor altijd! Nooit meer weggaan van haar. *En waarom ook niet?*

Waarom zou hij nog doorgaan met deze plantage? Wat voor zin had het? Hij had er het geld niet voor. Moest hij weer een schuld gaan maken? Waarvoor? Als hij over een paar jaar dood zou zijn, wat dan? Jethro die de plantage zou hebben kunnen voortzetten was er niet meer.

Zijn dochters waren beiden goed getrouwd, die hadden er geen behoefte aan om een plantage met schuld te erven. En Sarith? Sarith had nooit van Klein Paradijs gehouden. Als hij er niet meer zou zijn, zou ze meteen proberen de boel te verkopen. Waarom zou hij dan doorgaan? Hij kon beter zelf proberen meteen alles te verkopen, het terrein zou wel niet gaan, want het was niet waarschijnlijk dat er nu iemand een plantage aan de Boven-Commewijne zou willen kopen.

Integendeel, plantages die nog gekocht werden lagen allemaal veel dichterbij de stad. Hij nam een besluit, hij zou geen nieuwe schuld gaan maken om te proberen de plantage draaiende te houden, nee, hij zou alles verkopen. Was de plantage zelf niet verkoopbaar, dan de slaven, de drogerij, de *gereedschappen* en dergelijke. Dat wat na aftrek van de schuld nog overbleef, daarvan zou hij een deel voor Sarith beleggen, en een deel voor zichzelf en de jongetjes van Mini-Mini, en hij zou dan in de stad bij haar gaan wonen.

En Sarith? Ach Sarith had zich bij hem toch nooit gelukkig gevoeld; ze had Klein Paradijs nooit als haar huis beschouwd. En Eva? Wel, het speet hem, maar hij kon aan dat kind niet denken als zijn kind, natuurlijk droeg het zijn naam en zou hij het verzorgen, maar het was Sariths kind en niet het zijne.

De volgende dagen liep Julius de plantage rond, hij dacht aan wat hij besloten had en toen vertelde hij het aan Sarith. Hij legde haar uit, dat ze mocht weggaan als ze het verkoos, ze kon meenemen wat ze wilde, van de slaven ook wie ze wilde. Hoewel er in joodse families praktisch nooit een scheiding voorkwam, kon ze zichzelf als 'vrij' beschouwen, zei hij, en als ze graag met een andere man zou willen trouwen zou hij alles doen om het ook wettelijk in orde te maken. Ook vertelde hij aan Sarith, dat hij van plan was om de jongetjes van Mini-Mini zijn naam te geven.

'Ik zal het zeker doen en je zult er van horen, daarom zeg ik het je maar zelf,' zei Julius. Sarith knikte; ze had dit verwacht.

'Dan heten deze kleurlingkinderen dus ook Robles de Medina,' zei ze. Julius keek haar aan. 'Jouw kind heet Robles de Medina,' zei hij kortaf, 'deze kleurlingkinderen, mijn kinderen, zullen Robles heten, gewoon Robles.'

Enkele weken later voer de tentboot weg van de plantage. Sarith ging weg, kleine Eva stond in de boot aan de hand van Nicolette, die ook meeging, evenals haar eigen twee kinderen en haar moeder.

De boot was vol beladen met wat Sarith allemaal meenam aan huisraad en meubilair, ze zou even in Paramaribo stoppen en dan doorreizen naar Hébron, want daar verlangde ze te zijn, op Hébron, bij haar moeder, en stiefvader; op de vertrouwde plaats van haar zorgeloze kinderjaren.

Ze vertrok. Terwijl de boot wegvoer en de aanlegsteiger kleiner en kleiner werd, verliet ze de plantage, die over een tijdje leeg zou zijn, leeg en verlaten, waar alleen de gebouwen zouden overblijven, totdat die helemaal overwoekerd zouden zijn door het struikgewas en over een paar jaar zouden instorten. De natuur zou haar rechten terugnemen, struiken en bomen zouden er gaan groeien en na een tiental jaren zou de plek niet meer te onderscheiden zijn van de rest van het oerwoud. Klein Paradijs aan de Boven-Commewijne, zou dan *voor goed verleden tijd zijn.*

Slot

ELZA

Het was de laatste week van februari 1779.

Gouverneur Jan Nepveu was heel erg ziek. Dat was al enkele maanden het geval, maar nu was het toch wel zo dat men elk ogenblik het einde kon verwachten. 'De vos', zoals hij door velen genoemd werd, zou dus heengaan en zelfs de planters die tijdens zijn leven zo tegen hem gekant waren geweest, *moesten toegeven*, dat hij in zijn leven de kolonie wel enkele goede diensten had bewezen, al was het alleen maar het bestaan van het Militaire Kordonpad, dat nu een deel van het ondoordringbare oerwoud toegankelijk had gemaakt.

Het was geen vrolijke tijd in de kolonie. Vele gezinnen waren nog in de rouw vanwege het verlies van één of meer geliefden en nog steeds waren er zoveel ziekten onder de mensen en onder het vee; zelfs de oogsten waren minder gunstig. Schaarste aan vele producten. Hollandse schepen durfden niet in deze omgeving te komen uit vrees voor kapers. Schepen uit Amerika met goederen voor Suriname werden door de Engelsen buitgemaakt.

Elza zat op de achtergalerij van haar ruime bovenwoning aan de Gravenstraat en keek over het erf waar Jonathan en Gideon speelden met Amimba's zoontjes onder een grote manjaboom. Gideon was nog steeds erg mager na zijn ziekte en wat was hij toch lang geworden vond Elza. Ze zuchtte, die vreselijke ziekte. Ze had vanmorgen nog een schortje van Abigaël in handen gehad en het in de kast opgeborgen. Haar lieve kleine Abigaël, haar engeltje, dat het schortje nooit meer zou aandoen. Ze miste haar, maar was God dankbaar, dat hij Gideon niet had genomen en wie weet kreeg ze weer een ander klein meisje, want ze wist sinds enkele weken dat ze weer in verwachting was. Wie ze echter nooit meer terug zou krijgen was Maisa. Wat miste ze Maisa. Ze miste haar zo erg, dat het bijna lichamelijk pijn deed. Maisa!

Pas toen Maisa was gestorven, was het tot Elza doorgedrongen hoe afhankelijk ze van die ene persoon was geweest. Niet zij, Elza, maar Maisa was de spil geweest waar alles om draaide. Het huishouden, dat was Maïsa's huishouding geweest. Elza had toen ontdekt, dat ze zelf eigenlijk niets wist. Ze wist niet hoe en waar goederen gekocht werden, wat er allemaal nodig was, ze wist niets, want Maisa had altijd voor alles gezorgd.

Een paar dagen geleden was Lena de kokkin komen zeggen, dat er geen meel meer was. Toen was Elza opeens in huilen uitgebarsten tot grote schrik van Lena, die maar niet begreep, waarom de misi zo moest huilen omdat er geen meel was. Dat was niet de reden dat ze had gehuild, er was nu eenmaal schaarste aan meel. Maar Elza had toen opeens zo erg gevoeld hoe zeer ze Maisa miste. Die had overal raad op geweten. Die zou wel ontdekt hebben hoe en waar ze aan meel moest komen.

Elza bedacht nu, dat haar gezin eigenlijk model stond voor de hele Surinaamse samenleving. Was niet alles en iedereen afhankelijk van de slaven? Net zoals zij zich verloren voelde zonder Maisa, net zo zou de kolonie verloren zijn zonder de slaven. Zij deden alles, wisten alles en de blanken konden niets en wisten niets. De blanken hadden de negers nodig maar de negers hadden geen enkele blanke nodig; zie maar hoe het de marrons gelukt was om een hele samenleving op te bouwen in het oerwoud, alles wisten ze te gebruiken.

Zonder gereedschappen en geweren, wisten ze te overleven, zich te voeden, en de militairen te overwinnen. En de blanken?

Als die in het oerwoud verdwaalden, betekende dit een zekere dood, want uit zichzelf konden ze zich niet redden. Als de negers er niet meer zouden zijn in deze kolonie, dan zou de hele samenleving als een opgeblazen pudding in elkaar storten. Zoveel plantages moesten het al opgeven omdat ze niet genoeg slaven hadden.

Elza dacht aan wat Rutger haar twee weken geleden had verteld. Julius Robles de Medina was bij hem in het kantoor geweest. Hij gaf Klein Paradijs op, het ging niet meer. Hij had geen slaven genoeg om de plantage draaiende te houden. De schuld van drie jaar geleden had hij nog niet eens voor de helft afbetaald. Hij verkocht alles; de slaven, de koffiedrogers en wat er nog over was van het vee.

Rutger had hem willen aanmoedigen om het toch nog te proberen, maar Julius had hem met tranen in de ogen aangekeken en bedroefd gevraagd: ‘Waarvoor? Voor wie?’ Zijn zonen waren al gestorven. Zodra hij er niet meer zou zijn zou Sarith toch alles verkopen, omdat ze niet van Klein Paradijs hield.

De kinderen, die hij bij Mini-Mini had, zouden de plantage niet kunnen erven. Het was dus maar beter nu alles te verkopen. Van wat er overbleef kon hij een deel voor Sarith beleggen om in haar onderhoud te voorzien en van de rest, al was het maar weinig, wilde hij een kalme, rustige oude dag hebben bij Mini-Mini; want dat was het enige wat hij nog van het leven verlangde. Om rustig bij Mini-Mini te zijn en bij haar te blijven.

Elza had meelij met Julius. Misschien had hij gelijk, Mini-Mini zou vast wel lief voor hem zijn. Wat deed Sarith nu? Ze was naar Hébron gegaan, maar zou vast niet lang daar blijven, omdat ze het er te saai zou vinden. Eigenlijk had Elza ook met haar te doen. Ze zocht zo naar vertier en vermaak, dat ze daarom *nooit tevreden* kon zijn en genieten van wat ze had; eigenlijk was ze toch wel een leeg en zielig mens.

In de middaguren was opeens Sydni, de slaaf van vader Levi aan de achterdeur met een boodschap. Elza schrok: Er zou toch niets met haar vader zijn? Sydni vertelde dat hij gezonden was door masra Levi. Grootmama Fernandez was ziek, de familie was al van Hébron naar Joden-Savanna gereisd. Grootmama had echter speciaal gevraagd naar Elza, haar kleindochter, en vader

Levi vond dat zijn dochter dan maar naar Joden-Savanna moest reizen, omdat grootmama het waarschijnlijk niet lang meer zou maken.

Toen Rutger in de vooravond van de Beurs kwam, vertelde Elza hem wat Sydni was komen zeggen en Rutger was van mening, dat Elza dan maar zo spoedig mogelijk naar Joden-Savanna moest gaan. Zelf kon hij niet mee. De toestand van de gouverneur was zó, dat elke dag de laatste kon zijn en Rutger, die nu een belangrijk man was, moest wel in de stad blijven om de begrafenis bij te wonen.

Eigenlijk had Elza niet zoveel zin om te gaan, omdat het de eerste keer was dat ze op reis zou moeten gaan zonder Maisa, en ze bedacht een beetje wrevelig dat grootmama haar leven lang alles en iedereen had *gecommandeerd*, en het zelfs op haar sterfbed nog presteerde om te commanderen. Maar ja, ze zou wel moeten gaan, om vader Levi vooral, en Sydni had duidelijk gezegd dat de oude Granmisi niet lang meer zou leven. 78 jaar was grootmoeder al, dat was inderdaad wel erg oud.

De volgende dag reisde Elza dus met Sydni naar Hébron. Rutger had Alex gevraagd om met haar mee te gaan en verder ging ook Amimba mee met haar oudste zoontje Rutty. Ze overnachtten op Hébron, in het lege huis, want vader, tante Rachaël en ook Sarith met kleine Eva waren al op Joden-Savanna. De dag daarna ging de reis verder en het was al middag toen ze op Joden-Savanna kwamen.

Toen Elza in het grote oude huis van haar grootmoeder die oude vrouw in bed zag liggen, bedacht ze dat grootmama er helemaal niet uitzag als iemand die ging sterven. Misschien was haar lichaam zwak, maar haar stem was dat beslist niet, toen ze Elza bij zich riep en tegen haar zei, dat ze de granaten snoeren mocht hebben en de diamanten broche en twee gouden kettingen. De twee bloedkoralen snoeren waren voor haar dochtertjes.

Vóór Elza kon zeggen dat ze nog maar één dochtertje had, zei grootmama: 'Ik weet heus wel, dat je nu alleen nog maar Charlotje hebt, nu je Abigaël is gestorven, treur niet om haar. Ze is bij God, mijn kind, en heus je krijgt een ander lief dochtertje terug.'

Ook het porseleinen servies met de joodse motieven wilde ze aan Elza geven, evenals het met de hand geknoopte wandkleed. Elza moest op beide heel zuinig zijn, want ze waren heel oude familiestukken, waren door grootmama's bet-overgrootmoeder meegenomen uit Portugal naar Brazilië, en later door haar grootmoeder uit Brazilië naar Suriname gebracht. Het was wel jammer dat Elza zelf geen joodse was, maar grootmama zei, dat ze er zeker van was, dat Elza haar joodse voorouders in ere zou houden. Ook tante Rachaël en Sarith kregen kostbaarheden en ook Esther en de dochters van Rebecca werden door grootmama bedacht.

De volgende dag kwam er met een boot een boodschapper uit de stad met het bericht, dat Zijne Excellentie Jan Nepveu de dag ervoor, de 27ste februari, was overleden. 'Hij is me dus toch voorgegaan,' zei grootmama.

Toen de familie twee dagen later opstond bleek dat grootmama in haar slaap was overleden. Ze lag rustig in haar bed en Afi, haar slavin had al zeker vijf minuten tegen haar gesproken, toen het haar opviel, dat de granmisi ongewoon stil was. Ze was toen bij het bed gaan staan en had gezien dat de granmisi dood was.

Voor de begrafenis waren er niet zoveel mensen als grootmama zelf gewild zou hebben, omdat veel van haar oude vrienden zelf al dood waren en enkele van de mensen die anders ongetwijfeld op Joden-Savanna zouden zijn geweest, in de stad hadden moeten blijven voor de begrafenis van de gouverneur.

Elza had al die dagen niet tot Sarith gesproken; die had met haar moeder en Eva in het ouderlijk huis van tante Rachaël gelogeerd, waar nu alleen tante Sarah en haar ietwat achterlijke dochter woonden. Elza had in het huis van grootmama Fernandez gelogeerd.

Dezelfde middag werd de oude weduwe Fernandez begraven. Op het welonderhouden kerkhof van Joden-Savanna was de plaats van het graf al bepaald. Ze zou rusten naast het graf van haar man. Ook de marmeren grafsteen was al samen met die van haar man ruim 45 jaar geleden uit Italië besteld. Traditiegetrouw gingen de vrouwen niet mee naar de begraafplaats. Op de schouders van acht slaven werd de kist het huis uitgedragen, daarachter gingen alle mannen, in het zwart gekleed.

Meteen daarna riep tante Rachaël de slavinnen, om de stoelen aan de kant te zetten en de vloer van de voorzaal en de veranda te dweilen.

Elza was naar buiten gelopen. Ze stond voor het huis, haar gedachten waren bij grootmama. Ze keek naar de andere huizen. Joden-Savanna verviel.

Joden-Savanna, honderd jaar eerder de trots van de joodse gemeenschap en van heel Suriname, werd een verlaten oord. Vreemd, hoe het leven toch kon gaan.

Opeens stond Sarith naast Elza. ‘Hoe gaat het Elza?’ vroeg ze. ‘Het gaat wel,’ antwoordde Elza, verbaasd door het feit dat Sarith, die al jaren niet meer met haar had gesproken, nu opeens tegen haar sprak.

Sarith keek haar aan en zei toen: ‘Elza, kun je me vergeven? Kun je me vergeven voor alles wat ik je heb aangedaan?’

Elza zag opeens weer voor zich wat ze die ene middag door het sleutelgat had gezien. Rutger en Sarith samen in bed, een beeld dat haar jarenlang had achtervolgd, en ze zag nog iets anders; een beeld dat ze *niet zelf* had gezien, maar waarvan ze precies wist hoe het geweest was: Ashana vastgebonden aan een boom en Sarith die de basya beval om te zwepen. Ze zag nu Sarith voor zich staan en zei: ‘Niet ik moet je vergeven. Kijk, ik heb het overleefd, het was erg toen, maar ik heb het overleefd, maar jij, hoe heb jij het overleefd? Niet ik moet je vergeven, jij moet proberen jezelf te vergeven, dat zou je moeten doen.’

Sarith zei niets, ze keek naar de grond, toen draaide ze zich om en wilde weglopen. Elza bedacht hoe Sarith eigenlijk alles had verknoeid. Alles was ze kwijt, haar zoon, haar man, de plantage, het was een eenzame vrouw die daar wegliep; maar dit was toch ook de vriendin van haar kinderjaren; haar zusje!

'Sarith!' riep Elza. Sarith bleef staan en draaide zich om. 'Kom,' zei Elza, terwijl ze haar hand uitstak. 'Kom, laten we samen wat wandelen.' Er kwam een weifelende lach op het gezicht van Sarith, toen reikte ze haar stiefzusje de hand.

Hand in hand liepen ze weg van het huis, in de richting van het kerkhof; een gemurmel van stemmen kwam hen tegemoet. Dat waren de stemmen van de mannen die nu kadisj zeiden, terwijl ze op de begraafplaats stonden tussen de graven van hun voorouders; de Portugese joden, de eerste kolonisten, die het na de Engelsen hadden aangedurfd om Suriname te maken tot hun vaderland.

Surinaamse woorden, begrippen en uitdrukkingen met een asterisk.

In de tekst in het boek in het Nederlands, hier in het Sranan (Surinaams) in volgorde van de pagina's

Pag.	
23	Misi o weri disi?
25	Ai misi Elza, yu moi baya
29	*Ai misi*, *luku bun yere*, m'o firi mankeri fa mi misi n'o de
29	Luku yu p'pa yere, no meki a feti nanga a granmisi
29	M'o meki Koki bori wan switi griti bana gi mi misi t'ai kon baka
29	Sorgu misi Rebecca bun
79	Mini-Mini, mi wani dringi
89	A betre misi srefi gowe tu
93	Misi, o, mi Tata, misi Elza, san eh pesa?

123 Dan pe y'e go?
125 M'ego na winkri
125 Na misi Elza seni yu?
125 Nono, na a tra misi
125 Yu n'e go no wan pe. Dyaso na misi Elza hoso, yu na misi Elza futuboi, na en wawán kan seni yu go du boskopu, tyari a mono go baka
125 Mars go tyari a moni baka, noso m'é hipsi yu meki na sé wanti naki yu di fu tu
125 Hartyi bun boi if wan tra leisi m'é si taki tra sma seni yu go du wan boskopu, m'e fon yu yere, m'e fon fy tak' dri dei yu no man sidon
141 Yu, san ede yu fufuru?
141 Mi no fufuru masra, ma a fadon na gron
141 En yu, yu no wani wroko?
141 Yu n'e wroko tidé, go meki a dresi nengre luku yu
141 Yu go na kukru go kari a koki
141 Merki nanga eksi de na kukru?
141 Seni den kon dyaso

145 Opo, dan, opo
145 Puru a anu, noso a o pari na sukru
145 Go kari a dresi nengre
147 Yu betre luku bun yere
149 Fa den kari yu pikin?
149 Yu n'afu frede, mi n'o du yu noti. Kon
149 Suma seni yu kon dyaso?
149 Yu sabi san yu mus kon du dyaso?
149 Mi no sabi, masra
149 Yu sribi nanga wan man, kaba?
149 *Sa yu m'ma taki dan.*
149 Mi no habi m'ma, masra
149 Afanaisa, yu kan gowe baka yere, mi n'o du yu noti
149 Masra n'o broko mi dan?
149 No no pikin, mi n'o du dati
149 A moro betre masra broko mi
149 Fu san-ede yu wani mi broko yu?

149 Bika a basya o sabi en dan a o fon mi

151 Mi n'o du yu noti, Afanaisa, yu no afu frede, no wan sma e go sabi san e pesa dyaso. Basya n'o sabi, mi e go sorgu fu dati. Ma luku, mi o aksi yu wan tu sani, dan yu musu piki mi. A bun?

153 Masra taki no wan man no mag fasi en, noso a dati o kisi wan pansboko

153 Ke masra, tyari mi gwe no, teki mi, tyari mi gwe; a basya, a o fon mi, m'e begi yu masra

165 San de fu du nanga mi pikin misi dan?

165 Tantiri, ke ba, mi gudu, tantiri ba

165 Dyaso

167 San du misi Elza, Ashana

167 Kan de na en masra wan kan sabi san du en, masra Rutger

167 Go na yu masra, mi gudu misi, na en musu luku yu

175 Libisma san e du, leki dan na dagu

177 En nanga misi Elza b'o go sribi now

179 Tru tu Ashana, mi no sabi, ma luku w'é go na foto, fu luku den, kon nanga wi, dan yu srefi kan si

185 Mini-Mini pé yu de

187 Nengre na Nengre

189 Dyonsro mira e kon na a pikin

191 Kon baya, mi pikin misi, kon

191 Un kweki yu, mi nanga Ashana, un kweki yu, leri yu ala sani san un ben denki taki bakra misi musu sabi, un leri yu fu de wan switi umasma, fu lobi trawan, fu dun bun gi trawan. Ma a no dati un ben musu leri yu; luku fa wi meki fowtu, un ben musu leri yu fu de wan takru sma, bika luku san e pesa nanga yu now. Yu bun, yu switi, ma tra sma, den no bun, den no switi, den takru, den meki yu krei. No de bun moro, node a switi misi Elza *moro*, kon takru leki en, seni na uma gowe, seni en gowé, meki a mars komopo na yu oso

191 Fa mi kan seni en gowe Maisa? Ala sma e denkti dati un de leki tu sisa, mi no kan seni en gowe

191 Yu musu fu seni en gowe, meki sma sabi taki en a no yu sisa, a no yu sisa nono, a no lobi yu srefi srefi, noiti a no ben lobi yu, mi kan taigi yu dati. Now a no ten fu prakseri sisatori misi Elza, now yu musu feti, ai feti

193 Luku, efu yu no wani feti gi yu srefi, dan feti gi en. No meki a asema soigi en p'pa

193 Fa mi o feti dan Maisa

193 Taigi mi dati yu wani feti, dan mi Maisa o yepi yu

193 Ma yu n'o du wisi toch Maisa

193 Yu no afu frede, mi a no wisiman

193 Dan sribi now

199 Kumorgu Ma Akuba

199 Suma e bari mi kumorgu

199 Na mi, Maisa, mi kon begi Ma Akuba wan sani

199 Dan suma na Maisa dan, mi no sabi yu

199 Mi na misi Chasseur srafu. Mi ben libi na pernasi fosi. Na pas-pas mi kon a foto, ma na Ma Akuba mati, Néné Duseisi seni mi dyaso

199 Hmm, we sidon dan

199 Taigi mi san de fu du

201 Mi o meki wan sani gi yu, ma dan yu musu tyari wan fowru, dri eksi, wan batra switi sopi, nanga wan pis krosi fu yu masra nanga wan fu na tra

uma. Tyari den kon tamara neti
201 Gran tanyi baya Ma-Akuba, gran tanyi
211 Yia misi Sarith, yu moi ba
213 Afanaisa, tyari a yongu masra kon dya, a musu kenki en pisiduku
213 Misi Elza, luku dya: Efu yu no wani yu pikin kisi fyo-fyo, nomeki na uma fasi en
215 Pe masra Gideon de?
215 Misi Sarith teki en tyari go na mofodoro
215 Tyari en go na sodro
215 Misi Sarith seni aksi efu masra Rutger kan kon yere wan sani
217 Mini-Mini taigi misi Sarith mek' a kon dyaso
217 Hai hai, kisi en moi. Misi Elza kisi na sakasaka
221 Agu, taki, tyakun tyakun, fu yu na fu yu
221 San wan taki dati
221 Mi breti dati misi Elza kisi en srefi, yagi na kruktutere na en hoso, tyakun tyakun fu en na fu en
221 Du ogri noiti no bun

221 Boi kari a basya kon, esi esi
221 Basya tai a uma disi n'a bon, dan yu fon en
223 Fon en, basya, du san mi taki, noso mi o meki wan tu basi nengre fon yu
223 Ke poti, misi, mi e begi yu, no fon Ashana; ke, no meki Ashana kisi fonfón
223 Mi no man moro, we misi fon mi dan
223 Lusu en
225 Nono, no tyari mi na ini hoso, tyari mi na katibo sei
225 Masra no sabi no san pasa nanga Ashana?
225 No, san pasa dan?
225 Misi Sarith meki a kisi pansboko, a basya tai en na wan bon, dan a fon en, a basya no ben wani, ma misi Sarith fon en tu
225 Pe Ashana de now?
225 A de na a dresimama
227 Masra, yu kon no, ke masra
227 Ashana, ke Ashana, san hede a fon yu, san yu du dan
227 Libi en masra, a pasa kaba. Watra, mi wani watra
227 Du ala san gi en, meki a kon betre

227 Iya masra, m'e du san mi kan

229 Masra si Ashana?

229 Masra yu musi gi misi Elza wan, nanga Maisa wan. Taigi misi Elza a musu sorgu en pikin nanga en masra bun

229 A moni disi yu musi gi Maisa

231 Masra musu taigi misi Elza nanga masra David nanga Maisa adyosi yere

231 No no Ashana, y'ekon betre

231 No sari masra, m'e go na hoso, mi hoso na sabi katibo, no sari

231 Na didibri, na frufruktu, a saka-saka, ma wakti a o kisi en strafu

231 Tan, misi, yu no sabi no, na misi Sarith kiri Ashana, a meki a basya tai Ashana na wan bon, fon en te a flaw, na takru asema dati

239 No meri mi

239 Kibri mi

239 Holi mi

239 Gado Sabi

249 Misi, misi wan sani leki katun a fadon komopa na loktu, ai bron!

249 No wan bakra mus kon mandi nanga mi

249 Fa den bakra disi morsu so dan
265 No kon taigi mi dati bakra sabi wroko nanga den anu
267 Mi? No no misi, mi no wani
277 Kande a mise e frigiti tamara
279 Y'e suku yu mati no? A gowe yere
279 Dan suma y'e suku so dan
279 Na di dyonsro de a gowe, a gowe nanga en uma
279 Nanga en uma? Kande misi mene en m'ma?
279 No, no, en m'ma no de, ma Hendrik habi wan uma now, misi Meta, wan mooi malata uma, den gowe so sei
279 San de fu du Mini-Mini, y'e siki no? *We go sribi pikinso*
285 Ké ba, ké poti
285 Meki mi si en,ma
287 Misi, yu habi bere no?
295 A moi no Mini-Mini
295 A moi ya misi, a moi baya
319 Pe Caesar de

319 Wakti. Kon nanga mi

327 Ayi, kon un si suma don

327 Den bakra denki taki nengre don. We kon un si suma don!

327 Mi no sabi

327 No wan sma no sabi, no wan sma no si Caesar moro, un no sabi efu na dede Caesar dede, ma nowan sma no si na dede skin fu Caesar. No wan sma no si efu a go na businengre sei, no wan sma no si. Sinsi un doro kan na Buku no wan sma no si Caesar moro

347 Surdati Bakra

347 Efu yu prefuru fu taki wan sani, mi e seni yu fu wan pansboko en mi e seri yu go na pranasi Suynigheid

347 Nono Misi, mi no e taki noti

349 San yu taki dape?

349 Noti, mi no taki noti

369 Efu yu taki wan sani, mi e koti yu tongo en mi e seri yu

369 San de fu du? Opo no!

371 No frede, wakti m'e kon

383 Joli-Coeur e kon
389 Mi Tata, Busi Nengre, Busi Nengre
389 Go kibri, mi Gado misi, go kibri, Busi Nengre dya
389 Pe den dè, pe den bakra de
389 Bakra? Bakra no de moro, yu kiri en kaba toch
389 Den trawan, pe den e kibri
389 Trawan no de, alamala go na foto
391 Ala katibo nengre, un kiri a bakra kaba, yu kan gowe, Ion gowe, yu fri
391 Ai dan m'o sribi dyaso tide neti. Yu dati yu n'e gowe?
391 Nono ba, efu yu e tan sribi dyaso, a betre mi srefi e tan, dan mi kan bori gi yu fu yu kan nyan wan bun preti
391 Ai uma yu habi leti, we bori gi mi, bori gi un alamala
391 Suma na yu dan brada
391 Mi na Agosu
391 So yu na Agosu no, ai mi yere yu nen, yu na wan bigi man
391 Yu yere no, we go bori dan, angri en kiri a bigi man, m'o wakti dya
393 Un tyari den wroko sani gowe, dan un kon baka fu teki moro

393 A dungru keba, mi o tan dyaso

393 Ai, un habi leti baya, ai un kisi den moi, de bakra didibri

395 Surdati fon wi pikin na ini wan mata mata, te a dede, net leki fa y'e fon ton ton

395 Ma mi e taigi yu. Efu m'e miti nanga wan bakra pikin, m'o meki a m'ma luku, en dan m'e e teki a pikin, koti wan finga kmopo, dan ete wan finga, ete wan, dan en hanu, dan wan futu, tra futu, dan so mi e koti en na pisi-pisi, na en m'ma fesi

399 Wakti m'e kon

399 Mi Gado, un tantiri, un tan drape

399 O na so no? Pe a pikin bakra disi kmopo?

399 Libi en poti, libi en

399 Pé en m'ma de

399 A no abi m'ma, en m'ma dede keba

399 Mi ben taigi yu san mi b'o du, nanga wan bakra pikin

401 Luku, efu yu du wan sani, dan yu kra ego libi yu, yu habi yu kra fanodu fu feti, libi na pikin, m'e begi yu, libi na pikin

401 Agosu, hesi hesi, kon un gowé, boto e kon, boto lai nanga surdati, den e kon na syoro keba, kon gowé, ala trawan gowé keba, Agosu, kon!

401 Pe a misi de?

401 O mi Gado, mi masra, mi Teta

401 Masra, ke masra, opo; den busi nengre, den teki Klein Paradijs

403 Den frufruktu, den didibri

409 Masra keba, keba. Den busi nengre no kiri en, dan yu wan' kiri en? Yu law no, yu wan' koti strafu

409 Kon masra, kon. Kon nanga mi, yu weri ba, luku fa yu lon kon dyaso, yu musu fu weri, kon mek' mi masi yu baka gi yu

411 Prakseri den pikin baya, prakseri den

411 Masra no sabi dan, a misi habi bere

411 Wan surdati pikin dan

411 No no masra, na yu pikin, mi sabi taki na yu pikin

411 No go feti nanga en. Masra ke m'e begi masra

411 No, no mi no feti

429 Kwasiba, san de fu du?

429 Ai misi, mi grani kaba, mi skin weri

429 San mi kan du gi yu, san mi kan gi yu dan?

429 Mi no wani noti baya, pe m'e go i no kan tyari gudu, misi mi no wani noti, ma yu nanga masra Julius, un luku mi pikin baya, un luku Mini-Mini, meki a tan nanga yu, sorgu en bun, na dati nomo mi wani

431 Mini-Mini go masi a masra en baka

431 Yu m'ma ben lobi fu taki te a ben masi mi baka, ferteri mi wan sani

431 Mi no sabi san fu ferteri, masra

431 Ya, a tori fu Mini-Mini nanga Koprokanu

431 We, dan ferteri mi na tori fu yu nen

435 O, Mini-Mini luku den 'a'fu yu, den gersi todo-bere

435 Den 'tu'fu masra Jethro gersi doksi

437 Mini-Mini tidé mi wan' yere a tori fu Mini-Mini

437 Ma mi ferteri masra a tori dati someni lesi keba

437 No, no, a no Koprokanu mi wani yere, mi wani yere a tori fu yu, fu yu Mini-Mini, a pikin san yu ben kisi, en p'pa, suma ben de yu mati?

441 San Mini-Mini, yu babi bere?

441 Suma dan, suma na a p'pa?
441 Suma na a p'pa, na wan fu den srafu fu dya?
441 Nono, misi, misi no sabi en
443 Suma gi yu bere?
443 Taigi mi, suma
443 Mi no sabi en no? Mi no sabi mi eigi masra no? A no masra Julius gi yu bere? A no en?
445 No no masra Jethro, ke ba,lusu mi masra ke,lusu mi!
445 Un komopo gowé. Ma yu dati, yu didibri, m'o kisi yu ete
445 A sabi no
445 Mini-Mini, yu a gowe nanga a masra disi!
451 Mini-Mini no dé
451 Gowé
451 A no de masra
451 A no de, pikin masra, a no de, a gowé
457 Yu sabi pe Mini-Mini de?
457 Nono mi pikin masra, ke poti, mi no sabi baya

463 Masra Beunekom, na en teki en
463 Keba, ke
463 Masra, kon yepi mi dan, me dya. Kon puru mi, m'e begi yu, kon puru mi
463 Opo, opo na doro!
463 Mi no habi na sroto
465 Taigi yu masra dati bakadina mi e tyari na moni gi en, a doro srefi mi sa pai
465 Fa fu en?
465 Yu n'e go tan drape, na masra Jethro w'e go teki
465 Masra Julius sen' teki masra Jethro fu go rij pikinso
483 Luku misi, luku, a no habi korsu moro, luku fa ai hari bro so switi now, ai kon betre
483 Ai kon betre, tangi fu yu Maisa, tangi fu yu
483 No fasi mi, misi, no fasi

Bij de eerste druk

Bij het verschijnen van dit boek wil ik gaarne alle instanties en personen dankzeggen die op welke wijze dan ook hieraan hebben meegeholpen. Zonderen anderen te kort te willen doen, gaan mijn gedachten naar: The Library of Congress in Washington D.C., het Surinaams Museum in Paramaribo, Eva Essed-Fruin, Leo Ferrier, tante Emmy en last but not least Helen Gray. De getoonde belangstelling en hulp zijn voor mij een grote stimulans geweest.

C. MC LEOD

PARAMARIBO, OKTOBER 1987

Bij de tweede druk

Dat de eerste druk van *Hoe duur was de suiker?* binnen vier maanden uitverkocht zou zijn, had waarschijnlijk niemand verwacht. Ik zeker niet!

Het is hartverwarmend en zéker stimulerend om te mogen constateren dat een eigen historische roman zó duidelijk de Surinaamse bevolking aanspreekt.

Bij het verschijnen van de tweede druk wil ik gaarne van harte al diegenen dankzeggen die op welke wijze dan ook gereageerd hebben.

C. MC LEOD

PARAMARIBO, AUGUSTUS 1988

Bij de vijfde druk

Met Hoe duur was de suiker? heb ik een beeld willen schetsen van het leven van alledag in een vroege periode van de Surinaamse geschiedenis. Dat mijn opzet goed is ontvangen, bewijzen de meer dan 10.000 exemplaren die inmiddels zijn verkocht.

De enthousiaste en soms ook ontroerende reacties zijn voor mij een extra stimulans om mijn speurtocht in de archieven voort te zetten.

C. MC LEOD

PARAMARIBO, JUNI 1994

Bij de vierentwintigste t/m de zevenentwintigste druk (filmeditie)

Vanaf de eerste uitgave van Hoe duur was de suiker? in 1987 heeft de Surinaamse gemeenschap dit boek in het hart gesloten. Het is nog steeds het meest gelezen boek in Suriname. Iedereen kent het, ook de Surinamers in Nederland! De vraag was steeds: 'Wanneer wordt het boek verfilmd?' Het is nu zover, de film is er. Hoewel de film niet helemaal kan zijn als het boek, hoop ik van harte dat alle lieve lezers net zoveel van de film zullen genieten als van het boek.

Ik ben ook heel blij met de regisseur en scenarioschrijver Jean van de Velde, net als ik een echt tropenmens. Hij weet de juiste snaren te raken.

Geniet ervan, met alle beste wensen van

CYNTHIA MC LEOD,

PARAMARIBO, MEI 2013

Geraadpleegde literatuur

Groot, Silvia W., de, 1975
The Boni Maroon War 1765-1793, Surinam and French Guyana. *Boletin de Estudios Latinoamericanos* y *del Caribe* 18: 30-48.

Hartsinck, Mr. Jan Jacob, 1770
Beschrijving van Guiana of de wilde kust in Zuid-America: betreffende de aardrykskunde en historie des lands, de zeeden en gewoontes der inwooners, de dieren, vogels, visschen, boomen en gewassen... Amsterdam: Gerrit Tielenberg, 11 delen.

Hoogbergen, Wim S.M. 1985
De Boni-oorlogen, 1757-1860. Marronage en guerilla in Oost-Suriname. Bronnen voor de studie van Bosnegersamenlevingen, deel 11. Universiteit Utrecht: Centrum voor Caraïbische Studies.

Lier, Rudolf A.J. van, 1949
Samenleving in een grensgebied: een sociaal-historische studie van Suriname. Den Haag: Martinus Nijhoff.

Nassy, David de Ishak Cohen (en andere geleerde Joodse mannen), 1791
Geschiedenis der kolonie van Suriname. Amsterdam.

Stedman, Capt. John Gabriel, 1799
Reize naar Surinamen, en door de binnenste gedeelten van Guiana. Amsterdam: Johannes Allart.

Wolbers, J., 1861
Geschiedenis van Suriname. Amsterdam: H. de Hoogh (fotomechanische herdruk 1970, Amsterdam: S. Emmering).

VERKRIJGBAAR ALS DWARSLIGGER®

LITERATUUR

Dante Alighieri – *De goddelijke komedie*

Eleanor Catton – *Al wat schittert*

J.M. Coetzee – *De kinderjaren van Jezus*

Adriaan van Dis – *Ik kom terug*

Anna Enquist – *De verdovers*

Péter Gárdos – *Ochtendkoorts*

Ronald Giphart – *Harem*

Anne-Gine Goemans – *Honolulu King*

David Grossman – *Een vrouw op de vlucht voor een bericht*

Nick Hornby – *Funny Girl*

Auke Hulst – *Kinderen van het Ruige Land*

Auke Hulst – *Slaap zacht, Johnny Idaho*

Murat Isik – *Verloren grond*

Arthur Japin – *Een schitterend gebrek*

Herman Koch – *Het diner*
Herman Koch – *Geachte heer M.*
Jan van Mersbergen – *De macht over het stuur & Naar de overkant van de nacht*
David Mitchell – *De niet verhoorde gebeden van Jacob de Zoet*
Solomon Northup – *12 jaar slaaf*
Amos Oz – *Onder vrienden*
Ida Simons – *Een dwaze maagd*
Silvia Tennenbaum – *De Wertheims*
P.F. Thomése – *De onderwaterzwemmer*
Jan Vantoortelboom – *Meester Mitraillette*
Thomas Verbogt – *Als de winter voorbij is*
Esther Verhoef – *Tegenlicht*
Dimitri Verhulst – *De helaasheid der dingen,*
De laatste liefde van mijn moeder & Kaddisj voor een kut
Bert Wagendorp – *Ventoux*
John Williams – *Stoner*
e.v.a.

SPANNING

Pieter Aspe – Eiland

Pieter Aspe – Min 1

Samuel Bjørk – *De doodsvogel*

Samuel Bjørk – *Ik reis alleen*

Dan Brown – *Het Bernini Mysterie*

Dan Brown – *Inferno*

Lee Child – *61 uur*

Lee Child – *Tegenspel*

R.J. Ellory – *Een mooie dag om te sterven*

Nicci French – *De bewoonde wereld*

Nicci French – *Onderhuids*

Nicci French – *Blauwe maandag*

Nicci French – *Dinsdag is voorbij*

Nicci French – *Wachten op woensdag*

Nicci French – *Donderdagskinderen*

Nicci French – *Denken aan vrijdag*

Tess Gerritsen – *Het stille meisje*
Daniëlle Hermans – *Het tulpenvirus*
Renée Knight – *Disclaimer*
Camilla Läckberg – *Engeleneiland*
Camilla Läckberg – *IJsprinses*
Camilla Läckberg – *Leeuwentemmer*
Camilla Läckberg – *Oorlogskind*
Camilla Läckberg – *Predikant*
Camilla Läckberg – *Steenhouwer*
Camilla Läckberg – *Vuurtorenwachter*
Camilla Läckberg – *Zeemeermin*
Camilla Läckberg – *Zusje*
Arjen Lubach – *IV*
Rosamund Lupton – *Zusje*
Clare Mackintosh – *Mea culpa*
Gilly Macmillan – *Laat me niet alleen*
Saskia Noort – *Debet*

Saskia Noort – *De eetclub*
Saskia Noort – *Nieuwe buren*
Saskia Noort – *Terug naar de kust*
Saskia Noort – *De verbouwing*
Frank van Pamelen – *De wraak van Vondel*
Marion Pauw – *Daglicht*
Marion Pauw – *Hemelen*
Marion Pauw – *Jetset*
Marion Pauw – *Zondaarskind*
Marion Pauw – *We moeten je iets vertellen*
Preston & Child – *Wit vuur*
Karin Slaughter – *Nachtschade*
Tom Rob Smith – *Agent 6*
Tom Rob Smith – *Kind 44*
Tom Rob Smith – *Kolyma*
Esther Verhoef – *Alles te verliezen*
Esther Verhoef – *Close-up*

Esther Verhoef – *Déjà vu*
Esther Verhoef – *De kraamhulp*
Esther Verhoef – *Rendez-vous*
Simone van der Vlugt – *Aan niemand vertellen*
Simone van der Vlugt – *Blauw water*
Simone van der Vlugt – *Morgen ben ik weer thuis*
Simone van der Vlugt – *De reünie*
Simone van der Vlugt – *Schaduwzuster*
Simone van der Vlugt – *Vraag niet waarom*
SJ Watson – *Tweede leven*

VERDIEPING

Jan Geurtz – *Verslaafd aan liefde*
Guus Kuijer – *De Bijbel voor ongelovigen. Deel 1: Het begin. Genesis*
Guus Kuijer – *De Bijbel voor ongelovigen. Deel 2: De uittocht en de intocht*
Huub Oosterhuis – *150 psalmen vrij*
Rudi Westendorp – *Oud worden zonder het te zijn*

LEKKER LEZEN

Becky Albertalli – *Simon vs. de verwachtingen van de rest van de wereld*
Karin Belt – *De midlifeclub*
Jenna Blum – *Het familieportret*
Kiera Cass – *De Selectie, De Elite & De One*
Suzanne Collins – *De Hongerspelen-trilogie*
Brooke Davis – *De ongelooflijke zoektocht van Millie Bird*
Marina Fiorato – *De glasblazer*
John Green – *Een weeffout in onze sterren*
Philippa Gregory – *De rozenkoningin*
Marique Maas – *Muren van glas – De ontmoeting*
Marique Maas – *Muren van glas – Harde grenzen*
Marique Maas – *Muren van glas – De bestemming*
Jill Mansell – *Je bent geweldig*
Monika Peetz – *De dinsdagvrouwen, Zeven dagen zonder & Te hooi en te gras*
Nora Roberts – *Begraaf het verleden*
Graeme Simsion – *Het Rosie Effect*

Graeme Simsion – *Het Rosie Project*
Kathryn Stockett – *Een keukenmeidenroman*
Simone van der Vlugt – *De amulet & De bastaard van Brussel*
Simone van der Vlugt – *Jacoba, Dochter van Holland*
Simone van der Vlugt – *De lege stad*
Simone van der Vlugt – *Nachtblauw*
Simone van der Vlugt – *Rode sneeuw in december*

NON-FICTIE

Antony Beevor – *Het Ardennenoffensief*
Edith Bosch – *Expeditie Edith*
Martin Bossenbroek – *De Boerenoorlog*
Jan Brokken – *De vergelding*
Ian Buruma – *1945. Biografie van een jaar*
Philip Dröge – *De schaduw van Tambora*
Isa Hoes – *Toen ik je zag*
Zlatan Ibrahimović – *Ik, Zlatan*

Diederik Jekel – *Bèta voor alfa's*

Boris Johnson – *De Churchillfactor*

Wilfried de Jong – *De man en zijn fiets & Kop in de wind*

Steven D. Levitt & Stephen J. Dubner – *Think like a freak*

Wendy Lower – *Hitlers furiën*

Joris Luyendijk – *Een goede man slaat soms zijn vrouw*

Geert Mak – *De eeuw van mijn vader*

Geert Mak – *Reizen zonder John*

Val McDermid – *Sporen van misdaad*

Jacques Meerman – *Kleine geschiedenis van de Nederlandse keuken*

Elle van Rijn – *Mijn naam is Nadra*

Simon Schama – *De geschiedenis van de Joden*

Rosita Steenbeek – *Rome*

Rosita Steenbeek – *Rose*

Luis Suárez – *De autobiografie*

Stefan de Vries – *Parijs op zak*

John 'Lofty' Wiseman – *Het SAS Survival Handboek*

De dwarsligger® is een compleet boek in een handzaam formaat.
Een boek dat past in een handtas, broekzak of binnenzak.
Zie voor meer informatie en het complete aanbod **www.dwarsligger.nl**

Dwarsligger® Bingo

We willen je door middel van onze bingokaart uitdagen om eens iets anders te lezen. Bingo je mee? Je kunt zowel offline als online meedoen.

Hoe werkt het?

Ga naar onze website en download de kaart of haal hem in de boekhandel. Op de voorkant van de bingokaart vind je 24 leesuitdagingen. Lees een dwarsligger® *uit een* van de categorieën en streep het hokje af. Aan het eind van het jaar verloten we een mooi prijzenpakket *onder de lezers* met een volle kaart.

Zie voor de bingokaart, meer informatie en titelsuggesties

www.dwarsligger.nl/bingo